# Le château de la juive

# GUY DES CARS

| | |
|---|---|
| L'officier sans nom | *J'ai lu* 331/3 |
| L'impure | *J'ai lu* 173/4 |
| La demoiselle d'opéra | *J'ai lu* 246/4 |
| La dame du cirque | *J'ai lu* 295/3 |
| Le château de la juive | *J'ai lu* 97/4 |
| La brute | *J'ai lu* 47/3 |
| La corruptrice | *J'ai lu* 229/3 |
| Les filles de joie | *J'ai lu* 265/3 |
| La tricheuse | *J'ai lu* 125/3 |
| Amour de ma vie | *J'ai lu* 516/3 |
| L'amour s'en va-t-en guerre | *J'ai lu* 765/2 |
| Cette étrange tendresse | *J'ai lu* 303/3 |
| La maudite | *J'ai lu* 361/3 |
| La cathédrale de haine | *J'ai lu* 322/4 |
| Les reines de cœur | *J'ai lu* 1783/3 |
| Le boulevard des illusions | *J'ai lu* 1710/3 |
| Les sept femmes | *J'ai lu* 347/4 |
| Le grand monde | *J'ai lu* 2840/8 |
| Sang d'Afrique | *J'ai lu* 2291/5 |
| De cape et de plume-1 | *J'ai lu* 926/3 |
| De cape et de plume-2 | *J'ai lu* 927/3 |
| Le faussaire (de toutes les couleurs) | *J'ai lu* 548/5 |
| L'habitude d'amour | *J'ai lu* 376/3 |
| La vie secrète de Dorothée Gindt | *J'ai lu* 1236/1 |
| La révoltée | *J'ai lu* 492/4 |
| La vipère | *J'ai lu* 615/4 |
| Le train du père Noël | |
| L'entremetteuse | *J'ai lu* 639/4 |
| Une certaine dame | *J'ai lu* 696/5 |
| L'insolence de sa beauté | *J'ai lu* 736/3 |
| Le donneur | *J'ai lu* 809/3 |
| J'ose | *J'ai lu* 858/3 |
| Le château du clown | *J'ai lu* 1357/4 |
| La justicière | *J'ai lu* 1163/2 |
| Le mage et la boule de cristal | *J'ai lu* 841/1 |
| Le mage et le pendule | *J'ai lu* 990/1 |
| Le mage et les lignes de la main ... et la bonne aventure ... et la graphologie | *J'ai lu* 1094/4 |
| La femme qui en savait trop | *J'ai lu* 1293/3 |
| La coupable | *J'ai lu* 1880/3 |
| La femme sans frontières | *J'ai lu* 1518/3 |
| La vengeresse | *J'ai lu* 2253/3 |
| Le faiseur de morts | *J'ai lu* 2063/3 |
| L'envoûteuse | *J'ai lu* 2016/5 |
| La mère porteuse | *J'ai lu* 2885/4 |
| L'homme au double visage | *J'ai lu* 2992/4 |
| Le crime de Mathilde | *J'ai lu* 2375/4 |
| La femme-objet | *J'ai lu* 3517/3 |
| La voleuse | *J'ai lu* 2660/4 |
| La femme d'argent | |
| La visiteuse | *J'ai lu* 3939/3 *(juin 95)* |
| L'amoureuse | *J'ai lu* 3192/4 |
| Je t'aimerai éternellement | *J'ai lu* 3462/4 |
| La tueuse | |
| L'amant imaginaire | *J'ai lu* 3694/6 |

# Guy des Cars

# Le château de la juive

Éditions J'ai lu

# L'APATRIDE

J'avais promis d'aller lui rendre visite.

Mais il m'avait fallu attendre trois années pour que l'escale se présentât, inespérée, sur le chemin de retour de Johannesburg à Paris. Encore quelques minutes et le quadrimoteur atterrirait sur l'aéroport de Lod.

Je savais qu'ayant reçu mon câble, il m'y attendrait pour me conduire en auto vers la jeune capitale dont il parlait avec fierté et enthousiasme : Tel-Aviv.

Pendant les premières heures de survol du continent noir, je m'étais abandonné à revivre en mémoire les impressions fortes — faites d'une succession vertigineuse de contrastes, de conflits et de luttes — que m'avait laissées l'Afrique du Sud mais, au moment où l'on commençait à entrevoir, à travers les déchirures de nuages, la terre d'Israël, toutes mes pensées se concentraient sur celui que j'allais revoir.

Le visage m'apparaissait d'abord : grave et affable, auréolé par les cheveux blancs qui l'encadraient de douceur. Puis c'était la stature : haute et majestueuse. Les gestes, enfin : mesurés, jamais inutiles.

Je croyais déjà entendre la voix chaude, prenant toujours soin d'éviter les éclats, qui me disait au bas de la passerelle :

— Vous vous êtes décidé à venir ! Nous n'avons pas un instant à perdre : j'ai tant d'hommes nouveaux à vous faire connaître, tant de réalisations merveilleuses à vous faire découvrir...

D'avance je savais que je serais entraîné par mon guide dans un tourbillon où tout serait voulu, préparé, calculé pour me montrer l'éclatante réussite d'un peuple.

J'allais vers un seigneur dont les paroles les plus simples m'avaient toujours paru être imprégnées d'un étrange mystère. Mes élans d'admiration pour ce personnage, qui aurait pu être de tous les temps, avaient toujours été tempérés par un sentiment de retenue qui s'était montré plus fort que le désir sincère de devenir son meilleur ami... Plusieurs années avaient été nécessaires pour me faire comprendre que la véritable raison de ma réserve devait être l'écrasante personnalité d'un homme que je tenais pour un géant... Un être compliqué par moments, trop simple à d'autres mais souvent torturé comme s'il n'était venu sur terre que pour y rechercher un paradis perdu...

Dès notre première rencontre, à une époque où il lui fallait se cacher pour échapper aux camps de la mort lente, il m'était apparu comme l'incarnation même de l'un de ces êtres d'exception qui symbolisent l'Espérance. Quatre mille années d'une histoire exaltante et farouche, de guerres saintes, d'efforts surhumains, de sang, de souffrances et d'amour, avaient laissé leurs empreintes indélébiles sur ce fils de vraie race. Au moment où le paysage apocalyptique du désert de Neguev commençait à s'étendre à perte de vue dans la fenêtre ovale de l'avion, j'imaginais le vieillard faisant corps avec ces terres convoitées sur lesquelles l'histoire n'avait cessé de s'inscrire en lettres de feu et de violence.

Plus que tout autre, il appartenait à l'immense

épopée dont il était l'un des prolongements et qui s'était déroulée sous le soleil de Dieu, jusqu'à nous, à travers les pages du plus beau livre du monde : la Bible.

Combien de fois ne m'avait-il pas répété :

— Chacun de nous, même le moins cultivé, a subi l'influence de l'esprit qui souffle et qui continuera de souffler, des plateaux de Judée, jusqu'au Jugement terminal. L'histoire y a commencé avec le Commencement des siècles pendant que la légende et la poésie y tissaient le manteau de lumière dans lequel s'enveloppe la terre patriarcale de Palestine.

L'histoire ?

Quelle suite de faits légendaires n'y voyait-on pas défiler ? La longue marche des Hébreux, en route vers la Terre Promise profilée sur les sables rouges et devant les rocs bleutés du désert de la soif ; la fronde de David audacieusement levée ; les sacrifices au dieu Moloch dans la Géhenne ; le grand roi Salomon régnant en sagesse et en gloire sur le peuple élu de Jérusalem ; l'exemplaire châtiment de Sodome et Gomorrhe ; l'apparition d'Alexandre le Grand, à la tête de ses guerriers ; celle, combien plus merveilleuse, de Jésus le Nazaréen ; celle, enfin, des légions arabes de Mahomet submergeant la terre du Christ... Les légions des Croisés y venaient à leur tour délivrer le tombeau du Christ profané par les infidèles. Lancelot du Lac y cherchait le Saint-Graal dans la forêt de Sâron. La Kabbale y dissimulait toujours ses mystères parmi les grenadiers de Safad. Enfin Napoléon y venait mûrir son destin.

Oui, l'histoire, à ce carrefour de trois continents, avait inscrit ses gestes les plus grandioses. Une geste nouvelle n'était-elle pas en voie de s'accomplir ? L'antique Palestine allait-elle ressusciter ? C'est ce que faisait espérer la nouvelle génération d'Israéliens revenus sur leur vieille terre. Génération qu'avaient inspirée quelques grands aînés tels que l'homme que j'allais revoir pendant l'escale trop courte.

Mon amitié pour lui avait pris de l'ampleur le jour où j'avais compris qu'il n'était pas qu'un pionnier de la Science mais aussi l'un de ces grands hommes dont la renommée internationale n'est pas usurpée puisqu'elle est la consécration d'une longue vie passée au service absolu d'une humanité souffrante. Cet homme était né pour améliorer le sort de ses semblables, quelles que fussent leur race, leur opinion ou leur religion.

Le jour où nous avions fait connaissance, il était déjà au faîte de sa carrière : professeur à la Faculté de Médecine de Paris, honoré par toutes les Facultés du monde, il avait horreur qu'on l'appelât « Monsieur le Professeur » et préférait ce petit mot si court, résumant à lui seul tant d'espoir et de confiance : *Docteur...*

Après avoir été l'un des plus grands spécialistes des maladies de l'enfance, il aurait pu — comme tant de ses confrères — prendre une retraite opulente pour jouir de son prestige inégalé. Mais ce fut en ce temps-là qu'eut lieu la création de l'Etat d'Israël.

— Je dois m'installer là-bas, disait-il. Si ceux de ma génération ne donnent pas l'exemple, pourquoi voudriez-vous que nos cadets y aillent ? Je ne ferai d'ailleurs qu'obéir à la grande loi qui veut que tout homme d'Israël ne puisse retrouver la sérénité de l'âme s'il n'a reconquis la Terre Promise. Notre peuple, qui vient d'être fécondé par le sang de ses récents martyrs, commence enfin à accomplir le retour annoncé par les prophètes.

— Mais ne pensez-vous pas que la tâche, dans un pays où tout est à créer, sera écrasante...

— ...Pour un homme de mon âge ? Non ! Notre

époque agonise dans le scepticisme faussement désabusé de jeunes hommes qui sont vieux... Disons que je suis un « vieux jeune » encore capable de faire là-bas du bon travail ! N'ai-je pas aussi une dette morale vis-à-vis de mes coreligionnaires ? Pendant plus de quatre années, j'ai eu la chance de pouvoir rester caché dans cette France hospitalière, qui est bien la seconde patrie de tout homme libre. Pensez à ce qu'a été le sort de mes frères d'Europe centrale qui n'ont pu s'échapper de la fournaise !

Et il partit pour Tel-Aviv.

Quelques années ont passé pendant lesquelles notre correspondance ne connut aucune interruption. Il m'a tout écrit de la fulgurante renaissance de son peuple et je crois lui avoir tout raconté de ce qu'il voulait encore savoir de la France... Quand l'avion s'immobilisa face aux bâtiments tout neufs de l'aéroport, mon vieil ami était là, au bas de la passerelle.

— Un peu long, ce voyage ? furent ses premières paroles.

— Très court au contraire ! J'ai eu à penser à tant de choses !

— J'espère que vous allez faire ici un long séjour ?

— Je dois reprendre l'avion de Paris dès demain à deux heures de l'après-midi.

— C'est de la folie ! Je ne pourrai rien vous montrer d'intéressant... et tout est à voir en Israël !

— J'en suis sûr...

Nous roulions déjà, sur une route très moderne, vers Tel-Aviv. Ce qui me frappa le plus pendant les premières heures fut ce besoin, cet excès de modernisme qui nous entourait. Il y avait trop d'enseignes au néon, trop de ciment armé, trop de buildings... C'était un peu comme si Israël avait mis son point d'orgueil à dire à ses visiteurs étonnés :

« — Vous vous attendez à trouver des paysages antiques, des cités bibliques et vous découvrez des visions de Manhattan ou de San Francisco... Songe, Etranger, que le vieil Israël n'est aujourd'hui que le plus jeune Etat, le plus récent du Globe, et qu'un très jeune Etat doit être à l'avant du progrès. »

Devinant ma déception, mon ami dit en souriant :

— Vous ressentez l'impression qu'éprouvent tous ceux qui viennent nous rendre visite pour la première fois... Mais ne vous illusionnez pas trop ! Tout ce que vous voyez n'est qu'une façade ! L'âme reste inchangée : Israël est éternel...

Sa demeure était moderne également, comme tout dans la ville tentaculaire. Bien que le confort y fût réel, rien ne semblait avoir été conçu pour un luxe superflu. Les murs apparaissaient même sévères dans leur nudité voulue. C'était avant tout un lieu de labeur.

Cette impression s'accentua quand je me retrouvai dans le cabinet de travail d'une austérité monacale.

— Lorsque je ne suis pas à l'hôpital spécialement édifié pour « nos » enfants malades, je travaille ici... Que puis-je vous offrir ? Du whisky ou notre vin cuit ? Je vous préviens tout de suite qu'il est un peu sucré !

— J'aimerais y goûter.

Deux coups discrets venaient d'être frappés. Une jeune femme brune entra, vêtue d'un uniforme bleu foncé rappelant assez ceux de nos hôtesses de l'air. Elle prononça quelques mots en hébreu, et elle resta immobile.

— Parlez français, Eva, dit le docteur. Je suis heureux de vous présenter l'un de mes meilleurs amis de Paris.

Il y eut, dans le regard subitement brillant de la

femme, une lueur quand le mot Paris fut prononcé, puis les yeux noirs immenses retrouvèrent presque aussitôt une expression de lourdeur dolente dans laquelle se reflétait toute la soumission de la femme d'Orient.

Elle me tendit la main — une main longue, très belle mais un peu grasse — en disant :

— Le Docteur a souvent parlé de vous ces derniers jours. Tous ici nous savions qu'il attendait votre visite avec impatience.

La voix était timbrée, chaude, caressante.

Je fus incapable de répondre tellement la beauté de la femme était surprenante. Beauté d'un type très spécial et très marqué : c'était la splendeur juive dans toute son agressivité. La chevelure d'ébène était nouée en catogan sur la nuque ; le front, très dégagé, exhalait l'intelligence ; les sourcils épais se rejoignaient presque, révélant la jalousie instinctive ; l'arête du nez était fine ; les narines semblaient faites pour respirer tous les parfums de sensualité ; la bouche était grande, vivante ; les lèvres charnues, gourmandes de tout elles aussi ; les pommettes légèrement saillantes et un menton volontaire achevaient de donner au visage une expression dominatrice. La femme était sûre d'elle ; son attitude déférente n'était qu'un masque. Il y avait surtout le regard qui pouvait tout dévorer par ses expressions alternées de violence contenue et de douceur féline, un regard sans faiblesse.

— Eva, vous aviez quelque chose à me dire ?

— Docteur, voici mon rapport mensuel sur les kiboutz dont j'ai la responsabilité.

— Merci. Je profiterai de ce que c'est demain le sabbat pour en prendre connaissance à tête reposée. Revenez tout à l'heure pour la signature du courrier.

La porte s'était déjà refermée comme si l'apparition de cette femme n'avait été que celle d'une ombre.

Après un moment de silence, je ne pus m'empêcher de demander :

— Qui est-elle ?

— Eva...

— Un prénom aussi mystérieux que la création de la Femme.

— Elle n'est ni ma parente, ni une amie... Mais simplement l'une de mes collaboratrices les plus intelligentes. Peut-être même devrais-je dire : l'un de mes plus sûrs « collaborateurs »... Son cerveau surclasse ceux de beaucoup d'hommes.

— C'est sans doute pourquoi vous l'avez choisie pour secrétaire ?

— Elle n'est pas ma secrétaire. Quand nous sommes débordés de travail, il lui arrive parfois de me rendre service pour le courrier mais sa véritable fonction est de diriger une importante section féminine de l'Aliah des Jeunes.

— Qu'entendez-vous par là ?

— Albert Einstein lui-même avait pris soin de définir la tâche de cette institution. « *L'Aliah des Jeunes a pour fondement les idées jumelles de fraternité et d'humanité. Son existence prouve à un monde désabusé et divisé que ces idées restent fécondes.* » Pratiquement, l'organisation s'attache à rendre aux enfants martys non seulement la santé physique et morale mais encore la foi dans le cœur humain et dans la dignité humaine... Jetez un regard sur ces statistiques...

Bien qu'ayant toujours eu la conviction que les chiffres sont impuissants à donner aux faits leur pleine signification, ceux qui m'étaient présentés sur une feuille imprimée étaient éloquents dans leur simplicité. En vingt années l'Aliah des Jeunes, dont la création était antérieure à celle de l'Etat d'Israël, avait pris en charge 85 000 enfants juifs provenant de 72 pays différents !

— Elle les a arrachés, poursuivit mon interlocuteur, aux persécutions et aux humiliations avant de leur restituer le sens absolu de leur dignité d'hommes.

Après m'avoir rappelé, sans la moindre acrimonie, que les enfants juifs étaient ceux qui avaient le plus souffert au cours de la Seconde Guerre mondiale, le docteur souligna que ces enfants séparés brutalement de leurs familles s'étaient trouvés éparpillés dans des orphelinats ou « homes d'enfants », cachés aussi dans des familles juives ou non juives, perdus dans des camps de réfugiés et de concentration, isolés dans les ghettos ou même dans des forêts avec des partisans.

— Ceci vous donne une première idée de l'élément humain que nous avons accueilli en Israël... Mais vous devez bien vous douter que ces enfants sont venus à nous avec tous les défauts et toutes les déviations qui caractérisent les jeunes rescapés de la guerre, aussi bien en ce qui concerne leur attitude envers la société qu'à l'égard de leurs camarades. Pendant les premiers mois de leur arrivée, il nous faut étudier le comportement, la vie affective et le caractère propre à chacun.

— Je suppose que la méfiance doit être le trait essentiel de ces jeunes victimes ?

La réponse fut indirecte :

— Nous les avons groupés dans des kiboutz qui constituent, par leur cadre et leur climat, un facteur éducatif naturel. Ils y sont instruits et y apprennent le plus souvent un métier manuel, agricole de préférence. A la tête de chaque kiboutz se trouve un aîné ou une aînée. Eva a été placée par moi depuis six mois, à la direction d'un groupe important de kiboutz féminins où sont réunies des jeunes filles de quinze à vingt ans. Sa beauté et sa jeunesse sont pour elle d'excellents atouts qui lui permettent de rayonner sur la génération qui la suit immédiatement. J'ai toujours pensé que lorsqu'il s'agissait de tout refaire, de tout reconstruire dans l'âme de l'adolescence, des éducateurs jeunes étaient plus indiqués : la jeunesse va à la jeunesse parce qu'elle n'a confiance qu'en elle. Ajoutez à ces qualités naturelles de Eva la prodigieuse expérience qu'elle a déjà de la vie et vous approuverez mon choix.

— Une prodigieuse expérience à son âge ?

— Oui. Eva a tout vu, tout connu, tout enduré. Cela vous paraît invraisemblable ? C'est cependant la vérité. N'oubliez pas non plus que la femme juive est l'une des plus précoces du monde dans beaucoup de domaines : physiques et moraux. La plupart de nos filles de quinze ans sont complètement femmes.

— Mais d'où vient Eva ?

— De partout et de nulle part comme la majorité de ceux qui sont ici ! Ce qui compte dans notre jeune Etat, ce ne sont pas les origines mais la flamme intérieure qui anime tout individu désireux de vivre normalement et parfois de se racheter...

Après un silence, pendant lequel il me fixa de son regard clair, mon vieil ami demanda :

— Elle vous intéresse donc à ce point, cette jeune femme ?

— Oui.

— Pourquoi ?

— Je suis encore incapable de le dire... Sa beauté est troublante mais ce n'est pas ce qui me fascine le plus en elle : dès son entrée ici, j'ai ressenti une impression étrange, faite d'un mélange d'admiration et de malaise... Tout en croyant à ce que vous venez de me révéler de ses qualités, je ne puis m'empêcher de vous avouer avoir éprouvé en sa présence la sensation assez pénible que cette femme pourrait cacher, sous la rigidité d'un uniforme et sous l'apparence de gravité que lui donne l'existence qu'elle mène parmi vous, toutes les tares du monde ?... Ne m'en veuillez pas de cette franchise. Peut-être suis-je aussi dans l'erreur la plus complète, venue de ce que la passion de mon métier de romancier me pousse — presque malgré moi — à la tentation de vouloir analyser trop vite les gens dès le premier contact ?

— Vous n'êtes pas loin de la vérité et je vous connais assez pour savoir que vous n'hésiterez pas à rectifier une opinion un peu hâtive... Eva a dû frôler, en effet, toutes les pourritures mais ni vous, ni moi, ni personne n'avons le droit de la juger. Elle s'est déjà largement rachetée depuis sa venue en Israël. Si nous reprenions une figure marquante de votre Evangile, nous pourrions dire qu'elle se rapproche d'une Marie-Madeleine des temps modernes, marquée par la même grandeur biblique que la Sainte que vous vénérez... Sans doute ne devrais-je pas vous faire ces révélations puisque l'une des bases essentielles de notre renouveau est l'observation de la règle que la France, nation généreuse, pratique depuis des années à l'égard de ceux qui viennent de tous les pays pour cacher un passé douteux à l'ombre du drapeau de votre Légion Etrangère. Volontairement nous ignorons le mal qu'ont pu faire dans d'autres pays ceux qui viennent nous demander asile avec la ferme intention de participer à notre effort commun... Mais j'ai confiance en vous. Je sais qu'un écrivain peut rester discret.

— Vous me donnez là une nouvelle preuve d'amitié.

— Vous avez trouvé le mot juste : l'amitié... Vous en aurez aussi pour Eva quand vous aurez compris que tous ceux qui sont ici — qu'ils soient venus des camps de réfugiés d'Europe ou des mellahs d'Afrique du Nord — ont trouvé en Israël mieux qu'un refuge : une patrie.

La voix calme s'était faite véhémente :

— Vous qui avez la chance d'appartenir à une nation concrétisée depuis des siècles, avez-vous seulement songé à ce que le mot *apatride* pouvait contenir de tristesse, de solitude, d'amertume, de douleur et de désespoir ? Ce n'est qu'en Israël que Eva a pu commencer à apprendre à vaincre la peur et la haine. Ensuite elle s'est initiée rapidement, parce qu'elle est très intelligente, au travail créateur. Elle a repris contact avec les traditions ressuscitées sur le sol ancestral. Elle s'est enfin « émancipée » dans le beau sens du mot. Comme elle, le fuyard, le réfugié, le loqueteux à l'étoile jaune ou la malheureuse proie des maladies africaines appartiennent désormais au passé. Et ce doit être avec une joie sans rancœur que Eva voit grandir autour d'elle des femmes nouvelles qui seront bientôt les compagnes indispensables de ces pionniers qui défrichent nos déserts, qui plantent les oliviers de l'espérance et qui montent aussi la garde à nos frontières.

Il y eut un nouveau silence pendant lequel mon ami parut réfléchir avant d'ajouter :

— Vous devez vraiment prendre l'avion demain ?

— Croyez que je le regrette !

— Il ne faut jamais regretter ! Cela vous obligera à revenir pour un plus long séjour. J'aurais quand même souhaité vous voir repartir avec une forte impression de cette première visite-éclair. Je ne voudrais pas que vous nous quittiez avant d'avoir découvert ce que nous appelons « Le Miracle d'Israël ».

— Le Miracle ?

— Oui. La transformation morale que chacun de

nous subit ici entre le moment où il arrive d'un autre pays et celui où il s'est complètement intégré à la vie laborieuse et intense de notre peuple. Nul n'échappe à cette loi, qu'il soit travailleur manuel ou intellectuel... Vous croyez m'avoir trouvé tel que vous m'avez connu, il y a quelques années, à Paris ? Sachez que je ne suis plus le même homme. En France mon existence était exclusivement consacrée à l'exercice de ma profession, ici ma tâche est étayée par une mystique qui était peut-être depuis longtemps en moi mais que j'avais le plus grand tort de ne pas développer. Israël est le champ d'expérience prodigieux où nous n'avons plus l'impression d'accomplir un labeur quotidien mais plutôt la satisfaction de remplir une Mission.

— Je reconnais que vous ne m'avez jamais paru être plus heureux. Je vous trouve rayonnant !

— Je suis déjà un vieux monsieur, mais je ne désespère pas d'atteindre l'âge des patriarches pour continuer à savourer le bonheur d'être revenu à la Terre Promise ! Même parmi nos jeunes, ils sont rares ceux qui ont envie de repartir vers d'autres horizons quand ils ont goûté à cette vraie joie ! Je pense que l'angoissant problème de la race errante est définitivement résolu : désormais Israël vivra et prospérera ! Notre peuple a toujours été trop orgueilleux et trop indépendant pour pouvoir s'assimiler à d'autres nations, c'est ce qui l'a fait détester le plus souvent... Maintenant que nous sommes chez nous, on commence à nous respecter et même à nous aimer. N'est-ce pas déjà un magnifique résultat ?

— Il est certain qu'aujourd'hui, dans le monde, l'instinct infaillible des masses populaires fait une grande différence entre les Israéliens qui sont des purs et certains de vos coreligionnaires qui ne semblent pas avoir encore compris la noblesse et la grandeur de vos efforts ?

— Eva, elle aussi, est devenue une « pure ». Elle ne quitterait plus son pays pour tout l'or du monde et Dieu sait pourtant si elle a aimé l'or !

— L'or ?

— Entendez par là tout ce qui pouvait lui assurer une vie facile et qu'elle croyait dû à sa beauté... Je suis persuadé qu'elle regrette maintenant de s'être laissée prendre à ces mirages... Comme toutes les autres, elle ne parle jamais du passé mais il m'a cependant semblé, en entendant quelques-unes de ses rares réflexions, qu'elle devait le haïr ? Aussi ne vais-je pas hésiter à tenter une étrange expérience qui, si elle réussissait, vous ferait comprendre, mieux que n'importe quel discours ou écrit, ce Miracle d'Israël...

Et, comme je le regardais avec curiosité :

— Les hasards de la vie, ajouta-t-il, m'ont donné, il y a un an, la possibilité de pouvoir connaître par Eva elle-même son passé mais j'ai refusé de l'écouter, estimant alors que cela ne me regardait pas. A cette époque, cette jeune femme était complètement désemparée : les années qu'elle venait de vivre n'avaient été qu'une succession monstrueuse de trahisons et de deuils. J'ai toujours pensé que Eva était la plus grande responsable de ce drame... Car elle porte en elle, comme vous l'avez très bien décelé tout à l'heure, le germe de la destruction... Il a fallu toute la force morale et toute la vitalité bienfaisante de notre jeune Etat, pour la transformer. Aujourd'hui Eva ne cherche plus à détruire mais à construire... Et je pense qu'elle serait tout à fait heureuse si elle pouvait se débarrasser complètement des souvenirs tragiques qui doivent encore l'obséder et qui continuent à la poursuivre avec le terrible acharnement des remords... Elle n'y parviendra qu'en me racontant enfin ce qu'elle voulait me dire : ce sera pour elle une sorte de libération nécessaire... Quand elle aura parlé, elle ne sera plus seule à porter le poids d'un fardeau écrasant : il y aura ceux qui, en l'écoutant l'auront aidé... J'aimerais que vous fussiez de ceux-là ?

— Pourquoi moi ?

— Parce que j'ai l'impression, si Eva consentait à parler ce soir, que vous seriez un homme mieux éclairé sur ce Miracle dont je vous ai déjà dit quelques mots. Souvenez-vous qu'au moment de votre arrivée à l'aéroport, je vous ai affirmé que je ne pourrais rien vous montrer d'intéressant pendant une escale aussi courte. Je me trompais ! Je n'avais pas pensé à Eva qui, mieux que n'importe quel autre membre de notre communauté, résume à elle seule le douloureux problème... Depuis des années, dans vos livres, vous vous êtes intéressé à différentes héroïnes dont l'existence n'était le plus souvent qu'un cas pathologique. Celui de Eva risque d'être le plus étrange, le plus riche d'enseignements, le plus vrai sur lequel vous vous serez penché... Je souhaite qu'il vous apporte la matière d'un roman où le lecteur, ne connaissant Israël que par des communiqués de journaux ou des affiches de propagande, découvrirait notre véritable raison d'être. Vous pourriez faire un excellent travail : ce serait la preuve d'amitié que vous me donneriez à votre tour... Bien entendu, si Eva consentait à parler et si vous vous décidiez à écrire, il faudrait modifier les noms de ceux qui furent les tristes héros de ce passé et changer quelques localités, mais je pense que, dans l'ensemble, le récit serait vrai.

— Qu'est-ce qui vous le fait supposer ?

— La personnalité même de Eva qui n'a plus envie de dissimuler...

— Et vous estimez que vous pouvez écouter aujourd'hui cette confession que vous vous refusiez d'entendre, il y a un an ?

— C'est notre devoir de l'écouter avec une année de recul.

— Vous êtes un homme étonnant !

— Eva a besoin d'oreilles amies... Je crois qu'elle a confiance en moi. Je lui demanderai de reporter cette confiance sur vous.

— En somme, vous allez lui demander de raconter pour vous et moi ce qu'a été sa vie avant son arrivée en Israël ?

— Exactement.

— Avez-vous le droit d'exiger d'elle un tel aveu ?

— Je n'exigerai rien. Ce n'est pas dans nos manières. Si Eva parle, c'est qu'elle le jugera comme moi, nécessaire pour que vous appreniez en une seule soirée tout ce que vous devez savoir sur notre but essentiel : la transformation morale des membres de notre communauté... Répondez-moi franchement : que pensez-vous de mon idée ?

— Encore rien. Tout dépendra de votre pouvoir de persuasion sur cette femme... Une question cependant : en supposant qu'elle parle, il me sera assez difficile de la présenter dans un récit si je ne vous nomme pas, sinon le lecteur serait en droit de se demander à quel titre je me suis permis de faire de telles révélations ?

— Est-il nécessaire de me mettre dans l'action ?

— C'est indispensable ! J'ai la conviction que la belle Eva ne serait pas ici régnant sur des kiboutz, si vous n'aviez pas contribué à l'y faire venir ?

Mon ami restait silencieux.

— Mais vous pouvez être certain que votre nom serait également changé par moi... Que diriez-vous de « Docteur Levy ? »

— C'est un nom honnête. Il offre également l'avantage d'être assez anonyme : les Levy sont légion en Israël ! Je suis d'accord pour que vous me nommiez Levy dans le futur roman... Maintenant, bon ami, vous devriez profiter de ce bel après-midi pour aller faire un tour en ville. Vous n'avez pas besoin de guide : sur dix personnes que vous croiserez, six parlent l'anglais et quatre le français. Ce sera à qui se fera une joie de vous servir de cicerone : nous avons, spécialement à Tel-Aviv, la réputation d'être très accueillants pour les étrangers. Et nous ne le sommes que parce que nous sommes aussi fiers de notre jeune capitale que vous de la vôtre. Promenez-vous en vrai touriste : je sais que c'est assez dans votre manière. Combien de fois ne m'avez-vous pas dit que le meilleur moyen, pour un romancier, d'avoir une impression d'ensemble sur une ville et sur sa population était de s'asseoir à la terrasse d'un café ? Nous avons de splendides cafés, l'air est doux, le climat méditerranéen... Profitez-en ! Pendant ce temps, je verrai Eva... A tout à l'heure !

Quatre cent mille habitants font de l'agglomération Tel-Aviv-Jaffa déjà une très grande ville. Jaffa est l'ancienne cité, pittoresque. Malheureusement je n'eus guère le temps de m'y promener, préférant réserver mes quelques heures de flânerie pour Tel-Aviv, la cité moderne qui n'existait pas, il y a quarante ans. La ville blanche et verte est suractive, vivante, prospère : c'est la capitale d'un monde nouveau.

L'impression dominante, quand on en parcourt les avenues larges et aérées, n'est pas tellement celle de la richesse mais plutôt celle de l'évolution constante, d'une sorte de progression arithmétique dans tous les domaines : grands hôtels, jardins publics, magasins, bureaux de poste, agences de tourisme, autobus, voitures particulières, lumières à profusion, confort... le tout dû à un labeur acharné. Le luxe tapageur est exclu parce qu'inutile. Sans mettre dans leurs déplacements la précipitation des habitants des villes américaines ou même la frénésie des Parisiens, les gens n'aiment pas traîner dans les rues : ils sont tous occupés mais leurs visages ne sont pas soucieux comme cela se remarque le plus souvent dans les villes très actives. On ne voit pas un seul mendiant. La netteté des façades, la propreté des rues sont étonnantes.

Cette éclatante victoire du progrès, je pouvais à peine la savourer tellement mes pensées étaient ailleurs, auprès de celui dont je ferais peut-être le « Docteur Levy »... Je savais aussi que seule la très grande modestie de mon ami l'avait empêché de m'avouer que, pour rééduquer tous ces malheureux, débarquant quotidiennement de partout et de nulle part, il avait fallu à la tête du jeune Etat quelques hommes d'une exceptionnelle valeur. A l'écouter, on aurait presque pu croire qu'Israël n'était fait que d'un ramassis d'enfants abandonnés, de déchets de ghettos ou d'échappés de la mort... Toutes ces masses errantes étaient là mais il y avait, pour les accueillir et les diriger, une élite dont mon interlocuteur devait être l'un des éléments les plus sûrs.

Eva, la belle Eva, faisait-elle maintenant partie, elle aussi, de cette élite dont elle n'avait sans doute pas soupçonné l'existence pendant cette première époque de sa vie que l'on voulait me faire connaître ? S'il en était ainsi, ce que le docteur appelait « Le Miracle d'Israël » serait pour moi une réalité.

Eva... Je ne parvenais pas à me débarrasser de l'extraordinaire impression ressentie quand je l'avais vue et qui avait dû être identique pour tous ceux qui la rencontraient pour la première fois. Je ne pouvais également m'empêcher d'imaginer l'étrange conversation qui devait avoir lieu à la même heure dans le bureau à l'aspect monacal. Dialogue en hébreu, « leur » langue : celle de tous leurs secrets... Mais l'imagination ne possède-t-elle pas le pouvoir de pressentir la vérité ?

— Eva, je ne vous ai jamais demandé si vous étiez heureuse parmi nous ?

— Je ne recherche pas le bonheur, Docteur, mais seulement la paix...

— Et vous ne l'avez pas trouvée ?

— Pas encore.

— Ceci indiquerait qu'après tout ce que vous avez connu, une seule année de présence en Israël n'aurait pas été suffisante pour vous faire tout oublier ?

— C'est si difficile d'oublier un passé, Docteur !

— Ce serait cependant possible si vous vous débarrassiez complètement de lui. Et je ne connais qu'un moyen pour ne plus le ressasser perpétuellement dans votre mémoire : ne plus le garder égoïstement pour vous seule ! C'est un orgueil inutile, qui vous fait du mal... Les remords cessent d'être un tourment quand on a eu le courage de les avouer à d'autres.

— Avant de venir en Israël, quand nous avons fait connaissance j'ai voulu tout vous dire... Vous avez refusé de m'écouter !

— Le contraire aurait été chez moi non pas une preuve d'amitié désintéressée mais de curiosité... Je crois aussi que le récit, que vous auriez fait quand vous étiez encore sous l'emprise de l'exaltation et des rancunes, n'aurait pas été impartial... Après cette année de réflexion parmi nous, je suis convaincu que vous serez moins injuste : vous avez eu le temps de méditer et d'apprendre à vous connaître... C'est pourquoi je veux bien vous écouter maintenant. Cela me permettra de me rendre compte si je n'ai pas commis une erreur le jour où je vous ai conseillé de venir en Israël ?

— Vous avez donc l'impression que je suis inguérissable ?

— Non, Eva. Vous êtes sur la bonne voie mais j'aimerais qu'au lieu d'être toujours assombrie par des regrets, celle-ci fut pour vous génératrice d'espérance ?

— Ce que vous dites est étrange... Bien souvent en effet, pour m'évader de mon isolement moral, j'ai eu envie de vous parler...

— Je l'ai senti...

— Je n'ai jamais osé ! Mon tort a été de croire que cette loi absolue du silence, que tous ici nous observons, serait pour moi le meilleur moyen d'oublier...

— Il fallait l'aveu ! Le moment est venu... Consentiriez-vous à parler devant une autre personne que moi ?

— Oui, si vous pensez que c'est nécessaire... Qui cela ?

— Celui que je viens de vous présenter ici-même.

— Pourquoi cet homme ?

— Parce qu'il vient de cette France à laquelle vous devez tant !

— Et que ferait-il de mon passé si je le lui révélais ?

— S'il le fallait, il saurait l'oublier comme moi... Mais, si, au contraire, c'était vous-même qui lui demandiez de le raconter à d'autres, je pense qu'il le ferait. Sa vocation est d'écrire. Supposons qu'il parvienne à transposer cette histoire vécue sous une forme purement romanesque qui éviterait au lecteur de pouvoir faire des rapprochements avec des personnes ayant réellement existé ou vivant encore... Je crois qu'un tel ouvrage serait susceptible d'intéresser au moins quelques-unes des Eva qui continuent à dispenser actuellement dans le monde la discorde et la haine comme vous avez su le faire. Ne serait-ce pas déjà pour nous, qui luttons maintenant pour la bonne cause, un résultat appréciable ? N'avez-vous pas l'impression que ces créatures, aussi dangereuses que vous avez pu l'être, pourraient être amenées — après avoir lu ce roman acheté au hasard — à réfléchir sur leur propre cas ? Pourquoi leur conversion ne serait-elle pas aussi sincère que la vôtre ?

— Ne craignez-vous pas qu'un pareil récit ne fasse plus de mal que de bien à la grandeur renaissante d'Israël ?

— Chacun de nous, ne doit-il pas apporter ou laisser un message à ses frères ? Le mien fut d'ordre scientifique : il touche à sa fin puisque je ne suis plus qu'un vieillard... Le vôtre sera celui d'une douloureuse expérience humaine : il durera parce que vous aurez eu le courage de le livrer quand vous étiez encore jeune et belle... Sincèrement, je crois que vous n'avez pas le droit de vous dérober.

— J'ai cependant celui de réfléchir ! Quand repart cet homme ?

— Dès demain. Vous n'avez même pas une nuit pour vous porter conseil ! Il dînera ici ce soir avec moi. Nous serons seuls. Si vous revenez vers neuf heures, cela signifiera que vous avez décidé de parler. S'il le faut, nous vous écouterons jusqu'à l'aube.

— Et si je ne revenais pas ?

— Cela voudrait dire que vous avez préféré rester emmurée dans ce silence qui vous ronge et qui émousse peu à peu votre sensibilité... Mais, quelle que soit votre décision, nul n'a le droit de la juger. Vous êtes venue de votre plein gré en Israël, sachant que c'était un pays de liberté ! Vous êtes toujours libre de vos actes et de vos pensées. Pourquoi chercher à vous influencer ? Je crois maintenant vous connaître assez pour savoir que si vous parlez, ce ne sera que parce que vous en avez le désir... Je ne vous retiens plus.

Le repas, en tête-à-tête avec mon ami, était terminé. La conversation, riche d'enseignements pour moi, avait roulé successivement sur ma randonnée en ville, les petits métiers et les grands travaux qui s'y côtoyaient, les artistes et les artisans dont les boutiques en plein vent montraient qu'ils continuaient à puiser l'inspiration dans un passé millénaire, des danseuses Yemenites que j'avais entrevues tourbillonnant dans un jardin, un petit vendeur de journaux criant les dernières nouvelles sur la place Mograbi et que tout Tel-Aviv devait aimer, les innombrables enfants « maîtres des rues » qui donnaient à la ville son visage et sa vie, l'impression de jeunesse printanière qui provenait peut-être de la blancheur ordonnée des multiples balcons, les vieux faubourgs que je n'avais fait qu'entrevoir, l'antique marché du Carmel qui offrait le choix parfumé de ses étalages primitifs, les grands projets que caressait le nouvel Etat et les menaces permanentes de conflits qui gênaient ces projets, l'avenir surtout...

Nous avions parlé de tout, sauf du passé de Eva.

C'était cependant le seul sujet de conversation qui me hantait.

Depuis mon retour de promenade, mon ami ne m'avait pas dit le moindre mot sur elle, ni même prononcé son nom. J'en arrivais presque à me demander si je n'avais pas été le jouet d'une hallucination et si la femme brune m'était réellement apparue quelques heures plus tôt dans le même cabinet de travail où nous venions de revenir prendre le café ? Et je n'osais plus parler d'elle. Avait-elle réellement existé devant nous ? C'était comme si elle était déjà retournée pour toujours vers son passé...

Mais, alors que je venais de dire combien je regrettais de ne pouvoir prolonger mon séjour, mon interlocuteur répondit :

— J'aurais tant voulu que vous ne le regrettiez pas ?

Et, instinctivement, il avait regardé la pendulette placée sur le bureau : elle marquait neuf heures et demie :

— Si ce que je souhaitais ne se produisait pas, poursuivit-il, j'en serai réduit à vous offrir de faire ce soir une promenade en auto à travers la ville : vous verrez nos illuminations qui n'ont rien à envier à celles des autres capitales... Mais ce n'est pas très original, je le sais ! Ce ne doit pas être non plus ce que vous aimeriez rapporter comme première impression marquante d'Israël !

Ce fut l'instant où l'on frappa à la porte, cette même porte par laquelle « Elle » était entrée quelques heures plus tôt. Le visage du vieillard resta impénétrable pendant que sa voix calme disait :

— Entrez, Eva...

Elle était à nouveau devant nous, réelle, égale à elle-même sous la rigidité de l'uniforme mais rendue encore plus mystérieuse par le faible éclairage de la pièce.

Ce fut à moi qu'elle s'adressa :

— Je ne vous connais pas, Monsieur, et il est probable que nous ne nous reverrons plus jamais après votre départ. Mais le seul fait que vous soyez un ami du Docteur justifie ma confiance. Je vous demande de m'écouter sans m'interrompre, sinon je ne trouverais peut-être pas le courage d'aller jusqu'au bout... Ce que je vais vous dire n'est que la vérité. Si vous pensez qu'elle peut offrir un intérêt humain je vous demande de l'utiliser en modifiant simplement quelques noms par respect pour la mémoire des morts... Si, au contraire, tout cela vous semble quelconque, oubliez ce que vous aurez entendu.

— Je vous le promets. Permettez-moi pourtant de vous poser une seule question : pourquoi désirez-vous que j'écrive un tel livre ?

— Ceci ne regarde que ma conscience...

Elle s'était assise dans le coin le plus sombre de la pièce comme si elle cherchait à masquer les expressions de son visage. Seuls les yeux immenses, brûlant de leur flamme étrange, perçaient la demi-obscurité dans laquelle la femme s'était réfugiée. Puis la voix sensuelle parla avec une douceur grave. Cette nuit-là, pendant des heures, nous fûmes les premiers et les derniers à entendre, le docteur Levy et moi, l'une des confessions les plus bouleversantes que femme ait peut-être jamais faite...

...Loin, très loin d'Israël, se dresse dans l'une des vallées les plus secrètes du Jura une habitation dont les murs de briques patinées, les fenêtres à petits carreaux et les toits recouverts de tuiles délavées par les pluies fréquentes de la région ont toute l'élégance de la gentilhommière du XVIIe siècle...

L'agrément de *La Tilleraye* vient de sa situation au bord de l'une des plus merveilleuses rivières de France, *La Loue,* qui semble avoir voulu pousser la coquetterie jusqu'à changer d'aspect dans le parc qu'elle traverse. A *La Tilleraye,* l'eau vive n'est plus celle du torrent bruissant de cascades qui vient de s'échapper des hautes gorges, ni le courant élargi qui apporte toute sa richesse à un grand fleuve... *La Loue* n'est, dans ce parc aux arbres centenaires, qu'un reflet de la vie qui coule et qui passe sans prêter la moindre attention à ceux dont l'existence est rivée au paysage.

Qu'importe à la rivière de savoir que *La Tilleraye,* depuis sa construction en 1648, a toujours appartenu aux gens d'une même lignée dont le dernier descendant était trois siècles plus tard, Eric de Maubert qui, à trente-quatre ans, n'avait pas trouvé encore le temps, ni ressenti le désir de se marier ?

Depuis 1935, époque de sa majorité, où il était devenu le seul propriétaire de *La Tilleraye* en vertu d'une disposition testamentaire de son père, Eric avait cependant partagé la souveraineté du petit domaine avec sa mère, la Comtesse Adélaïde, à qui les événements qui se succédèrent de septembre 1939 à mai 1948 accordèrent un authentique pouvoir de régence pendant la longue absence de son fils unique.

Le père d'Eric avait été enlevé en 1927 après une courte maladie, alors que l'héritier n'était encore qu'un adolescent, pensionnaire au collège des Jésuites de Dôle.

Devenue trop tôt veuve, Adélaïde avait dû accomplir de véritables miracles budgétaires pour assurer, avec de très modestes revenus terriens, la pérennité de *La Tilleraye*... Volonté de mission conservatrice qui avait été aiguillonnée chez elle par l'immense espoir qu'elle plaçait dans les destinées futures d'Eric. Un jour viendrait sûrement où celui-ci, devenu homme, trouverait la compagne ayant la dot suffisante pour assurer enfin au domaine une stabilité financières qui lui manquait depuis trop longtemps... Car il n'aurait su être question, dans les désirs secrets d'Adélaïde, que le dernier des Maubert ne fit pas le mariage riche auquel elle avait songé dès l'instant où elle avait été mère.

...Les années avaient passé. Eric était bien devenu celui dont *La Tilleraye* avait besoin mais sa vocation — celle de tous les Maubert — le retenait loin de ses terres. Comme son père, comme son grandpère, Eric avait voulu être officier. Peu de temps après sa sortie de Saint-Cyr, le lieutenant de Maubert avait été happé par la Deuxième Guerre mondiale qui l'avait entraîné dans un tourbillon de mort et d'audace s'étendant du désastre de Dunkerque aux Forces de la France Libre, du Tchad aux confins de la Lybie d'Afrique du Nord au Mont Cassin, d'Italie au débarquement de Saint-Tropez, des plages du Midi jusqu'au repaire de Berchtesgaden et finalement au commandement militaire d'une région de l'Allemagne occupée. De sous-lieutenant, Eric était devenu l'un des plus jeunes lieutenants-colonels de la nouvelle armée française.

Pendant tout ce temps, Adélaïde avait accompli des prodiges pour « maintenir » le domaine dans l'attente du retour définitif du fils... Il revenait bien d'Allemagne à chacune de ses permissions mais ce n'étaient toujours que des apparitions fugitives. Et il repartait vite après avoir embrassé cette maman qui se retrouvait seule avec les difficultés quotidiennes et ses rêves de grandeur... Pendant des journées, des soirées, des nuits entières, Adélaïde avait tourné et retourné dans sa tête les projets de mariage les plus fabuleux pour Eric... Elle aurait voulu qu'il épousât la plus noble, la plus jolie, la plus charmante, la plus riche surtout des héritières... Mais les années, qui s'ajoutaient les unes aux autres sans voir se réaliser le merveilleux projet, le bouleversement complet de l'échelle sociale, l'écroulement des fortunes anciennes et l'éclosion spontanée de richesses nouvelles avaient progressivement amené la châtelaine ruinée et solitaire à réfléchir...

Le fruit de ces longues méditations fut qu'il n'y avait plus qu'un seul mariage possible pour Eric, une seule union qui sauverait *La Tilleraye* : le dernier Comte de Maubert devait épouser Monique, la fille de Georges Veran...

Les avantages seraient nombreux ; Monique était fille unique et avait perdu sa mère quand elle n'était encore qu'une enfant. Monique avait vingt-deux ans : la différence d'âge avec Eric serait idéale. Douze années, c'est suffisant pour que le mari puisse affirmer son autorité. Le père de Monique avait la réputation de céder à tous les caprices de sa fille ; si celle-ci s'installait à *La Tilleraye*, le père n'hésiterait pas à faire largement les choses pour que son enfant connût un luxe et un confort dont Eric serait le premier bénéficiaire. Il aurait enfin les moyens d'avoir la plus belle chasse de la région à laquelle il rêvait depuis des années et sans laquelle l'existence à *La Tilleraye* lui paraissait invivable. Eric, qui avait le sens inné du faste comme tous les Maubert, pourrait recevoir selon ses goûts et selon son rang...

Les inconvénients semblaient moins gênants à Adélaïde qui savait que la fortune fait oublier beaucoup de choses... Evidemment, dans le pays on reprochait à ce Georges Veran d'avoir considérablement amélioré sa situation de très petit industriel de la banlieue de Besançon en faisant travailler son usine à plein rendement, pendant les années d'occupation, au profit exclusif des Allemands...

Mais ce n'était que des on-dit, dus presque certainement à la jalousie d'affairistes moins heureux et dont l'industriel semblait s'être assez peu soucié. N'avait-il pas réussi à exhiber, le jour de la Libération, sous les regards de ses pires adversaires, d'excellents certificats de patriotisme éclairé qui démontraient qu'en faisant travailler son usine pendant les sombres années, il avait évité que de nombreux ouvriers ne fussent déportés de l'autre côté de la frontière dans des organisations de travail obligatoire ? En récompense de ces services, le nouveau milliardaire avait reçu une décoration qu'il ne craignait nullement d'arborer à sa boutonnière quand la nécessité s'en faisait sentir. Au demeurant, sous sa rondeur aimable, cet alerte quinquagénaire était d'un abord plutôt sympathique. La comtesse l'avait entrevu une ou deux fois à Besançon, accompagné de sa fille qui n'était pas laide et loin d'être vulgaire. Avec le temps, les conseils avisés que ne manquerait pas de lui prodiguer Adélaïde et surtout l'argent, les rumeurs malveillantes s'apaiseraient vite.

La mère d'Eric avait vu juste. L'euphorie vengeresse des mois qui avaient succédé à l'occupation s'était émoussé. Comme Adélaïde, les gens s'étaient retrouvés devant les réalités quotidiennes. Les mémoires s'étaient faites plus indulgentes et les portes des demeures les plus hostiles aux fortunes de guerre trop vite acquises avaient fini par s'entrouvrir pour accueillir l'homme-qui-avait-réussi et la jolie fille à marier. Il suffirait maintenant d'un rien pour que l'aristocratie très fermée des environs accueillît avec une certaine complaisance l'idée que la grosse fortune était tout indiquée pour redorer un blason voué à une agonie certaine... Dans les pensées d'Adélaïde le blason ne pouvait être que celui des Maubert et l'enjeu la sauvegarde de *La Tilleraye.*

Mais il y avait Eric...

Ce garçon — qui avait cependant toutes les qualités aux yeux de sa mère : noblesse, élégance, intelligence, courage, charme — se montrait un perpétuel indécis chaque fois qu'Adélaïde parlait mariage. Et elle ne manquait jamais de le faire à chaque permission :

— Ne crois-tu pas avoir suffisamment rempli ton devoir d'officier ? Ton avenir ne serait-il pas plutôt ici que dans une garnison à l'étranger ?

Eric ne répondait jamais. Il savait que son retour définitif marquerait la fin du règne despotique de sa mère sur un domaine qui n'était pas assez vaste pour que deux volontés aussi différentes que les leurs pussent y cohabiter. Adélaïde avait trop donné d'elle-même, pendant des années, à *La Tilleraye* pour abdiquer... Ce que le fils ne pouvait encore comprendre était que la mère envisageait très bien un avenir commun à condition qu'Eric épousât la fille riche, dont le rôle devrait strictement se limiter à celui de la bru qui sait se montrer satisfaite et même flattée, d'avoir échangé sa dot contre un titre. Adélaïde se sentait assez forte pour faire de cette petite Monique la plus soumise des belles-filles...

— Eric, ne songes-tu donc jamais à te marier ? répétait sans cesse Adélaïde. Tu as dépassé la trentaine... Bientôt moi-même je ne serai plus qu'une vieille femme ! Que deviendra *La Tilleraye* si tu n'as pas d'héritier ?

— *La Tilleraye* a connu beaucoup d'autres vicissitudes depuis trois siècles... Cela ne l'a pas empêchée de rester debout !

— Mais les toitures sont dans un état lamentable ! Les murs aussi... Il faudrait faire des travaux très importants !

— Quel rapport auraient-ils avec un mariage ?

Adélaïde crut suffoquer.

— Quel rapport ? Mais, mon garçon, si tu faisais un mariage riche, cela faciliterait les choses... Sais-tu qu'avec ton nom, ton physique et ton passé militaire tu peux épouser qui tu veux !

— Si je me mariais, ce ne serait qu'à cette condition !

— Enfin je veux dire quelqu'un qui t'apporterait ce qui a toujours manqué aux Maubert ! Mon seul tort, quand ton père a voulu m'épouser, a été de ne pas avoir de fortune... Nous nous sommes adorés, c'est certain, mais un peu plus d'argent n'aurait pas gêné notre bonheur. Si tu savais comme j'ai dû me débattre pour conserver ce domaine ! J'accepte volontiers d'avoir appartenu à la génération sacrifiée à condition qu'il n'en soit pas de même pour toi ! Crois-moi, mon petit Eric, tu as le droit d'être très heureux !...

— Mais je le suis ! J'aime ma carrière et, quand

je reviens ici, je vous retrouve auprès de moi. Que pourrais-je demander de plus ?

— Ne dis pas de sottises ! Il faut de la jeunesse à *La Tilleraye.*

— Si vous parlez ainsi, c'est que vous avez déjà une petite idée ?

— ...Il y a longtemps que je pense pour toi à Monique Veran.

— La fille du collaborateur ?

— Il n'a pas plus collaboré que les autres ! Ce sont des racontars uniquement dus à la jalousie... On ne lui pardonne pas d'être riche, c'est tout ! Et sa fille est charmante ! Je suis sûre qu'elle te plairait : blonde aux yeux bleus, élégante, étonnamment fine pour ses origines...

— Nous ne sommes plus à une époque où l'on se permet de mépriser les origines de quelqu'un mais ce qui est tout de même très inquiétant, c'est l'origine de cette fortune !

— Tu dois te douter qu'avant de te parler de cette jeune fille, j'ai fait un large tour d'horizon... Mes conclusions sont nettes : toutes les héritières de notre milieu et habitant la région sont dans la même situation que nous... Si tu veux sauver *La Tilleraye,* tu ne peux épouser aucune d'elles !

— Mais il n'y a pas que la région ! La France est vaste ! Et il y a le monde entier !

— Le monde ? Tu oserais te marier avec une étrangère ?

— Ce n'est pas moi qui inventerais la mode !

— Une Américaine ?

— Pourquoi une Américaine ?

— Parce qu'elles sont riches !

— Pas toutes !

— Les autres peuples sont ruinés... Aurais-tu une idée en tête, toi aussi ?

— Pas la moindre !

— Alors songe sérieusement à Monique Veran... Elle offrirait aussi l'immense avantage de ne pas se sentir trop dépaysée à *La Tilleraye*... Elle est née à vingt-cinq kilomètres d'ici, dans les environs de Besançon... Enfin le nom de famille, ça ne compte pas pour une femme puisqu'elle prendra le tien. On oubliera très vite qu'elle s'est appelée Veran !

— Je ne vous reconnais plus, mère ?

— Je fais passer mon amour pour toi avant tout, mon petit Eric...

— Je sais... Seulement moi je n'aime pas cette Monique Veran que je n'ai d'ailleurs jamais vue !

— Alors ne parle pas de ce que tu ne connais pas ! Est-ce que ça te ferait plaisir que j'organise une rencontre à ta prochaine permission ?

— Vous inviteriez ces gens-là ici ?

— Il existe certainement d'autres moyens... Nous avons d'excellents amis à Besançon chez qui nous pourrions trouver un terrain neutre : l'entrevue semblerait due au hasard...

— Vous m'amusez... Et vous semblez oublier qu'il y a eu une nouvelle guerre : aujourd'hui les gens ne s'épousent que parce qu'ils se plaisent ! L'opinion des familles ça ne compte plus... Elle avait peut-être une valeur quand les parents mettaient dans la balance le poids d'un héritage ou d'une dot... Mais, à l'exception d'un Monsieur Veran et de quelques autres de son acabit, personne ne lègue plus rien à ses enfants ! La notion de Capital a définitivement disparu pour laisser la place à celle de Travail. Le jour où je quitterai l'armée, moi aussi je travaillerai...

— Tu connais beaucoup d'officiers qui ont su se créer une belle situation dans la vie civile après leur départ de l'armée ? Le jour où ils peuvent enfin y songer, ils sont trop âgés : toutes les places intéressantes sont prises ! Tu es lieutenant-colonel... Supposons que tu quittes l'armée avec le grade de colonel ou même de général... Qu'est-ce qu'on fait aujourd'hui d'un général en retraite ?... Tout au plus un chef de personnel dans une banque quelconque ! L'armée c'était encore possible à l'époque de la cavalerie et à condition d'avoir une fortune personnelle.

— Si mon père était encore là, il frémirait !

— Il penserait exactement comme moi ! Tu prétends vouloir travailler quand tu quitteras l'armée ? Parfait ! Qu'est-ce que tu feras ?

— Soyez sans inquiétude !... Malgré ce grade, que vous semblez presque me reprocher, je ne me sens pas du tout un homme fini à trente-quatre ans ! J'ai connu pendant cette guerre de très bons camarades qui m'ont jugé à certains moments où il fallait savoir ce que valait un homme... J'irai les trouver. Je suis certain qu'ils m'aideront à leur tour pour que je me crée cette stuation indispensable !

— Et *La Tilleraye* ?

— Je ferai n'importe quoi, s'il le faut, pour vous permettre de continuer à y vivre.

— Tu as toujours été un bon fils mais ce n'est pas une solution. Un Maubert ne fait pas n'importe quoi ! Si tu épousais Monique, pourquoi — puisque tu veux à tout prix être occupé — n'aiderais-tu pas son père à diriger ses usines ?

— Rien que cela ?

— Qui te dit qu'il ne serait pas très content de t'avoir auprès de lui ? Il n'a pas de fils...

— Mère, je préfère que nous arrêtions là cet entretien.

— Comme tu voudras ! Seulement tu ne me reprocheras pas plus tard de n'avoir pas tout tenté et même fait le sacrifice de ma fierté pour assurer ton avenir ?

— Je ne vous ferai aucun reproche...

Il retourna en Allemagne.

A la permission suivante, il ne fut plus question de mariage mais Eric sentit qu'Adélaïde ne lui pardonnait pas d'avoir résisté à ses projets. Au moment où il allait repartir à nouveau, elle dit en montrant la toiture délabrée :

— Je me demande avec inquiétude comment nous pourrons la faire réparer ?

Il n'y eut pas de réponse mais ce jour-là Eric prit la décision de revenir moins souvent.

Sa mère ne le revit que six mois plus tard : il était arrivé, à l'improviste, un samedi.

— J'ai bien cru que je ne te reverrais jamais ! fut l'accueil d'Adélaïde.

— Vous étiez dans l'erreur, mère... Désormais vous aurez le plaisir de me voir pendant très longtemps je viens de donner ma démission...

Le visage anguleux d'Adélaïde s'éclaira pendant quelques secondes pour reprendre presque aussitôt une mine compatissante :

— Vraiment ? Ne crains-tu pas, mon chéri, d'avoir des regrets, toi qui aimais tant ta carrière !

— Aucun regret ! L'armée, telle qu'on la réorganise actuellement, n'a plus besoin de gens comme moi. Il lui faut des techniciens ou des savants qui dirigeront des robots à distance... En consultant le tableau d'avancement, j'ai vu qu'il était grand temps de me retirer avant que l'on me fasse comprendre que ma présence n'était plus nécessaire ! Aussi ai-je préféré de me faire mettre en disponibilité pour une période indéterminée... Pour me consoler « ils » m'ont laissé entendre que je serai nommé prochainement Colonel dans la réserve. Ça me fera une belle jambe !

— Que comptes-tu faire maintenant ?

— Cela dépendra de vous...
— De moi ?
— Je crois que vous aviez raison : je vais peut-être songer au mariage...
— Enfin ! Tu deviens raisonnable !
Le lendemain, ce fut un dimanche avec la grand-messe interminable le matin à l'église du village, le déjeuner silencieux servi par Louise et l'après-midi qui ne s'annonçait ni plus gai, ni plus triste que tous ceux qui s'étaient déjà succédé à *La Tilleraye...*
Vers quatre heures, un crissement de pneus se fit entendre devant le perron. Eric, qui avait regardé à la fenêtre de la bibliothèque, demanda :
— A qui est cette Cadillac ?
— Je ne sais pas, répondit Adélaïde. Sans doute la voiture de l'un de nos voisins qui vient nous faire une visite ?
— Nos voisins n'ont pas de Cadillac...
Louise pénétra, un peu affolée, dans la pièce :
— Madame la Comtesse ! Il y a au salon des personnes nouvelles, Monsieur et Mademoiselle Veran...
Le nom fit l'effet d'une douche glacée :
— Comment ? s'écria Eric en se retournant vers sa mère : c'est vous qui les avez invités ?
— Je ne l'aurais jamais fait sans t'en parler.
— Ces gens-là ne manquent pas de toupet !... Louise, dites-leur qu'il n'y a personne.
— Je ne peux pas, Monsieur le Comte ! J'ai déjà dit que vous étiez là !
— C'est intelligent !... Eh bien, dites que Madame la Comtesse est souffrante...
Louise resta hésitante devant la porte. Ce fut Adélaïde qui parla :
— Les Veran ont peut-être voulu se montrer aimables à notre égard ? On m'a dit que, ces derniers temps, ils avaient fait un certain nombre de visites aux châteaux de la région.

— Parbleu ! Maintenant qu'ils ont l'argent, ils cherchent à se créer des relations. Je ne les verrai pas !

— Après ce que tu m'as dit hier, je trouve que c'est peut-être pour toi l'occasion inespérée de rencontrer cette jeune fille ? Ça ne t'engage à rien... et je suis sûre qu'elle te plaira. Elle est tout à fait le genre « moderne » !

— Ecoutez, mère... Plus tôt ces gens repartiront et mieux cela vaudra... Je vais vous accompagner au salon pour que la visite ne s'éternise pas.

— Je te demande seulement d'être poli. Allons...

Les Veran étaient bien tels qu'Eric les avait imaginés : le père vulgaire mais assez sympathique dans son franc-parler ; la fille jolie mais le sachant. Il n'était pas nécessaire de la détailler longtemps pour deviner que Monique savait très bien qu'un pouvoir d'achat considérable lui donnait tous les droits et spécialement celui d'être admirée.

Adélaïde se donnait un mal fou :

— C'est très aimable à vous d'être venus nous voir... Nous avons tellement entendu parler de vous, cher Monsieur, ainsi que de votre charmante fille ! Vous avez beaucoup de chance de trouver Eric ici : il nous a fait la grande surprise de revenir hier après avoir pris la décision de quitter l'armée... Je l'ai approuvé : on ne peut pas rester éternellement militaire, n'est-ce pas ? Il faut bien penser à l'avenir...

Eric ne disait rien. Plus il observait la fille aux yeux bleus et moins elle lui plaisait.

— Que comptez-vous faire maintenant, mon Colonel ? demanda le père.

— Travailler, cher Monsieur...

— Comme vous avez raison ; La gloire, c'est magnifique... Malheureusement ça ne paie pas !

— Ça ne laisse que quelques souvenirs... Je connais des gens sans fortune qui s'en contentent.

Le silence qui suivit fut pénible.

— Que diriez-vous d'une tasse de thé ? finit par demander Adélaïde.

— Ma fille et moi, chère Madame, ne sommes pas des gens à thé... Je ne dis pas qu'un petit scotch...

— Nous n'avons pas de scotch ! trancha Eric. Je suis comme vous : je l'adore mais il devient vraiment trop ruineux !

— Eh bien, mon Colonel, si vous me faites un jour l'honneur de venir me dire un petit bonjour à Besançon, je me ferai une joie de vous en offrir quelques bouteilles... J'ai pris mes précautions !

— Une vieille habitude du temps de l'occupation, sans doute !

— Eh oui, répondit l'industriel sans se départir de sa belle humeur.

Le terrain devenait très glissant. Une fois encore, Adélaïde voulut sauver la situation en demandant à la jeune fille :

— Quelles sont vos distractions à Besançon ?

— Il n'y en a pas, Madame !

C'étaient les premières paroles de l'héritière.

— Est-ce possible ? Je croyais pourtant qu'il s'y trouvait une nombreuse jeunesse ? On m'a même dit que l'Association des Etudiants y avait donné dernièrement un bal costumé des plus réussi ?

— J'ai horreur des mascarades ! C'était bon pour les gens d'une autre génération...

— N'y a-t-il pas eu également quelques brillantes réceptions dans les propriétés des environs ?

— *La Tilleraye,* répondit le père, est la première propriété à laquelle nous rendons visite.

Eric jeta un regard vers sa mère mais celle-ci sembla ne pas le remarquer.

— Monique, poursuivit l'industriel, va très souvent à Paris où la vie est plus gaie pour elle. J'ai fait la folie de lui offrir la nouvelle Alfa-Roméo... C'est une voiture très rapide mais elle m'a promis d'être prudente.

— Je conduis mieux que toi, papa !

— Certainement, ma chérie... La vitesse, c'est de ton âge ! La jeunesse actuelle est très indépendante... Ne doit-on pas lui faire confiance, Madame ?

— Mon fils vous dira lui-même qu'il n'a fait que ce qu'il voulait...

Eric préféra ne pas répondre.

Les Veran n'aimaient pas le thé, il n'y avait pas de scotch, l'atmosphère devenait irrespirable... La visite prit fin après un autre quart d'heure de conversation banale où il ne fut question que du charme de la région et nullement de la difficulté des temps pour les personnes bien nées.

Les pneumatiques à flancs blancs de la belle Cadillac crissèrent à nouveau sur le gravier après un « à bientôt » sonore de l'industriel qui voulait dire « on ne nous y reprendra plus ! », une très légère inclination de tête de Monique et un vague geste d'au revoir de la main d'Eric signifiant qu'il était inutile de revenir. Seule Adélaïde sut rester souriante... Sourire qui se figea lorsqu'elle se retrouva dans la bibliothèque en tête-à-tête avec son fils :

— Tu as été parfaitement odieux !

— C'était pour compenser votre trop grande amabilité, mère...

— On n'est jamais assez aimable quand on a besoin des gens !

— J'ai la conviction que nous pourrons très bien nous passer de la fortune des Veran...

— Ne dis pas de sottises ! Un jour, tu seras peut-être très content d'avoir recours à eux !... N'est-ce pas qu'elle est jolie, cette petite Monique ?

— ... Une vraie pimbêche !

— Tu as cependant entendu ce qu'a dit son père : ils nous ont réservé leur première visite de château... Ceci prouve que *La Tilleraye* les intéresse.

— Vous croyez ? Pourquoi perdraient-ils leur précieux argent à nous aider à consolider une bâtisse croulante ? Si un Veran a un jour l'envie de jouer au propriétaire terrien, il a les moyens de jeter son dévolu sur un domaine rentable. Ce n'est pas un homme à faire des placements à fonds perdu ! Ce n'est pas notre pauvre *Tilleraye* qui les intéresse mais la couverture morale que notre nom pourrait leur apporter.

— Le résultat pratique serait le même pour toi : tu serais riche !

— Je m'en moque !

— Je finis par croire que tu es complètement fou, mon pauvre enfant !

— Est-ce une folie de vouloir épouser une femme qui me plaît et qui m'aime ?

— L'idéaliste ! Comme ton père ! Tu vois où cela nous a menés...

— Vous avez donc été si malheureuse avec mon père ?

— Tais-toi ! J'ai souffert atrocement de notre médiocrité financière... Ton père et moi avons fait un mariage d'inclination sans réfléchir... Nous parlions comme toi aujourd'hui... Mais le bonheur à deux, ça ne dure pas quand les difficultés s'accumulent... Tant que ton père fut vivant, nous avons fait semblant de ne pas attacher trop d'importance aux ennuis qui nous assaillent quotidiennement mais après... Je me suis retrouvée seule, avec toi qui n'étais encore qu'un enfant dont il fallait payer les études et avec quelques fermes délabrées dont les fermages dérisoires ne permettaient même pas d'entretenir les bâtiments... Pour tenir, j'ai dû contracter dettes sur dettes... Tu sais aussi bien que moi que *La Tilleraye* est couverte d'hypothèques ! Comment les lèveronsnous ? Avec ta retraite d'officier ? Ça ne peut plus continuer, Eric...

Adélaïde était en larmes, mais le fils continuait à la regarder sans pitié. Il avait trop connu de crises de ce genre. Celle-ci était uniquement destinée à l'attendrir pour le pousser à faire le riche mariage.

— Mère, dites-moi la vérité : c'est vous qui avez invité ces gens-là ici ? L'appel téléphonique que vous avez passé à Besançon hier, pendant que je défaisais mes valises dans ma chambre, c'était bien cela ?

— Oui...

— Alors, c'est vous qui êtes folle, mère !

— Eric !

— Vous vouliez assurer mon bonheur ? Mon choix est déjà fait... J'aime !

— Qu'est-ce que tu dis ? demanda Adélaïde en retrouvant instantanément son calme ? Qui cela ?

— La seule femme qui comptera désormais pour moi...

— Dis-moi la vérité à ton tour : c'est à cause de cette femme que tu viens de quitter l'armée ?

— L'armée d'occupation n'est plus faite que de fonctionnaires ou de timorés dont j'ai préféré ne pas avoir à supporter les critiques.

— Pourquoi les critiques ? Qu'a donc cette femme ?

— Elle est pauvre... encore plus que vous ne l'étiez quand mon père vous a épousée...

— Appartient-elle à un milieu honorable ?

— Tout autant que le nôtre !

— Comment s'appelle-t-elle ?

— Eva...

— Eva qui ?

— Le nom de famille ne vous dirait rien...

— Une étrangère ?... Une Allemande ?... De quel pays est-elle ?

— Elle ne le sait plus elle-même... Quand j'ai fait

sa connaissance, elle était considérée apatride, mais le jour où elle était arrivée au camp, six mois plus tôt, elle y avait été inscrite sur les registres comme Polonaise.

— Quel camp ?

— A soixante kilomètres de Vienne... Un camp qui n'est jamais assez grand pour accueillir ceux qui viennent y chercher refuge après avoir été refoulés de partout... Vous n'avez donc jamais entendu parler de ces immenses agglomérations de personnes déplacées qui sont condamnées à vivre dans des baraquements sordides jusqu'à ce qu'une nation, plus charitable que les autres, veuille bien d'elles ?

— Et c'est là que tu as rencontré cette femme ?

— Oui... Avant ce camp qui, pour elle était presque le salut, Eva en a connu d'autres : tous les camps depuis l'âge de sept ans ! Même ceux où on l'a internée dans le seul espoir de la voir mourir...

— Quel âge a-t-elle maintenant, cette Eva ?

— Vingt-cinq ans.

— Et elle a été internée à sept ans ? Mais où était sa famille ?

— Massacrée ! Son père était professeur à l'Université de Varsovie. Ils l'ont tué... Sa mère et son frère aîné ont disparu dans l'écrasement de la ville... Ses oncles, ses tantes, ses cousins ont tous été déportés... Elle est restée seule dans les ruines...

— Elle est encore dans ce camp, près de Vienne, actuellement ?

— Vous ne voudriez pas ! Eva est à Paris.

— Tu l'as donc fait entrer en France ?

— Je n'avais qu'un moyen pour cela : l'épouser... Maintenant, elle a une patrie.

Ces derniers mots avaient été dits avec le plus grand calme et Adélaïde se demanda pendant quelques secondes si elle avait bien entendu ? Aucune réponse ne vint sur ses lèvres comme si elles avaient été brusquement paralysées... Eric ne venait-il pas de mettre le point final à l'entretien en la plaçant devant le fait accompli ?

Le regard d'Adélaïde avait perdu toute son arrogance. Il errait, vague, faisant un effort pour essayer de se fixer sur les portraits d'ancêtres accrochés au-dessus des rayons poussiéreux de la bibliothèque... Tous étaient là, sur des toiles craquelées, les hommes sanglés sous leurs uniformes chamarrés, les femmes figées dans leurs décolletés : Sigismond de Maubert, Colonel des Dragons d'Artois... Armand de Maubert, Chevalier du Saint-Esprit, Pair de France... Eugénie de Maubert, née de Verdie, épouse redoutable du précédent... Gontran de Maubert, Evêque de Dôle, imposant... Tous là, avec leurs titres, inscrits en lettres d'or et leur gloire oubliée... Tous semblant réprouver, sous la patine d'une rigidité inexpressive, la grave décision qu'avait prise le dernier héritier du nom. Dans sa détresse silencieuse, Adélaïde aurait voulu pouvoir leur demander conseil mais aucun d'eux ne parlerait plus jamais.

Eric devina les pensées de sa mère :

— Vous regrettez de ne plus être à l'époque où l'on pouvait, quand un fils de famille voulait faire le mariage qui lui plaisait et non pas celui qui convenait aux intérêts des siens, réunir le grand conseil ? Je reconnais que vous n'avez pas de chance de vivre à notre époque ! Ils peuvent bien continuer à me juger sévèrement du haut de leurs cadres, ça ne m'impressionne pas !

— Qui te dit qu'ils ne t'approuvent pas ? Ils sont comme moi : ils veulent avant tout ton bonheur... Et puisque tu penses l'avoir enfin trouvé, tous, vivants ou morts, nous devons nous en réjouir... La seule chose que tes ancêtres pourraient te reprocher est d'avoir fait secrètement ce mariage sans demander la bénédiction de ta mère...

— Telle que je crois vous connaître, vous ne me l'auriez pas donnée ! J'ai jugé plus sage d'éviter entre nous une nouvelle scène inutile... J'ai eu la chance de faire la connaissance d'Eva quelques jours après que je venais de fuir cette demeure avec l'intention d'y revenir le moins souvent possible... Il y a de cela six mois...

— Pourquoi t'es-tu rendu dans ce camp en Autriche ?

— Je faisais partie de la commission internationale chargée de recenser les malheureux parqués dans cette misère organisée et de les interroger un par un pour connaître leurs aspirations et leurs rêves de liberté... Il y avait de tout dans cette commission : des fonctionnaires civils, des membres de la Croix-Rouge, des officiers américains, anglais, français...

— Et c'est toi qui as interrogé cette femme ?

— Je ne l'ai pas interrogée... J'ai seulement vu son regard : le plus beau du monde ! Et je n'ai plus eu qu'une idée : l'arracher au camp...

— Pourquoi ne m'as-tu rien dit d'elle dans tes lettres ?

— Comment vous la décrire pour vous la faire aimer ? Pour la comprendre, il faut la voir ! Je sais aussi que vous auriez tout mis en œuvre, si je vous avais confié par écrit mes véritables sentiments, pour que ce mariage n'ait pas lieu ! Sans même connaître Eva, je suis sûr que vous l'avez détestée à l'instant où vous m'avez entendu prononcer son nom...

— C'est faux !

— C'est vrai !... Votre haine pour elle vient d'abord de ce qu'elle est étrangère. Vous appartenez encore à cette catégorie de gens qui n'ont rien compris malgré deux guerres où tous les êtres du monde ont souffert côte à côte, où les anglo-saxons se battaient en Afrique, où les aviateurs français étaient en Russie, où les Canadiens faisaient des commandos en France... Vous ne lui pardonnez pas non plus de n'avoir pas été choisie par vous comme belle-fille ! Vous la haïssez enfin parce qu'elle n'apporte pas la richesse !

— Je ne te reconnais plus... Tu parles à ta mère comme un monstre !

— Je suis lucide... Contrairement à ce que vous affirmez, pas un instant vous n'avez pensé à mon bonheur d'homme dans vos projets de mariage ! La seule chose qui compte pour vous, c'est cette *Tilleraye* qui, dans votre esprit, vous appartient bien plus à vous qu'à moi ! Seulement vous êtes dans l'erreur : cette terre appartient d'abord aux hommes de la famille ! J'ai consenti à vous en laisser la jouissance, c'est tout !

— Je m'en irai, si tu le désires, quand cette femme arrivera ici...

— Pourquoi dites-vous toujours « cette » femme ? Eva est « ma » femme... la nouvelle Comtesse de Maubert ! Que vous le vouliez ou non, elle portera désormais le même titre et le même nom que vous !... Sachez aussi que je ne vous demanderai jamais de quitter *La Tilleraye* mais seulement d'y accueillir votre belle-fille comme elle y a droit. Dès demain matin, je repartirai pour la rejoindre à Paris.

— C'est elle qui t'a envoyé ici en avant-garde pour voir quelle serait mon attitude ? Dis-le : elle a peur ?

— Eva a vu et enduré trop de choses pour craindre qui que ce soit... C'est moi qui lui ai demandé d'attendre encore pendant quelques jours. J'ai suffisamment de respect, ma mère, pour ne pas vous imposer une présence qui risquerait de vous être odieuse... Vous avez encore la nuit pour réfléchir... Je vous demande de me donner votre réponse demain avant mon départ : ou vous serez décidée à être pour Eva la mère qui lui a manqué depuis son enfance ou je ne reviendrai plus ici.

— Comme tu as changé, mon enfant !

Il sortit sans répondre, laissant Adélaïde dans la seule compagnie des visages impassibles des ancêtres... Elle entendit claquer la porte du vestibule et aperçut, par la fenêtre, Eric qui s'éloignait dans le parc aux teintes déjà crépusculaires.

Il allait droit devant lui, sans but précis, ne voyant rien : ni la rivière amie, ni le renouveau de la richesse printanière... Mais peu à peu le visage énigmatique, les yeux de braise et la bouche sensuelle de la femme brune se superposèrent au décor de son enfance... Il ne voyait plus qu'Eva... Elle le regardait avec cette même sûreté de femme qui l'avait fasciné la première fois où il l'avait aperçue dans le camp. Bien qu'elle restât silencieuse, elle semblait dire : « Merci, mon amour... Tu as défendu ta femme... Mais ce n'était pas nécessaire : je suis forte, moi aussi... » Oui, Eva était forte, très forte. C'était elle qui, à distance, lui avait inspiré les mots terribles qu'il venait de prononcer devant sa mère. Jamais encore il n'avait parlé ainsi devant Adélaïde. Maintenant qu'il retrouvait le calme de la nuit envahissante, il avait presque honte de ce qu'il venait de dire... « Comme tu as changé, mon enfant ! » avait murmuré Adélaïde. C'était vrai. La responsable du changement était Eva dont il ne pouvait plus se passer et qui saurait lui faire dire tout ce qu'elle voudrait. Auprès d'elle et même loin d'elle — il se sentait faible : ce devait être ça son bonheur ?

Jusqu'à ce qu'il l'eût connue, la seule personne devant laquelle il s'était toujours incliné était Adélaïde mais aujourd'hui, pour la première fois, il lui avait résisté. Il avait même élevé le ton de la voix, comme tous les faibles qui cherchent à se donner de l'assurance... C'était la présence invisible de Eva qui l'avait talonné pour lui donner la force de révolte. Il était sûr à présent que Eva serait plus forte que Adélaïde, mais la lutte entre les deux femmes serait sans merci. Eva attaquerait de toute sa jeunesse douloureuse, Adélaïde se défendrait avec toute son expérence tyrannique. Eric était inquiet.

Il ne parut pas au dîner.

— Monsieur le Comte n'est pas souffrant ? demanda la servante quand Adélaïde prit place, seule, à la salle à manger.

— Souffrant ? répéta machinalement Adélaïde. Vous avez raison, ma bonne Louise... Malheureusement son mal actuel est inguérissable...

Après le morne repas, au lieu de s'acharner — comme elle le faisait chaque soir depuis des années — sur un carré de tapisserie, Adélaïde rejoignit directement sa chambre. En passant devant celle de son fils, elle aperçut un rais de lumière filtrant sous la porte et elle eut envie de frapper. Seul son orgueil la retint : les paroles d'Eric l'avaient blessée.

Ce soir, elle ignorait encore si la venue de l'étrangère serait bénéfique ou maléfique pour *La Tilleraye ?* L'une des seules vérités qu'avait dite Eric était que les amours d'un fils sont une chose et l'avenir du domaine une autre. La cloison aurait cessé d'être étanche si Eric avait épousé une femme riche.

Adélaïde ne put fermer les yeux. Pendant une partie de la nuit, elle marcha de long en large dans la chambre en ressassant la conversation douloureuse qui venait de réduire à néant le projet qu'elle avait caressé depuis des mois. Sur un point également, Eric avait vu juste : sans la connaître, Adélaïde haïssait déjà l'intruse qui lui était imposée. Elle ne parvenait surtout pas à comprendre par quelle aberration son fils avait pu se laisser abuser par une inconnue rencontrée au hasard d'un camp ? Comme si une fille honnête pouvait être ramassée dans un camp ! La seule explication était la faiblesse d'Eric que sa mère connaissait mieux que personne au monde. N'en avait-elle pas profité depuis des années ? Courageux au feu, Eric était capable de toutes les petites lâchetés devant la Femme... Il était comme son père, comme tous les Maubert : il était à la fois le héros et le pantin. Il n'y avait qu'à se pencher sur le passé de la Famille : c'étaient les épouses qui avaient été fortes.

Et la vieille femme fut prise d'une peur atroce... Pour que Eric ait parlé sur ce ton, il ne pouvait y avoir aucun doute : la nouvelle Comtesse de Maubert était aussi décidée que toutes celles qui l'avaient précédée... L'inexorable loi de la Famille jouait avec son implacable rigueur.

Le drame était que la nouvelle venue ne devait être qu'une aventurière. Son arrivée serait la honte de *La Tilleraye* et la risée de tout le pays. Que diraient les châtelains des environs ? Disposés à n'accueillir que la richesse, ils fermeraient leurs portes. Et la société bien pensante de Besançon ? Et les gens du village ? Ce ne serait plus possible de se montrer le dimanche à la Grand-Messe...

Il y avait pour Adélaïde la solution désespérée du départ. Elle pouvait se retirer à Besançon chez des amis ou même au Couvent du Sacré-Cœur où l'on accueillait les dames seules : ceci pendant le temps qui serait nécessaire pour faire comprendre à Eric que *La Tilleraye* ne pouvait continuer à vivre sans la présence de celle qui en était l'âme. Mais avait-elle le droit d'abandonner ainsi la terre pour laquelle elle avait lutté pendant quarante années afin d'éviter qu'elle ne fût vendue à des étrangers ? Et elle laisserait une Polonaise prendre la relève ? Ce n'était pas possible ! Permettre à une telle créature de régner seule sur le domaine serait pire qu'une abdication : un véritable sacrilège. Comment une femme pareille pourrait-elle comprendre tout ce que les moindres bibelots entassés dans les vitrines, le mobilier ancien conservé à grand-peine, les rideaux de soie aux doublures usagées et les tableaux représentaient comme sacrifices de plusieurs générations ?... Le devoir était de rester sur les lieux pour surveiller les agissements de l'étrangère et tenter, si c'était possible, de l'initier à la noblesse et à la grandeur d'un Passé.

Peut-être même que Eric — dont le mariage prouvait qu'il n'était encore capable que d'agir comme un enfant — serait très heureux de trouver auprès de lui sa mère pour le consoler et le diriger à nouveau si les choses n'allaient pas toutes seules dans son ménage quand la passion des premiers mois se serait assouvie pour ne plus laisser la place qu'aux regrets.

Un étrange sourire venait d'effleurer les lèvres méprisantes... C'était bien le but qu'il fallait atteindre : « les choses ne devraient pas aller toutes seules ! » Adélaïde s'y emploierait... Toutes les ressources de sa volonté et de son cerveau seraient appliquées à ce travail de sape. Si l'étrangère était rusée, cela demanderait du temps mais qu'importait ! Adélaïde se savait une maîtresse-femme pour qui seul le résultat final compterait... Ce ne pourrait être que la fuite de l'aventurière qui étoufferait dans le climat que sa belle-mère créerait peu à peu autour d'elle.

Le seul risque serait qu'Eric, toujours aveuglé par la passion, ne mit à exécution sa menace de ne plus remettre les pieds à *La Tilleraye* et préférât sa femme au domaine ? Alors, Adélaïde se retrouverait à nouveau seule — elle en avait l'habitude — pour continuer à assurer la pérennité... Elle trouverait bien alors un moyen pour faire revenir Eric sans sa compagne maudite ! La Providence, qui n'avait cessé depuis des siècles et malgré les ruines financières successives de protéger le seul « Bien » des Maubert, lui viendrait en aide une fois de plus pour lui inspirer la façon de ressouder l'unité familiale sans qu'une étrangère, dénuée de scrupules, pût s'en mêler.

Enfin, et c'était le suprême espoir de Adélaïde, dans quelles conditions exactes s'était fait ce mariage insensé ?

Les mains fébriles, elle commença à égrener son chapelet en demandant au ciel d'avoir fait, dans sa bonté, que Eric — poussé par le désir d'arracher la femme à son camp — n'ait pas encore pu faire sanctionner son union par le Sacrement Divin. Un mariage civil ne compte pas pour un Maubert : ce n'est qu'une formalité administrative.

Quand l'aube commença à rosir les toits de *La Tilleraye*, Adélaïde savait ce qu'elle devait faire : elle accueillerait sa belle-fille...

Elle était dans le vestibule lorsque Eric descendit l'escalier, suivi de Louise qui portait une valise. La vieille Citroën, au volant de laquelle se tenait Urbain, attendait devant le perron.

— Peux-tu m'accorder quelques instants d'entretien dans la bibliothèque ? demanda Adélaïde avec une voix très douce.

Eric la suivit sans rien dire.

Dès que la porte fut refermée, elle continua avec la même douceur :

— J'ai beaucoup réfléchi... Je pense que tu as bien fait d'épouser Eva — elle ne disait plus « cette » femme — puisque tu es certain qu'elle peut te rendre heureux... Oublie tous mes projets un peu fous ! L'important est que ta femme soit digne de toi et du nom que tu portes.

— Elle l'est ! répondit Eric en la regardant avec étonnement. Vraiment ? Vous ne m'en voulez pas de tout ce que j'ai dit hier ?

— Pourquoi t'en vouloir ? Tu as parlé en homme conscient de ce qu'il pensait...

— Mère, je vous demande d'oublier à votre tour les paroles qui ont pu dépasser ma pensée... Vous savez bien que je vous respecterai toujours mais j'aime Eva !

— Je l'espère bien ! Les Maubert ont toujours adoré leurs femmes... Quand reviendras-tu avec elle ?

— Mais... d'ici quarante-huit heures, si vous le voulez ?

— Mettons une semaine... Laisse-moi le temps de tout préparer avec Louise et Urbain pour l'accueillir... Nous avons de la chance : jamais *La Tilleraye* n'est plus belle qu'au mois de mai... As-tu remarqué que nous avons déjà quelques roses de juin au jardin ? Ce serait à croire qu'elles ont mis leur point d'honneur à éclore plus tôt pour accueillir ta femme ! Compte sur moi : il y en aura partout... dans cette bibliothèque, au salon, dans votre chambre ! Elle aime sûrement les roses ?

— Je ne le lui ai pas encore demandé...

— Comment ? Et tu te crois un bon mari ? Ta mère a encore beaucoup de choses à t'apprendre, mon petit Eric... Dis-moi : il y a une chose que tu as oublié de me confier... Où vous êtes-vous mariés ?

— A Munich...

— Tu avais déjà démissionné de l'armée ?

— Oui...

— Alors, c'est très récent ?

— Il y aura une semaine aujourd'hui... C'est pour cela que je veux rentrer à Paris : je veux fêter avec Eva ce premier anniversaire.

— Pauvre petite Eva ! Elle doit se demander ce que c'est que ce mari français, qui l'abandonne déjà dans une grande ville étrangère après quelques jours de mariage ! Tu n'as pas eu peur qu'elle se perde à Paris ?

— Elle devait se sentir beaucoup plus isolée dans le camp.

— Parle-t-elle français ?

— Couramment. Elle sait six langues...

— Six langues ? Mais c'est fantastique ! Comment peut-on comprendre six langues ? Je trouvais déjà merveilleux que tu saches l'anglais et l'allemand... Quelles autres langues connaît-elle ?

— Le polonais, le russe et...

— La sixième ?

— Je... Je ne me souviens plus ! Elle vous le dira elle-même...

— C'est vrai que tu m'as expliqué que son père était un savant ? Il a dû l'aider...

— Tout ce que Eva sait, elle ne le doit qu'à elle-même.

— Alors elle est très intelligente ?

— Très !

— Ça sert toujours ! Embrasse-moi, mon chéri... Je vous attends samedi prochain... Maintenant dépêche-toi : tu vas rater ton train à Besançon... Urbain n'a jamais conduit très vite !

— Mère, je vous demande pardon pour hier... Vous verrez que vous aimerez Eva !

— J'en suis sûre, mon petit...

Après avoir regardé la Citroën s'éloigner, elle se retourna vers Louise qui était restée sur le perron :

— Monsieur le Comte reviendra samedi avec sa femme...

Et comme la servante la regardait, hébétée :

— Eh bien ? Qu'est-ce que vous attendez ? Madame la Comtesse se prénomme Eva... Elle adore les roses ! Il en faudra dans toute la maison... Je veux que *La Tilleraye* soit très gaie pour la recevoir ! Je ne vous retiens pas...

Louise s'esquiva sans rien demander de plus. Adélaïde était toujours sur le perron, immobile et pensive...

Ce fut dans cette même position qu'elle vit revenir, le samedi, la vieille voiture conduite par Urbain

La portière arrière s'ouvrit et Eric sauta à terre en lançant à sa mère :

— Voici Eva !

Une grande jeune femme brune, vêtue d'un tailleur gris très simple, apparut à son tour dans l'encadrement de la portière. Descendue de la voiture, elle s'arrêta un instant pour toiser d'un regard ce qui se présentait sous ses yeux... Elle vit la vieille demeure aux briques délavées et aux tuiles vermoulues, elle aperçut une servante sans âge qui s'avançait en boitant pour aider Urbain à décharger les bagages, elle vit surtout — la dominant du haut des quatre marches du perron — la silhouette anguleuse d'une femme aux cheveux grisonnants qui l'observait... Un regard qui restait volontairement inexpressif alors que la bouche, aux lèvres fines et minces, se contractait dans un rictus qui voulait être un sourire... Et comme la jeune femme était très « intelligente », elle comprit tout de suite qu'elle allait vers une ennemie... Elle composa alors à son tour un admirable sourire qui découvrit une denture éblouissante et dans lequel sembla passer toute la compréhension du monde pour la méchanceté humaine... Puis, s'appuyant avec une langueur sensuelle sur le bras de son époux, elle gravit sans précipitation les marches de pierre en regardant droit dans les yeux celle qui continuait à la dévisager et en disant d'une voix chaleureuse :

— Je suis si heureuse de vous connaître, Madame !

Ce fut à cet instant que *La Tilleraye* cessa d'être le fief des Maubert pour devenir le Château de la Juive...

— Ce mariage a réellement été pour moi une grande surprise ! fut la réponse ambiguë de la femme aux cheveux gris qui avait ressenti une aversion immédiate pour la nouvelle voix qu'elle venait d'entendre... Une voix roulant les r et à laquelle il était difficile, pour des oreilles françaises, de donner une provenance précise entre Varsovie, Budapest ou Bucarest : la voix typique d'Europe centrale qu'Adélaïde détesta d'instinct pour ses intonations exagérées mais qu'Eric adorait parce qu'il y passait le charme slave... Eva était merveilleuse quand elle susurrait « Mon Amour »...

La visite domiciliaire de *La Tilleraye* commença aussitôt pour elle.

Adélaïde avait tenu parole : il y avait des roses partout. Ce fut même le seul luxe de l'accueil.

Devant les cuivres rouges de l'antique cuisine, il y eut la présentation du personnel qui se réduisait au couple de Louise, cuisinière-femme de chambre-lingère, et d'Urbain, chauffeur-jardinier-homme à tout faire ! Eva ne trouva pas trop désagréable de s'entendre appeler par ces vieux serviteurs peu représentatifs mais dévoués : « Madame la Comtesse... ». Ce furent des « Madame la Comtesse a-t-elle fait bon voyage ? » des « Oui, Madame la Comtesse » et des « Non, Madame la Comtesse » distribués par les bouches mercenaires avec une réelle prodigalité.

A l'exception de cette petite satisfaction d'orgueil, la visite n'apporta à la jeune femme que des déceptions. L'une des plus sérieuses fut l'absence presque totale de confort moderne. Il n'y avait pas d'eau courante... D'encombrants pots à eau et de volumineuses cuvettes remplaçaient les robinets et les toilettes émaillées. Il n'y avait pas non plus le moindre radiateur. L'électricité elle-même semblait être distribuée dans chaque pièce avec une parcimonie voulue... Quelqu'un, ayant eu depuis toujours l'habitude du confort, se serait contenté de sourire intérieurement et aurait accepté avec philosophie un pareil état de choses en reportant toute son attention sur l'élégance gracieuse de l'ameublement désuet. Le visiteur averti n'aurait pas manqué de reconnaître qu'en dépit de certaines lacunes, dues à une misère cachée, *La Tilleraye* avait beaucoup de charme. La poésie qui se dégageait des lits à baldaquin ou du moindre bibelot était d'une qualité rare...

Seulement Eva, comme tous ceux qui n'ont jamais rien possédé et qui n'ont connu que le dénuement total, avait une soif inextinguible de luxe... Un certain luxe qui ne pouvait se traduire, pour une échappée des camps, que par un confort ultra-moderne et des éclairages tapageurs. Comment, elle qui ne l'avait pas connu, aurait-elle pu goûter la grandeur nostalgique d'un Passé ?

Le premier repas — le dîner — fut présidé par Adélaïde qui prit délibérément place en face de son fils. La belle-fille avait été reléguée en bout de table. Ce qui prouvait qu'Adélaïde était bien décidée à affirmer, dans chaque manifestation courante de la vie intime, le principe de son autorité souveraine. La cuisine de Louise était honorable. Eva, qui raffolait comme tous ceux de sa race de douceurs et de pâtisseries, sut apprécier particulièrement la tarte feuilletée qui en fut le mets final.

Les trois « châtelains » se retrouvèrent ensuite dans la bibliothèque où Adélaïde se pencha sur son éternel carré de tapisserie pendant qu'Eric bourrait une pipe et que le regard inquisiteur de la nouvelle venue regardait les portraits d'ancêtres de plus en plus hostiles. Adélaïde, dont les doigts agiles restaient absorbés par le travail de tapisserie, rompit enfin un mutisme qui risquait de transformer cette première veillée familiale en un redoutable supplice :

— Nous avons, ma chère Eva, pour règle absolue de ne pas trop parler à table devant le personnel... Louise est une excellente créature mais elle est trop bavarde. Il me paraît inutile que les gens du village puissent apprendre par elle certaines choses qui ne les regardent pas. Je crois d'ailleurs que moins l'on parlera de vous pour le moment à *La Tilleraye* et mieux cela vaudra ! N'est-ce pas votre avis ?

— Je ne sais pas, ma Mère...

Adélaïde regarda Eva avec surprise. La jeune femme avait lâché ce « ma Mère » sur un ton détaché fleurant l'impertinence. Elle semblait avoir voulu dire : « Je ne savais pas trop comment vous appeler après avoir apprécié la qualité de votre accueil... Si cela n'avait tenu qu'à moi, vous seriez tout simplement une mégère se prénommant Adélaïde mais votre cher fils m'a expliqué avant le dîner que, dans votre monde qui est devenu le mien malgré vous, il était de bon ton d'appeler sa belle-mère ainsi... Croyez bien que je n'y faillirai pas à l'avenir ! »

— Eric m'a dit, poursuivit Adélaïde, combien vous aviez souffert et tout ce que vous aviez enduré depuis votre enfance... Aussi je souhaite sincèrement que l'atmosphère paisible de *La Tilleraye* vous fasse oublier peu à peu que vous n'avez pratiquement pas connu d'affection familiale.

— Mon père m'aimait beaucoup !

— Vous vous souvenez de lui ?

— Je ne l'oublierai jamais ! C'était un homme admirable !

— Un professeur ? m'a dit Eric. Pourquoi se sont-ils acharnés ainsi sur lui et sur tous les vôtres ?

— Sait-on pourquoi l'on tue dans les guerres ! fut la réponse.

— Nous avons tous vécu des années affreuses !... Mon petit Eric, il faudra absolument distraire ta jeune femme ! Nous nous y emploierons... A ce propos, ce n'est pas une distraction mais je dois vous signaler que la Grand-Messe commence demain matin à dix heures... Elle est toujours un peu longue parce que notre excellent curé a la manie d'y faire des prônes interminables : il se croit orateur !... La Pologne est très pieuse, n'est-ce pas ?

— On le dit, ma Mère... Mais je ne pratique aucune religion.

— Comment ?

Adélaïde en avait laissé choir son aiguille à tapisserie.

— Vous avez cependant été baptisée ?

Il n'y eut pas de réponse.

— Ce n'est pas possible ? Votre famille était athée ? Eric m'a cependant dit que vous vous étiez mariés à Munich ?

— Je ne vous ai jamais dit que nous nous étions mariés religieusement, précisa Eric ennuyé.

— Mais alors pour moi vous n'êtes pas mariés ! Le mariage civil ne compte pas ! Tu es le premier des Maubert a avoir osé faire une chose pareille ! C'est heureux qu'on ne le sache pas encore dans le pays ! Il faudra vous marier religieusement au plus tôt et en secret...

— Pourquoi en secret ? demanda Eric.

— As-tu réfléchi au scandale que cela ferait pour tous nos gens et nos voisins d'apprendre que tu t'es permis de leur présenter une Comtesse de Maubert qui n'était pas encore ta femme ?

— Légalement Eva est ma femme !

— Je ne tiens pas du tout à faire ce mariage religieux, ma Mère. Je l'ai déjà dit à Eric...

Le ton, cette fois avait été ferme.

— Vous n'avez donc pas l'intention d'aller demain à la messe ?

— Si mon mari me demande d'y assister, je lui obéirai pour sauver les apparences auxquelles vous semblez tenir et aussi pour vous faire plaisir.

— Il ne s'agit pas de me faire plaisir, ma petite, mais d'avoir la Foi !

— Ne m'en veuillez pas, ma Mère, mais j'ai vu trop d'horreurs autour de moi pour croire encore dans une Bonté Divine, quelle qu'elle soit...

— Je trouve ces paroles très déplacées !

— Et moi je trouve que ma femme a raison, Mère... Pourquoi ferait-elle preuve d'hypocrisie si elle n'est pas croyante ? Dieu lui-même doit apprécier sa franchise... Et rien ne dit qu'un jour, lorsqu'elle aura enfin retrouvé parmi nous la paix à laquelle elle a droit, elle ne retrouvera pas d'elle-même la foi de son enfance ?

— Alors vos parents étaient religieux ?

— Très religieux, ma Mère... C'est ce qui les a perdus !

— J'avoue ne pas comprendre... Enfin ! Espérons que, là où ils sont maintenant, ils intercéderont auprès du Bon Dieu !... C'est quand même très ennuyeux : que vont penser les gens du village s'ils ne vous voient pas demain à la Messe ?

Les yeux noirs la regardèrent avec une expression étrange où alternaient des lueurs de mépris et de pitié. Des yeux qui semblaient exprimer :

« C'est vous l'hypocrite et pas moi ! Vous vous moquez pas mal que je sois croyante ou non... La seule chose qui vous préoccupe, c'est le qu'en-dira-t-on de campagnards dont je n'ai que faire ? Vous êtes la pire égoïste que j'aie jamais connue ! » Mais le regard de feu s'atténua pour se tourner avec une douceur voluptueuse vers Eric qui venait de dire :

— Chérie, tant que nous vivrons à *La Tilleraye*, il faudra aller à la messe... Ma Mère a raison : les gens du pays ne comprendraient pas !

Avec des gestes saccadés, Adélaïde avait déjà rangé sa tapisserie et s'était levée :

— Bonsoir... La voiture attendra devant le perron demain matin à dix heures moins le quart... Surtout ne soyez pas en retard !

Elle sortit sans embrasser ni son fils, ni à plus forte raison sa belle-fille.

Après un court silence, Eva demanda :

— Peux-tu me donner une cigarette ?

— Naturellement ! J'étais très étonné que tu n'aies pas encore fumé ?

— Je me demandais si ta digne mère n'allait pas me le reprocher ?

— Il faudra bien qu'elle s'y habitue !

— Tu as raison ; à cela et à beaucoup d'autres choses, sinon je m'en irai...

— Chérie !... C'est assez normal que tu sois énervée ce soir mais je te demande de faire un petit effort pour comprendre que ma mère est, elle aussi un peu surprise... Pendant la première visite où je lui ai annoncé notre mariage, je n'ai pas eu le temps de tout lui dire à notre sujet.

— On dirait que tu le regrettes ?

— Non, mon amour... Si c'était à refaire, je recommencerais tout de suite !

— Je t'aime mieux ainsi... Ecoute, Eric, ce que je vais te dire va sans doute te paraître très mal élevé mais tant pis ! Depuis que nous sommes à nouveau seuls entre nous, je commence à respirer... Je me demande avec inquiétude si ta mère et moi nous parviendrons jamais à nous entendre ? S'il te fallait choisir, que ferais-tu ?

— Tu es ma femme...

— Tu me redonnes du courage !... Dis-moi : qu'est-ce que c'était qu'un Pair de France ?

Elle désignait le portrait d'Armand de Maubert.

— Un Pair de France ? Ce devait être un Monsieur très bien... ou du moins qui le croyait ! C'était le seigneur d'une terre érigée en pairie et il fut une époque, de 1815 à 1848, où les Pairs de France siégeaient à la Chambre Haute.

— Une sorte de député ?

— Plutôt de sénateur dans un pays où il y avait un roi... Tu as encore l'équivalent de nos jours en Angleterre à la Chambre des Lords.

— Je n'aurais pas détesté non plus être Lady !

— Tu l'es !

Son index montrait maintenant le portrait terrifiant de Gontran de Maubert :

— Il y a eu beaucoup de prêtres dans ta famille ?

— De prêtres non ! D'Evêques, quelques-uns... Mais pas trop, sinon je ne serais pas là !

— Toi aussi, tu voudrais me convertir ?

— Je t'aime trop pour te faire des sermons !... Si nous montions ?

Quand ils se retrouvèrent dans leur chambre, sous le baldaquin, elle ne put s'empêcher de dire :

— Ça me fait une drôle d'impression d'être là-dessous ! J'étouffe... Et c'est un vrai nid à poussière ! Louise ne doit pas faire souvent le ménage ?

— La pauvre fille fait ce qu'elle peut mais tu as pu t'en rendre compte : *La Tilleraye* est grande !

— Je ne trouve pas.

— Tu es bien difficile ce soir ?

— Quand j'avais six ans, juste avant l'invasion de la Pologne, mon père m'avait emmenée visiter un château aux environs de Varsovie... Celui-ci appartenait à un prince, dont je ne me souviens plus le nom et dont le fils était l'élève de mon père à l'Université... C'était fantastique, ce château ! Un vrai château avec des tours, des créneaux, des ponts-levis, des douves remplies d'eau, une nuée de domestiques en livrée, des armées de jardiniers, des écuries immenses remplies de chevaux magnifiques... Dans une Galerie il y avait des armures et aussi des portraits d'ancêtres... Pendant que j'en regardais un qui avait l'air très méchant, le Prince m'a dit en souriant : « Alors, mon enfant ? Il vous fait peur ?... Je reconnais qu'il n'a pas un visage très attrayant pour une petite fille mais l'Histoire raconte que ce fut quand même un très brave homme, aimé de tous ses paysans. » Crois-tu que les paysans d'ici peuvent aimer ta mère ?

— Ils l'aiment parce qu'elle est toujours restée parmi eux...

— Et moi ? Est-ce qu'ils m'aimeront ?

— Cela ne dépendra que de toi... Chérie, maintenant nous devons faire un vœu : c'est la première nuit que tu passes à *La Tilleraye,* dans « ta » maison !

— Ma maison ? En es-tu bien sûr ?

Il ne répondit pas mais la prit dans ses bras.

Comme toutes les nuits, depuis qu'il l'avait arrachée au camp, elle sût être l'admirable maîtresse...

Pendant ce temps, Adélaïde égrenait son chapelet. Sa prière cent fois répétée, était « Faites que cette créature impie, qui n'est pas encore une Maubert puisqu'elle n'est pas mariée suivant vos lois divines, n'en devienne jamais une et quitte au plus tôt cette demeure... Je vous demande pardon, Seigneur, d'avoir fait preuve de faiblesse maternelle à l'égard de mon fils unique en recevant une telle femme sous ce toit que vous avez béni depuis des siècles... Je vous promets de réparer ! »

Eva, blottie contre celui dont elle avait réussi à faire son mari légal et qu'elle savait s'être attachée par les sens, regardait Eric dormir repu d'amour... Comment aurait-elle pu sommeiller quand son esprit était ailleurs ? Une fois encore, elle revoyait en souvenir le grand château de ses rêves qui, au fur et à mesure qu'elle avait grandi, s'étaient transformés en ambitions démesurées de femme. Et, dans le silence de *La Tilleraye*, elle pouvait mesurer l'abîme qui séparait ses désirs de la réalité.

Pour elle le mot magique « Château » ne pouvait désigner qu'un palais grandiose dont le côté « colossal » impressionnait des foules habituées, comme elle l'avait été elle-même depuis la disparition de tous les siens, à vivre dans des taudis. La gracieuse élégance d'un style, l'harmonieuse discrétion des proportions, la symphonie pastellisée des boiseries n'évoquaient rien pour la juive qui ne pouvait admettre de n'être parvenue à s'évader de l'enfer des ghettos ou des camps que pour échouer dans une bâtisse en ruines.

Le jour où elle avait séduit cet officier français, qui faisait partie de l'une de ces innombrables Commissions d'Inspection qu'elle avait vues défiler dans le camp, elle savait très bien ce qu'elle faisait... C'était pour elle le seul moyen d'en sortir. Pourquoi avait-elle jeté son dévolu sur celui-là plutôt que sur un autre ? D'abord parce qu'il venait d'un pays ayant la réputation de ne pas être trop l'ennemi des apatrides... Ensuite parce que les Français se défendent mal contre la Beauté.

Eva se savait belle, très belle ! C'était même là sa première arme dont elle s'était déjà servie en virtuose chaque fois que l'occasion s'était présentée... Mais jamais celle-ci n'avait été plus favorable : l'homme était racé, il avait de la classe, son grade lui permettait d'obtenir beaucoup de choses et il paraissait très amoureux.

Toutes les aventures sordides, qu'elle avait connues avant, n'avaient offert qu'un intérêt provisoire. Ebauchées aux hasards des déportations et des camps, elles n'avaient été acceptées par elle que pour améliorer un peu sa triste condition humaine ou pour satisfaire la fringale de sensualité qui la tenaillait.

Elle était devenue femme à quinze ans : cela s'était passé dès son premier internement dans un autre camp hideux, en Prusse-Orientale, avec l'un de ses gardes-chiourme dont il valait mieux se faire un allié si l'on voulait non pas manger à sa faim mais seulement vivre... Ensuite, il s'était présenté une deuxième brute dont elle avait dû satisfaire les bas instincts pour qu'il oubliât de se servir du fouet à lanières... Le troisième était un tendre qui se prenait pour un romantique et dont elle avait fait à peu près ce qu'elle avait voulu. Malheureusement ce n'était qu'un feldwebel... Tout de suite la petite juive avait compris qu'il était plus habile de courber l'échine quand on se savait la moins forte mais elle s'était juré qu'un jour viendrait où elle aurait une vengeance éclatante et où elle appliquerait le talion : œil pour œil, dent pour dent.

Elle avait subi aussi les assauts des gardiennes, pires que les hommes, dont elle avait assouvi les vices... Elle avait tout connu et n'avait plus rien à apprendre le jour où le lieutenant-colonel de Maubert s'était présenté dans sa vie. Aussi avait-elle su mettre, dans l'appel muet de son regard, toute la sensualité et toute la soumission du monde. Il avait cru en elle. Elle tenait enfin sa vengeance : elle se servirait du bel officier pour la mettre à exécution.

Dès qu'elle était devenue la maîtresse, elle avait redressé l'échine pour commencer à affirmer ses droits de femme. C'était à ce moment que sa deuxième arme — la plus dangereuse parce que la plus sournoise — était entrée en action : son intelligence. En quelques semaines la maîtresse avait su se rendre indispensable par ces mille caresses, ces mille petites roueries, ces mille inventions de tous les instants que seules peuvent trouver les femmes. La conquête, venant après la séduction, donna très vite à l'homme affaibli la merveilleuse illusion que la vie ne méritait plus d'être vécue sans la nouvelle présence. Ce fut le mariage.

Le prétexte en avait été excellent :

— Mon amour, jamais je ne pourrai t'accompagner dans ton beau pays si je n'ai pas de nationalité ! Comment continuer à nous adorer à travers les barbelés d'un camp ?

Eva était devenue française.

Ce n'était qu'un premier échelon de sa victoire. La deuxième fut de s'appeler la Comtesse de Maubert. Plus personne n'entendrait parler d'Eva Goldski ! Celle, qui n'avait dû qu'à la profession libérale de son père de ne pas être née dans le ghetto le plus sordide d'Europe, s'identifia avec une rapidité fulgurante à son nouvel état civil. Bientôt elle serait la femme qui ne se souvient plus de ses origines et qui parvient même à prouver que son véritable destin a toujours été d'être l'aristocrate...

Cet homme vaincu, elle ne l'aimait pas. Ce n'était pas parce qu'il était bel homme et très amoureux qu'il possédait tout ce qu'elle exigeait d'un amant... Après la somme de monstruosités humaines dont elle avait été le témoin, Eva était incapable d'aimer ; elle préférait se faire aimer...

Mariée, elle avait cru que ce château — dont Eric lui vantait les attraits avec tant de chaleur et de fierté — serait au moins aussi important que celui qui avait hanté ses rêves... Un officier français doublé d'un aristocrate, ne pouvait posséder qu'un admirable domaine ! Cette maman aussi, dont son mari parlait avec une sorte de vénération, ne saurait être qu'une très grande Dame, bonne et généreuse, dont l'accueil pour une fille aussi jolie serait royal... Le rêve ambitieux n'avait fait qu'augmenter pendant la nuit en sleeping — le premier voyage de ce genre qu'elle faisait — de Munich à Paris, puis à Paris même où l'hôtel se révéla de première classe et les vitrines de la rue Saint-Honoré les plus fascinantes de la terre pour un transfuge d'un camp dont l'unique étalage n'avait été que celui d'une pauvre cantine ambulante.

Pour la fille de Varsovie, Paris avait été un éblouissement. Eric l'avait accompagnée dans d'innombrables magasins où il lui avait offert tout ce dont elle avait eu envie et besoin depuis près de vingt années, elle qui n'avait rien... En cinq jours, Eva était devenue, sinon la Parisienne, du moins l'une de ces très belles créatures étrangères qui font à la plus belle des capitales l'apport de leur féminité.

Eric avait su dépenser sans compter et comme on avait enseigné à Eva, dès sa plus tendre enfance, qu'il ne faut respecter les gens qu'en fonction de leur pouvoir d'achat, elle commença — presque malgré elle — à être prise d'un réel respect pour le Monsieur très riche qui venait de l'épouser. Elle n'avait qu'un reproche à lui faire : tant qu'il dépensait son argent pour elle seule, c'était très bien et elle ne ferait que l'encourager à continuer dans cette bonne voie mais lorsqu'il avait le geste généreux pour d'autres — le personnel de l'hôtel, les barmans, les garçons de restaurant qu'Eva assimilait à des mendiants — la générosité ne lui plaisait plus du tout. Elle ne put s'empêcher d'en faire la remarque :

— Chéri... Je trouve inutile de donner de tels pourboires ! J'ai toujours été contre le pourboire... Tu ne sembles pas te rendre compte de la valeur de « notre » argent ? C'est sans doute parce que tu en as toujours eu ?

Il répondit avec désinvolture :

— Tu veux déjà faire des économies ? Ça ne s'est jamais vu pendant un voyage de noces !

Eva pensa aussi qu'un homme, qui n'hésite pas à abandonner sa carrière pour épouser la femme pauvre qu'il aime, devait posséder une fortune personnelle considérable. Elle comparaît presque Eric à ces grands seigneurs polonais dont les terres s'étendaient à perte de vue...

Après les cinq jours de pléthore, Eric annonça un soir :

— Ma chérie, je vais partir demain matin pour *La Tilleraye* d'où je ne reviendrai que lundi soir... Je dois préparer ma mère à l'idée que je suis marié et qu'elle va voir arriver prochainement sa belle-fille.

— Je n'ai pas encore compris pourquoi tu ne lui as pas écrit que tu m'avais épousée ? Je me suis même demandé si tu ne craignais de lui révéler ton mariage ? Avoue qu'à ton âge ce serait un peu ridicule ?

— Je t'ai déjà dit que ma mère était une très grande Dame ! Dans notre monde, un fils n'informe pas sa mère de son mariage par une simple lettre... Il va lui rendre visite pour le lui annoncer lui-même : il y a des convenances que l'on doit respecter.

— Les convenances ? Dans ce cas, n'aurait-il pas été plus déférent de prévenir ta mère avant le mariage ?

Il eut une courte hésitation :

— Comme toutes les personnes âgées, ma mère a ses idées... Elle m'aurait posé par lettre une foule de questions auxquelles il me sera plus facile de répondre de vive voix...

— Dis-le franchement : tu n'as pas honte de moi ?

— Je t'aime, Eva ! Tu n'as tout de même pas l'impression que je t'ai cachée depuis notre arrivée en France ? J'ai tout fait au contraire pour qu'on t'admire... As-tu remarqué comme les Parisiens se retournaient sur ton passage ?

Elle n'osait pas répondre : « Même quand j'étais en haillons dans les camps, j'en avais l'habitude... Il n'y a pas que les Parisiens ! Ma beauté triomphera partout ! »

Il continua :

— J'ai préféré réserver la surprise à ma mère... Il y a si longtemps qu'elle souhaite me voir marié.

— Tu ne m'as pas souvent parlé d'elle... Décris-la-moi : comment est-elle ?

— Encore très belle... C'est une tradition dans la famille de n'épouser que des jolies femmes !

— Elle a eu de la chance !

— Pourquoi ?

— Parce qu'elle était riche aussi avant son mariage... Tu m'as dit qu'elle appartenait également à une famille noble ?

— Toute la noblesse n'est pas riche, chérie ! Les parents de ma mère étaient pauvres.

— Ton père a fait, lui aussi, un mariage d'amour ?

— C'est une autre tradition des Maubert...

— Que dira ta mère quand elle saura d'où je viens ?

— Elle ne t'en aimera que davantage...

— Même sachant que je suis juive ?

— Je lui expliquerai d'abord que tu es polonaise... Pendant mes trois jours d'absence, je veux que tu continues à t'amuser en visitant Paris.

— Tu me téléphoneras ?

— Dimanche, je ne le pourrai pas... Le téléphone est fermé là-bas du samedi soir au lundi mais comme je serai de retour ce jour-là pour le dîner...

Avant de quitter l'hôtel, il lui laissa une somme importante pour les autres emplettes qu'elle aurait envie de faire.

Le lundi quand il revint, elle n'avait rien acheté et comme il s'en étonnait, elle répondit :

— Cet argent, tu me l'as bien donné pour en faire ce que je voulais ?

— Evidemment !

— J'ai préféré le garder... Comprends-moi : je n'ai jamais eu un sou sur moi ! Grâce à toi maintenant, je me sens riche... De temps en temps je regarderai ces billets et je les compterai en me disant : « Tu as bien fait, Eva, de ne pas les dépenser tout de suite... Garde ton bien... Souviens-toi de toutes ces années où ta misère t'a obligée à tout endurer ! Aujourd'hui, tu te sens indépendante puisque, si tu le veux, tu peux payer ta liberté. »

Il la regarda étonné :

— Tu attaches vraiment une telle importance à l'argent ? Moi, quand je n'en ai pas, je m'en passe !

— Il n'y a que ceux qui en ont toujours eu qui le disent.

— Notre amour me paraît tellement plus important, chérie ?

Elle l'embrassa pour dissiper le malaise.

— Eric, parle-moi plutôt de ton voyage !

— Un grand succès : ma mère nous attend samedi.

— Qu'a-t-elle dit ?

— Qu'elle m'approuvait puisque j'estimais que toi seule pouvais faire mon bonheur...

— J'en suis sûre ! Tu verras : nous serons follement heureux à *La Tilleraye !* J'ai hâte de connaître ta mère et le château ! Décris-le moi encore une fois ?

Et il recommença, s'exaltant lui-même :

— C'est une demeure du XVII$^{e}$ siècle dont la situation au bord d'une rivière, qui se nomme *La Loue,* est admirable... Les prés qui entourent le château sont aussi verts que les « greens » anglais... Les soirs de lune, on voit les toits se refléter dans le miroitement de l'eau et l'on dirait un château de la Belle-au-Bois-Dormant...

— Ce sera moi maintenant, mon amour ?

— Toi seule !
— Mais ta mère, qu'est-ce qu'elle deviendra ?
— Ma mère ?
La question le laissa interloqué. Enfin il balbutia :
— ... Elle veillera sur notre bonheur.
— Ne penses-tu pas qu'elle sera un peu jalouse ?
— De toi ? Elle n'aura aucune raison !
— Ne lui ai-je pas pris son fils unique et ne vais-je pas devenir la nouvelle châtelaine ?
Il ne sut que répondre.
Le samedi, la Citroën était dans la cour de la gare de Besançon.
Eric avait bien dit que « la voiture serait là avec le chauffeur » mais il n'avait pas précisé quelle voiture ni quel genre de chauffeur. Ce fut la première déception de Eva. Pendant tout le voyage en chemin de fer, elle s'était imaginé qu'elle monterait dans la plus luxueuse voiture du monde, conduite par un magnifique chauffeur en livrée qui l'emmènerait vers le château de rêve... Urbain n'était qu'un vieillard voûté, sans uniforme.
Pendant les vingt-cinq kilomètres du dernier parcours, son instinct infaillible de femme qui a tout vu se sentit peu à peu envahir par une autre appréhension : le château n'allait-il pas être comme la voiture et les serviteurs comme Urbain ? Eva frissonna et sentit son sang se figer quand Eric lui dit quelques instants avant d'arriver :
— Chérie, il ne faudra pas trop t'affoler au début si ma mère te paraît un peu sévère. Elle est très bonne, tu verras... Seulement il faut s'habituer à elle !
Elle aurait voulu répondre : « Ta mère est bonne ? C'est encore heureux parce qu'il y a une chose que je ne t'ai pas encore avouée et que tu n'avais pas besoin de savoir avant de m'épouser : c'est moi qui suis mauvaise !... La bonté, cela convient aux gens qui

n'ont pas souffert ! Tandis que moi j'ai d'abord ma propre misère passée à oublier avant de penser à celle des autres ! C'est pourquoi, mon petit Eric, je ne te pardonnerai jamais — même si tu l'as fait inconsciemment comme tous ceux qui idéalisent le pays de leur enfance — de m'avoir laissé croire par tes descriptions enthousiastes que *La Tilleraye* était un château rappelant celui que j'ai connu et auquel j'estime que mon nouveau titre, ajouté maintenant à ma beauté, me donne droit ! J'ai commencé par me servir de toi pour échapper au destin hideux qui m'était réservé mais, depuis que je porte ton nom et que j'ai enfin une nationalité, je suis bien décidée à me servir des deux pour avoir tout ce qui me manque encore ! Ma faim de luxe et de jouissance sera toujours insatiable ! » Elle sut se taire...

— Voilà *La Tilleraye,* dit Eric.

Quand la Citroën s'approcha du perron où Adélaïde se tenait droite, Eva eut la deuxième désillusion.

Après cette journée, elle était maintenant dans le lit à baldaquin, continuant à regarder « le mari » endormi qui croyait n'avoir rien à se reprocher...

Dans la bâtisse silencieuse, elle eut tout à coup l'impression d'entendre à nouveau une voix qu'elle connaissait bien puisqu'elle était un peu celle de sa race, une voix qui lui disait : « Tu devrais déjà être très contente, petite juive ! N'as-tu pas enfin un domicile, un nom, une patrie ? Ces trois atouts te manquaient... Tu es un peu déçue parce que tu viens de t'apercevoir que ces Maubert étaient peut-être beaucoup moins riches que tu ne le supposais ? On ne peut pas obtenir le quatrième atout aussi vite que les autres ! L'argent, c'est ce qu'il y a de plus difficile à atteindre parce que c'est instable... L'art de notre race, c'est précisément de savoir le fixer... Seulement nous mettons le temps ! Malgré ton ambition démesurée, montre-toi patiente comme la plupart de tes coreligionnaires... Tu as l'impression aussi que cette Adélaïde va gêner tes projets ? C'est exact mais tu es assez subtile pour parvenir à te débarrasser d'elle... Ce ne sera pas plus difficile que pour liquider ces gardes-chiourme ou ces filles infectes dont tu t'étais servie dans les camps pour sauver ta peau, ta merveilleuse peau... Dors maintenant, ma belle Eva ! Et demain, le soleil de juin naissant t'accompagnera quand tu te montreras toute souriante aux paysans du village qui auront admiré ta piété à la messe... Ce sera grâce à chacune de ces petites tromperies quotidiennes que tu connaîtras la grande réussite ! Demain ? Mais tu seras déjà celle qui peut dire : la nuit dernière j'ai dormi *chez moi* ! »

Eva s'endormit enfin, bercée par le murmure de la voix prophétique...

Il y avait longtemps que la petite église de *Saint-Pierre-sur-Loue* n'avait connu une telle affluence. La nouvelle de l'arrivée de l'épouse du Comte Eric s'était répandue dans le pays avec une rapidité incroyable : tous étaient là, villageois et fermiers, pour voir la jeune châtelaine...

Elle se tenait, à la gauche d'Eric qui était assis entre sa femme et sa mère, dans le banc réservé au premier rang pour les habitants de *La Tilleraye*, premiers bienfaiteurs de l'humble paroisse. Les fidèles ne pouvaient voir la nouvelle Comtesse que de dos. S'ils avaient pu contempler son visage pendant l'Office divin, ils auraient été assez surpris de découvrir l'étonnement manifesté par son regard devant des rites qui pour elle avaient l'attrait de la nouveauté. Cette Grand-Messe avec son vieux curé, les petits enfants de chœur indisciplinés, le chantre ânonnant les strophes du *Credo* en alternance avec quelques jeunes filles groupées autour d'un harmonium asthmatique, n'était pour Eva qu'un spectacle insolite.

Depuis son premier internement à quinze ans, elle n'avait plus pratiqué son propre culte. Si elle l'avait fait, quand elle vivait encore au milieu des siens, c'était uniquement parce que ses parents l'y avaient contrainte. Le sentiment religieux n'avait jamais été très développé chez l'enfant agressive qui était devenue trop rapidement la jolie fille. Sa seule vraie religion était celle de sa beauté. Aux rares moments où il lui était arrivé, dans sa détresse, d'implorer Jehovah, ce n'avait été que pour lui demander la jouissance des biens terrestres et le châtiment de tous ceux qui l'empêchaient, soit par racisme, soit par indifférence, d'atteindre à ce qu'elle croyait être le bonheur suprême. Dans son cœur très vite blasé, Eva ne considérait ses frères que comme des inutiles ou des égoïstes alors que la plus grande égoïste était elle-même. L'idée de communauté, solidement ancrée chez ceux de sa race, lui avait toujours fait horreur : elle conservait le souvenir désabusé et méprisant de ces réunions familiales qui lui avaient été imposées par ses parents les jours de sabbat et où la journée devait être consacrée à Dieu. Elle avait toujours pensé que la loi de Moïse n'était pas faite pour elle...

Comment aurait-elle pu comprendre la foi chrétienne des paysans du Jura puisqu'elle avait négligé sa propre religion ? Pour elle les cultes étaient une chose et la vie une autre. A un moment, pendant la Grand-Messe, Eric dut lui dire à voix basse :

— Regarde-moi... Lève-toi, assieds-toi ou agenouille-toi quand tout le monde le fait, sinon tu te feras remarquer !

Elle l'avait imité sans conviction parce qu'elle n'aimait pas s'agenouiller : c'était un geste d'humilité qui ne lui convenait pas et qui lui rappelait l'époque où elle devait courber l'échine. Aujourd'hui, elle devait s'incliner parce qu'Adélaïde l'avait voulu, cet affront aussi serait lavé par la vengeance.

Après la messe, pendant que les cloches sonnaient l'alleluia du devoir accompli, Eva se retrouva sur la place du village, entourée à distance respectueuse par tous ceux qui la saluaient avec un mélange de curiosité et d'hostilité. Elle aussi les dévisageait de toute sa morgue orgueilleuse : elle ne les craignait pas et leur jugement lui était indifférent. L'opinion de la foule, ça se retourne : il suffit de faire preuve d'habileté... Adélaïde savait se montrer habile. Elle allait de l'un à l'autre, serrant des mains, posant des questions sur l'état de santé de chacun, parlant du temps et de la récolte prochaine, s'apitoyant faussement sur une vieille qui ne voyait plus très clair... Si elle l'avait pu — Eva en était certaine — Adélaïde aurait béni cette foule apathique. Sans cesse elle se retournait pour dire d'un ton protecteur :

— Venez, ma petite Eva...

Et elle la présentait à des faces parcheminées, à des visages hilares ou couperosés, à des hommes empruntés qui tournaient et retournaient maladroitement leurs casquettes noires dans leurs grosses mains calleuses, à toute une population qui semblait en deuil d'elle-même quand elle s'endimanchait...

Eva serrait les mains avec un réel dégoût qu'elle dissimulait sous son admirable sourire. La comédie lui donnait presque des nausées... Il y eut aussi la présentation à l'institutrice, au curé qui ne put résister à la joie de faire une improvisation aimable... Il y eut même un bouquet offert par une fillette en blanc que la juive dut embrasser... Elle parla peu, Eva, ne sachant que dire et n'ayant surtout rien à dire : son sourire suffirait.

Enfin ils remontèrent dans la Citroën dont la portière se referma au moment où les cloches se taisaient. Adélaïde fit encore quelques signes d'amitié protectrice, Eva cessa de sourire et Eric put dire :

— Tu as été très bien, ma chérie... Je te remercie.

Je suis sûr que tu as produit un gros effet sur tous ces braves gens.

— La prochaine fois, coupa la voix sèche d'Adélaïde, je vous conseille, Eva, de parler un peu plus... « Ils » aiment qu'on leur parle, sinon ils disent que l'on est « fier »... Ça, il ne le faut pas !

Eva ne répondit ni à Eric, ni à Adélaïde. Elle pensait : « Tous les paysans du monde se ressemblent... J'en ai connu en Pologne, en Allemagne, en Autriche... Ils m'ennuient ! » Oubliant les origines de la race élue, la fille de l'intellectuel de Varsovie était persuadée que les travaux des champs ne sont bons que pour les êtres inférieurs...

Le déjeuner du dimanche fut aussi silencieux que le dîner de la veille.

Après le café servi dans la bibliothèque, Eva profita de ce que Adélaïde commençait à reprendre son carré de tapisserie pour demander à son mari :

— Chéri, j'aimerais beaucoup faire une promenade dans le parc. Tu ne me l'as pas encore fait visiter ?

— C'est une excellente idée, dit Adélaïde. Le temps est superbe ! Je vous attendrai ici pour le thé : je le prends à quatre heures et demie...

Le parc de *La Tilleraye* aurait eu besoin d'un autre jardinier que le vieil Urbain. Il aurait fallu, pensait Eva en se promenant au bras d'Eric dans les allées envahies par les mauvaises herbes, l'armée de jardiniers qu'elle avait vue dans le parc du château polonais... Mais Eric semblait se soucier assez peu de cet envahissement de la nature auquel il trouvait une vraie richesse : celle de son enfance... Combien de fois n'avait-il pas imaginé, dans sa jeunesse, être l'explorateur qui part à la découverte d'une flore et d'une faune inconnues ? Ce fourré inextricable avait été maintes fois pour lui l'entrée de la forêt tropicale... Ce cèdre était un palmier... Ce martellement saccadé du pivert n'était pas le travail d'un oiseau mais l'annonce terrifiante du gorille écartant les lianes... Ces bords paisibles de *La Loire* étaient les rives traîtresses sur lesquelles se vautraient les caïmans dans l'attente de la proie humaine... Et l'enfant solitaire avait régné pendant les plus belles années de sa vie sur cette jungle imaginaire.

Comme elle était différente, cette imagination, de celle d'une Eva pour qui la féerie de la nature n'évoquait rien ! Pendant la promenade où Eric continuait à raconter ses rêves juvéniles, la jeune femme restait muette, observant son mari avec étonnement : était-il concevable que, pendant son enfance, l'héritier de *La Tilleraye* n'ait pas eu l'ambition de devenir plus tard très riche pour faire arracher les mauvaises herbes, ratisser les allées et donner sous ces ombrages de grandes réceptions qui éblouiraient tout le monde ?

Eva revint encore un peu plus désabusée de la promenade dans le parc abandonné...

Le lendemain, ce fut la tournée des fermes : elles n'étaient pas très nombreuses mais les visites, dans chacune d'elles, parurent cependant interminables. Partout Eva avait dû accepter la tasse de mauvais café arrosé d'un alcool du pays. Adélaïde avait voulu accompagner le jeune couple mais Eric, profitant de ce qu'Eva n'était pas encore descendue dans le vestibule, fit comprendre à sa mère que ce serait une erreur :

— Votre présence intimide un peu Eva, Mère...

— Ta femme timide ? Tu te fais des illusions, mon garçon !

— Ce sera comme hier à la sortie de la messe : vous serez la seule à parler avec les fermiers, qui vous connaissent depuis toujours, et ils croiront que le mutisme de Eva n'est qu'une forme de mépris pour eux.

— Je n'insiste pas ! Mais comme ta femme semble tout ignorer non seulement de la culture mais aussi de la façon dont on doit s'y prendre avec nos paysans, débrouille-toi pour leur donner au moins l'illusion que Eva vient d'un milieu comparable au nôtre... Tu connais nos fermiers : ils sont méfiants et soupçonnent vite les choses ! N'hésite pas, s'il le fallait, à inventer pour eux une histoire qui, dans leur esprit, donnera une certaine auréole à ton épouse... Tu n'as qu'à leur dire que Eva appartient à une très grande famille de l'aristocratie polonaise... Ne leur parle surtout pas des camps de concentration ou de personnes déplacées ! Ils ne comprendraient pas que tu y aies trouvé la nouvelle Comtesse de Maubert ! Tu perdrais tout ton prestige... Dis aussi à Eva qu'elle devrait se maquiller un peu moins pour faire cette tournée... Les femmes trop peintes ne sont guère appréciées dans nos régions... Il ne faudrait pas qu'on la prenne pour ce qu'elle n'est pas ! Ce sera déjà très suffisant quand les fermiers s'apercevront qu'elle ne t'a pas apporté de dot et qu'elle ne croit ni à Dieu, ni à diable ! La voici...

Dès que Eva fut seule avec lui dans la voiture, elle demanda :

— Qu'est-ce que te disait ta mère ?

— Rien d'intéressant...

— Je n'aime pas beaucoup te voir seul en tête à tête avec elle ! Tu es trop petit garçon devant elle !

— N'est-ce pas souvent ainsi entre un fils et sa maman ?

— C'est très bien à condition qu'il n'y ait pas de belle-fille...

Pendant qu'ils revenaient de la tournée des fermes, elle ne put résister à l'envie de demander :

— Chéri, ça rapporte beaucoup les fermes ?

Assez surpris, il répondit en souriant :

— Cela t'intéresse donc ?

— Comme tout ce qui t'appartient, mon amour !

D'ailleurs tu aimes que je m'y intéresse, sinon tu ne m'aurais pas fait faire cette tournée ?

— Cette corvée ! devrais-tu dire. Elle était nécessaire, aussi ai-je préféré t'en débarrasser tout de suite.

— Alors continue à être très gentil et réponds à ma question. Ça rapporte combien ?

— Je n'en sais rien au juste... Pas grand chose ! Le rendement serait meilleur si j'exploitais moi-même au lieu de louer à des métayers. J'y ai souvent songé...

Elle tressaillit et dit dans un rire nerveux :

— Tu te vois sur un tracteur ou discutant sur un marché ? Tu serais parfaitement ridicule, mon pauvre Eric !... Ne serait-ce pas plus intelligent de vendre ces fermes qui ne rapportent que des sommes dérisoires et de réemployer les capitaux dans le commerce ?... Dans l'alimentation par exemple ? J'ai remarqué que ça marchait toujours et ceci dans tous les pays : les gens ont d'abord besoin de manger ! Si, par hasard, il y avait une nouvelle guerre, nous pourrions amasser une fortune...

Pour la première fois, Eric se retourna vers sa femme :

— Il ne saurait être question de vendre nos terres ! Depuis des générations, les Maubert ont aimé la terre et n'ont jamais vécu de commerce ! Même si nous devons continuer à en pâtir, je ne changerais rien à cette règle et j'attends de ma femme qu'elle m'aide à maintenir cette tradition.

Eva fut un moment désarmée devant cette soudaine fermeté. Son instinct l'avertit qu'elle avait voulu aller trop vite et trop loin. Elle reviendrait à la charge plus tard... Pour l'instant, elle devait faire appel à son merveilleux sourire. Ce fut d'une voix très douce qu'elle reprit :

— Je comprends, mon amour... Sois patient avec

moi ? Je n'ai encore jamais eu le bonheur de posséder une terre : c'est pourquoi il m'est assez difficile de comprendre cet attachement... Mais je t'approuve de n'agir que selon ton cœur ! Et puis, n'en as-tu pas les moyens ?

— Je ne les ai pas mais cela n'a aucune importance.

— Enfin tu n'as pas que les loyers de tes fermes pour vivre ?

— Avant, j'avais ma solde de lieutenant-colonel... Seulement c'est fini et ce que j'avais pu mettre de côté a fondu très vite !

— Pourquoi as-tu fait toutes ces dépenses et joué au milliardaire pendant les quelques jours que nous avons passés à Paris ?

— Je voulais achever de faire ta conquête ! Ai-je réussi ?

Elle ne répondit pas.

— Eva ? Tu m'en veux d'avoir agi ainsi ?

Elle se taisait toujours.

— Comprends-moi, chérie ! Après ce que tu avais enduré pendant des années, j'ai pensé qu'il était juste que tu connaisses quelques jours de vrai luxe !

— Quelques jours ?

— J'aurais voulu faire tellement plus pour toi !

— C'était toute ta solde ?

— Oui...

Il y eut un silence, puis...

— C'est encore heureux, Eric, que j'aie conservé l'argent que tu m'avais dit de dépenser pendant ton absence !

— Tu as eu tort, crois-moi !

— Je ne le pense pas... Mais je ne te rendrai quand même pas cette somme : tu ferais d'autres folies inutiles !

Ils étaient arrivés à *La Tilleraye.*

— Vous n'avez pas l'air de vous douter que je vous ai attendus pour prendre le thé ? dit sèchement Adélaïde.

— Vraiment, ma Mère ? fit Eva avec ironie. J'ai horreur du thé ! Et ce n'est pas de goûter la vie des camps qui m'en a donné l'habitude ! Aujourd'hui j'ai eu ma ration suffisante avec le café et l'alcool à brûler de « vos » fermiers !

Elle s'engouffra dans l'escalier sans attendre la réponse.

— Qu'est-ce qu'elle a ? demanda Adélaïde à son fils.

— Ces visites de fermes l'ont fatiguée.

— Toi aussi, je te trouve bizarre ? Qu'est-ce qui ne va pas ?

— Mais rien...

— Les fermiers ont bien reçu ta femme, au moins ?

— On ne peut mieux...

— Tu ne t'es pas disputé avec elle ?... Une querelle d'amoureux ? Déjà ?

Adélaïde avait repris sa tapisserie pendant qu'un vague sourire éclairait ses lèvres méchantes.

Eva ne parut pas au dîner.

— Ta femme ne descend pas ?

— Excusez-la, Mère. Elle est un peu souffrante...

La souffrance de la juive était atroce : c'était de la rage.

Enfermée dans la chambre, allongée sur le lit, elle mordait et griffait les draps... Jamais elle ne pardonnerait à Eric de ne pas lui avoir dit plus tôt sa vraie situation de fortune. Elle en voulait aussi à cette Adélaïde qui osait se permettre de prendre des airs protecteurs à la sortie d'une Messe alors qu'elle ne possédait pas un sou vaillant ! Elle en voulait à tous ces paysans hypocrites et à tous ces fermiers enrichis sur le dos des Maubert qui — elle l'avait nettement senti — la considéreraient comme leur pire ennemie si elle tentait de faire rentrer l'argent qu'elle estimait déjà lui être dû.

Elle s'en voulait surtout à elle-même de s'être trompée à ce point le jour où elle avait cru que l'officier français à particule était l'homme dont elle devait se servir pour modifier le cours misérable de son destin de femme... Comment avait-elle été assez stupide — elle qui était cependant la méfiance même — pour se laisser impressionner par des cadeaux reçus à Paris ?... Des cadeaux dérisoires si elle voulait bien les détailler : cinq ou six robes indispensables, un manteau de voyage, un manteau de soie plus habillé pour les quelques soupers qu'ils avaient faits, une bague destinée à sceller le pauvre mariage et dont le solitaire n'avait rien d'extraordinaire, des clips aussi et une broche que l'on agrafe pour égayer une robe mais qui étaient en faux or et en faux brillants... Il y avait enfin les trois cent mille francs en billets qu'elle avait su conserver... Ce n'était que cela son capital personnel. C'était peu en échange de ce qu'elle avait apporté : son intelligence, sa beauté, ses caresses... Trois trésors qui pouvaient se monnayer, et très cher !

Tout le reste : la bâtisse croulante, le parc en friche, les fermes en ruines et les terres mal louées, ça ne comptait pas ! Cela ne représentait que des dettes en perspective... Et, invariablement, son esprit torturé revenait à la même conclusion : les deux seules choses que ce mariage lui avait apportées étaient une nationalité et un titre nobiliaire. La France ? pour Eva, ce n'était qu'une entité... La noblesse ? A la rigueur, ce pourrait être une couverture... Mais il n'y avait pas une minute à perdre si elle voulait s'en servir. Plus elle attendrait, et plus elle s'enfoncerait dans la pitoyable médiocrité d'une existence ratée après avoir déjà piétiné pendant des années dans la boue des camps ! Elle ne voulait pas de celle de *La Tilleraye*. Dès demain, elle aviserait...

Quand Eric vint la rejoindre dans la chambre, elle dormait ; du moins il le crut. Avant qu'il n'eût éteint la lampe de chevet, elle sentit qu'il la regardait et elle eut même l'impression qu'il murmurait :

— Ce qui te déplaît n'est pas de ma faute, chérie ! Je crois avoir fait tout ce qu'un homme pouvait faire ; pour t'épouser, je n'ai pas hésiter à briser ma carrière. J'ai cédé devant ta volonté de ne pas te marier à l'Eglise... Enfin, je crois t'avoir imposée à ma mère et aux gens du pays... Le peu qui me reste est à toi... Parce que je t'aime, Eva !

Mais cette nuit-là, pour la première fois depuis leur rencontre, elle continua à faire semblant de dormir pour ne pas être la maîtresse.

Le lendemain, elle avait retrouvé son sourire quand elle rencontra dans le vestibule Adélaïde, portant un panier.

— Vous vous sentez mieux, Eva ?

— Beaucoup mieux, ma Mère.

— Quel temps admirable, ne trouvez-vous pas ? Je vais cueillir quelques roses pour le salon... Vous m'accompagnez ?

— Avec joie, ma Mère !

Et une nouvelle promenade commença dans le parc ensoleillé...

— Ma petite Eva, je viens de dire à votre mari que nous devrions aller cet après-midi à Besançon. J'ai quelques courses à y faire et je crois que vous seriez très intéressée par cette ville qui a tout d'une ancienne capitale. On y retrouve d'étonnants vestiges de l'occupation espagnole... Il y a quelques églises et surtout des hôtels particuliers admirables ! Vous devez aimer les choses anciennes ?

— A condition qu'elles soient en bon état !

— Vous dites cela en pensant à notre chère *Tilleraye ?...* Eh bien, vous verrez que vous finirez par vous y habituer et par ne plus pouvoir vivre ailleurs ! Quand j'ai épousé votre beau-père, moi aussi j'étais comme vous : je trouvais que les toits étaient bien inquiétants, que les murs étaient lézardés, que l'ensemble sentait un peu trop le Passé mais peu à peu j'ai compris que tout était très bien ainsi... Imaginez un instant notre vieille demeure modernisée... Elle perdrait toute sa poésie !

— Je n'aime pas l'ancien !

— Vous êtes cependant cultivée ? Vous êtes fille d'intellectuel ? Il y a donc certainement en vous un côté artiste... Aimez-vous la peinture ?

— Je crois que je l'aimerais si je possédais une très grande collection de tableaux...

— Vous voyez... Et la musique ?

— Je raffole de musique moderne...

— Dans trois mois nous aurons à Besançon, comme chaque année, le Festival International de Musique et de Danse : ce sont des concerts et des représentations pour lesquelles on vient de partout. La ville est méconnaissable pendant une semaine : on y entend toutes les langues étrangères ! A ce propos, Eric m'a dit que vous en parliez six ! C'est exact ?

— Oui.

— Il me les a même énumérées, sauf une...

— Il a dû oublier l'hébreu ?

— Vous parlez l'hébreu ? J'avoue que c'est assez étonnant pour une jeune femme... Je n'ai connu qu'une seule personne qui le savait : un père Capucin qui avait été longtemps à Jérusalem... Il est vrai que Monsieur votre père, qui était professeur, vous l'a peut-être enseigné ?

— Tous les miens parlaient couramment l'hébreu et le yiddish.

— Le yiddish ?

— C'est une sorte de déformation de l'allemand que l'on emploie pour la conversation courante dans les familles juives.

Adélaïde avait pâli :

— Vous n'êtes pas israélite, au moins ?

— Eric ne vous l'a donc pas dit ?

Adélaïde respira longuement avant de répondre, les dents serrées :

— Il s'en est bien gardé !

— Je ne comprends vraiment pas pourquoi : ce n'est pas une tare, que je sache ?

Adélaïde ne trouvait plus ses mots :

— Je... Je préfère rentrer...

Et elle courut presque vers le château, laissant une Eva qui cueillait tranquillement une rose pour la respirer en souriant. C'était bien la première fois, depuis son arrivée, qu'elle commençait à distiller son plaisir...

Eric était dans la bibliothèque, examinant l'état de quelques reliures, quand Adélaïde y pénétra, le visage décomposé :

— Qu'avez-vous, Mère ?

— Ce que j'ai ?... Tu as épousé une juive !

Elle s'était laissée tomber sur un siège, répétant hébétée :

— Une juive... ici !

Eric se rapprocha en disant, très calme :

— Tôt ou tard, vous l'auriez appris... Autant que ce soit tout de suite ! Elle a bien fait de vous le dire !

— Elle semble en être fière !

— Eva en a le droit ! N'appartient-elle pas à un grand peuple ?

— Te rends-tu compte de ce que tu dis ? Tu es le premier des Maubert à avoir fait un mariage pareil !

Des larmes coulaient sur le visage d'Adélaïde :

— Je sentais que le jour où cette femme entrerait chez nous, la malédiction s'abattrait sur *La Tilleraye !*

— Vous êtes très injuste, Mère.

— Non, mon petit... Les juifs sont essentiellement destructeurs et ne peuvent vivre que sur les ruines des autres peuples...

— Vous en êtes encore à tous ces poncifs périmés ? Vous oubliez d'abord que ces juifs ont réussi à faire revivre leur pays : Israël... Ce ne sont pas des destructeurs mais des constructeurs. Vous oubliez aussi tout ce que leurs savants, leurs médecins, leurs artistes ont apporté au monde ! Comme les chrétiens, ils ont eu leurs martyrs : vous n'avez donc pas le droit de les juger.

Eric leva les yeux vers les tableaux alignés qu'Adélaïde lui désignait :

— Peut-être... mais tes ancêtres te jugent en ce moment !

— Rien ne prouve qu'il n'y ait pas parmi eux un Gontran ou un Armand qui ne m'approuve d'avoir fait un mariage d'amour ? A l'exception de celui de mon père et du mien, cela a dû être plutôt rare dans la famille ! J'aime Eva et c'est la seule chose qui compte... J'aime sa beauté, j'aime son intelligence, j'aime aussi son orgueil. Pour moi, c'est la plus noble des qualités chez la femme : sans l'avoir jamais appris, Eva est une Dame... Elle vient d'une grande race ! Pourquoi vouloir le lui faire oublier ? Elle est juive et je l'aime telle qu'elle est...

Après l'avoir regardé fixement, Adélaïde finit par murmurer :

— Je ne pensais pas que sa victoire fût aussi complète...

Ce fut Adélaïde cette fois qui ne parut pas au déjeuner.

— Ta mère est souffrante ? demanda Eva avec sollicitude.

— Tu ne voudrais pas ? Ça ne lui est jamais arrivé... Elle a simplement décidé de se faire servir dans sa chambre...

— Elle ne peut déjà plus supporter ma présence ?

— Dis plutôt qu'elle boude... Ça lui passera !

— Chéri, aimerais-tu me faire un grand plaisir ? Emmène-moi cet après-midi à Besançon... Ta mère m'a tellement chanté les charmes de cette ville que j'aimerais la visiter... Nous y ferons une promenade d'amoureux...

Une heure plus tard, ils étaient tous les deux dans la Citroën. Dès que la voiture fut sortie du parc, Eva demanda :

— Ta mère t'a certainement fait part de ce que je lui ai révélé ce matin ?

— Oui.

— Et elle ne supporte pas l'idée que tu m'aies épousé ?

— Il faudra bien qu'elle finisse par l'admettre : Ne parlons plus de cela, veux-tu ?

Elle n'insista plus, le sentant très nerveux.

Cette visite de Besançon n'était pour elle qu'un prétexte : elle avait besoin de s'évader de *La Tilleraye* dont elle ne pouvait déjà plus supporter l'atmosphère.

Au moment où ils arrivaient devant la plus grande curiosité de la ville, l'horloge astronomique, un sonore « Bonjour, mon Colonel ! » vint d'une voiture américaine qui s'immobilisa à côté de la Citroën. Le visage de Georges Veran s'encadra dans la portière du luxueux cabriolet. Eric avait répondu d'un salut assez distant mais l'industriel était déjà descendu de sa voiture :

— J'ai appris ce matin la nouvelle de votre mariage et je tiens à vous en féliciter...

Il regardait maintenant Eva :

— Sans doute la Comtesse de Maubert ?

— En effet... Chérie, je te présente l'un de « nos » amis : M. Georges Veran...

Elle sut retrouver en un instant le sourire des conquêtes et le regard qui lui avait permis de quitter le camp. Le nouveau venu la dévorait des yeux sans la moindre retenue, comme si son alerte cinquantaine venait de se réveiller brutalement en présence de tant de féminité. Admiration qui se traduisit par un compliment au mari :

— Vous venez de faire une bien jolie surprise à toute la région !

Puis s'adressant à Eva :

— Savez-vous Madame que l'on ne parle déjà que de vous à Besançon ?

— Mais je ne suis à *La Tilleraye* que depuis samedi dernier !

— Les bonnes nouvelles courent vite... Le colonel de Maubert vous fait sans doute visiter les trésors de notre vieille ville ?

— Nous venons juste d'arriver...

— Chère Madame, j'ai une promesse à tenir à l'égard de votre mari... Vous souvenez-vous, mon Colonel, que nous avions parlé de whisky au cours de ma visite à *La Tilleraye ?* Je n'ai donc pas le droit de ne pas vous en offrir quelques bouteilles et vous avez celui de venir les chercher chez moi... Au cas où vous l'auriez oubliée, voici mon adresse : c'est très facile... Ma propriété est la première que vous verrez sur votre droite, en sortant de la ville par la route de Belfort...

— Je ne sais, marmonna Eric en prenant machinalement le bristol qui lui était présenté, s'il nous restera beaucoup de temps...

— On a toujours le temps de venir prendre le scotch de l'amitié !... N'est-ce pas votre avis, Madame ?

— Certainement, Monsieur...

— Maintenant, mon Colonel, vous ne pouvez plus ne pas accéder aux désirs de la Comtesse de Maubert... Mais je suis bavard et je vous retarde pour votre visite... La ville en vaut la peine : il y a l'horloge astronomique bien sûr mais nous avons aussi un magnifique archevêché et une très belle Cathédrale où vous trouverez un curieux mélange des XII$^{e}$ et XIII$^{e}$ siècles...

— Je ne vous aurais jamais cru aussi amoureux du passé, cher monsieur Veran ? remarqua Eric.

— Amoureux... c'est un grand mot ! Fier, devriez-vous dire... Oui, je suis très fier de ma ville natale qui possède tout : une industrie importante, une Université, une Cour d'Appel, un arsenal, une source thermale, un casino et même quelques hommes célèbres... N'a-t-elle pas été la patrie de Victor Hugo, de Charles Fournier, de Proud'hon, des frères Lumière inventeurs du cinéma, de Tristan Bernard ? Vous avouerez, chère Madame, que ces noms constituent un brillant palmarès ?

— Ma femme est polonaise, répondit vivement Eric... Aussi ne faut-il pas lui en vouloir si elle ne connaît pas encore toutes nos gloires nationales.

— Polonaise ? J'avais cru remarquer, en effet, un délicieux accent...

— Vous l'aimez ? demanda Eva entre deux nouveaux sourires.

— Mais, chère Madame, ne nous apporte-t-il pas ce qui nous manque le plus ici : le charme ?... Monique et moi vous attendons tout à l'heure ! Bonne promenade !

La voiture américaine était repartie aussi rapidement qu'elle était apparue.

Eva prit le bristol des doigts de Eric et lut à haute voix :

— « Georges Veran, industriel... *Les Myosotis...* » Le nom de sa propriété ?

— Sans doute... Un nom qui convient mal à un personnage aussi peu modeste !

— Tu trouves ? Pas moi.. J'ai horreur des gens faussement modestes ! Quelle industrie a-t-il ?

— Une usine métallurgique... Pendant la guerre, il a débuté dans l'utilisation des vieilles ferrailles récupérées... Il ne s'en est pas trop mal tiré !

— Il doit être très riche ?

— On le dit... Mais avec ce genre d'individu, on ne sait jamais ! Un jour, ils jonglent avec des millions, le lendemain ils n'ont plus rien !

— Il a quand même une bien jolie voiture...

— Nous visitons l'horloge ?

— Si tu y tiens...

Il n'y avait aucune conviction dans la réponse. Pendant qu'ils gravissaient l'escalier de la tour, au sommet de laquelle se trouvait l'extraordinaire mécanisme, elle demanda :

— Monique ? c'est sa femme ?

— Sa fille... Il est veuf.

— Elle doit avoir une drôle de dot, cette Monique ? Comment est-elle ?

— Physiquement ? Pas mal... Moralement, c'est une enfant gâtée... D'ailleurs je ne l'ai vue qu'une fois.

— Voilà un parti qui aurait certainement plu à ta mère ?

— Pourquoi cette remarque ?

— Je ne suis pas dupe : le plus grand reproche que ta mère me fait, ce n'est pas d'être juive mais d'être pauvre ! Seulement elle est trop rusée pour le dire à haute voix... Si j'avais été riche comme cette Monique, tout se serait très bien arrangé. Ne penses-tu pas ?

Il ne répondit pas.

Après l'horloge, ils s'extasièrent — ou du moins

firent semblant — devant les beautés architecturales de la vieille cité. Ni lui, ni elle ne pouvaient s'intéresser à ce qu'ils voyaient : Eric se souvenait de la visite des Veran organisée à *La Tilleraye* par Adélaïde et qui avait contribué à la convaincre qu'il devait choisir lui-même sa femme... Eva pensait à la Cadillac et à la façon dont elle pourrait un jour en avoir une.

Le dernier monument visité fut le Palais de Justice.

— J'ai les jambes rompues, fit Eva. Ce genre de promenade est tuant !

— Si nous rentrions tout de suite à *La Tilleraye ?*

— Mais l'invitation de M. Veran ?

— Tu veux absolument que nous y allions ? Je pourrai toujours lui téléphoner de là-bas que tu étais fatiguée ?

— Tu n'y songes pas ? Ce serait très mal élevé pour un homme de ton rang... Et j'aimerais assez boire un scotch !

— Je peux très bien t'en offrir un dans un bar de la ville ?

— Celui de ton ami doit être très supérieur ! Enfin, on doit déjà raconter assez de choses sur moi dans le pays pour qu'il ne soit pas nécessaire que l'on me voie traîner avec toi dans les bars... Les gens diraient que je t'entraîne sur une mauvaise pente ! Allons chez ton ami...

Le parc des *Myosotis* paraissait admirablement entretenu : les moindres allées y étaient ratissées et Eva put apercevoir, avec satisfaction, deux jardiniers qui tondaient le gazon... La maison, toute blanche, était une grande villa de style moderne qui semblait un peu déplacée dans cette région du Jura et qui aurait plutôt dû se trouver au Cap d'Ail ou au Cap d'Antibes, mais ceci Eva ne le remarqua même pas. Quand elle vit un domestique en veste blanche, qui s'approchait de la Citroën pour ouvrir la portière, elle ne put s'empêcher de confier à Eric :

— Voilà une maison comme j'en voudrais une !

Il se contenta de hausser les épaules.

Le vestibule était un hall aux lignes sobres, en harmonie avec l'architecture extérieure ; le salon, doté de larges baies ouvertes sur le parc, ne comptait aucun tableau d'ancêtres, ceux-ci étaient remplacés par des peintures ultra-modernes dont les coloris criards et le dessin inexistant suffisaient à prouver que les goûts des Veran étaient très éloignés de ceux des Maubert.

— C'est très gentil à vous d'être venus ! dit le maître de maison en entrant et en serrant vigoureusement les mains de Eva et de Eric.

— Vous avez une magnifique maison ! répondit Eva au moment où Eric pensait : « Ce rustre n'a aucune éducation ! Quand on reçoit la Comtesse de Maubert, on doit lui baiser la main... »

Le scotch était de qualité. Il avait été servi dans une petite pièce attenante au salon et où se trouvait un bar dont le comptoir et les hauts tabourets étaient en acajou. La décoration parut amusante avec d'excellentes gravures anglaises. Les verres à whisky enfin étaient décorés de myosotis peints à l'emblème de la maison. Installé derrière son bar, l'industriel préparait les boissons et recevait. Eva s'était juchée sur l'un des tabourets comme si elle n'avait fait que cela toute sa vie, Eric lui-même commençait à se laisser gagner par l'ambiance bon enfant.

Après que le maître de maison eût vanté les charmes de *La Tilleraye,* la conversation dévia sur les occupations que l'on pouvait y trouver :

— Maintenant que vous êtes marié, mon Colonel et que vous avez quitté enfin l'armée, ce dont je vous félicite, vous comptez sans doute faire un peu d'agriculture ?

— Certainement pas ! Je laisse ce soin aux fermiers...

— A chacun son métier... Et cette charmante jeune femme que va-t-elle faire à *La Tilleraye* ?

— Sûrement pas de la tapisserie ! répondit Eva. J'abandonne tous les travaux d'aiguille à ma belle-mère qui les adore !

L'entrée de Monique dans le bar interrompit la conversation.

La jeune fille était en pantalon : si la silhouette était gracieuse, le visage semblait vouloir être volontairement désagréable. Eva pensa que c'était une raison pour qu'elle se montrât de plus en plus souriante et de plus en plus femme : aussi bien son mari que ce M. Veran feraient automatiquement des comparaisons qui seraient à son avantage. Les victoires se gagnent tout de suite ou jamais...

Comme le jour de sa visite à *La Tilleraye,* l'héritière aux yeux bleus parla peu : elle observait la jeune femme qui, pour elle, était déjà l'ennemie. Elle pensait aussi en revoyant Eric : « Après tout, il aurait pu faire pour moi un mari possible... Il est même bien cet homme » et le dépit ne fit qu'accentuer son antipathie pour la femme à l'accent slave. Le regard de Eric allait de Eva à la jeune fille et il n'avait aucun regret. Le père de Monique était aux anges : il se consolait de ce que le comte de Maubert ne serait jamais son gendre en se disant que la très belle jeune femme brune ne serait pas longue à s'ennuyer à *La Tilleraye.* Eva enfin n'attachait aucune importance à la jalousie de celle qui ne pouvait plus être une rivale : Eric était bien à elle. Et elle était enchantée que le quinquagénaire continuât à faire assaut de politesse en la dévorant des yeux. Le jour où elle le voudrait, là aussi elle triompherait.

Telle était l'atmosphère du bar douillet des *Myosotis.*

Au moment du départ, Eric remarqua, en montant dans sa voiture, une caisse qui avait été placée sur la banquette arrière. Son hôte l'empêcha de poser la moindre question en disant :

— Ce sont les bouteilles promises ! Je me suis permis de dire à mon valet de chambre de les déposer dans votre voiture... Vous ne m'en voulez pas ?

— Mon mari et moi ne les acceptons, répondit vivement Eva, que si vous nous promettez de revenir bientôt à *La Tilleraye* pour savourer ce scotch avec nous.

L'invitation était faite quand la Citroën s'éloigna.

Sur le chemin du retour, Eric, qui était resté silencieux depuis leur départ des *Myosotis*, finit par dire après quelques kilomètres :

— J'ai bien failli jeter cette caisse à la tête de ce mufle ! On croirait vraiment que nous avons besoin de sa charité !

— Mon chéri, je ne te comprends pas : tu aimes le scotch comme moi ?... Alors pourquoi nous en priver quand on nous en offre ? Admettons que ce soit un cadeau de mariage... Nous n'en avons pas tellement reçu ! Pourquoi aussi nous montrer désagréables avec quelqu'un qui a voulu se montrer aimable ?

— Trop aimable !

— C'est peut-être le meilleur ami que nous ayons ici, toi et moi...

Elle n'ajouta pas : « Moi, j'en suis sûre ! S'il devient mon ami, je ne suis pas assez sotte pour qu'il ne soit pas le tien... Ces choses-là s'arrangent très bien à notre époque ! Ta mère voulait te faire épouser sa fille uniquement parce qu'elle la savait riche et qu'elle pensait que, grâce à cette dot, une vie facile commencerait à *La Tilleraye*... N'est-il pas préférable pour toi d'être marié avec celle que tu aimes et qui sait être ta maîtresse ? Le titre que tu m'as donné va enfin nous servir... Si le hasard avait voulu que j'aie rencontré ce Veran quand je n'étais encore qu'une Eva Goldski je lui aurais sans doute plu tout autant, seulement je valais moins !... Une « Comtesse de Maubert » pour ce parvenu peut représenter une fortune ! Fais confiance à ta femme et tu seras très riche ! »

Quand ils pénétrèrent dans le vestibule délabré de *La Tilleraye,* Eva ne put réprimer un soupir de lassitude.

— Comment va ma Mère ? demanda Eric à Louise.

— Madame la Comtesse dînera encore dans sa chambre.

Le visage de Eva s'était éclairé.

— Ça t'amuse ? demanda Eric.

— Presque, mon amour... Que veux-tu ? J'estime que nous avons, toi et moi, à résoudre des problèmes tellement plus importants que la mauvaise humeur de ta mère !

Après le dîner où Eva se montra très gaie et parla avec enthousiasme des beautés de Besançon, tous deux se retrouvèrent dans la bibliothèque.

— Chéri, un petit whisky ? dit Eva en remplissant un verre.

Il eut un moment d'hésitation avant de prendre le verre qu'elle lui tendait... Quand il se fut décidé à boire la première gorgée, il avoua :

— Je reconnais qu'il est bon !

Et son regard alla de Eva, qui buvait à son tour avec délices, aux portraits des ancêtres qui lui semblèrent moins hostiles...

Trois jours passèrent pendant lesquels Adélaïde ne parut à aucun repas, ni même dans la maison. Le troisième soir, Eva dit à Eric :

— L'attitude de ta mère rend notre vie intenable ici. Si c'est cela qu'elle cherchait, elle a gagné... Je n'ai nullement l'intention de lui imposer ma présence. Aussi ai-je décidé que si elle ne se montrait pas demain, je quitterais *La Tilleraye.* Je crois que tu m'aimes, Eric... Alors prouve-le en obligeant ta mère à me traiter comme la femme de son fils unique, même si celle-ci est juive ! Moi je ne lui reproche pas d'être catholique ! J'ai accompli le premier pas en acceptant d'aller à la messe dimanche dernier, je suis prête à le refaire tous les dimanches pour que les gens du pays ne se doutent de rien... Je ne l'ai fait que pour toi mais crois bien que je n'ai pas honte de ma naissance et que je ne renierai jamais mes origines ! Je consens à ce qu'on n'en parle pas, c'est déjà beaucoup ! Montre que tu sais défendre ta femme...

— Je vais parler à ma mère tout de suite.

Il était déjà près de la porte.

— Chéri, prends un autre scotch... Ça te donnera du courage...

Elle avait versé une double ration.

— Et surtout pas de faiblesse ! Tu n'as le droit d'être un petit garçon qu'avec ta femme... Va, mon amour ! Je t'attendrai ici tout le temps qu'il faudra...

Après son départ, elle s'installa en fumant dans le fauteuil réservé à Adélaïde. Son regard lourd fit le tour de la pièce et elle pensa que, le plus tôt possible, elle y installerait un bar semblable à celui des *Myosotis*... Ce serait à la fois inattendu et charmant, ce bar dans une bibliothèque et sous les portraits des aïeux... La pièce lui plaisait : c'était la seule qui fut un peu intime dans la triste demeure : elle saurait en faire son « home » où elle recevrait qui elle voudrait. Naturellement le fauteuil et le carré de tapisserie de Adélaïde disparaîtraient...

Eric ne revint qu'au bout d'une demi-heure.

— Alors ? demanda Eva, toujours assise à la même place.

— C'est arrangé... Ma mère déjeunera demain à la salle à manger.

Eva ne posa aucune autre question. Il eut été maladroit de sa part d'insister : le visage de Eric était altéré.

— Veux-tu un autre scotch, mon chéri ?

— Non.

— Dans ce cas, montons...

Et elle ajouta de sa voix câline, tout en s'appuyant sur son bras :

— J'ai un tel besoin que tu m'aimes ce soir...

Quand elle fut sûre de sa nouvelle victoire, elle le laissa s'endormir et resta longtemps, les yeux ouverts, dans le noir, pour savourer doucement son triomphe.

Ce qu'elle aurait voulu savoir mais qu'elle n'avait pas voulu demander quand Eric était redescendu, c'était ce qui s'était dit dans la chambre de sa belle-mère ?

— Mère, avait tout de suite commencé Eric quand Adélaïde avait enfin consenti à lui ouvrir sa porte, Eva et moi sommes très peinés de votre attitude.

— Toi, je veux bien le croire, mais pour elle, c'est faux ! avait répondu la vieille femme en rejoignant son lit.

Eric s'était assis à son chevet :

— *La Tilleraye* deviendra vite invivable si vous persistez à ne pas y admettre la présence de Eva.

— Je ne l'admettrai que le jour où elle sera chrétienne et où elle t'aura épousé devant Dieu.

— Tout cela est encore trop tôt, Mère ! Eva a ses convictions.

— Je les connais maintenant ses convictions : elle nous prendra *La Tilleraye* après nous avoir mis à la porte, toi et moi !

— Eva m'a offert de s'en aller...

— Qu'elle parte ! Et le plus tôt possible !

— Je vous ai déjà dit que si vous obligiez ma femme à partir, je l'accompagnerais et je ne reviendrais plus jamais ici.

— Que deviendra *La Tilleraye ?*

— Vous pourrez y rester.

— Ceci signifie que tu attendrais ma disparition pour y revenir ?

Il ne répondit pas.

— Mon enfant, quand je t'ai déjà dit que cette Eva appartenait à une race de destructeurs je ne me trompais pas ! Elle a déjà réussi à tuer en toi l'amour que tu portais à ta mère !

— Je vous aime Mère, mais j'aime aussi Eva... Et c'est la raison pour laquelle l'entente doit régner entre nous... Eva a fait jusqu'à ce jour tout ce que nous lui demandions : elle a été à la messe, elle a tendu la main aux gens du village, elle a visité les fermiers mais je crains que ces trois derniers jours n'aient de dangereuses résonances à l'extérieur... Vous savez aussi bien que moi que Louise est bavarde.

— Je ne lui ai rien dit sur ta femme !

— J'en suis persuadé... Seulement elle a peut-être raconté dans le pays que vous refusiez de prendre vos repas avec votre belle-fille. De là à ce que des étrangers en déduisent qu'il y a déjà une mésentente entre nous, il n'y a qu'un pas... Pour éviter des rumeurs imbéciles, je ne vois qu'un moyen : nous allons donner une réception pour présenter Eva à tous nos voisins de châteaux. Après le village et nos paysans, c'est normal, sinon les gens de notre monde ne comprendraient pas...

— Et si nos voisins apprennent la vérité ?

— Qu'importe puisque ce ne sera pas nous qui la leur aurons révélée... Il faut donner cette réception sans tarder ! Ce sera la meilleure preuve que *La Tilleraye* continue comme par le passé... Vous acceptez, Mère ? Je connais Eva : elle vous sera très reconnaissante de ce geste et au lieu de faire d'elle une ennemie, vous en ferez votre véritable fille... Je suis certain qu'ensuite elle vous écoutera et que vous obtiendrez d'elle tout ce que vous voudrez ! Ne m'avez-vous pas souvent dit vous-même, quand j'étais enfant, que l'on ne prenait pas les gens par la méchanceté mais par la douceur ?... Je sais, Mère, que vous pouvez être bonne si vous le voulez !

Adélaïde réfléchissait.

— C'est bien, finit-elle par dire. Je déjeunerai avec vous demain...

Elle fut si aimable à ce déjeuner que Eva n'en crut pas ses oreilles et pensa qu'un tel revirement ne présageait rien de bon pour l'avenir : pour être aussi souriante, Adélaïde devait cacher un plan machiavélique. Tout en rendant sourires sur sourires à sa belle-mère, Eva sut rester sur la défensive.

Dans la bibliothèque, après le repas, l'amabilité continua par un mensonge d'Adélaïde :

— Ma chère Eva, j'ai dit hier à Eric qu'il était indispensable que nous donnions une petite réception pour vous présenter à tous nos voisins... Un thé de quatre à sept serait le mieux.

— Vous tenez absolument à ce mot « thé », ma Mère ? Pourquoi ne pas mettre sur les invitations « cocktail » ?

— Ça ne s'est jamais fait dans les châteaux des environs... J'ai peur que ce mot ne déroute nos amis mais cela ne vous empêchera pas d'offrir à ceux qui le désireront un peu de ce whisky que Eric et vous semblez adorer... Justement les invitations... Je voudrais profiter de ce que nous sommes tous trois réunis pour établir une liste des personnes que nous inviterons et de celles dont nous ne voulons pas.

Mon cher mari disait souvent que le seul plaisir pour ceux qui reçoivent était de pouvoir rendre des impolitesses ! Il y a du vrai...

Adélaïde avait retrouvé son fauteuil, sans se douter qu'il avait été profané la veille au soir par « l'étrangère ». Elle y prit place en tenant une feuille de papier dans une main et un crayon dans l'autre pendant que Eva buvait son café en continuant à l'observer avec une curiosité passionnée et que Eric, adossé à la cheminée, fumait tranquillement sa pipe.

— Eric, es-tu d'avis que nous invitions les Mordret ?

— Pourquoi pas ? Ce sont de très braves gens.

— Le baron et la baronne de Mordret, expliqua Adélaïde à sa belle-fille, sont propriétaires d'une affreuse demeure Louis-Philipparde située à une quinzaine de kilomètres d'ici. Ils ne sont plus tout jeunes, mais indulgents pour la jeunesse : le drame de leur vie est de ne pas avoir eu d'enfants... Je les inscris... Et les Chapuis ?

— Ils sont assommants, Mère ! affirma Eric.

— Je sais... mais utiles ! Le marquis de Chapuis, ma petite Eva, est conseiller général... Bien que je me méfie de la politique, ça peut toujours servir d'entretenir de bonnes relations.

— D'accord pour les Chapuis ! grommela Eric.

La liste s'allongea peu à peu : chaque nom était discuté, chaque titre mentionné, chaque situation expliquée à la belle-fille qui se contentait d'enregistrer les renseignements.

Adélaïde était un véritable bottin vivant de ce coin de province : aucun nom, aucun château, aucun défaut de ses voisins — elle ne parlait jamais de leurs qualités — ne paraissaient lui échapper.

Il y eut aussi ceux qui furent éliminés d'office : les uns parce qu'ils avaient omis d'envoyer une lettre de condoléances au moment de la mort du père de Eric... Et comme celle-ci remontait à 1927, Eva put en conclure que la mémoire de sa belle-mère était aussi infaillible que tenace dans ses rancunes... D'autres dont la présence ne semblait guère indiquée étant données les circonstances du mariage : en tête de celles-ci se trouvait l'Archevêque de Besançon :

— Il a toujours été un très grand ami de notre famille, confia Adélaïde. Seulement je crains, ma petite Eva, qu'il ne vous pose des questions embarrassantes...

— Sur ma religion ? demanda Eva avec vivacité.

— Peut-être pas, mais certainement sur la nôtre.

— Je lui répondrai, ma Mère, que je vais le dimanche à la messe...

— C'est un homme très fin : je crains que cette réponse ne le satisfasse pas pleinement... L'Archevêque, ce sera pour plus tard.

— Pas d'Archevêque cette fois ! conclut Eric en riant.

Au bout de deux heures, la liste était à peu près établie. Adélaïde refit un pointage :

— Cela représente tout de même une soixantaine de personnes... C'est suffisant mais nécessaire : après on ne pourra plus dire, ma petite Eva, que l'on ne vous connaît pas dans le pays ! Tous viendront pour deux raisons : les réceptions de châteaux deviennent de plus en plus rares et ils doivent être très curieux de vous voir.

— Ils seront peut-être très déçus, ma Mère ?

— Non. Si vous le voulez, vous pouvez avoir beaucoup de charme...

Eva en avala sa salive de saisissement : le changement d'attitude d'Adélaïde tenait du miracle... Et puisqu'elle semblait être en d'aussi bonnes dispositions, il fallait en profiter.

— Ne crois-tu pas, Eric, que nous devrions également inviter M. Veran et sa fille ?

— Les Veran ? répéta Adélaïde en sursautant de son fauteuil. Pourquoi ces gens-là ? Et comment les connaissez-vous, Eva ?

— Nous les avons rencontrés l'autre jour à Besançon et ils nous ont très aimablement reçus chez eux...

Adélaïde regarda son fils :

— Pourquoi ne me l'as-tu pas dit ?

— Vous étiez restée enfermée dans votre chambre et hier soir nous avons eu un sujet de conversation plus important.

— Tu ne vois pas d'inconvénient à ce que les Veran viennent ici après ce qui s'est passé ?

— Il ne s'est rien passé, Mère...

— Je n'insiste pas, mes enfants... Je vous ferai simplement remarquer que la présence de ce nouveau riche au milieu de nos amis des châteaux risquera de jeter un froid.

Eric répondit tranquillement :

— Ne m'avez-vous pas dit, Mère, que l'on commençait à recevoir les Veran un peu partout ? Nous aurions tort de ne pas faire comme tous les gens de notre monde... Enfin, ne donnons-nous pas cette petite réception pour faire plaisir à Eva ?

— Naturellement... Je ne suis d'ailleurs pas du tout certaine que les Veran accepteront l'invitation.

— Ils viendront, ma Mère ! dit gentiment Eva.

*La Tilleraye* n'avait encore jamais connu une telle affluence de voitures. Adélaïde ne s'était pas trompée : « ils » étaient tous venus pour voir la nouvelle et mystérieuse Comtesse de Maubert dont l'apparition avait été si soudaine.

Des voitures étonnantes, dont le modèle le plus récent accusait au moins douze années d'existence, étaient alignées les unes à côté des autres à droite de la cour d'honneur. Malgré la présence bourdonnante des invités dans la maison, Eva ne pouvait s'empêcher de temps en temps de jeter un regard par l'une des fenêtres ouvertes pour contempler le rassemblement de ces véhicules dont la vétusté et les carrosseries archaïques s'harmonisaient étrangement avec le délabrement de *La Tilleraye* et surtout avec l'élégance campagnarde de leurs différents propriétaires.

Pour la fille de Varsovie, ces autos étaient à la fois le reflet le plus net des châteaux dont elles avaient déversé les occupants et l'aveu de la misère cachée de l'aristocratie locale. Sans doute avait-elle tort de ne se fier qu'à des signes très extérieurs de richesse mais comment aurait-elle pu savoir — elle qui n'aimait que le clinquant et le tape-à-l'œil — qu'en France, et spécialement dans la province française, ce n'étaient pas toujours les gens possédant les plus belles voitures qui étaient les plus riches... Eva avait même dû faire un sérieux effort pour ne pas rire quand elle avait vu le baron et la baronne de Mordret, têtes de liste dans les invitations de Adélaïde, descendre d'une invraisemblable camionnette à bestiaux au volant de laquelle se trouvait cependant un chauffeur portant une blouse blanche et une casquette bleue agrémentée d'une couronne. C'était d'ailleurs le seul chauffeur à peu près correct : tous les autres rappelaient Urbain... des paysans mués en chauffeurs pour les grandes circonstances.

Face à ce rassemblement d'un autre âge, sur le côté gauche de la cour d'honneur, stationnaient seulement deux voitures, mais, pour Eva, celles-ci étaient de vraies automobiles : la Cadillac de l'industriel et l'Alfa-Romeo rouge de sa fille Monique... L'arrivée de ces deux splendides véhicules se suivant, était, de toute la réception, ce qui avait le plus frappé Eva. Elle trouvait admirable que le père et la fille n'aient pas craint de prendre chacun leur voiture pour franchir les vingt-cinq kilomètres séparant *Les Myosotis* de *La Tilleraye.*

Voilà au moins des gens qui savaient vivre et qui connaissaient l'art d'étonner les populations ! Et, comme Eva préférait les voitures imposantes, elle décida qu'un jour viendrait où elle aurait une Cadillac avec chauffeur et son époux une Alfa-Romeo... En y réfléchissant, elle pensa même que ce serait encore mieux si « son » chauffeur portait une casquette ornée de la couronne comtale et si les armes des Maubert étaient peintes sur les portières de la voiture. Elle se voyait très bien, arrivant dans la cour d'un château et descendant d'un pareil carrosse sous les yeux éblouis de tous les hommes et sous les regards envieux de toutes les femmes. Même quand elle n'était encore qu'une enfant, la jeune Eva avait toujours rêvé d'exciter l'envie...

Dans la salle à manger, Urbain, engoncé dans une veste de toile blanche achetée pour la circonstance à Besançon, trônait derrière un buffet assez peu garni. Louise, en tablier brodé, assurait le transport des tasses de thé. Eric allait d'une Marquise à un Vicomte pour présenter sa jeune femme dont le sourire faisait merveille. Adélaïde aussi était souriante — et très grande Dame. Elle savait surtout être là à chaque fois qu'une question insidieuse était posée par un curieux à sa belle-fille :

— Vous êtes polonaise, m'a-t-on dit, chère Madame ? Dans ma jeunesse, je fus le grand ami du Prince Orlinski... Vous devez l'avoir connu ?

— Ma belle-fille, répondit Adélaïde, qui s'était précipitée, a quitté très jeune la Pologne pour Vienne... Pardonnez-moi de vous l'arracher, cher ami, mais nos amis Chapuis la réclament...

Chaque fois, c'était la même chose : Adélaïde se montra éblouissante d'habileté. Elle eut non seulement à créer la légende mondaine de Eva mais à établir un pont entre la noblesse de château et le nouveau riche de Besançon. Celui-ci se laissait faire, sans marquer un très grand enthousiasme. Dès qu'il le put et surtout dès qu'Adélaïde voulut bien le laisser tranquille, il s'arrangea pour se rapprocher de Eva qui ne manqua pas de lui dire :

— Vous avez encore préféré ma belle-mère à moi ! Ce n'est pas gentil...

— Je vous assure, chère petite Madame, que si cela ne tenait qu'à moi...

— Vous ne trouvez pas que tous ces gens sont très ennuyeux ? Que diriez-vous d'un scotch ?... Venez avec moi...

Ils se retrouvèrent dans la bibliothèque avec un verre de whisky en main.

— Cette pièce est très intime, remarqua l'industriel.

— Elle le sera encore davantage quand j'y aurai installé des fauteuils modernes plus confortables et un bar...

— Vous aussi ?

— Oui... J'adore celui des *Myosotis !*

— Il ne tient qu'à vous d'y venir...

— Méfiez-vous, cher ami ! J'ai l'intention d'abuser de cette invitation...

— Rien ne pourrait me faire plus de plaisir.

Il la regardait ébloui.

— Qu'est-ce qui vous arrive ? continua-t-elle en découvrant son sourire le plus sensuel.

— J'ai la réputation d'être un homme très direct, finit-il par dire. Je n'irai pas par quatre chemins : vous me plaisez !...

— J'aime cette franchise... Vous m'êtes très sympathique... Je vous promets que nous nous reverrons..

— Quand ça ?

Elle parut réfléchir.

— Je vous téléphonerai... Mais si vous voulez que le secret de notre amitié soit bien gardé, il doit rester entre nous ?

— C'est promis.

— Vous n'en parlerez pas à Monique ?

— Surtout pas ! J'ai senti l'autre jour, après votre départ, qu'elle était un peu jalouse de vous... C'est normal : pour cette petite, son père, c'est tout !

— Eric non plus ne saura rien...

— Je comprends qu'avec une femme telle que vous, on puisse être très jaloux ?

— Eric ne l'est pas... Il a confiance !

— J'ai beaucoup d'estime pour le Colonel : c'est l'un de ces hommes comme on n'en fait plus ! Je tiens à rester son ami...

— Je m'y emploierai, Georges...

— Georges ?... Je peux vous appeler Eva ?

— En cachette seulement !

— Eva, vous êtes merveilleuse !

— Ce qu'il faudrait que nous trouvions rapidement, vous et moi, serait le prétexte justifiant nos rencontres amicales... Ma belle-mère est méfiante !

— Bientôt nous en aurons un... Le Festival de Musique et de Danse... J'ai l'intention d'inviter un certain nombre d'amis de Paris et de Genève pour ces galas... Il paraîtra très normal que la Comtesse de Maubert, représentant l'une des familles les plus anciennes de la région, soit de ces réceptions... Qu'en pensez-vous ?

— C'est assez adroit... Seulement je crains que votre fille ne dise pas comme vous ?

— Monique ? Telle que je la connais, elle s'arrangera pour ne pas être là... Elle préfère la Côte d'Azur à notre Festival... Je voudrais inviter beaucoup de monde ! Ma seule difficulté est de ne savoir où les loger... Je n'ai que quatre chambres à offrir aux *Myosotis* et les hôtels de la ville seront débordés...

— Nous pourrions peut-être nous arranger ? *La Tilleraye* est grande...

— Vous consentiriez à recevoir ici quelques-uns de mes amis ?

— Pourquoi pas ?

— Naturellement, je paierais tous les frais puisqu'ils seraient mes invités. Combien avez-vous de chambres disponibles ?

— Au moins six...

— Avec des grands lits ?

— Immenses... dotés de baldaquins !

— Vous pourriez donc loger douze personnes... Oui, mes amis n'aiment pas voyager seuls : certains sont mariés, d'autres ont des liaisons...

— Si jamais nous parvenions à mettre ce projet sur pied, je dirais à ma belle-mère que toutes ces dames sont des épouses légitimes... Je vais d'abord étudier la question avec mon mari. D'ailleurs le voici...

Eric était sur le seuil de la pièce :

— Je te cherchais partout, chérie... Les Chapuis vont s'en aller.

— Déjà ? répondit-elle avec gentillesse.

— Ils habitent assez loin... Mais je vous y prends tous les deux : pendant que je fais des baisemains et des ronds de jambe devant ces gens assommants, vous vous êtes esquivés à l'anglaise pour boire du whisky ! Entre nous, je vous approuve... Malheureusement, ma petite Eva, tu te dois à tous tes invités... Je vous signale aussi, cher Monsieur Veran, que ma mère veut absolument vous présenter à la Baronne de Mordret ! C'est chez elle une idée fixe !

— J'ai un petit faible pour Madame votre Mère, mais pourquoi mon Colonel, continuez-vous à m'appeler « cher Monsieur Veran ! » Je préférerais « cher ami »...

— J'accepte à condition que vous cessiez une fois

pour toutes de m'appeler « Mon Colonel »... C'est fini, ce nom-là pour moi : je ne suis plus qu'un civil !

Les tableaux d'ancêtres se retrouvèrent devant des verres vides.

Une autre alliance venait de se sceller à la même heure dans un coin de la salle à manger où Adélaïde avait réussi à se trouver pendant quelques minutes en tête à tête avec Monique :

— Je suis très heureuse, ma chère enfant, que vous soyez revenue avec Monsieur Veran à *La Tilleraye*... Et je tiens à vous dire que vous avez eu en moi une amie dès le premier instant où je vous ai vue...

— Je vous remercie, Madame...

— Je continue à vous trouver absolument ravissante ! Mon fils vient d'épouser une charmante étrangère mais croyez bien que j'aurais été ravie d'avoir une belle-fille française... Et je ne puis que vous souhaiter de trouver un jour un mari qui vous rende très heureuse !

— Je ne suis pas pressée de me marier, Madame... J'ai tout le temps !

— Vous le pensez sincèrement ?

— Mais oui...

— Au fond, vous avez peut-être raison... Attendez encore un peu... Vous ne m'avez pas dit l'autre jour si *La Tilleraye* vous plaisait ?

— C'est un endroit qui offre, sur *Les Myosotis*, l'avantage de ne pas être à la porte de la ville... Ce doit être très agréable d'y habiter ?

— Voilà enfin une jeune fille qui aime la campagne ! Il faudra revenir nous voir souvent... Je suis persuadée que vous vous entendrez très bien avec ma belle-fille...

— J'ai l'impression qu'elle et moi serons de plus en plus des amies...

La réponse était venue pendant que le regard bleu, dont on ne pouvait savoir ce qu'il pensait, se posait le plus naturellement du monde sur Eva et sur Georges Veran qui sortaient de la bibliothèque...

A huit heures du soir, les derniers invités s'en allaient. La réception avait été une réussite et la curiosité des voisins était satisfaite... Ce soir, dans les châteaux des environs, la nouvelle Comtesse de Maubert ferait l'objet de toutes les conversations. Eric n'était pas mécontent d'avoir pu imposer sa femme avec élégance. Adélaïde respirait : personne n'avait parlé de religion, elle était parvenue à éluder les questions trop précises sur les origines de la belle Polonaise et elle s'était fait de la fille du nouveau riche une alliée dont elle saurait se servir si l'occasion se présentait. Eva enfin était certaine, depuis sa conversation dans la bibliothèque, d'atteindre bientôt à ce luxe qui était la seule chose qui lui manquait. Tout était parfait.

— J'espère, ma chère Eva, que vous êtes contente ? dit Adélaïde. Je puis vous confier que vous avez produit une excellente impression sur tous nos amis... Maintenant, mes enfants, ne m'en veuillez pas si je monte me coucher. Ce genre de manifestation, auquel je n'étais plus habituée, m'a éreintée !...

Eva et Eric se réfugièrent dans la bibliothèque.

— J'ai peut-être droit à un petit whisky, moi aussi ? demanda Eric.

— Mon amour, je te remercie de leur avoir montré à tous que tu adorais ta femme...

— Qu'est-ce qu'a bien pu te raconter Veran ?

— Nous avons parlé longuement du prochain Festival de Besançon... Il m'a même dit une chose qui pourrait être très intéressante pour nous : il ne sait où loger les nombreux amis qu'il a invités pour les fêtes... Toutes les chambres d'hôtel sont déjà retenues... Il m'a demandé pourquoi nous n'envisagerions pas de louer les chambres disponibles de *La Tilleraye* pendant la semaine du Festival ?... Et il m'a prié de te dire qu'il serait disposé à toutes nous les louer pour ses amis le prix que nous demanderions... Ne penses-tu pas que cette idée n'est pas sotte ? Nous rendrions service tout en réalisant un certain bénéfice qui pourrait arranger un peu tes affaires ?

— Il ne manque vraiment pas de toupet, ce bonhomme ! Tu nous vois transformant *La Tilleraye* en hôtellerie ?

— Il n'y a rien de déshonorant à cela ! Tu as six chambres meublées qui sont inutilisées... Et ça ne durerait qu'une semaine... M. Veran m'a assuré qu'il ne nous enverrait que des gens mariés en qui nous pourrions avoir toute confiance... Douze personnes payantes pendant une huitaine de jours, cela peut représenter quand même des rentrées appréciables... D'autant plus que ni toi, ni moi, n'aurons à discuter avec ces hôtes : il suffit que nous étudions un prix global pour les chambres, le service, le petit déjeuner à la rigueur et que nous le soumettions à notre ami. Puisqu'il paiera d'avance, qu'est-ce que nous risquons ?

— Que l'on nous prenne tout simplement pour des mercantis !

— Tu verras que si nous ne le faisons pas, ce sera l'un des autres châtelains que nous avons reçus aujourd'hui qui s'en chargera ! Et si nous réussissons, je te parie qu'ils essaieront tous de nous imiter une autre année ! Je comprends très bien ton sentiment de fierté, mais il y a aussi les difficultés que tu me caches et dans lesquelles tu te débats... Tu as eu le geste magnifique, comme ton père, d'épouser une femme sans fortune mais je ne veux pas me montrer une ingrate : je veux t'aider... Cette première tentative nous permettra peut-être de faire les quelques réparations urgentes de *La Tilleraye*... Avons-nous le droit de la négliger ?

Eric réfléchissait...

— Comment feras-tu accepter ça par ma Mère ?

— Ta mère est intelligente : elle fera tout pour nous aider à sauver ce domaine auquel elle a consacré sa vie... Au besoin même, je suis d'accord pour qu'elle rejette la responsabilité de cette initiative sur mon dos. Elle n'aura qu'à dire aux gens de notre monde : « Que voulez-vous ? Ma belle-fille marche avec son temps... Elle emploie des méthodes modernes ! » Cela t'évitera aussi de vendre ces fermes auxquelles tu es tellement attaché...

Eric restait pensif.

— Je ne veux pas t'influencer, mon chéri... Tu es le seul maître ici... Mais réfléchis quand même ?

Trois mois plus tard, les voitures s'alignaient dans la Cour d'Honneur : de très belles voitures dont chaque propriétaire possédait, à défaut de particule, un solide compte en banque. C'étaient les invités du fastueux Monsieur Veran qui n'avaient rien de « gens du monde » mais pour qui l'industriel avait loué à prix d'or les chambres disponibles de *La Tilleraye.* Eva s'était occupée de tout : de l'organisation des locaux poussiéreux qu'elle avait fait nettoyer par Louise et par Urbain et surtout du paiement forfaitaire :

— Ne crois-tu pas, avait dit Eric avant que celui-ci ne fût effectué, que nous demandons un prix exorbitant ?

— Mais non ! *La Tilleraye* doit être l'endroit le plus cher de toute la région ! Ce sera un honneur pour tous ces inconnus de vivre pendant une semaine la vie de château ! Ils seront flattés et Veran est tellement fier d'être le seul à pouvoir leur offrir une pareille satisfaction ! J'ai soigneusement étudié les prix : cette tentative n'est intéressante pour nous, que si elle nous laisse un large bénéfice. Ta mère m'a d'ailleurs approuvée sur ce point...

Eva avait vu juste : après avoir fait pour la forme, la moue sur « l'idée », Adélaïde avait fini par y souscrire :

— Cela nous permettra peut-être, comme le dit Eva, de faire les premières réparations urgentes.

Le Festival s'était terminé, les invités à belles voitures étaient repartis et Eric avait encaissé le chèque établi à son nom qu'Eva lui avait apporté, toute souriante, un après-midi où elle s'était fait conduire par Urbain à Besançon.

— Maintenant que l'impulsion est donnée, dit-elle, nous recommencerons l'année prochaine... Mais nous aurons tout le temps de nous organiser et nous doublerons les prix en lançant adroitement le slogan que le comble de l'élégance est de loger à *La Tilleraye* à l'époque du Festival. Le snobisme, ça paie toujours.

La pleine réussite avait eu pour résultat de déclencher dans le cœur d'Adélaïde un double sentiment à l'égard de sa belle-fille : d'abord, et elle le cacha avec soin, une vague admiration pour cette étrangère qui possédait un tel sens des affaires... Eva venait de prouver une fois de plus l'incontestable supériorité de la race élue dans ce domaine. L'autre sentiment n'était fait que de jalousie : Adélaïde s'en voulait de ne pas avoir été l'instigatrice de la fructueuse opération. Néanmoins le prestige de Eva grandit considérablement : pour peu qu'elle persévérât dans une telle voie de réalisations pratiques, elle parviendrait très vite à faire oublier qu'elle était entrée chez les Maubert sans un sou en poche.

Et, comme son entêtement était certain, elle persévéra...

La deuxième opération de « sauvegarde de *La Tilleraye* » fut celle de la chasse.

— Je sais que tu l'adores, mon chéri... Malheureusement tu n'as pas les moyens d'en entretenir une... Notre ami Veran, qui est vraiment un homme plein d'idées m'a suggéré que tu pourrais créer une Société de chasse en participation... Non seulement cela ne te coûterait rien puisque tes actions te seraient attribuées en échange de l'autorisation que tu donnerais de chasser sur tes terres mais nous gagnerions de l'argent : les autres actionnaires paieraient effectivement leurs actions... Veran serait même disposé, si tu trouvais cette formule préférable, à être l'unique acquéreur des actions : ce qui lui permettrait d'inviter ses amis tout en te laissant l'entière liberté d'inviter les tiens. Qu'en penses-tu ?

... La première chasse fut donnée deux mois plus tard. Le gibier n'était pas abondant mais suffisant pour justifier l'entreprise. L'important était surtout que l'impulsion fut donnée : l'année suivante, les bénéfices permettraient de repeupler la chasse. Dès la fin de la première saison tout le monde était content : Eric avait pu s'adonner à son plaisir favori, Adélaïde n'avait pas hésité à lui demander d'inviter quelques voisins titrés qui avaient repris avec satisfaction leurs fusils, le cercle de relations de Eva s'était largement étendu et M. Veran avait trouvé d'excellents prétextes pour côtoyer la dame de ses pensées... La seule qui avait négligé les chasses était Monique.

Elle vint cependant à la dernière, non pas pour tirer mais pour accompagner son père et les amis de son père. Le froid était très vif et la jeune fille bottée portait un admirable manteau de vison. Après son départ Eva pensa qu'il lui en faudrait un semblable : la châtelaine de *La Tilleraye* ne se devait-elle pas de faire honneur à son mari ? N'avait-elle pas droit aussi à une substantielle récompense pour avoir démontré en quelques mois que *La Tilleraye* pouvait être rentable ?

Les soirées d'hiver furent employées à étudier les premiers projets de réparation de la bâtisse qui commenceraient dès que les beaux jours reviendraient. Les discussions furent âpres et passionnées entre Adélaïde et Eva. La belle-mère ne songeait qu'aux toitures et aux murs lézardés ; la belle-fille se moquait du gros œuvre et ne pensait qu'à des travaux somptuaires parmi lesquels se trouvait la transformation de la bibliothèque en un bar capable de faire pâlir de jalousie non seulement les châtelains des environs mais même les nouveaux riches de la région qui ne pourraient jamais en posséder un dans un cadre semblable. A chaque fois que le mot « bar » revenait dans la bouche d'Eva, Adélaïde sursautait :

— Ce n'est pas parce que vous faites de *La Tilleraye* une auberge au moment du Festival que vous devez y installer un comptoir de mastroquet !

— Mais, ma Mère, si nous avons le bar pour le prochain Festival, je vous garantis que notre chiffre d'affaires décuplera !

— Et qui tiendra ce bar ? Urbain ?

— Moi-même...

— Vous ? La Comtesse de Maubert rinçant les verres ?

Le projet du bar fut remis à plus tard mais Eva savait bien qu'un jour ou l'autre elle l'aurait...

Elle se faisait fréquemment conduire à Besançon par Urbain sous prétexte de discuter avec les entrepreneurs qui effectueraient les travaux. Un jour, la Citroën et son chauffeur revinrent sans elle.

— Où est Madame la Comtesse ? demanda Eric.

— Madame m'a dit que M. Veran la ramènerait avec sa voiture parce qu'il avait à parler à Monsieur le Comte de la prochaine saison de chasse...

La Cadillac arriva une heure plus tard : Eva la conduisait et l'industriel était assis à côté d'elle. Avant qu'Eric ne fût revenu de sa surprise, elle lui cria alors qu'elle était encore au volant :

— Chéri, notre ami m'a laissé conduire... Il faut absolument que je passe mon permis !

— C'est très gentil à vous, Veran... Seulement je crains que ma femme n'endommage votre voiture ?

— Elle a un sens inné de la conduite, répondit l'industriel... Et, même si elle arrachait une aile, cela n'aurait aucune importance ! Tout se remplace dans la vie et surtout les voitures ! Votre épouse a raison : la femme moderne doit avoir son permis...

— Tu ferais mieux de t'entraîner sur la Citroën, Eva ?

— Non, chéri... Elle est trop vieille ! Je ne me débrouillerai jamais avec les vitesses... Sur la Cadillac, il n'y en a pas...

Elle regardait Veran :

— Ce n'est pas trop vous demander de continuer à être mon professeur ?

— Je suis à votre disposition...

Dès lors, tous les après-midi, la Cadillac vint à *La Tilleraye* avec le professeur...

Quinze jours plus tard. Eva rentra de Besançon en annonçant :

— Chéri, j'ai mon permis ! Désormais, quand il me faudra aller à Besançon, je n'aurai plus besoin de t'ennuyer ou de mobiliser Urbain !...

— Mais tu n'es pas habituée à la Citroën ?

— Ce sera elle qui finira bien par s'habituer à moi, mon amour !

Et pour prouver que l'entente était déjà effective entre elle et la vieille voiture, elle repartit, dès le lendemain, seule pour Besançon. Pendant ce voyage, elle pensa qu'elle avait maintenant le moyen d'évasion rêvé et qu'elle ne dépendrait plus de personne.

Urbain ne conduisait presque plus : c'était Eva qui le remplaçait à chaque occasion et même lorsqu'il s'agissait de conduire Adélaïde.

— Ta femme semble avoir une vraie passion pour l'automobile ? dit un jour cette dernière.

— J'en suis enchanté : c'est pour elle une excellente distraction... Elle n'en a pas tellement ici !

Et tout le monde, à *La Tilleraye,* finit par prendre l'habitude de voir Madame la Comtesse sillonner les routes : le principe était admis, la victoire d'Eva s'affirmait... Elle partait après le déjeuner pour ne rentrer qu'à la tombée de la nuit. Pendant ce temps Adélaïde et son fils continuaient à vivre d'espoir en échafaudant projets sur projets pour les réparations futures.

Un soir où ils se trouvaient dans la bibliothèque, penchés sur des devis et attendant le retour d'Eva pour dîner, la porte s'ouvrit.

— C'est toi, chérie ? Je n'ai pas entendu la voiture revenir...

— Tu ne l'entendras plus...

— Tu n'as pas eu d'accident ?

— Je sais conduire !... Non ! J'ai simplement décidé de changer de voiture parce que je n'en pouvais plus de cette vieille Citroën... Elle aussi en avait assez ! Je l'ai vendue et remplacée par une voiture qui ne fait aucun bruit : c'est pour cela que tu ne m'as pas entendue... Viens la voir ! Vous aussi ma Mère ! Je suis sûre qu'elle vous plaira...

— Mais... comment as-tu fait ?

— Mon petit Eric, tu ne sais donc pas encore que tu as épousé une femme d'affaires ?

La voiture était devant le perron : c'était une Cadillac, conduite intérieure, noire, aux chromes étincelants.

Eva avait déjà ouvert la portière arrière :

— Montez, ma Mère... Vous verrez comme vous serez bien assise...

Adélaïde hésitait.

— Combien as-tu payé cette voiture ? demanda Eric avec inquiétude.

— Beaucoup moins que tu ne pourrais le croire !... J'ai d'abord réussi à faire reprendre la Citroën 200 000 francs... Elle n'en valait que 50 000... et j'ai ajouté les 300 000 francs dont tu m'avais fait cadeau à Paris... Cela fait 500 000 en tout... Evidemment c'est une Cadillac d'occasion mais elle est en parfait état : je l'ai montrée à Veran qui m'a dit que c'était inespéré et il s'y connaît !

— Et tu me disais que je ferais des folies si tu me rendais cet argent ?

— Cette voiture n'est pas une folie... Ta mère sera la première à te dire qu'elle était nécessaire pour notre standing... Tu verras l'effet qu'elle produira sur les gens du village quand nous irons demain matin à la messe... Cela va avec les réparations du toit qui vont commencer dans quelques jours...

— Tu as la carte grise ?

— La voici, chéri... Je l'ai fait établir à ton nom, j'ai pensé que cela te ferait plaisir... Tu vois : l'argent que tu m'avais gentiment donné ne m'a servi qu'à te faire un cadeau ! Cette voiture t'appartient mais tu consentiras bien à me garder comme chauffeur ?

— Tu es la plus étonnante des femmes ! N'est-ce pas votre avis, Mère ?

Adélaïde s'était installée sur le siège arrière de la voiture en disant :

— Il est certain que ces Américains ont un de ces sens du confort !

— Si cela vous faisait plaisir, ma Mère, nous pourrions très bien, pour vous faire essayer la voiture, aller rendre demain après-midi une visite au Marquis et à la Marquise de Chapuis ?

— Vous avez une excellente idée, ma petite Eva... Depuis le temps qu'ils cherchent à nous écraser parce que leur Renault n'a que cinq années d'âge, nous leur devons une petite leçon !

Adélaïde ressortit de la Cadillac quand Eva prit le volant en disant à Eric :

— Viens à côté de moi : nous allons la rentrer au garage...

Et pendant qu'ils revenaient à pied des communs au château, elle dit en riant :

— Si tu avais pu voir la tête de Veran quand il m'a aperçue au volant de « notre » Cadillac ! Il en a blêmi !... Comme si ce genre de voiture n'était que le monopole des parvenus ! J'ai été très fière de lui dire que c'était toi qui venais de m'en faire cadeau... N'est-ce pas vrai, mon amour ?

Ce qu'Eric n'avait pas à savoir était la façon dont la voiture avait été payée. La vieille Citroën avait été effectivement reprise par le vendeur mais seulement pour 50 000 francs. La différence, qui se montait non pas à 450 000 francs mais à plus d'un million, avait été assurée par Georges Veran. Il n'avait pas été question une seconde que Eva pensât même à se dépouiller des trois cents billets qui constituaient son premier capital...

L'arrivée de la Cadillac le lendemain matin sur la place de l'église fut un événement.

Adélaïde comprit ce jour-là qu'un tel type de voiture convenait admirablement aux saluts protecteurs qu'elle devait prodiguer à la sortie de la Grand-Messe.

Après le départ grandiose des châtelains, les villageois commencèrent à parler entre eux. Ce n'étaient encore que des murmures mais ils avaient déjà la force dangereuse des réactions populaires :

— Vous avez vu la nouvelle voiture de Monsieur le Comte ?

— On dit qu'ils vont refaire aussi les toits de *La Tilleraye ?...*

— ... et réparer les murs !

— La bru a dû apporter le gros magot...

— C'est pour cela qu'elle est fière !

— Et puis elle a fait rentrer les sous avec les locations de chambres pour le Festival et la Société de chasse !

— Ce ne sont pas Madame la Comtesse mère ou Monsieur le Comte qui auraient osé avoir des idées pareilles !

— Après tout, d'où vient-elle la jeune Comtesse ?

Seul le vieux curé n'avait fait aucun commentaire pendant qu'il regardait, comme toute la population, s'éloigner la somptueuse voiture. La charité chrétienne le lui interdisait mais il restait songeur en pensant : « Ça fait des générations que les Maubert n'ont pas de fortune et que les miracles sont rares dans la région... Cet argent-là afflue trop vite pour me paraître catholique. »

Contrairement à ce qu'avait pensé Eva, l'effet produit n'engendra pas un surcroît de respect mais un commencement de méfiance. Pour les rudes paysans jurassiens, les Maubert devaient rester tels qu'ils les avaient toujours connus : des seigneurs... mais des seigneurs pauvres.

De semaine en semaine, de dimanche en dimanche, de Grand-Messe en Grand-Messe, les murmures se transformèrent en commentaires... Personne n'osait attaquer Adélaïde « qui était du pays », ni le Comte Eric qui était le Président d'honneur des Anciens Combattants... La seule responsable du luxe grandissant des châtelains ne pouvait être que la jeune femme brune, maquillée, à l'accent étranger... Une femme ayant un tel sens du commerce ne devait pas être une vraie Comtesse ! Elle ne l'était que de nom... Et brusquement, sans que l'on sût d'où elle vint — de l'office de château ou des colporteurs de Besançon ? — une rumeur commença à courir à

*Saint-Pierre-sur-Loue* et à se répandre dans la campagne. Les gens s'abordaient en disant :

— Vous ne savez pas ? La femme du Comte Eric... c'est une juive !

Et s'il arrivait à un étranger de demander le chemin de *La Tilleraye* on lui répondait invariablement :

— Vous parlez du château où habite la Juive ?

Eva avait acquis la célébrité mais pas tout à fait celle qu'elle souhaitait...

Un samedi soir, au moment où tous trois gravissaient l'escalier pour rejoindre leurs chambres, elle dit d'une voix lasse :

— Ma Mère, croyez-vous que ça ferait un scandale si je n'allais pas demain matin à la messe ?... Je ne me sens pas très bien : je voudrais me reposer jusqu'à l'heure du déjeuner...

— Comme vous n'êtes pas chrétienne, ma petite Eva, ce ne sera pas un péché pour vous... Mais il ne faudrait pas que cette absence se renouvelât trop souvent à cause des gens du pays... Je dois reconnaître que jusqu'à présent, vous avez fait un gros effort en ne manquant pas une seule Grand-Messe... Reposez-vous demain : Eric et moi irons seuls à *Saint-Pierre.*

— Merci, ma Mère... Peut-être pourriez-vous profiter de ce que je ne serai pas dans la voiture pour emmener avec vous ce brave Urbain et l'excellente Louise qui font toujours le parcours à pied ?

Après l'avoir regardée avec surprise, Adélaïde avoua :

— C'est très gentil à vous d'avoir eu cette pensée pour nos vieux serviteurs... Je leur dirai qu'elle vient de vous... Nous les emmènerons.

Le lendemain, à l'heure où sonnaient les cloches, il ne restait plus que Eva à *La Tilleraye*... Une Eva qui avait guetté anxieusement de sa fenêtre le départ de la Cadillac pour descendre en pantalon dans le vestibule comme si elle attendait une visite...

Celle-ci se présenta, dix minutes plus tard, sous l'apparence d'une camionnette bâchée au volant de laquelle se trouvait un petit homme brun, mal rasé et sale.

— Bonjour, Madame la Comtesse ! dit l'homme en descendant du véhicule. Son accent très prononcé aurait indiqué ses origines à n'importe qui.

Il continua :

— J'ai suivi les instructions que vous m'aviez données l'autre jour à Besançon : j'ai attendu que la Cadillac soit sortie du parc.

— Ils ne vous ont pas vu au moins ?

— Je sais me faire tout petit, Madame la Comtesse...

— Venez vite, Abraham... Nous n'avons pas de temps à perdre.

Il la suivit dans l'escalier en portant sur l'épaule des sacs de toile vides.

Arrivée au second étage, elle poussa une porte découvrant un deuxième escalier très étroit qui aboutissait au grenier cloisonné par des poutres transversales. Elle s'arrêta enfin devant un amas d'objets de toutes sortes : fauteuils cassés, mais tous d'époque, rideaux empilés, chaises bancales, pots à eau ébréchés, lampes à huile rouillées, matériel de cuisine usagé...

— Voilà ! fit-elle...

Le petit homme commença à fureter dans le bric-à-brac accumulé, avec une aisance étonnante. Ses longs doigts, aux ongles noirs, palpaient chaque objet, le retournaient et le déposaient sur le plancher où il avait étalé ses toiles de sacs en constituant rapidement des lots différents. Aucun de ses mouvements n'échappait à Eva qui demanda, quand le tri fut fini :

— Combien ?

L'homme s'était relevé en sueur :

— Evidemment... il y a de la marchandise mais elle est en très mauvais état ! Il faudra beaucoup de réparations avant la revente...

— Ne vous fichez pas de moi, père Abraham ! Combien du tout ?

— C'est difficile à dire, Madame la Comtesse... Si je suis venu, c'est surtout pour vous rendre service et pour vous débarrasser de tout ce qui vous encombrait...

— Je vous répète que je n'ai pas de temps à perdre ! Combien ?

— Pour le tout ça pourrait aller chercher dans les vingt mille...

— Vous plaisantez ? J'en veux au moins cent !

— Cent mille ? Mais je ne les ai pas sur moi, Madame la Comtesse !

— Ça ne fait rien... Vous me donnerez tout ce que vous avez sur vous et j'irai demain à Besançon chercher le solde à votre boutique.

— C'est impossible, Madame la Comtesse ! C'est beaucoup trop ! Pour vous être agréable, je veux bien aller jusqu'à trente mille...

— J'ai dit cent, Abraham !

Et brusquement, elle se mit à parler yiddish devant le petit homme ahuri. La voix au charme slave était redevenue celle d'Eva Goldski... La stupeur fit progressivement place, sur le visage mal rasé du père Abraham, à une sorte d'épanouissement. Il l'écoutait parler fort avec ravissement. Quand elle se tut enfin, il répondit en français :

— Il m'avait bien semblé l'autre jour reconnaître l'accent de Varsovie et je m'étais dit après votre visite : « Ce serait si beau, Abraham, si la Comtesse de Maubert était ta compatriote ! »

— Tu as compris maintenant ? Alors cent mille !... Et je te ferai faire beaucoup d'autres affaires...

— Dans ce cas, c'est différent...

— Tu es depuis longtemps à Besançon ?

— Depuis la Libération... Avant la guerre j'habitais Strasbourg... Ils ont tué toute ma famille. Ma pauvre Sarah, mes petits, ma vieille maman...

Deux longues larmes coulèrent sur les joues du petit homme.

— Il n'y a pas qu'à toi que c'est arrivé...

— A vous aussi, Madame la Comtesse ?

— Oui... Mais ça ne sert à rien de s'attendrir... Pense plutôt à l'avenir, Abraham ! Fais comme moi... D'accord pour cent mille ?

— D'accord...

Il commença le transport du premier lot jusqu'à la camionnette. A un moment Eva voulut l'aider pour qu'il pût charger un fauteuil défoncé sur son dos voûté, mais il répondit :

— Pas vous, Madame la Comtesse ! Vous vous saliriez...

Après plus de vingt voyages jusqu'au rez-de-chaussée, le grenier fut vide.

— Dommage qu'il n'ait pas été complètement plein ! dit Abraham en s'épongeant le front d'un revers de sa manche... Vous auriez gagné un peu plus !

— Je te ferai revenir une autre fois : j'ai d'autres choses à te vendre... Maintenant donne-moi l'argent que tu as sur toi.

Le petit homme exhiba un portefeuille crasseux d'où il sortit les billets un par un en les comptant avec soin.

— Ça fait dix, trente, quarante, quarante-cinq, cinquante... Je n'ai plus rien...

— Fais voir ! dit Eva en saisissant le portefeuille d'où elle retira encore deux billets de mille. Et ça ?

— Il faut bien que je garde de l'argent pour le retour à Besançon...

— Tu n'en as pas besoin ! Tu as de l'essence ? Alors !... Comme ça, demain, tu ne me devras plus que quarante-huit mille... Maintenant va-t-en vite ! La Cadillac pourrait revenir...

Au moment où la camionnette démarra, elle entendit les cloches annoncer la sortie de la Grand-Messe et elle pensa qu'à l'heure où certains perdent leur temps à prier, d'autres savent faire des affaires... Elle s'imagina aussi Adélaïde distribuant ses saluts protecteurs à la foule et elle eut un sourire en regardant son corsage et son pantalon maculés de la poussière du grenier. Avant de rejoindre sa chambre, elle recompta les billets qui iraient rejoindre les trois cents autres qu'elle avait déjà cachés. Avec le solde qu'elle toucherait demain, son capital personnel augmenterait...

Avec le retour du printemps, les travaux de réparation de la toiture commencèrent enfin. En voyant les échafaudages qui encerclaient la façade, les paysans hochaient la tête mais personne ne s'en souciait à *La Tilleraye*. Adélaïde, spécialement, était au comble de l'exultation et elle finissait par croire que c'était elle qui avait eu l'idée rémunératrice des locations de chambres et des chasses payantes. Eva s'en serait voulu de lui retirer ses illusions : elle avait la paix.

Elle sut profiter de l'euphorie générale pour dire un soir à Eric et à sa belle-mère pendant une veillée dans la bibliothèque :

— Je ne sais pas si vous vous en êtes très bien rendu compte mais les travaux nécessaires vont absorber les bénéfices d'au moins cinq Festivals et d'autant de saisons de chasse. Il faudrait absolument que nous trouvions autre chose !

— C'est tout à fait mon avis, répondit Eric, mais quoi ?

— Je pense avoir une idée, chéri... Cet après-midi j'ai eu aux *Myosotis* une longue conversation avec Veran... Depuis quelque temps déjà, je me suis aperçue qu'il était soucieux... Il a fini par m'en confier la raison : sa fille ne veut toujours pas entendre parler de mariage et préfère passer ses journées à conduire son Alfa-Romeo à tombeau ouvert... Elle n'est d'ailleurs jamais là et ne fait que de courtes apparitions entre des séjours à Paris, Megève et sur la Côte d'Azur... D'ailleurs je ne trouve pas qu'elle soit très gentille pour son père qui en est assez affecté... Georges a quelques défauts comme tout le monde mais c'est un brave homme qui nous a déjà prouvé maintes fois son amitié et qui a une réelle admiration pour toi, Eric...

— Je n'ai aucune admiration pour lui mais je dois reconnaître que c'est un rude travailleur.

— Justement... le travail ! Pourquoi ne travaillerais-tu pas avec lui ? Il ne m'a pas caché qu'il recherchait un associé plus jeune capable de l'aider à diriger ses affaires qui prennent de plus en plus d'extension... Sans te nommer explicitement, il m'a fait comprendre que tu pourrais être cet homme...

— Moi ? Mais je n'ai aucune connaissance en métallurgie !

— Il ne te demande pas de compétence spéciale mais seulement d'être un homme à poigne et sérieux... Personne ne possède mieux ces qualités que toi, n'est-ce pas, ma Mère ?

Adélaïde qui n'avait pas relevé la tête de son carré de tapisserie pendant le début de la conversation, répondit :

— Cette offre, mon petit Eric, n'est pas à dédaigner...

Se sentant bien épaulée, Eva continua :

— Je lui ai fait valoir qu'il ne pourrait pas exiger du Comte de Maubert un travail fastidieux de bureau t'obligeant à faire acte de présence à horaire fixe... Mais, pendant que « notre » chère Mère, qui connaît mieux *La Tilleraye* que nous tous, continuerait à surveiller les travaux, tu pourrais travailler avec Veran à Besançon... Il m'a dit qu'il était sûr que tu ferais un excellent directeur commercial. Il a même ajouté une chose assez sympathique : il croit que je pourrais utilement vous aider, toi et lui, grâce à mes connaissances de plusieurs langues étrangères... Il doit passer prochainement des marchés importants avec la Russie et il n'y a personne autour de lui, à part moi, sachant le russe... Nous continuerions naturellement à habiter *La Tilleraye* et tous les jours nous irions, toi et moi, à Besançon. Avec la Cadillac, il faut un quart d'heure... je ferais toujours ton petit chauffeur... L'idée ne te plaît pas ?

Eric, selon son habitude, se taisait. Ce fut Adélaïde qui parla à sa place :

— Ceci ne me paraîtrait possible que si Eric avait une situation financière digne de sa valeur et surtout de son nom ?

— Veran a parlé d'un fixe important et d'un pourcentage sur le chiffre d'affaires global... J'ai fait un rapide calcul : ça pourrait aller très loin... et nous permettrait de commencer également la réparation des murs... Ensuite nous attaquerions celles des fermes : ce qui ferait cesser les jérémiades perpétuelles des fermiers que nous n'osons même plus aller voir et qui nous donnerait le droit d'augmenter sensiblement la valeur locative des bâtiments... Après, rien ne nous gênerait pour entreprendre les travaux d'aménagement intérieurs tels que des salles de bains. Le jour où chaque chambre aura la sienne, vous verrez le prix de location que nous obtiendrons au moment du Festival !

— Les salles de bains ne me paraissent pas urgentes, dit Adélaïde. Voilà des siècles que tout le monde s'en est passé à *La Tilleraye*... Par contre, je trouve qu'il serait plus urgent de remettre le parc en état... Il y a si longtemps que je rêve d'une roseraie ! Je me souviens, mon petit Eric, l'avoir dit à ton père quelques jours après notre mariage. Si le cher homme en avait eu les moyens, il n'aurait pas hésité à me faire ce plaisir !

Eric aussi ne demandait qu'à être gentil pour sa mère. Il voulait que tout le monde autour de lui fut heureux : c'était un excellent fils et un très bon mari... Huit jours plus tard il devenait, sinon l'associé, du moins le premier homme en qui M. Veran consentait à placer sa confiance...

Eva faisait « le petit chauffeur » matin et soir. Pendant qu'Eric était enfermé dans un bureau somptueux où il échangeait des appels téléphoniques avec toutes les capitales, la fille de Varsovie se penchait sur la traduction de multiples projets d'accords industriels avec l'U.R.S.S... Ne fallait-il pas, répétait Veran, étendre vers l'Est les débouchés de la firme ?

Pour que le rendement de ces délicates études de devis internationaux fut meilleur, le grand homme n'avait pas hésité à installer sa traductrice dans un bureau contigu au sien et avec lequel il communiquait par une porte intérieure : cela éviterait les allées et venues dans les couloirs et les pertes de temps. Le bureau d'Eric se trouvait, au contraire, dans un autre bâtiment suffisamment éloigné... Il ne se passait pas de jour sans que le patron éprouvât le besoin de franchir la petite porte pour venir rendre visite à sa nouvelle collaboratrice dont les qualités l'éblouissaient de plus en plus.

Ce fut au cours de l'une de ces visites qu'il n'hésita pas à lui demander avec cette « franchise » qu'elle disait tant apprécier :

— Contente ?

— Très contente...

— Quand serez-vous ma maîtresse ?

Elle ne fut nullement suffoquée par une telle question et répondit de sa voix slave :

— Bientôt... Je vous l'ai promis, Georges...

— J'ai pourtant fait tout ce que vous m'avez demandé depuis plus d'un an ?

— Vous avez été parfait et vous êtes déjà, dans mon cœur, mon amant... Mais nous devons être encore prudents... Je serai à vous le jour où Eric pourra fêter son dixième million à son compte en banque.

— Vos exigences m'enchantent ! Vous, au moins vous savez ce que vous voulez !... Seulement méfiez-vous : j'ai bonne mémoire... Au train où vont les affaires, le Colonel — il ne pouvait s'empêcher d'appeler Eric ainsi quand il parlait de lui avec Eva : l'idée que le mari était Colonel le flattait — aura ce dixième million avant la fin du mois.

— Je sens que vous allez tricher en augmentant son pourcentage sur le contrat passé avec Francfort !

— C'est bien mon droit ! Je vous veux, vous me comprenez ?

— De plus en plus !

— Vous ne reviendrez pas sur votre parole ?

— Je suis femme avant tout, Georges...

Il retourna à son bureau, encore plus amoureux.

Ses pronostics étaient justes : trois semaines plus tard, Eric pouvait annoncer à sa femme :

— Nous avons dix millions devant nous... Je le dois à ton idée, ma chérie. J'aimerais te faire un cadeau... Je sais que tu as envie d'un vison... Aimerais-tu que nous allions à Paris samedi prochain pour en acheter un ?

— Non, mon amour ! Le jour où j'estimerai sage de faire cette dépense, nous irons chez l'un des fourreurs de Besançon... Il y en a d'excellents et ce me sera plus facile d'obtenir un abattement sur le prix. Un très beau vison vaut actuellement dans les trois millions... Tu me laisseras discuter et je l'aurai pour deux ! Mais c'est quand même une folie que nous n'avons pas encore le droit de faire... Tu veux absolument remercier ta femme de ce qu'elle t'a aidé à sortir de tes ennuis ? Alors fais-moi ouvrir à la banque un compte privé à mon nom en y virant 25 % de ce que tu as déjà gagné, soit deux millions et demi... Et désormais, chaque fois que tu rentreras de l'argent, tu me réserveras automatiquement le même pourcentage. N'est-ce pas plus juste ou est-ce trop te demander ?

— Tu sais bien que tout ce que j'ai t'appartient.

— Pas tout ! Mais je n'ai pas le droit de te demander plus... Tu as des charges : avec les sept millions et demi qui te restent, tu pourras gâter ta mère et accélérer les travaux de notre chère *Tilleraye*... Avant six mois, nous aurons la plus belle propriété de la région ! Dès que tu auras gagné dix autres millions, tu pourras aussi t'acheter une voiture personnelle... l'une de ces charmantes voitures de sport anglaises qui sont à la mode ! Moi, je garderai la Cadillac...

— Eva, tu es la plus adorable épouse du monde !

Elle avait aussi trop d'idées lumineuses pour qu'on ne les mît pas en pratique.

Le vingtième million succéda au dixième. Le compte en banque de Eva se gonfla de deux autres millions et demi. Les cinq millions accumulés constituaient son compte « officiel » ; les quatre cent mille francs, toujours enfouis dans leur cachette à *La Tilleraye* étaient son capital secret... Elle n'y toucherait jamais : c'était une petite réserve qu'elle saurait bien augmenter un jour. De temps en temps, elle sortait les billets de la cachette uniquement pour les palper... C'était chez elle une jouissance rare.

Eric ne circulait plus que dans sa petite voiture anglaise et les toits de *La Tilleraye* avaient de belles tuiles toutes neuves que Adélaïde contemplait avec ravissement au clair de lune avant de rentrer dans la bibliothèque où elle avait abandonné momentanément le carré de tapisserie pour se pencher sur toutes les revues d'horticulture où s'étalaient les photographies d'admirables roseraies.

Le jour du dixième million, Veran avait franchi, sûr de lui, la porte de communication. C'était un homme qui détestait perdre du temps et qui faisait toujours ce qu'il avait annoncé. Il n'eut même pas besoin d'ouvrir la bouche pour prononcer l'une de ses fameuses phrases directes : Eva vint spontanément à lui en lui tendant des lèvres désirables. L'étreinte fut passionnée. Dès que l'homme put reprendre ses esprits, il balbutia :

— Eva, j'ai pris des dispositions pour que le Colonel soit occupé toute la journée... Et je lui ai dit que je vous emmenais avec moi visiter l'une de mes usines... Nous irons aux *Myosotis*... Monique est en Suisse, j'ai donné congé aux domestiques, nous serons seuls... Avec l'après-midi devant nous...

— Vous êtes gourmand, Georges !

Et, tout en faisant un savant raccord avec son bâton de rouge, elle continua de sa voix chaude :

— Ça ne vous suffit donc pas pour aujourd'hui que je tienne ma promesse ?

Le quinquagénaire suppliait :

— Mais Eva... Vous m'aviez dit que vous seriez à moi ?

— Ne le suis-je pas déjà ? Ce baiser n'en est-il pas la preuve ?

— Bien sûr... mais c'est vous que je veux ! Votre corps ?

— Vous voulez aller trop vite, chéri... Nous avons maintenant toute la vie pour nous aimer plus complètement... Et vous auriez une très mauvaise opinion de moi si je vous cédais ainsi ! Vous semblez oublier qui je suis ? Une Dame de mon monde ne peut pas s'abandonner aussi facilement ! Je vous affirme que, depuis ce premier baiser, vous êtes mon amant. Sachez vous en montrer digne. J'aimerais tant que vous fissiez encore un peu ma conquête ?

La voix de l'homme apoplectique éclata :

— Mais qu'est-ce que je peux faire de plus ? Il n'y a pas un seul de vos désirs devant lequel je n'aie cédé : j'ai loué à un prix fabuleux les chambres de *La Tilleraye* pour le Festival, j'entretiens la chasse de votre mari, je vous ai offert la Cadillac, j'ai créé une situation considérable au Colonel...

La voix slave perdit instantanément toute sa chaleur pour devenir glaciale :

— Je n'aime pas que l'on me rappelle les cadeaux que l'on m'a fait ! Quelle qu'ait été votre aide, apprenez qu'elle n'est rien en comparaison des risques que je courais...

— Je vous demande pardon...

— Si jamais vous recommencez, je ne vous verrais plus...

— Eva...

— Et je cesserais de vous considérer comme un amant éventuel.

— J'avoue avoir été stupide mais vous n'avez pas le droit de m'en vouloir ! Il y a plus d'un an que je vous attends ! Et depuis que je vous sens auprès de moi ici, tous les jours, vous ne pouvez savoir quelle est ma souffrance !

— N'employez donc pas des mots dont vous ignorez le sens ! Votre soi-disant souffrance n'est qu'un désir d'homme... Je le comprends très bien et je saurai le satisfaire un jour si vous vous montrez un homme du monde.

— Mais je suis prêt à faire n'importe quoi pour vous !

— C'est sincère ?... Alors attendons que Eric ait amassé une véritable fortune qui nous mette, lui et moi, définitivement à l'abri des soucis... Ce jour-là je pourrai enfin me donner à vous comme j'ai envie de le faire : en femme riche qui a choisi son amant uniquement parce qu'il lui plaisait ! Comment pourrions-nous nous aimer vraiment s'il était toujours question d'argent entre nous ?

Il la regardait hébété. Elle continua de sa voix redevenue chaude :

— Notre liaison sera alors le plus beau secret du monde ! Et vous me remercierez de vous l'avoir fait comprendre...

— Oui... Vous avez raison Eva, la plus belle chose...

Il lui baisa la main.

Elle venait de remporter une grande victoire.

Le vingtième million avait succédé au dixième... Il semblait qu'il n'y aurait pas de limites à l'enrichissement des châtelains de *La Tilleraye*.

Quatre nouveaux Festivals passèrent avec des locations de plus en plus onéreuses : la toiture, les murs ravalés, les salles de bain, un nouveau personnel qui avait remplacé Urbain et Louise, les automobiles respectives de Monsieur le Comte Eric, de la jeune Comtesse — et même celle de Madame la Comtesse Mère — le bar installé dans la bibliothèque, les allées soigneusement ratissées, les jardiniers et la plus belle roseraie de la région justifiaient amplement ces augmentations. Bientôt il y aurait une piscine — le devis était déjà accepté — et peut-être même un golf... Pour pouvoir séjourner à *La Tilleraye* pendant les quelques jours du Festival, il fallait être milliardaire.

Eric avait bien essayé de faire comprendre à son épouse que, maintenant qu'ils étaient riches, il n'était peut-être plus nécessaire de continuer à louer chaque saison les chambres disponibles ? La réponse avait été fulgurante :

— Tu es fou, chéri ? J'estime que c'est un péché de ne pas réaliser une affaire !... Pourquoi accepter délibérément un manque à gagner ?

Quatre autres saisons de chasse avaient prouvé aussi qu'il n'était de bon gibier que sur les terres où l'on avait les moyens de procéder au repeuplement annuel.

Les loyers des fermes avaient tous été majorés dès que les bâtiments avaient été remis à neuf et cinq nouvelles fermes étaient venues augmenter le cheptel.

Eva ne cherchait même plus à compter ses fourrures, ni ses bijoux, ni même le montant de son capital officiel en banque. Seule sa fortune cachée sollicitait chaque semaine son attention : aux quatre cents billets du début s'en étaient ajoutés beaucoup d'autres, qui avaient été renforcés de francs suisses et de solides lingots d'or. Elle n'avait eu recours à personne pour accumuler ce trésor secret : son sens inné des affaires avait suppléé à tout.

Elle avait su rester la maîtresse absolue de son mari tout en continuant à bercer l'industriel de douces promesses. Lui aussi, elle l'avait dressé. Chaque fois que Veran se faisait plus pressant elle savait dire :

— Pas encore ! Notre bonheur d'amants ne pourra exister que quand Monique aura trouvé un époux... Elle me déteste et n'hésiterait pas à nous faire du tort...

Et Veran finissait par croire sérieusement que le plus grand drame de sa vie était que sa fille unique persistât à ne pas vouloir se marier. Il n'avait pas hésité à faire part de ses inquiétudes de père à Adélaïde qui lui paraissait la seule personne assez respectable et suffisamment avertie pour l'aider à trouver l'élu susceptible de plaire à l'enfant gâtée.

Mais à chacun de ses appels désespérés, la Comtesse Mère avait répondu :

— Pourquoi vouloir précipiter les choses ? Votre fille est encore très jeune... Elle a tout le temps devant elle !

En réalité Adélaïde avait son idée... Maintenant que la fortune avait enfin consenti à sourire aux Maubert, et que les réserves étaient assurées pour longtemps, elle estimait qu'il était grand temps de se débarrasser de la juive...

Pendant ces cinq années de vie commune, Adélaïde avait tenté plusieurs fois de faire comprendre à son fils et à sa belle-fille que leur situation matrimoniale ne pourrait continuer à s'éterniser si leur union n'était pas sanctionnée par une cérémonie chrétienne... La pléthore financière, dont il fallait bien reconnaître Eva comme la véritable responsable, avait obligé Adélaïde à ne parler qu'avec d'infinies précautions. Il y a des choses dans la vie — la fortune en est une — devant lesquelles les âmes les mieux trempées et les mieux intentionnées doivent savoir composer. Et puisque Madame Mère avait non seulement accepté, mais profité de la richesse, elle devait sinon avoir la reconnaissance du ventre, du moins savoir se montrer prudente.

Il n'était plus question maintenant de cacher aux châteaux voisins et encore moins aux paysans que Eva était juive : tout le pays l'avait deviné depuis longtemps... C'était la seule ombre qui planait sur l'exceptionnelle réussite de *La Tilleraye*... La solution la plus simple aurait été que Eva consentit à être baptisée et à se marier devant l'autel. Mais, avec un entêtement largement comparable à celui de sa belle-mère, elle s'y était toujours refusée. Elle voulait rester la juive et pensait avoir assez aidé les Maubert pour avoir le droit de n'agir que selon sa volonté.

Depuis le jour où elle avait su que tout le pays appelait *La Tilleraye* « le Château de la Juive », elle avait jugé inutile de continuer à jouer les femmes pieuses et n'avait plus jamais remis les pieds à la messe.

Il n'était donc plus question pour Adélaïde d'envisager la conversion de Eva. Une autre solution était celle de son départ... Quand l'intruse aurait enfin débarrassé *La Tilleraye* de sa présence, il serait très facile de penser au mariage de Eric avec Monique puisqu'un simple divorce suffit pour rompre les liens civils. Eva ne serait plus qu'un mauvais souvenir ou une maîtresse oubliée. Le vrai mariage du dernier des Maubert serait béni à la Cathédrale de Besançon par ce cher Archevêque que l'on n'avait jamais pu inviter depuis l'arrivée de la juive. C'était pour cela que Adélaïde s'employait à tempérer l'ardeur que Veran mettait à vouloir marier sa fille au plus tôt.

Avec la fortune qu'il possédait maintenant, Eric pourrait songer aussi à épouser une jeune fille pauvre mais très bien titrée selon la tradition établie dans la famille. Adélaïde y avait pensé mais aucune des héritières qu'elle connaissait ne plairait à Eric : elles faisaient toutes un peu « province » tandis que Monique avait le genre « moderne »... peut-être un peu trop, mais cela s'arrangerait ! Entre gens d'un même pays, on parvient toujours à s'entendre... Et pourquoi l'aristocrate riche épouserait-il une jeune fille sans dot ? Toute fortune qui n'augmente pas diminue ! Ce serait trop stupide aussi de ne pas tenter d'asseoir définitivement la situation d'Eric dans les affaires Veran en faisant de lui le gendre : la voie n'était-elle pas toute tracée ?

Comment se débarrasser de Eva ?

Adélaïde ne voyait qu'un moyen... Mais tout dépendrait de la réaction d'Eric.

Elle guetta dès lors le moment qui lui permettrait de se retrouver seule avec son fils. Celui-ci se présenta un soir où il était revenu de Besançon, dans sa petite voiture, avant sa femme en annonçant :

— Eva ne rentrera qu'assez tard après le dîner... Veran lui a demandé de traduire pour lui une offre très importante de commandes que lui fait le Gouvernement Polonais.

— Il ne pouvait trouver meilleure traductrice !... Eh bien, mon petit Eric, je suis ravie de notre dîner en tête à tête : il y a longtemps que cela ne nous est arrivé !

Pendant le repas ils parlèrent de tout et de rien pour observer la règle de discrétion devant le personnel et Adélaïde attendit patiemment le moment où ils seraient dans la bibliothèque, ce lieu rêvé de toutes les conversations intimes.

Elle y reprit sa tapisserie et Eric se versa un scotch derrière le bar installé au fond de la pièce. L'instant propice était arrivé.

— Mon petit Eric, je suis très inquiète...

— Vous, Mère ? Pourquoi ?

— Pas sur le plan financier... de ce côté-là nous sommes tranquilles : *La Tilleraye* est sauvée pour longtemps... Tu sais comme je t'aime ? Mes inquiétudes sont celles d'une mère... Es-tu pleinement heureux ?

— Mais oui !

— Que deviendrait *La Tilleraye* après ta disparition si tu n'avais pas d'héritier ? Et le nom des Maubert ?

Eric resta muet, contemplant Adélaïde : il y avait des mois, des années déjà qu'il attendait cette question...

Elle continua avec douceur :

— Ta compagne est très belle et très intelligente... mais je suppose que tu demandes tout de même autre chose ? Ne serait-ce que d'assurer notre lignée ?

— Eva ne tient pas à avoir d'enfant...

— Qu'est-ce que tu dis ?... J'admets encore qu'elle ait eu ces idées pendant les premiers mois ou même les premières années de votre union mais il y aura bientôt six ans qu'elle porte ton nom... Cela devient sérieux : il faut absolument que tu la raisonnes ! Bien souvent j'ai voulu lui en parler mais j'ai eu peur qu'elle ne comprenne pas le sens très affectueux de ma pensée. A moins qu'elle ne puisse pas être mère ce qui serait un drame pour nous ! Je sais que toi tu adores les enfants.

— C'est vrai !

— Alors ?... Ne serait-ce pas merveilleux, maintenant que nous en avons les moyens, de voir notre vieille maison rénovée, remplie de jeunesse ? Ne souhaites-tu pas m'offrir ce dernier bonheur ? Le jour où je serai grand-mère, je pourrai disparaître enfin tranquillisée sur l'avenir. Je ne te parlerai plus de ce problème qui te hante, j'en suis sûre, autant que moi... Mais si, dans sa grande clémence, le Bon Dieu voulait — malgré le mépris que vous avez eu jusqu'à ce jour de ses lois — que votre union fût bientôt féconde, un autre problème se poserait : tes enfants ne pourraient pas être baptisés ! Te rends-tu bien compte de ta situation ? Pour l'Eglise tu ne vis qu'en concubinage avec Eva qui n'est toujours pas ta femme... Si elle était enceinte, vous n'auriez plus le droit de ne pas vous marier immédiatement devant Dieu pour que vos enfants puissent être chrétiens. Tu ne voudrais tout de même pas que les Maubert fussent des païens ?

— Eva est trop intelligente pour ne pas comprendre qu'il faudrait le faire si pareil bonheur nous arrivait.

— Et si elle était vraiment stérile ?

Il ne répondit pas.

— Dans ce cas, aussi douloureux que le sacrifice serait pour toi, tu devrais la quitter... Elle m'a confié elle-même qu'avec beaucoup d'élégance, tu lui avais constitué en banque un capital personnel... Elle aurait donc de quoi vivre selon ses idées. Et tu redeviendrais libre d'épouser la vraie Comtesse de Maubert qui ne pourrait être qu'une chrétienne... Je sais, mon pauvre petit, que tout ce que je te dis là est affreux ! Mais ta conscience de fils de l'Eglise t'interdirait d'agir autrement... Tout le monde t'approuvera ! Nos amis et les gens du pays comprendront très bien que tu aies pu avoir, pendant quelques années, une liaison... Quel est le garçon à qui ça n'est pas arrivé ? On excusera ta longue toquade qui n'a été que la conséquence d'un mariage de guerre...

— Mère, vous êtes terrible !

— Je suis avant tout une catholique qui veut le salut de son unique enfant ! Si je ne te disais pas ces choses, le ciel m'en demanderait compte au moment de ma mort ! Et je t'aime trop pour savoir que ton bonheur d'homme ne peut être qu'incomplet sans enfant... On ne brave pas toujours impunément la loi de Dieu ! Souviens-toi de ce que je t'ai dit le jour où j'ai appris que Eva était juive : elle porte la malédiction en elle et celle-ci s'est abattue sur nous sous la forme de l'héritier qui ne vient pas ! Le ciel ne veut pas bénir une semblable union !

— Assez, Mère ! Je vous en supplie...

— Je t'ai dit que je ne parlerais de cela qu'une seule et unique fois mais tu m'écouteras jusqu'au bout ! C'est maintenant que tu vas commencer à expier ta folie ! Tu es riche, bien sûr... Mais à quoi te servira-t-elle, cette richesse, si tu es le dernier de ton nom ? Tu te vois, finissant tes jours avec cette créature athée à tes côtés ?

— Taisez-vous !
— Je te plains de tout mon cœur, mon pauvre petit !
Elle s'était levée en joignant les mains. Eric s'approcha d'elle pour dire dans un souffle :
— Il y a une seule réponse à tout ce que vous venez de dire : j'aime Eva...
Il était blême. Après l'avoir regardé bien en face, Adélaïde se dirigea vers la porte. Au moment où elle l'atteignit, celle-ci s'ouvrit lentement sur Eva qui demanda de sa voix caressante :
— Qu'est-ce qui arrive, ma Mère ? Vous vous disputiez avec Eric ?
Adélaïde la toisa et sortit sans répondre.
— Que s'est-il passé, mon amour ?
— Rien...
— Sers-moi un scotch...
Puis elle dit encore plus gentiment :
— Tu sais, chéri, ça ne te réussit pas du tout de rester seul en tête à tête avec ta mère !

Quand elle fut à nouveau, comme chaque nuit, la maîtresse, elle demanda dans la tiédeur du lit :
— Dis-moi maintenant la raison de votre discussion ?
— Une raison stupide... Elle te reproche de ne pas m'avoir encore donné d'héritier.
Eva eut un sourire :
— Elle est insatiable ? Cela ne lui suffit donc pas que je vous aie apporté la richesse ? Et toi, chéri, tu voudrais vraiment avoir un enfant ?
— Oui.
— Rien ne prouve que nous n'en aurons pas ! Moi aussi, je commence à croire qu'il serait temps que nous pensions à l'héritier du nom...
— Eva ! Ma petite Eva, c'est vrai ce que tu dis ?
— Tu m'as donc déjà vu mentir ?

— Jamais ! Je t'aime.

— Moi aussi, Eric... Maintenant repose-toi... Je sais par Veran que tu as eu une journée très chargée.

Il ne tarda pas à s'assoupir, confiant dans sa femme, confiant surtout dans l'avenir...

Mais Eva, comme tous les soirs où les événements ne s'étaient pas présentés tels qu'elle les aurait souhaités, ne parvenait pas à s'endormir... Elle s'imagina la scène qui avait dû se passer entre la mère et le fils et son sourire se transforma en un rictus amer... Cette vipère de Adélaïde avait choisi exactement le moment qu'il fallait pour lancer la suprême attaque, celle contre laquelle elle ne pourrait pas se défendre... Un enfant ? Elle avait été stérilisée, comme toutes celles de sa race, par des médecins monstrueux dans le deuxième camp de sa jeunesse... Si elle l'avait avoué à Eric, peut-être aurait-il eu un sursaut au dernier moment et ne l'aurait-il pas épousée ? C'était pourquoi elle lui avait fait comprendre un jour qu'elle n'avait nullement l'instinct maternel mais là — et ceci avait été le plus grand de tous ses mensonges — elle avait parlé contre la loi qui veut que toutes les filles d'Israël soient fécondes... Pour la première fois depuis qu'elle avait commencé à bâtir sa réussite, la juive pleura dans la nuit... Larmes silencieuses à travers lesquelles elle revoyait toutes ses tentatives désespérées pour sortir de la terrible impasse... Vingt fois elle avait été à Besançon consulter des médecins qu'elle avait fait venir en cachette de partout : de Paris, de Zürich, de Genève, même de Hambourg en payant leurs déplacements à prix d'or... Et toujours le diagnostic avait été le même :

« — Madame, il n'y a rien à faire... »

Elle pleurait sur sa maternité impossible qui l'empêchait de mettre un point final à son triomphe de femme ambitieuse... Combien de fois n'avait-elle pas rêvé, depuis qu'elle avait acquis le pouvoir de l'argent, de marquer l'orgueilleuse lignée des Maubert de ce sang juif qu'on lui reprochait ! Elle aurait tenu là sa plus grande vengeance sur Adélaïde à qui elle aurait pu dire, en enrobant ses paroles de l'un de ces merveilleux sourires dont elle avait le secret :

— Ma Mère, ce sang bleu dont vous vous targuez depuis des générations, s'est mêlé au mien ! Que vous le vouliez ou non, à l'avenir tous ceux qui nous suivront ne pourront plus cacher qu'ils ont dans leurs veines du sang Goldski !

Pourrir les Maubert par l'argent — et même une Adélaïde qui s'était laissée prendre dans les filets tentateurs du luxe — elle y était parvenue... Mais les tenir par le sang, elle ne le pourrait jamais ! La pensée qui parvint à tarir ses larmes fut l'idée fixe qui venait de germer dans son cerveau... Puisque Adélaïde, avec son instinct de mère odieuse, avait réussi à trouver la seule faille dans l'édifice que Eva avait monté et qui ne devait pas s'écrouler pour une question de progéniture, il n'y avait plus à hésiter : il fallait appliquer la peine du talion...

Le lendemain, elle se montra plus souriante qu'elle ne l'avait jamais été et Adélaïde commença à regretter secrètement d'avoir dit trop de choses à son fils. Confusément, elle sentait que l'alliance du couple s'était encore resserrée. La seule façon pour elle de s'en tirer était de rendre à sa belle-fille toutes ses amabilités : ce qu'elle ne manqua pas de faire. Au bout de quelques jours, Eric fut persuadé que l'harmonie était revenue à *La Tilleraye*.

Ce fut l'arrivée d'un brigadier de gendarmerie motorisé qui vint la rompre. Il apportait, pour le Colonel de réserve, un pli secret l'informant qu'il devait quitter immédiatement son foyer pour rejoindre au plus tôt Alger où il reprendrait, par décision ministérielle, un commandement actif.

— Je le craignais ! dit Adélaïde.

— C'est très normal que je sois rappelé, Mère ! J'ai été officier d'active...

— Cette guerre d'Algérie est une chose affreuse ! Le petit-fils des Mordret, qui accomplissait simplement son service militaire, vient aussi d'y être envoyé...

— Il y en aura beaucoup d'autres ! répondit simplement Eric.

La seule qui n'avait rien dit, en apprenant la nouvelle, avait été Eva mais elle avait tout de suite pensé : « Ce départ imprévu d'Eric, sera-ce un avantage ou une catastrophe pour moi ? Comment m'en servir pour liquider définitivement Adélaïde ? »

— Ma chérie, j'ai très peu de temps devant moi : je dois rejoindre Alger dans les huit jours... Je suis très ennuyé pour Veran qui m'a chargé de régler des affaires très importantes cette semaine.

— Il sera certainement désolé, mon amour, mais il comprendra bien qu'il faut s'incliner...

Elle n'ajouta pas : « Je crois que Georges sera beaucoup moins ennuyé que tu ne le penses... Tu as tort aussi de te faire tant d'illusions sur la nécessité absolue de ta présence dans ses affaires... Tu n'y es que grâce à moi ! Ce serait beaucoup plus grave pour nos finances si c'était moi qui partais ! Mais rassure-toi : je tiendrai bon et, quand tu reviendras, tu seras peut-être très étonné de constater que ta situation s'est encore améliorée en ton absence... Tu peux t'en aller tranquille, gentil guerrier ! »

Veran tint absolument à ce qu'un champagne d'honneur fut offert, en présence de tout le personnel administratif, « au héros qui allait partir vers de glorieuses destinées pour le salut de la France ». Tels avaient été les derniers mots de la péroraison enflammée faite par l'industriel avant que les verres ne fussent levés à la santé et au bon retour du Colonel de Maubert... Il ne craignit pas, Monsieur Veran, de dire quelques instants avant la poignée d'adieux :

— Si l'on se décide à envoyer enfin là-bas des hommes de votre trempe, ce ne sera pas long : l'ordre y sera rétabli en six mois ! Ce qui manque le plus à notre armée, ce sont de vrais chefs !... J'en connais une qui va être bien triste, n'est-ce pas, petite Madame ?

Le regard de Eva s'était porté avec une tendresse infinie sur le visage de l'époux mais elle trouva quand même la force de retenir ses larmes...

— Enfin, conclut Veran, je ferai de mon mieux pour vous égayer un peu ainsi que votre chère maman, mon Colonel... J'irai le plus souvent possible à *La Tilleraye.*

Eva venait de prendre le bras d'Eric.

— Regardez-les ! dit Veran. De vrais tourtereaux ! C'est magnifique après six années de mariage !... Au revoir, mon Colonel ! Je ne vous embrasse pas mais croyez bien que le cœur y est...

Quarante-huit heures plus tard, ce fut le départ de *La Tilleraye.* La veille au soir, Eric avait réendossé sa tenue d'officier qu'il n'avait plus jamais portée depuis le jour où il s'était fait mettre en disponibilité.

— Chéri, dit Eva en le voyant en uniforme, ça me bouleverse de te retrouver ainsi... Tu es tel que je t'ai vu pour la première fois quand tu es passé devant mon baraquement du camp... Si tu savais comme je t'ai trouvé beau ce jour-là ! Il n'y avait pas un seul des autres officiers de la Commission qui t'égalait ! Tu les écrasais tous... Je t'ai regardé... Tu te souviens ?

— Je n'oublierai jamais ce regard...

— Tu t'es avancé vers moi et après m'avoir salué

militairement tu m'as demandé en allemand : « Qu'est-ce qu'une femme comme vous fait là ? »

— Et tu m'as répondu dans un excellent français, ce qui m'a étonné : « Je vous attendais, Colonel... »

— Tu as ri et tu as ajouté : « Où avez-vous appris le français ? »

— Tu m'as répondu dans un sourire : « A Varsovie, quand j'étais toute petite... En Pologne les gens disaient alors que le français était la langue d'amour ! Et mon père, qui avait une grande admiration pour la France, me répétait souvent : quand tu seras plus grande, Eva, je t'emmènerai visiter la plus belle ville du monde : Paris ».

— Ce fut ainsi que j'ai su ton prénom...

— Oui... Je te remercie de ne m'avoir rien demandé de plus ce jour-là... Tu m'as fait un petit signe amical et tu as rejoint les autres membres de la Commission... Mais j'avais déjà confiance : j'étais sûre que je te reverrais !

— ... Dès le lendemain matin, à l'ouverture du camp !

— Tu étais seul cette fois mais tu avais en main le laissez-passer qui m'a permis de sortir de l'enfer.

— Et tu n'y as plus jamais remis les pieds ! Je t'ai aimé tout de suite, Eva...

— Je t'aimerai de plus en plus, mon Eric... Et demain matin, juste avant ton départ, je te promets de te faire une grande surprise...

Elle tint parole. Au moment des adieux, elle apparut dans une pauvre robe délavée, trouée, couverte de taches et sur laquelle était brodé un numéro matricule... Au lieu d'être relevée en catogan, son admirable chevelure d'ébène était dénouée et atteignait le bas de son dos... Elle ne portait aucun maquillage et les yeux de feu, émergeant de la peau mate, achevaient de la faire ressembler à la plus étrange des gitanes.

En la voyant descendre l'escalier, Adélaïde n'avait pu s'empêcher de s'exclamer :

— Mais qu'est-ce que c'est que cette tenue, Eva ? C'est ainsi que vous vous habillez pour le départ de votre mari ? Vous êtes devenue folle ?

— Non, ma Mère... Eric connaît très bien cette robe...

Et elle s'était précipitée dans les bras de l'époux en disant :

— Je l'avais toujours gardée et cachée, en me promettant de la remettre un jour pour toi... Mon unique robe de camp ! Ne représente-t-elle pas tout mon passé ? Puisque tu es redevenue mon bel officier français, il était juste que je redevienne ta petite juive...

Très ému, il l'étreignit longuement sans prêter attention aux serviteurs qui les observaient avec stupeur, ni à Adélaïde qui restait muette de saisissement.

Eva avait voulu le conduire elle-même jusqu'à la gare de Besançon mais il s'y était opposé en disant :

— Ces adieux dans les gares sont abominables ! Le chauffeur me mènera. Je préfère que tu restes aujourd'hui auprès de ma mère qui, elle aussi, est un peu triste... Elle m'a déjà vu partir en 1939 et ça a duré des années... Tu me comprends ? Je m'en vais tranquille en pensant que maintenant tu es à ses côtés pour continuer à maintenir la pérennité de notre vieille *Tilleraye*...

— Je ferai selon ton désir, mon amour...

Il embrassa Adélaïde en lui demandant :

— Mère, vous n'oublierez jamais ce que vous m'avez promis hier soir ? Je vous confie Eva....

Les lèvres d'Adélaïde firent un effort pour répondre :

— Tu peux me faire confiance, mon petit !

La dernière vision que le Colonel, Comte de Maubert, emporta avec lui fut celle d'un perron sur lequel deux femmes faisaient des gestes d'adieu : l'une avait toute la dignité d'une aristocratie habituée à voir ses fils partir à la guerre, l'autre — dans sa robe en haillons — avait toute la beauté insolente de ces filles qui ne viennent de nulle part...

Longtemps les deux silhouettes restèrent ainsi, immobiles et côte à côte. Toutes deux semblaient vouloir encore apercevoir une dernière fois l'ombre de l'homme qui s'en allait... Mais, dans le secret de leur cœur, chacune de ces femmes ne pensait qu'à sa voisine... Si les lèvres minces de Adélaïde s'étaient desserrées à cette minute, elles auraient dit :

« J'ai promis à mon fils de veiller sur toi, Eva de malheur ! Tu ne peux t'imaginer à quel point va s'exercer ma surveillance ! Et, à la moindre erreur que tu feras, je t'obligerai à quitter ces terres auxquelles tu n'as pas droit parce que tu n'es pas l'épouse de Eric ! »

Si les lèvres sensuelles de Eva s'étaient entrouvertes, elles auraient murmuré avec le charme slave :

« Je devine ce que tu rumines, vieille femme !... Cela ne m'empêchera pas de continuer à te faire des sourires tant que je le jugerai nécessaire... Peut-être même sera-ce dans un sourire que je t'exécuterai ? Compte sur toute l'intelligence de ma race — que tu exècres — pour qu'elle te contraigne à abandonner cette *Tilleraye* avant moi... Car je sais très bien que le jour où tu partiras, tu mourras de chagrin ! »

Les regards des deux femmes venaient de se croiser. Toute leur haine réciproque sembla fondre et ce fut d'une voix exquise de sollicitude, qu'Adélaïde demanda :

— Ma petite Eva, je comprends très bien le sentiment qui vous a animée quand vous avez remis cette robe mais vous n'allez quand même pas la garder toute la journée ?

— Rassurez-vous, ma Mère ! répondit la fille brune avec un sourire qu'elle sut rendre un peu douloureux. Je ne l'avais mise que pour rappeler à Eric le plus beau de nos souvenirs !

Et elles rentrèrent, comme si rien ne s'était passé, dans le vestibule de la maison ancestrale.

# LA FILLE ERRANTE

C'était la première nuit que Eva passait solitaire dans le lit à baldaquin. Et, pour la première fois peut-être depuis six années, elle s'aperçut que Eric pouvait lui manquer... Mais ce n'était pas chez elle le sentiment d'amour d'une épouse ; elle n'était tenaillée que par le besoin physique de la présence de l'homme. Toute sa sensualité native revenait à la surface.

Si elle était parvenue à faire très vite de Eric l'amant indispensable pour satisfaire ses propres appétits charnels, très vite aussi elle s'était habituée à lui : elle était un peu comme le sculpteur amoureux de son œuvre. Eva était vraiment la créatrice de cet Eric-Amant dans lequel elle pouvait, chaque fois qu'elle le désirait, se retrouver elle-même avec ses rêves érotiques et ses vices. Son attachement caché pour celui qui venait de partir n'était au fond que l'une des formes de son orgueil démesuré. Son intelligence avait été de savoir se servir de son pouvoir sur l'homme pour établir rapidement un règne de femme.

Jusqu'à ce départ, elle n'avait eu aucun mérite à se montrer fidèle : si elle n'avait pas encore cédé au désir d'un Veran, c'était que Eric lui avait suffi. Mais maintenant qu'elle se retrouvait seule, elle sentait déjà la nécessité de remplacer l'absent. Dès demain, elle y pourvoirait : Veran n'était-il pas toujours à sa disposition ? Lui ou un autre d'ailleurs, peu importait ! Ce qu'il lui fallait, c'était avant tout la virilité capable de calmer sa soif de plaisir.

Les avantages, que lui apporterait une liaison plus complète avec l'industriel, faisaient déjà pencher très nettement la balance de ses rêves sensuels en faveur de celui qu'elle pouvait continuer à voir quotidiennement, en l'absence d'Eric, sans susciter le scandale toujours dangereux. Ne devrait-elle pas aussi, selon son habitude, tout prévoir ? En partant pour l'Algérie, Eric venait de perdre une situation considérable qu'il ne retrouverait peut-être pas à son retour... Rien ne prouvait, malgré les protestations d'amitié au moment des adieux à l'usine, que Veran lui réserverait le même poste et surtout les mêmes avantages financiers dans quelques mois ou quelques années... Combien de temps Eric serait-il mobilisé ? Nul ne pouvait le dire, pas même un Président du Conseil, et les absents n'ont-ils pas toujours tort ? La seule personne qui pourrait maintenir la situation de Eric dans les affaires Veran était Eva elle-même à condition qu'elle sût se montrer très compréhensive à l'égard de celui qui restait le grand Patron.

Et si Eric ne revenait pas ? Cette hypothèse non plus ne pouvait être écartée... Il ne s'était pas écoulé un seul jour sans que les rubriques des journaux n'aient mentionné la mort glorieuse d'officiers ou de soldats français tombés dans les embuscades de l'Aurès. Connaissant son mari, Eva savait que s'il n'était pas affecté d'office au commandement d'une unité effectivement combattante, il demanderait lui-même d'y être envoyé. Elle pouvait très bien se réveiller veuve du soir au lendemain : situation de femme qu'elle devait aussi envisager avec calme...

Elle saurait porter le deuil officiel le temps qu'il faudrait vis-à-vis de tous ceux qui l'observeraient mais elle ne le prolongerait pas au delà de la durée généralement admise pour un chagrin organisé. Pendant cette période — qu'elle envisageait déjà comme ne devant être que transitoire — elle se servirait de Veran mais il ne serait jamais question de l'épouser ! Une pareille union lui ferait perdre un titre qu'elle pourrait continuer à porter utilement et risquerait de laisser à Adélaïde le champ libre à *La Tilleraye.* Eva ne reviendrait jamais sur sa détermination d'arracher la propriété à son implacable ennemie.

Elle envisageait même avec une certaine complaisance, une situation de jeune veuve déjà fortunée, se nommant la Comtesse de Maubert... Cela pouvait la conduire au très grand mariage : elle se voyait princesse d'un royaume ou d'une principauté imaginaire. Si elle changeait de nom, ce ne serait que pour en accepter un mondialement connu et envié. Aussi un Monsieur Veran devrait-il savoir se contenter et même être très flatté de rester le commanditaire obscur de la belle aristocrate. Si c'était nécessaire, elle n'hésiterait pas — dès qu'elle serait veuve — à faire miroiter à l'industriel l'éventualité du mariage pour l'obliger à se montrer de plus en plus généreux. Eva se savait assez adroite pour prolonger ce mirage jusqu'au jour où elle trouverait enfin le nouvel époux au titre et à la fortune prestigieux.

Froidement, pendant qu'elle réfléchissait dans le lit quelques heures à peine après le départ de Eric, la belle juive avait déjà enterré en pensée son mari. Elle n'avait plus qu'à concentrer toute sa féminité sur sa deuxième proie : Veran.

Dès le lendemain matin, elle partit pour Besançon après avoir annoncé à sa belle-mère qu'elle ne savait pas trop à quelle heure exacte elle en reviendrait !

N'était-il pas judicieux d'habituer dès le premier jour, Adélaïde, à des absences qui risqueraient de se multiplier ? N'était-ce pas aussi la sagesse : qu'auraient bien pu se dire à longueur de journée deux femmes qui se haïssaient ?

Adélaïde ne fit aucune remarque et éprouva la sensation délicieuse, après le départ de Eva, de se retrouver enfin la maîtresse absolue des lieux. Elle décida même d'affirmer publiquement cette reprise du pouvoir en annonçant à tout le personnel réuni dans le salon :

— Pendant l'absence de Monsieur le Comte, ma belle-fille sera probablement obligée de le remplacer à la tête de ses affaires à Besançon. Ce sera donc moi seule qui m'occuperai entièrement de *La Tilleraye*. A l'avenir, il faudra donc vous adresser à moi pour recevoir les ordres.

Contente de son geste, elle se dirigea vers la roseraie pour renouveler les mêmes instructions aux jardiniers. Ensuite elle irait aux communs et dans chaque ferme. Il lui paraissait indispensable de faire comprendre aux gens qu'en l'absence de Eric, Madame la Comtesse Adélaïde était toujours là pour maintenir le principe d'autorité !

A onze heures du soir, Eva n'était pas encore rentrée. Adélaïde remonta dans sa chambre en pensant :

« Elle n'a pas attendu longtemps après le départ de ce pauvre Eric pour prendre de nouvelles habitudes ! Mais cela me convient assez : moins on la verra ici et mieux ce sera ! »

Il était plus de minuit quand la vieille femme aperçut à travers les jalousies de ses volets fermés, les phares de la voiture qui revenait. Elle entendit les pas de Eva traverser le vestibule et se diriger vers la bibliothèque. Adélaïde prit la décision de descendre, emmitouflée dans une robe de chambre. Quand elle pénétra dans la pièce, Eva se versait un scotch au bar.

— Vous n'êtes pas encore couchée, ma Mère ? demanda-t-elle avec calme en se retournant.

Adélaïde fut frappée de l'expression de son visage : la jeune femme paraissait lasse.

— J'étais inquiète, Eva... Je n'aime pas beaucoup vous savoir seule sur les routes, aussi tard... Si Eric était là, il vous dirait que c'est follement imprudent ! Surtout depuis que l'on construit ce barrage près de besançon : on dit que la nuit, il y a beaucoup de rôdeurs...

— Rassurez-vous... J'ai connu des gens plus dangereux !

— Avez-vous dîné au moins ?

— Oui, ma Mère... Mais j'ai encore soif.

— Toujours ce whisky ! Vous ne vous en dégoûterez donc jamais ?

— Quelle que soit l'heure à laquelle je rentrerai, je viendrai toujours ici boire un scotch en pensant à Eric... Il adorait le dernier drink que nous prenions ensemble avant de monter : c'était devenu pour nous une sorte de rite... A-t-il envoyé un télégramme de Marseille comme il l'avait promis ?

— Le voici, dit Adélaïde, en sortant le message de la poche de sa robe de chambre.

Eva lut à haute voix :

« *Je m'embarque cette nuit en ne pensant qu'à toi. Je t'écrirai dès mon arrivée à Alger. Je t'aime.* »

Elle but une longue gorgée après avoir levé son verre en disant :

— A notre amour. Eric !

Puis elle ajouta, faussement peinée :

— C'est curieux qu'il n'ait rien dit pour vous dans ce câble, ma mère ?

— Bonsoir ! répondit sèchement Adélaïde.

Eva se retrouva seule, revoyant sa journée...

Celle-ci avait été décisive : elle avait fait de Veran l'amant.

Les choses s'étaient passées le plus simplement du monde. Comme les autres jours, elle s'était installée dans son bureau ; la porte de communication s'était entrouverte presque aussitôt et l'industriel avait demandé avec sollicitude :

— Parti ?

— Oui.

— Vous devez vous sentir très seule ?

— Moins que je le craignais parce que je vous ai près de moi, Georges...

Les yeux de l'homme brillèrent :

— Il y a si longtemps que j'espérais ces mots...

— Ce ne sont pas des mots... C'est un aveu.

— Eva, vous croyez vraiment que maintenant ?

— Oui...

Elle alla vers lui, offrant ses lèvres qu'il embrassa avec passion.

Sans chercher cette fois à se dégager, elle demanda de sa voix très douce :

— Monique est toujours à Megève ?

— Elle ne rentrera pas avant lundi prochain.

— Et les domestiques ? Si vous leur donniez congé aujourd'hui ? Nous pourrions déjeuner ensemble dans un restaurant des environs et ensuite aller aux *Myosotis ?*

— J'aime votre esprit de décision !

— Maintenant, nous n'avons plus rien à craindre... Il est loin !

Quand elle ressortit des *Myosotis* à onze heures du soir, il demanda au moment où elle s'installait à son volant :

— Veux-tu que je t'accompagne jusqu'à *La Tilleraye* en te suivant avec ma voiture ?

— Surtout pas, chéri ! « La vieille » doit m'y attendre... J'ai besoin aussi de me sentir seule pour repenser à notre après-midi... Je crois que j'arriverai à faire de toi un très bon amant...

Et elle embraya pendant qu'il la regardait avec amour.

Elle souriait, dans la bibliothèque de *La Tilleraye,* en revoyant la dernière expression du visage de celui dont elle avait fait sa nouvelle proie. Après avoir bu une dernière gorgée, elle froissa le télégramme de Eric en murmurant à mi-voix :

— C'était la meilleure solution...

Ses absences furent de plus en plus fréquentes. Elle semblait se désintéresser complètement de *La Tilleraye* où elle ne revenait que pour dormir ou pour changer de robe. Deux ou trois fois par semaine — rarement plus — elle déjeunait ou dînait avec Adélaïde. Ces repas étaient intenables : c'était à qui des deux parlerait le moins. Le seul sujet de conversation sur lequel régnait une entente tacite était Eric dont les nouvelles parvenaient de plus en plus espacées depuis qu'il était en opération active. Il écrivait alternativement à l'une et à l'autre, donnant très peu de renseignements : la censure militaire l'en empêchait. Elles lui répondaient à un numéro de secteur postal. Dans ses lettres, Adélaïde ne parlait que de *La Tilleraye* et jamais de Eva. Dans les siennes, Eva racontait à sa manière le travail qu'elle continuait à assurer auprès de Veran après lui avoir précisé que celui-ci, très élégamment, avait décidé de lui attribuer une partie substantielle des avantages financiers qu'il avait consentis à Eric. Chacune de ses lettres se terminait à peu près de la même façon :

« *Tu n'as donc aucune inquiétude à te faire pour l'avenir : ta femme continue à gagner beaucoup d'argent. Quand tu reviendras, tu t'apercevras que tu es encore plus riche qu'avant ton départ... Ta mère se porte à merveille... Je t'aime... »*

Trois mois passèrent avant qu'elle n'annonçât à Adélaïde qu'elle devait se rendre à Paris pour servir d'interprète à Veran dans une importante conversation d'affaires avec une groupe d'industriels allemands. L'absence devait durer trois ou quatre jours. Après trois semaines Eva n'était pas encore revenue et s'était contentée de téléphoner un soir à sa belle-mère pour lui expliquer que les négociations seraient plus longues que M. Veran ne les avait prévues... Nouvelle qui avait comblé d'aise Adélaïde redevenue la maîtresse exclusive de *La Tiller*aye où elle profita de cette prolongation d'absence de sa belle-fille pour donner un thé auquel furent conviés les voisins de châteaux.

Une fois de plus Adélaïde se surpassa, faisant admirer à ses hôtes les transformations de la maison, les salles de bains et même le bar de la bibliothèque devant lequel elle disait négligemment :

— Ce n'est pas très esthétique mais ne doit-on pas marcher avec son temps ? Désirez-vous un whisky ou un cocktail, chers amis.

Elle ne résista pas non plus au plaisir de faire visiter sa roseraie dont tout le pays parlait et ce fut pendant qu'elle en parcourait les allées que le conseiller général, Marquis de Chapuis, n'hésita pas à lui confier :

— Je profite, chère grande amie, de ce que vos invités sont éloignés de nous en ce moment pour vous parler d'une chose qui m'a un peu étonné... Je vous avoue avoir beaucoup hésité à vous en faire part mais ma femme m'a dit que je faillirais à mon devoir de vieil ami si je continuais à me taire.

— En voilà des mystères ! Expliquez-vous...

— La semaine dernière j'ai dû me rendre à Paris pour activer une demande de crédits que le sénateur Lemay et moi avons faite au Ministre des Finances en vue de la construction d'un sanatorium sur le territoire de mon arrondissement... Vous devez vous douter un peu comment se passent ces démarches : celle-ci s'est terminée par un « déjeuner d'affaires » chez *Maxim's,* avec le Chef de Cabinet du Ministre... Nous venions d'arriver dans le restaurant quand j'y ai vu entrer votre belle-fille en compagnie de ce M. Veran que vous nous aviez présenté ici-même il y a quelques années...

— C'est normal : je vous ai dit tout à l'heure que Eva était à Paris pour aider M. Veran à conclure une importante affaire avec des industriels étrangers.

— Ce jour-là elle était seule avec M. Veran... Je ne crois pas qu'elle m'ait reconnu. Ceci m'a permis de l'observer discrètement : je dois avouer que j'ai été très peiné pour ce cher Éric et pour vous que j'aime tant !

— Que voulez-vous dire ?

— Admettons que le comportement et l'attitude de votre belle-fille chez *Maxim's* ne laissent pas de grands doutes sur la nature de ses relations avec ce Veran...

— Ce n'est pas vrai, Chapuis ?

— Hélas, bonne amie !... Il lui tenait la main très souvent... À un moment du repas, j'ai même pu remarquer qu'elle n'hésitait pas à lui donner à manger avec sa propre fourchette un aliment qu'elle avait dans son assiette ! Manège qui se renouvela plusieurs fois à la grande satisfaction, sembla-t-il, du partenaire qui paraissait radieux... Ce fut à un tel point que le sénateur Lemay, dont vous connaissez certainement la réputation de respectabilité et qui avait reconnu aussi bien que moi Veran, me dit : « Il n'a pas l'air de s'ennuyer quand il vient à Paris, notre fameux industriel ! La dame est charmante... Un peu voyante peut-être, mais quand même très belle ! Je me demande qui elle est ? Vous ne la connaissez pas, par hasard ? » Naturellement je répondis que non, ne voulant pas porter le moindre tort à votre nom... Mais le sénateur, toujours intrigué, continua : « Elle n'est certainement pas de notre région ! Ce serait amusant d'avoir quelques précisions... » Et il fit venir le maître d'hôtel, qui le connaît depuis des années, pour lui demander : « Dites-moi, mon ami, quel est donc ce Monsieur qui déjeune avec cette jolie femme à la table du fond ? Il me semble le connaître... Sans la moindre hésitation, le maître d'hôtel répondit : « C'est M. Veran un grand industriel de l'Est, M. le Sénateur. Il vient très souvent ici depuis trois semaines... Rarement pour déjeuner ! Surtout le soir pour souper... » Lemay insista : « Toujours avec la même dame ? » « J'ai toutes les raisons de penser que c'est Madame Veran. J'ai entendu plusieurs fois ce Monsieur dire « Ma femme » et la dame parler de lui en disant : « Mon mari. » Lemay se tourna vers moi : « Voilà du nouveau ! Le grand homme a caché à tout le monde qu'il s'était marié ! » J'ai terminé, chère Adélaïde ! J'ose espérer que vous ne m'en voudrez pas de vous avoir révélé pareil incident ? Mais n'était-ce pas mon devoir d'agir ainsi par respect pour la vieille affection qui a toujours uni nos familles.

— Je vous remercie, répondit sèchement Adélaïde qui hâta le pas pour rejoindre ses autres invités.

Quand elle se retrouva seule, le soir, elle était à la fois effondrée et ravie.

Effondrée un peu pour Eric, beaucoup pour elle-même, terriblement pour l'orgueil des Maubert... Ce Marquis de Chapuis n'était qu'un parfait goujat qu'elle ne réinviterait plus jamais ! Poussé par sa femme, qui n'avait pu digérer — comme tous les voisins d'ailleurs — la prospérité grandissante de *La Tilleraye* et qui avait dû mourir de jalousie en admirant la roseraie, il avait fait exprès de laisser entendre qu'il considérait la femme de Eric comme n'étant qu'une grue ! De plus la Marquise de Chapuis était la plus méchante langue de la région ; tout le pays, et certainement tous ceux qui s'étaient gobergés l'après-midi même dans ses salons, devaient être au courant... C'était effrayant !

Ravie parce que, sans s'en douter — et alors qu'il était persuadé d'avoir porté un coup terrible à sa fierté — le Marquis politiquard venait de lui offrir le moyen de se débarrasser de l'intruse. Ce qu'il avait raconté était certainement exact : la pleine lumière se faisait dans l'esprit de Adélaïde qui comprenait les raisons des absences quotidiennes, des rentrées tardives, et du soi-disant voyage d'affaires ! Elle possédait une arme dont elle se servirait dès que Eva serait de retour parce qu'enfin, celle-ci ne pourrait pas rester éternellement à Paris !

La jeune femme revint trois jours plus tard avant le dîner. Veran l'avait accompagnée avec sa voiture jusqu'à *La Tilleraye*. Adélaïde, qui les avait vus arriver par la fenêtre de sa chambre, pensa : « Elle pousse même l'outrecuidance jusqu'à se faire déposer par son amant devant le perron ! » Et elle crut suffoquer quand le valet de chambre demanda, après avoir frappé à sa porte :

— Monsieur Veran demande s'il peut présenter ses hommages à Madame la Comtesse avant de rentrer à Besançon ?

— Ses hommages ? Il ne manquait plus que cela !... Vous direz à ce Monsieur que je regrette mais que je suis souffrante...

Et elle vit l'industriel repartir seul dans sa voiture.

A huit heures, elle pénétrait dans la salle à manger en même temps qu'une Eva rayonnante qui demanda avec sollicitude :

— Je vous croyais souffrante, ma Mère ?

— Je vais mieux, merci.

— Je suis heureuse de vous revoir ! J'ai trouvé en arrivant deux lettres de Eric... Il ne me raconte pas grand-chose sur son activité là-bas mais il paraît assez optimiste et pense que ça ne durera plus très longtemps... Il dit qu'il se porte bien : ce qui est l'essentiel... Il vous a écrit aussi, ma Mère ?

— Oui... Justement, j'avais l'intention de lui répondre demain... Vous êtes satisfaite de votre séjour à Paris ?

— C'est une réussite... Ces Allemands étaient très difficiles en affaires mais je dois dire que notre ami Veran s'est montré une fois de plus remarquable : il a obtenu tout ce qu'il voulait.

— Vraiment ? Vous avez dû lui être d'un réel secours ?

— Je le pense... La plus grande erreur des Français est de ne pas parler de langues étrangères.

— Tout le monde ne peut pas être né à Varsovie !

— C'est un reproche, ma Mère ?

Adélaïde ne répondit pas et commença à manger. Eva fit comme elle sans paraître attacher aucune importance à ce mutisme.

Après le dîner, elles se retrouvèrent dans la bibliothèque.

— J'ai appris tout à l'heure par la femme de chambre, dit Eva, que vous avez donné une réception à nos voisins samedi dernier ?

— En effet.

— Je suis navrée de ne pas avoir été là !

— Ma chère Eva, on ne peut pas recevoir et faire des affaires en même temps... Précisément à cette réception, on m'a beaucoup parlé de vous ?...

— Nos amis sont tous si gentils !

— Ne vous méprenez pas trop sur leur compte ! Ce n'est pas parce qu'ils s'intéressent à vous qu'ils ne disent que du bien... Ils ont beaucoup parlé également de M. Veran.

— Je crois qu'il est devenu très populaire dans la région... Pendant notre voyage de retour il m'a dit qu'il devait être à Besançon demain pour recevoir le sénateur Lemay qui a, je crois, un service à lui demander.

— Le Sénateur ?

Le sang de Adélaïde n'avait fait qu'un tour. Il était grand temps d'attaquer pour devancer le scandale. Elle commença de sa voix sèche :

— Ma fille, il me paraît impossible que vous puissiez continuer à habiter à *La Tilleraye*... Vous êtes la maîtresse de Veran et ça se sait... Vous comprendrez aisément que je ne puisse tolérer une pareille conduite ! Que vous meniez la grande vie à Paris, ce n'est déjà pas très élégant vis-à-vis de Eric mais cela ne regarde que votre conscience... Et comme vous n'en avez pas, je ne vois pas ce que je pourrais y changer ! Mais que vous continuiez à vous afficher à Besançon ou dans la région avec ce Monsieur, je ne le permettrai pas ! Au moment de son départ, Eric vous a confiée à moi... Vous l'avez peut-être oublié mais j'ai de la mémoire. Aussi ai-je un devoir impérieux : c'est d'informer mon fils de votre conduite. Si vous étiez à ma place, vous agiriez comme moi. Seulement je craindrais, dans ce cas, que votre sentiment maternel ne soit pas assez développé. Vous ignorez complètement qu'un enfant est un bien sacré pour sa mère qu'elle doit défendre, surtout quand elle n'a que lui et qu'il est loin...

Aucun trait du visage de Eva n'avait bougé. Elle avait conservé son calme absolu et ce fut de sa voix toujours douce qu'elle demanda :

— Je ne vois pas très bien où vous voulez en venir, ma Mère ?

Adélaïde la regardait avec stupeur :

— Vous ne semblez pas décontenancée par ce que je viens de vous dire ? C'est donc que vous trouvez très normal d'avoir une liaison ?

— Je suis femme avant tout ! Vous n'avez tout de même pas la prétention de me voir mener dans cette demeure sinistre une existence de nonne pendant des mois et peut-être même des années dans l'attente d'un retour improbable de votre fils ?

— Taisez-vous ! Eric reviendra... Cela vous arrangerait qu'il en fût autrement ? Vous êtes encore plus monstrueuse que je ne le pensais... En fait de prétention j'ai celle de vous voir quitter cette « demeure sinistre », comme vous l'appelez, le plus tôt possible ! Vous n'avez d'ailleurs aucune raison d'y rester : vous vous y ennuyez, vous me détestez et tous les gens du pays vous appellent la Juive... De plus je ne vous ai jamais considérée comme étant la femme de mon fils puisque vous avez refusé de l'épouser religieusement... Pour moi, vous n'êtes toujours qu'une aventurière.

— Sans doute séduite par l'immense fortune qu'avaient les Maubert le jour où ils m'ont accueillie ici ?

— Non ! Attirée par le nom des Maubert ! Vous êtes ravie d'être Comtesse et vous vous servez de ce titre chaque fois que vous le pouvez... Je veux bien ne pas informer immédiatement Eric et attendre avant de l'habituer à l'idée que vous avez préféré trouver votre bonheur ailleurs... Il aura du chagrin parce que lui a été sincère ! Je me charge quand même de l'amener progressivement à une juste compréhension... Mais j'y mets deux conditions : d'abord vous quittez *La Tilleraye* et le pays. M. Veran a les moyens de vous installer à Paris ou ailleurs ! Ensuite, vous renoncez à porter un nom et un titre auxquels vous n'avez pas droit... Les choses peuvent être arrangées très facilement : le divorce n'est qu'une question de formalités. Et même si vous décidiez de rompre avec votre amant actuel, vous avez largement de quoi vivre : Eric vous a assuré un capital personnel. Bien entendu, vous pourrez emporter vos bijoux, vos fourrures, tous vos effets personnels, votre voiture et même ce bar hideux auquel vous tenez tant !

— Et vous garderiez pour votre cher fils et pour vous *La Tilleraye,* les nouvelles fermes et tout l'argent qui est au compte de Eric ?

— Exactement.

— En somme, c'est un marchandage ?... Seulement tout ce que vous voulez garder et dont vous avez largement profité depuis des années, savez-vous à qui vous le devez ? A moi ! Si je n'étais pas arrivée de ce Varsovie, que vous semblez haïr, vous ne seriez plus aujourd'hui à *La Tilleraye* qui aurait été vendue depuis longtemps pour rembourser toutes les hypothèques dont vous étiez la seule responsable ! Il est même probable que la maison en ruines aurait déjà été démolie : il n'y aurait plus de *Tilleraye* !

— Si vous n'aviez pas été dans ce camp maudit, Eric aurait fait un mariage riche !

— Vous voulez dire qu'il aurait épousé la fille de Veran ? Vous êtes dans l'erreur : Eric est un homme trop sincère, comme vous venez de le souligner, pour se marier avec quelqu'un qu'il n'aurait pas aimé... Il n'aime que moi et ça continuera !

— Vous en êtes sûre ?

— Je connais mon pouvoir de femme...

La voix s'était faite moins douce :

— Eric est à moi comme tout ce qui est ici ! Tandis que vous... Vous n'avez rien ! Si quelqu'un doit partir, ce sera vous !

— Vous ne manquez pas de toupet, ma fille ! Je serais curieuse de savoir comment vous obtiendrez ce résultat que vous cherchez depuis le premier jour ?

— Ce sera très simple, Madame...

Elle n'avait plus dit « ma Mère » mais la voix avait retrouvé sa douceur :

— Ce que vous semblez ignorer est que Eric et moi nous sommes mariés à Munich sans contrat, ce qui équivaut à une communauté de biens. En cas de décès de Eric, qui est le propriétaire de *La Tilleraye* depuis sa majorité, tout ce qui lui appartient serait à moi. Mais, la veille de son départ, Eric a voulu que nous allions à Besançon chez Maître Rambert, le notaire de votre famille que vous connaissez bien. Une disposition testamentaire spéciale y a été prise pour vous permettre de continuer à vivre ici jusqu'à votre mort avec charge également pour moi de vous verser une rente substancielle. Naturellement j'ai accepté cette décision de Eric.

— Vous êtes vraiment trop bonne !... Et très forte aussi pour être arrivée à ce que mon fils, aveuglé par ses sentiments, m'ait mis dans une situation inacceptable. Puisqu'il en est ainsi, je vous informe que je quitterai *La Tilleraye* dès demain matin.

— Mais je ne vous mets pas à la porte, Madame !

Adélaïde s'était levée et, très pâle, elle quitta la bibliothèque.

Restée seule, Eva alluma une cigarette et s'installa, rêveuse, dans le fauteuil que venait d'abandonner son ennemie.

Quelques jours plus tard, par l'intermédiaire d'un secteur postal, Eric recevait, à trois cents kilomètres d'Alger, deux lettres en même temps. Il ouvrit d'abord celle d'Eva dont la prose était simple.

*« Mon Chéri,*

*« Je dois t'avouer une chose que j'avais voulu te cacher depuis ton départ : malgré tous nos efforts, ta mère et moi ne sommes jamais parvenues à vraiment nous entendre. Laquelle de nous deux est la plus responsable ? Je n'en sais rien... mais ça ne pouvait pas durer ! De son plein gré ta mère a préféré quitté* La Tilleraye *et s'installer à Besançon dans une maison, tenue par des Sœurs, et où, paraît-il, elle est très heureuse... Selon mes instructions Maître Rambert a fait dire à la Supérieure de la Maison de Retraite qu'elle n'avait qu'à lui adresser toutes notes de dépenses faites par ta chère mère et qu'elles seraient payées même sans qu'elle le sût. Ce sera fait avec beaucoup de discrétion. Quand tu écriras à ta mère, essaie un peu de la raisonner gentiment.*

*« Je rentre chaque soir à* La Tilleraye *où le grand calme est revenu mais dans la journée je continue à travailler avec Veran qui est toujours notre plus grand ami. Dernièrement je l'ai aidé à réussir quelques grosses affaires et il a su reconnaître financièrement mes services. Tu n'as donc aucun souci à te faire : tout va bien sur ce plan-là et tu dois être heureux de penser que ta femme continue à faire de son mieux pour te remplacer...*

*« Je suis très contente de savoir par ta dernière lettre que tu es toujours en bonne santé. Surtout chéri, sois prudent ! L'héroïsme c'est une très belle chose mais n'oublie pas que tu as une épouse qui t'adore et qui t'attend... Il y a des soirs où tu me manques terriblement ! J'essaie d'atténuer ma tristesse en buvant scotch sur scotch devant « notre » petit bar de la bibliothèque et je m'imagine que tu es toujours là, à côté de moi... Je t'aime. Ta femme. »*

La lettre d'Adélaïde avait plus de dix pages dans lesquelles étaient accumulés, sous une écriture serrée et rageuse, tous les griefs contre celle qu'elle n'appelait pas une seule fois Eva ou « ta femme » mais « l'intrigante », « l'aventurière », « l'intruse », et « la juive ». Pourtant — était-ce par un sursaut d'amour maternel qui ne voulait pas accroître le chagrin de son fils ou par crainte de représailles éventuelles du tout-puissant industriel qui pourraient avoir les plus fâcheuses conséquences pour l'avenir de *La Tilleraye ?* — Adélaïde se gardait bien, tout en laissant entendre que « la créature maudite » ne s'ennuyait pas en l'absence de Eric, de mentionner le nom de Veran comme amant... Peut-être avait-elle pris conseil à Besançon de personnes avisées qui lui avaient dit qu'il était toujours dangereux de nommer explicitement les gens par écrit dans de pareilles circonstances.

La lettre incendiaire se terminait ainsi :

« .... *Ma dignité de femme, mon amour de mère et surtout notre religion m'interdisaient de continuer à cohabiter avec cette fille sans scrupule et sans moralité.*

« *Pendant des années, mon pauvre petit, tu t'es laissé aveugler par la passion mais j'espère de tout mon cœur que la dure existence que tu mènes en ce moment et ce beau métier des armes — qui a toujours été le tien et que tu as retrouvé — t'aideront peu à peu à revenir à un équilibre d'homme sensé qui se rend enfin compte de son erreur... L'éloignement actuel de cette femme devrait être salutaire pour toi... Si tu savais comme j'ai moi-même retrouvé la paix de l'âme depuis que je ne la vois plus ! Et cependant ma* Tilleraye *me manque affreusement ! J'essaie d'en avoir quelques nouvelles par nos paysans et par les habitants du village qui nous sont tous restés fidèles à toi et à moi mais qui détestent la juive ! Ce ne sont que les Maubert qu'ils aiment... Il n'est pas question que je puisse être renseignée sur ce qui se passe dans la maison même : tu sais aussi bien que moi que le personnel actuel, qui a été entièrement choisi par l'intrigante, lui est tout dévoué. Pas un de ces serviteurs n'est de notre région : elle les a fait venir intentionnellement de très loin pour rester la maîtresse absolue. Comme je regrette que le cher vieil Urbain et notre bonne Louise ne soient plus là ! Par eux, j'aurais tout su. J'ai peur pour* La Tilleraye, *Eric !*

*« Je t'avais dit que cette femme parviendrait à nous mettre à la porte de nos terres ! Comment as-tu pu te laisser abuser par elle et l'épouser dans de telles conditions ? Il n'y a pas d'heure où je ne supplie le ciel que tu me reviennes vite ! Ne crois-tu pas que tu pourrais obtenir une permission de quelques jours qui te permettrait de rétablir enfin les choses telles qu'elles ont toujours été et telles qu'elles doivent être ?*

*« Je prie pour toi. Ta mère. »*

Après cette double lecture, Eric acquit la conviction que c'était Eva qui disait la vérité tandis que Adélaïde exagérait. Les tons des lettres étaient si différents ! Celui de Eva modéré, celui de Adélaïde agressif. Eva n'avait-elle pas fait preuve d'une extrême délicatesse en demandant au notaire de subvenir discrètement aux besoins de Adélaïde, qui avait voulu partir ?

Adélaïde au contraire ne faisait qu'accabler sa belle-fille en ressassant tout ce qu'elle avait déjà dit depuis le jour où Eric lui avait annoncé son mariage ; elle poussait même la méchanceté jusqu'à insinuer qu'Eva pourrait être infidèle ! Tout cela était inutile et maladroit : Eric avait connu trop de voluptés avec Eva pour pouvoir imaginer qu'elle put être la maîtresse d'un autre. Il était à la fois son mari et son seul amant, il en était sûr.

Plus il relisait les accusations de Adélaïde et plus il pensait à son grand amour que sa mère avait toujours essayé de briser, critiquant tour à tour le manque de fortune, la naissance, la race, l'absence d'enfant... Tout ce que Eva avait apporté : la beauté, l'intelligence et cet admirable sens des réalités qui avait sauvé *La Tilleraye,* Adélaïde n'en parlait jamais ! Elle était vraiment trop injuste.

Il répondit à l'une et à l'autre. A sa mère, il conseilla la modération et la charité chrétienne. A son épouse il renouvela sa confiance amoureuse. Aux deux enfin il essaya de faire comprendre que le plus beau jour de sa vie serait celui où il reviendrait d'Afrique pour être l'artisan de la réconciliation sous le toit familial...

Pauvre Eric de Maubert qui n'avait jamais très bien compris Adélaïde et qui ne connaîtrait sans doute pas la véritable Eva !

Des mois passèrent pendant lesquels le règne de la juive s'établit définitivement sur *La Tilleraye,* sur l'amant et sur tous ceux que son sourire et son charme parvenaient à subjuguer. Ceux qui refusaient de la voir ou qui faisaient tout pour l'ignorer, étaient de vrais irréductibles : parmi eux, se trouvaient d'abord les paysans qui la savaient plus forte qu'eux pour gagner de l'argent... Il y avait aussi la noblesse des environs qui lui en voulait d'avoir usurpé un nom dont elle avait fait le tremplin de sa réussite... Il y avait le clergé qui ne pouvait l'accuser de n'être pas catholique mais qui n'admettait pas qu'elle ne pratiquât même pas sa propre religion !... Il y avait la bourgeoisie de Besançon qui ne lui pardonnait pas le mépris dans lequel elle semblait la tenir... Il y avait Monique qui n'avait jamais accepté qu'une autre qu'elle la remplaçât dans les pensées de son père... Il y avait enfin Adélaïde... Et il était normal que le jour où l'exilée de Besançon eut rencontré par hasard la jeune fille dans une rue de la ville, l'alliance ébauchée quelques années plus tôt au cours d'une réception mondaine se transformât en un pacte de haine à l'égard de l'ennemie commune.

Croyant tout apprendre à sa jeune alliée, la vieille femme n'avait pas craint de tout dire mais la fille aux yeux bleus avait répondu :

— Laissez-moi faire, Madame... Je vous promets que ça va cesser... Désormais ce sera elle ou moi !

Et elle était passée à l'attaque, elle aussi, avec toute sa fougue et toute sa sûreté d'enfant gâtée à laquelle un père n'avait jamais eu le courage de dire : « Non ! »

Intentionnellement, elle n'avait plus quitté *Les Myosotis,* comme si elle n'avait plus aucune envie de se rendre à Megève, à Cannes, en Suisse ou à Paris.

— Pourquoi ne ferais-tu pas un petit voyage qui te changerait les idées ? demandait souvent son père.

— Je ne repartirai qu'avec toi et quand « elle » ne sera plus là...

— Que lui reproches-tu donc ?

— De m'avoir volé ton affection !

— Tu dis des bêtises, Monique... La Comtesse de Maubert est une grande dame qui ne m'a jamais demandé de me séparer de toi.

— Comment le pourrais-tu ? Je suis ta seule héritière...

— Je n'ai aucun compte à te rendre.

— Tu le crois, père ? Si je décidais de te quitter pour de bon, tu serais désespéré ! Elle se croit forte parce qu'elle est ta maîtresse mais quelle est la maîtresse qui pourrait lutter contre ton unique enfant ? Elle te plaît mais tu ne l'aimes pas comme tu m'aimes ! Tu la trouves très belle mais pour toi je suis encore plus belle ! S'il te fallait choisir, ce serait elle que tu abandonnerais... Laisse cette femme quand il en est encore temps !

Tous les jours les mêmes scènes recommençaient.

Quand l'homme excédé n'était pas avec sa fille, il retrouvait la maîtresse qui se faisait de plus en plus exigeante :

— Chéri, j'ai l'impression que tu m'aimes moins depuis quelque temps ?

— Tu es folle, Eva !

— Non. Je sens qu'insensiblement tu te détaches de moi... Comme je sais que tu n'as pas d'autre maîtresse, ce ne peut être que le travail de ta fille ?

— Je t'ai déjà demandé de ne pas me parler de Monique.

— Elle est pourtant le seul obstacle existant entre nous deux ! Elle fait exprès de ne pas se marier parce qu'elle me déteste !

— Reconnais que tu le lui rends bien ?

— Je comprends ton problème... Aussi suis-je prête à me sacrifier... Tu n'as qu'une fille : je n'ai pas le droit de t'en priver...

— Tais-toi ! Je t'aime... Tu sais bien que si tu divorçais, je t'épouserais.

— Je n'ai pas le droit de divorcer tant que Eric est là-bas... Après son retour, nous verrons...

— Tu me l'as déjà dit... Quand nous avons fait ce voyage à Paris, tu prévoyais même ton veuvage...

— Je prévois toujours les choses... C'est pourquoi j'attends le moment où tu m'annonceras que ta Monique adorée exige notre rupture sous prétexte que ta liaison l'empêche de se marier ! Elle parle peu, ta fille, mais elle sait ce qu'elle veut. Et ce jour-là, je n'aurai plus qu'à rester enfermée à *La Tilleraye*... Seulement je préfère prendre les devants... Je suis prête à le faire à condition que tu saches reconnaître tout ce que j'ai fait pour toi.

— Qu'est-ce que tu as fait ?

— Georges !

La voix slave s'était faite dure en prononçant le prénom. Elle n'ajouta qu'un mot :

— Adieu !

Le soir même, il voulut la revoir. Il vint à *La Tilleraye* pour se faire pardonner mais elle refusa de le recevoir. Le lendemain, elle ne parut pas au bureau. Il lui téléphona mais ce fut la voix impersonnelle d'un domestique qui lui répondit :

— Madame la Comtesse ne peut pas venir à l'appareil...

Il retourna une nouvelle fois au château. Mme la Comtesse en était déjà absente.

Trois jours passèrent. Monique comprit qu'il y avait quelque chose de changé et commença à croire qu'elle avait triomphé. Elle aussi connaissait mal Eva.

Enfermée à *La Tilleraye,* celle-ci allait de sa chambre à la bibliothèque où elle restait pendant des heures, assise dans l'ancien fauteuil de Adélaïde, contemplant un portrait en pied qui avait été installé derrière le bar et qui écrasait par sa situation et par ses dimensions tous les portaits d'ancêtres... Un portrait moderne, signé du peintre en vogue et la représentant en robe du soir : le décolleté et les bras nus étaient couverts de bijoux. Au bas du cadre, une plaquette indiquait en lettres d'or : « *Comtesse de Maubert, née Goldski* ». Les séances de pause avaient eu lieu pendant les semaines passées à Paris avec Veran qui avait offert le portrait après que Eva lui eût confié :

— Quand je regarde les aïeules de Eric, je trouve

que je peux leur être comparée... Ce serait très bien qu'il y eut à *La Tilleraye*, au-dessus du bar de la bibliothèque, mon portrait, mais il faudrait qu'il fût beaucoup plus grand que tous les autres.

— Il apporterait au moins une note moderne qui s'harmoniserait avec le bar, avait répondu l'industriel. Que préfères-tu ? Que ce soit moderne ou ressemblant ?

— Ressemblant... Je veux qu'on puisse dire plus tard en me contemplant : « Elle était très belle, cette Comtesse de Maubert... » Ce sera mon triomphe posthume !

Plus elle regardait le portrait, arrivé de Paris quelques jours après le départ de Adélaïde, et plus elle trouvait qu'il était l'expression parfaite de sa réussite.

Le verre de whisky en main, elle but à son succès tout en commençant à savourer avec délices les premiers résultats de la tactique habile qu'elle employait à l'égard du donateur du portrait : elle était sûre que Veran était désespéré... Elle l'avait trop marqué de sa sensualité pour qu'il pût se passer encore longtemps de ses caresses... Mais elle n'ignorait pas non plus qu'elle jouait une partie dangereuse : comme tous les rustres, l'homme était violent. Bien que ses réactions fussent imprévisibles, Eva continuerait quand même à faire semblant de l'oublier pour l'amener à la crise qu'elle espérait et dont le dénouement ne pourrait être que le départ de Monique. N'avait-elle pas déjà obtenu celui de Adélaïde ? Veran n'était qu'un homme comme Eric...

Le jour où l'héritière serait enfin partie, Eva remporterait une immense victoire, celle qu'elle avait visée depuis le premier jour où elle avait vu la Cadillac s'arrêter à côté de la vieille Citroën : elle se ferait offrir des actions de l'usine et de toutes les affaires Veran... Elle commencerait par réclamer une première part qui justifierait la réconciliation... Ensuite, avec sa patience infinie, elle attendrait chaque occasion favorable pour se faire céder un nouveau paquet. Peu à peu elle grignoterait tout et un matin elle se réveillerait majoritaire : c'était une précaution indispensable à prendre pour le jour où Veran viendrait à disparaître. Le solde des actions irait automatiquement à l'héritière, Monique, mais qu'est-ce que cela pourrait changer puisque la Comtesse de Maubert serait en fait la véritable propriétaire du trust ?

Elle était très bien renseignée, Eva... Actuellement les quelques actionnaires groupés par Veran n'étaient que des hommes de paille, destinés à sauvegarder les apparences d'une Société. Pratiquement toutes les actions étaient entre les mains du même homme. C'était donc à lui qu'il fallait les prendre sans les acheter. Le pouvoir d'achat n'est bon que pour ceux qui ne possèdent pas d'autres armes. Eva avait sa féminité...

Mais, contrairement à ses calculs, l'industriel ne revint pas à *La Tilleraye*.

Au bout d'un mois de silence, Eva commença à être inquiète.... Retourner au bureau ? Ce serait l'aveu de sa défaite. Téléphoner aux *Myosotis ?* Ce serait donner l'éveil à Monique... Il fallait trouver mieux... Et elle trouva un jour où elle s'était rendue à Besançon pour faire quelques courses.

Au moment où elle passait en voiture dans l'une des rues les plus étroites de la vieille ville, elle entendit une voix dire avec un accent reconnaissable entre tous :

— Bonjour, Madame la Comtesse.

Elle freina : c'était le père Abraham, son compatriote qu'elle avait ébloui un jour dans le grenier de *La Tilleraye* en lui parlant yiddish. Instinctivement, elle sourit, ce qui donna au bonhomme le courage de s'enhardir :

— Madame la Comtesse n'est jamais venue me revoir ? Elle m'avait pourtant dit qu'elle avait d'autres choses à me vendre ?

— Je ne vends plus maintenant, j'achète...

— C'est encore mieux, Madame la Comtesse ! J'ai de biens jolies occasions dans mon magasin...

Méfiante mais poussée quand même par la curiosité, elle pénétra dans le « magasin » qui n'était qu'une boutique sordide où se trouvait amassée une quantité inimaginable d'objets hétéroclites.

Après avoir palpé quelques étoffes et jeté un regard sur l'ensemble, la visiteuse demanda :

— Ce sont là tous vos trésors ?

— J'ai aussi une très belle argenterie... Mais je la cache parce qu'elle est armoriée ! Elle vient d'un château des environs et j'ai promis la discrétion... Seulement à vous, une Comtesse qui connaît la valeur de ces choses, je peux la montrer.

Il avait été chercher un plat à poisson dans l'arrière-boutique.

— Tiens ! Tiens... fit Eva. Le Baron de Mordret aurait-il des ennuis d'argent ? Ce sont bien ses armoiries ?

— Le Baron est comme tous ses voisins, Madame la Comtesse... Les temps sont difficiles pour les vieilles familles...

— Sauf pour les Maubert, père Abraham.

— Je sais, Madame la Comtesse... On dit que vous avez fait de grands travaux à *La Tilleraye ?*

— Qu'est-ce qu'on raconte d'autre sur nous ?

— Que vous êtes devenus très riches... Plusieurs fois je vous ai vue passer en ville dans votre belle voiture mais je n'ai pas osé vous parler.

— Et sur moi personnellement, que disent les gens ?

Abraham hésita avant de répondre :

— Que vous êtes très belle et que vous avez de grands admirateurs...

— Qui se nomment ?

— On prétend... mais les gens sont si indiscrets et si méchants... On chuchote plutôt que vous auriez beaucoup d'influence sur M. Veran... C'est un homme colossalement riche ! Je le connais depuis très longtemps...

— Vous, père Abraham ?

— Oui... Je ne sais pas si Madame la Comtesse achètera quelque objet dans ma pauvre boutique mais je suis persuadé que si je lui racontais tout ce que je sais sur M. Veran, elle m'en serait très reconnaissante et saurait me récompenser...

— Pourquoi dites-vous cela ?

— Je crois que la personne qui apprendrait ces choses pourrait en tirer un très grand profit...

Les yeux noirs eurent une lueur qui disparut presque aussitôt et la voix chaude dit avec calme :

— Je vous écoute...

— C'est assez délicat, Madame la Comtesse...

— Ne sommes-nous pas entre nous, Abraham ? Et elle ajouta en yiddish :

— Parle !

Une fois de plus le visage du vieux brocanteur s'épanouit : le miracle du dialecte de leurs secrets se renouvelait. Et ce fut également en yiddish qu'il répondit mais en oubliant les titres de noblesse de son interlocutrice. Du moment qu'elle lui parlait ainsi, c'était signe qu'elle ne reniait pas sa race. Pour lui, elle était redevenue la fille de Varsovie.

— Quand je me suis installé ici après la Libération, j'ai repris le commerce de l'un de mes petits cousins... Salomon... Pauvre Salomon ! Il a été déporté avec toute sa famille en 1943 et il n'est jamais revenu ! Si vous aviez vu le magasin quand je l'ai rouvert en 1945 ! Il ne restait plus rien : entièrement pillé ! En faisant des recherches pour savoir si l'un de mes chers cousins avait pu s'échapper de là-bas, j'ai appris une chose abominable... Ils ont été arrêtés par les Allemands parce que le fils de Salomon s'était caché sous une fausse identité parmi le nombreux personnel de l'usine Veran...

Eva avait allumé nerveusement une cigarette.

— Continue, Abraham !

— Vous devez bien savoir que l'usine ne travaillait que pour l'occupant ? Au début M. Veran était très gentil avec mon neveu parce qu'il avait besoin de beaucoup de main-d'œuvre supplémentaire... Il faisait de grosses affaires et il engageait tous ceux qui se présentaient... Mais un sabotage important fut découvert à l'arrivée en Allemagne de machines construites par Veran. Celui-ci fut arrêté et menacé d'être déporté. Pour se faire libérer, il n'a pas hésité à rejeter la responsabilité sur trois de ses ouvriers, deux Français et le fils de Salomon, en dénonçant les premiers comme communistes et mon neveu comme israélite. Ils furent tous trois fusillés et Veran reprit la direction de son usine. Au moment de la Libération, grâce à son arrestation de quelques heures, il a réussi à prouver qu'il avait fait de la Résistance et il s'est même fait décorer... Seulement moi je sais la vérité...

— Tu es sûr de ce que tu avances ?

— Sur la tête du pauvre Salomon, je jure que c'est vrai ! J'ai aussi des preuves écrites...

— Pourquoi ne t'en es-tu pas encore servi ?

— J'attendais... Je suis très patient... Je ne voulais pas non plus faire de tort à une coreligionnaire telle que vous, qui a beaucoup souffert comme nous tous pendant la guerre... C'était mieux, n'est-ce pas, de vous laisser le temps de faire fortune ?

— Combien demanderais-tu pour céder les preuves ?

— Si je les vendais, ce ne serait qu'à quelqu'un qui saurait les utiliser pour faire expier ses crimes à ce misérable... Il faut que la mémoire de mon neveu martyr soit vengée !

— Tu peux compter sur moi, Abraham... Combien ?

— Ça pourrait valoir très cher si je traitais avec des Français mais je préfère que cela reste entre nous... C'est une affaire qui nous regarde : nous devons rendre notre justice nous-mêmes. Nous n'avons pas besoin d'étrangers.

— Alors dis ton chiffre ?

— Pour vous, ce sera un prix d'ami... Un tout petit million ?

— Tu es fou ?

— Ce n'est pas beaucoup : vous êtes riche maintenant tandis que moi je ne suis toujours qu'un pauvre vieux, usé par le travail, qui voudrait bien pouvoir se reposer un peu...

— Je t'offre cinq cents... pas un sous de plus !

— Vous voulez ma ruine ? J'ai eu de gros frais pour l'enquête...

— J'ai dit cinq cent mille, Abraham.

— En argent liquide ?

— Evidemment...

— J'accepte parce que c'est vous...

— Prépare les documents. Je vais chercher l'argent à la banque et je reviens dans un quart d'heure !

Elle tint sa promesse mais quand elle pénétra à nouveau dans la boutique, elle ne parlait plus yiddish et Abraham, comprenant qu'elle était redevenue la Comtesse de Maubert, retrouva toute son humilité :

— Voilà les preuves écrites, Madame la Comtesse.

— Voilà l'argent... Vous ne vérifiez pas ?

— J'ai la même confiance que celle de Madame la Comtesse dans l'authenticité des documents...

Rentrée à *La Tilleraye,* elle s'enferma dans sa chambre et lut les lettres qui étaient accablantes pour l'industriel. Après avoir longuement réfléchi sur la meilleure façon d'agir, elle prit le téléphone et demanda *Les Myosotis :*

— C'est vous, Georges ?... Vous êtes seul en ce moment ?

— Vous pouvez parler...

— J'aimerais te voir demain !

La voix se fit plus caressante :

— Je t'attends à *La Tilleraye* à trois heures...

— J'y serai ! répondit l'homme avec une joie mal dissimulée.

Eva souriait en raccrochant le récepteur.

Il fut exact au rendez-vous. Elle l'accueillit dans la bibliothèque.

— Un « baby », Georges ?

— Volontiers...

Pendant qu'elle versait le whisky, il y eut un silence, puis elle commença avec une extrême douceur :

— Mon chéri, si je ne t'ai plus donné signe de vie depuis quelque temps, c'était parce que j'étais très ennuyée pour toi. Tu as de grands ennemis dans la région.

— Qui n'en a pas après une réussite ? Je me moque de tout ce qu'on peut dire !

— Cette fois la menace est sérieuse... Te souviens-tu que, pendant l'occupation, trois de tes ouvriers ont été emmenés directement de ton usine par la Gestapo pour être fusillés ?

— C'est de l'histoire ancienne ! Et rien ne prouve qu'ils aient été exécutés !

— Il y a toutes les preuves... Ceci encore ne serait pas catastrophique pour toi, si, avant de mourir, ces trois hommes n'avaient pas réussi à faire transmettre à un de leurs amis une déclaration signée d'eux trois et dans laquelle ils t'accusent formellement de les avoir livrés à l'occupant.

— Qu'est-ce que tu me racontes là ?

Ces derniers mots avaient été dits avec une désinvolture forcée mais Eva, qui l'observait tout en continuant à sourire, remarqua la pâleur subite de son visage. Il ajouta :

— D'abord, comment sais-tu qu'il y aurait un pareil papier ?

— Je l'ai...

Après avoir savouré l'effet de sa réponse, elle poursuivit :

— Cela devrait te rassurer ?... Ne vaut-il pas mieux qu'il soit entre mes mains que dans d'autres. J'ai eu beaucoup de mal à me procurer ce document, dont la véracité et l'authenticité ne peuvent être discutées... Cela m'a coûté très cher mais je n'ai pas hésité, voulant te donner là une preuve d'amour...

Il la regarda, hébété, cherchant à comprendre où elle voulait en venir ? Enfin, il put articuler :

— J'aimerais le voir ?

— Tu comprendras que j'ai dû m'entourer de quelques précautions : l'original est en lieu sûr... Voici une copie faite de ma main, pour qu'il n'y ait aucune indiscrétion. Tu peux lire...

La main de Veran tremblait légèrement en prenant le papier. Après avoir lu, il le déchira avec rage en disant :

— Tout ceci est faux !

— Ce n'est pas mon avis, chéri, ni celui de ceux à qui j'ai acheté l'original, que j'ai été bien inspirée de ne pas te montrer ! Tu l'aurais mis en morceaux !

Il commençait à comprendre :

— Tu ne veux donc pas me le donner ?

— A condition que tu y mettes le prix ?

— Tu es une femme ignoble !

— Et toi un assassin...

Il s'était dressé, menaçant :

— Si je te supprimais ?

— Ce serait une erreur ! « Le crime de *La Tilleraye ?* » Un très joli fait divers qui n'arrangerait pas tes affaires... et ça ne servirait à rien pour faire disparaître la preuve de ta triple dénonciation. Tu sais très bien que je suis une personne qui prévoit tout... J'ai pensé aussi que tu pourrais avoir envie de me tuer... Tu n'en es plus à un crime près ? Si je disparaissais, le document serait remis le jour même à la police par quelqu'un qui m'est très dévoué... Crois-moi, Georges : le mieux serait de nous entendre amicalement. N'avons-nous pas d'excellents souvenirs, toi et moi ?

— Combien veux-tu ?

— Il ne me déplairait pas d'avoir une part effective dans tes affaires...

— Cela veut dire ?

— Que, jusqu'à présent, tu ne nous as réservé, à Eric et ensuite à moi, qu'un pourcentage sur une parcelle infime des contrats que tu passais... J'aimerais assez devenir une importante actionnaire de toutes les affaires Veran... J'ai bien dit : toutes ! Avoue que tu pourrais trouver beaucoup plus mal que la Comtesse de Maubert comme associée ? Enfin j'ai peut-être tort mais je suis une sentimentale... Il m'arrive de penser à mon pauvre Eric qui est loin, en train de se battre pour l'honneur de son pays pendant que d'autres continuent à augmenter leur fortune... Je ne trouve pas que ce soit très juste ! Tu ne peux pas savoir quelle serait ma joie de pouvoir dire à mon mari, le jour de son retour : « Chéri, une fois de plus, tu viens de montrer que tu étais un homme de devoir... Maintenant tu as droit à un repos complet : tu chasseras, nous voyagerons si cela te fait plaisir, nous ferons tout ce dont nous aurons envie sans que tu sois dans l'obligation de retourner t'enfermer dans un bureau... Ta femme qui t'adore, est aujourd'hui très riche : elle est copropriétaire de toutes les usines Veran dont nous n'avons plus qu'à encaisser régulièrement des dividendes et les super-bénéfices... Si j'ai mis mon point d'honneur à atteindre ce résultat, mon petit Eric, c'est pour te remercier non seulement de m'avoir épousée mais aussi d'avoir su rester fidèle à notre amour. » Ne serait-ce pas joli de pouvoir dire toutes ces choses à Eric ?

Il l'avait écoutée, médusé.

— J'ai terminé, mon cher Georges... Quelle est la réponse ?

— Aucune.

Il s'était dirigé vers la porte.

— Je trouve très normal que tu réfléchisses, dit-elle... Seulement il ne faudrait pas que cela durât trop longtemps. Je sais être patiente mais pas plus que ce n'est nécessaire !

Et elle ajouta sans douceur :

— J'attends ta réponse d'ici trois jours au plus tard !

Il rejoignit sa voiture sans se retourner.

Le soir du troisième jour, Eva n'avait pas reçu la réponse.

Elle était sérieusement inquiète : pour que Veran n'ait pas cédé, ou bien il fallait qu'il estimât sa position d'homme décoré par la Résistance très solide, ou bien il avait trouvé le moyen de se débarrasser de sa maîtresse sans prendre lui-même aucun risque. Elle opinait pour la deuxième hypothèse et elle comprit que, désormais, quand elle quitterait *La Tilleraye* elle devrait être très prudente ! Ce qui la tourmentait le plus était la pensée qu'elle avait peut-être commis une immense erreur en faisant peser une menace de chantage sur un homme qui n'en était pas à son premier coup dur et qui avait l'habitude de la parade rapide. Pour la première fois, elle avait l'impression que sa psychologie instinctive était mise en défaut.

Elle fut réveillée le lendemain matin de très bonne heure par un appel téléphonique de Besançon. Quand la standardiste lui dit qu'on l'appelait de la ville, elle n'eut plus aucun doute : c'était Veran. Mais quand elle entendit son interlocuteur, elle fut assez étonnée :

— Vous, Abraham ? Pourquoi cet appel ?

Il répondit en yiddish :

— Vous savez la nouvelle ?

— Quelle nouvelle ?

— Il s'est suicidé hier soir... Un veilleur de nuit, qui faisait sa ronde dans l'usine, l'a trouvé mort dans son bureau... Vous vous êtes servie des documents ?... C'est très ennuyeux, n'est-ce pas ? Vous ne craignez pas qu'on fasse une enquête ? Je crois qu'il serait préférable de fermer ma boutique quelque temps ! J'ai peur...

Elle dit en français avec calme :

— Vous m'ennuyez avec toutes vos histoires... Partez si vous en avez envie : moi, je reste !

Et elle raccrocha.

S'enfuir comme le vieil Abraham serait un aveu : elle s'était trop affichée avec Veran. Il ne fallait pas qu'on soupçonnât le chantage... Le seul ennemi réellement dangereux était Monique qui ferait tout pour la rendre responsable... Mais l'homme avait-il écrit une lettre avant de se supprimer ? S'il l'avait fait, la police serait déjà arrivée... Elle se sentit un peu rassurée... Mais elle était comme le brocanteur : elle avait peur... Elle était stupéfaite aussi du geste de Veran : elle ne l'aurait jamais cru capable d'un tel courage... Du courage ? Plutôt de la lâcheté, qui s'harmonisait assez bien avec le personnage : au fond, il n'avait toujours été qu'un faible... Faible devant l'occupant, faible avec sa fille, faible pour sa maîtresse... Un arriviste aussi, sans scrupules qui venait d'avoir la fin qu'il méritait : il s'était fait justice lui-même.

Eva n'avait pas de remords : la disparition d'un Veran n'était rien en comparaison de celle de ses coreligionnaires massacrés par milliers dans d'ignobles pogromes. Ce n'était qu'une infime application du talion. La jeune femme était seulement ennuyée à l'idée qu'en acculant l'homme au geste fatal, elle venait de faire le jeu de Monique qui resterait l'unique héritière. Ce n'était pas du tout ce qu'elle avait souhaité... A moins qu'elle ne se servit du premier document pour tenter de jeter le discrédit sur la mémoire du disparu ? Elle était toujours là, la pièce à conviction, soigneusement enfermée dans la cachette où elle conservait ses trésors personnels : n'apportait-elle pas encore une plus-value à son capital secret ? Mais il fallait savoir patienter ; agir tout de suite serait une nouvelle erreur. L'attaque aurait infiniment plus de valeur le jour où l'on apprendrait que l'héritière était sur le point de se marier... Quelle arme admirable ce serait alors ! Eva se voyait déjà, venant trouver la riche fiancée et lui disant entre deux sourires :

« — Vous ignorez sans doute pourquoi votre père s'est suicidé ? Vous croyez que c'était parce qu'il m'aimait au point de ne pouvoir supporter l'idée de vivre loin de moi ? Vous vous trompiez comme tout le monde ! Il s'est tué parce qu'il avait peur de me voir révéler qu'il n'avait été qu'un délateur pendant l'occupation ! »

Et elle entendait la fille aux yeux bleus lui répondre avec toute sa haine :

« — Vous mentez ! Mon père ne s'est tué ni par

crainte de la justice, ni parce qu'il vous aimait... Cela vous aurait flattée de vous poser en femme pour laquelle on se tue ! Mon père est mort uniquement parce qu'il m'aimait plus que vous, plus que tout ! Il voulait que je sois la seule à hériter de sa fortune ! »

Eva dirait alors le plus simplement du monde :

« — J'ai la preuve... Combien ? »

La fille blonde serait obligée de payer par crainte qu'on ne lui confisquât la fortune.

Oui, elle possédait une arme admirable...

La seule tactique qu'elle pouvait adopter pour le moment était de se terrer et d'attendre que le suicide fut définitivement classé dans les faits divers oubliés. Pour elle, Veran n'existait plus : elle avait fait son oraison funèbre.

Elle ne parut pas à l'enterrement auquel il y eut une foule considérable : aux ouvriers et aux employés des usines, se joignaient une masse de curieux et même l'association des Anciens Combattants qui, drapeau en tête, étaient venus rendre hommage au plus « authentique » des résistants. Quand Eva l'apprit par la lecture d'un journal, elle fut certaine que personne ne connaissait la véritable raison du suicide. Pourtant, si elle avait assisté à la cérémonie, elle aurait dû être vaguement inquiète d'y apercevoir une Adélaïde qui, en passant devant l'héritière au moment du défilé traditionnel avant l'inhumation, avait marmonné :

— Ma pauvre enfant ! Croyez bien que mon fils et moi sommes de tout cœur avec vous... Nous aimions beaucoup Monsieur votre Père...

Dans sa retraite très provisoire, Eva hésitait à annoncer la nouvelle à Eric mais elle craignait aussi qu'il ne l'apprît par une lettre de Adélaïde ? Eric lui écrirait aussitôt pour lui demander pourquoi elle ne lui en avait pas dit un mot ? Le mieux ne serait-il pas pour elle de se rendre en Afrique du Nord et de tenter d'y joindre Eric ? Elle se savait assez habile pour lui donner une explication valable du suicide sans qu'il pût même soupçonner la vérité. Et puisque l'amant n'était plus, pourquoi ne pas retourner pendant quelque temps auprès de l'époux ? La surprise de cette brusque arrivée ferait certainement une immense joie à Eric. Enfin ne paraîtrait-il pas très normal que la Comtesse de Maubert éprouvât le besoin, après des mois de séparation, de retrouver le Colonel ? Aux yeux de tous les gens de la région et de l'Etat-Major d'Alger, elle ferait figure de femme de devoir et d'amoureuse... C'était la solution idéale qui arrangerait tout. Eva ne séjournerait là-bas que juste le temps nécessaire pour que l'on oubliât à Besançon qu'elle avait été au mieux avec l'homme qui venait de mourir...

Le soir même, elle congédiait la majorité du personnel en annonçant que Monsieur le Comte lui avait demandé d'aller le rejoindre. Maintenant que la principale source de revenus était tarie, il fallait faire des économies : Eva ne conserva qu'un ménage de gardiens aux communs.

Trois jours plus tard, les volets de *La Tilleraye* étaient fermés. La châtelaine était partie au volant de sa voiture qu'elle laisserait à Paris pour prendre l'avion d'Alger. En traversant rapidement Besançon, elle fit un détour par la rue où se trouvait la boutique du père Abraham. Celle-ci était close comme *La Tilleraye.* Sans descendre de voiture, elle demanda à l'épicière voisine si l'on savait où était le brocanteur ? La réponse fut :

— Il est parti la semaine dernière assez précipitamment après avoir fixé les volets sur sa devanture et en disant que son absence pourrait être longue.

En sortant de la ville par la route de Paris, Eva pensa :

« Abraham aussi a compris... Il a dû aller cacher ses cinq cent mille francs ailleurs ! » Et elle fut à nouveau soucieuse.

C'était l'heure où le bar de l'Hôtel *Alliéri* connaissait la plus grande affluence : il semblait que tout Alger s'y fût donné rendez-vous... Un tout-Alger très mélangé : des personnages en civil, qui venaient du monde entier pour leurs affaires ou même pour des raisons plus ou moins avouables, y côtoyaient des officiers en uniforme qui, eux, profitaient d'une permission ou d'une fin de semaine pour retrouver l'atmosphère d'une grande ville et le confort qui leur manquaient quand ils étaient en opération. L'atmosphère très spéciale des périodes de guerre régnait dans le caravansérail international, devenu le lieu de toutes les conversations et de tous les échanges. Des femmes élégantes passaient, donnant l'impression, malgré les événements dramatiques, que la grande vie continuait...

C'était aussi avec une sensation de détente complète que Eric venait de s'asseoir sur un tabouret du bar de l'hôtel pour boire le premier verre d'une très courte permission. Arrivé deux heures plus tôt, il lui faudrait rejoindre son unité dès le lendemain soir. Après la joie du bain, il goûtait l'euphorie du drink.

Alors qu'il commençait à savourer cette douceur de vivre, un lieutenant du 5e Hussards le salua en pénétrant dans le bar avant de regarder autour de lui comme s'il y cherchait quelqu'un. Le jeune officier finit par s'installer à une table placée à côté de la porte donnant sur le hall mais Eric n'y prêta pas plus attention qu'à tout le va-et-vient qui l'entourait. Perdu dans une morne contemplation de son verre, posé sur le bar, il pensait à cette guerre d'Algérie, faite de guet-apens et de commandos, qui semblait ne jamais devoir finir... Ses réflexions pessimistes furent interrompues par la voix d'un habitué du bar qui disait à un ami :

— Fichtre ! Voilà ce que j'appelle une belle femme !

Eric se retourna pour voir la créature qualifiée avec une telle admiration et il resta pétrifié : la belle femme était la sienne.

Elle se tenait dans l'encadrement de la porte, regardant avec attention chaque occupant du bar mais ne pouvant voir Eric qui restait caché par ses deux voisins. Il voulut crier « Eva ! » mais le nom tant aimé s'étrangla dans sa gorge. L'homme était bouleversé par le regard inquisiteur que venait d'avoir sa jeune femme et qu'il ne lui avait encore jamais connu. Regard où se mêlaient à la fois le désir de séduire et la crainte d'apercevoir un visage qu'elle ne devait avoir aucune envie de rencontrer en ce lieu. Et Eric eut le sentiment terrible que c'était lui seul qu'elle ne voulait pas voir.

Elle parut rassurée dès que le jeune lieutenant de Hussards se fut levé pour venir à sa rencontre. Après lui avoir baisé très respectueusement la main, il la conduisit à sa table. Elle s'y installa en tournant le dos au bar où le deuxième voisin de Eric venait de dire à son compagnon :

— Tu as raison... sensationnelle ! Je ne l'ai jamais vue à Alger. Je me demande qui elle peut être ?

Eric dut se dominer pour abandonner avec un calme apparent son tabouret et s'avancer à son tour vers la table où Eva était déjà en pleine conversation. Lorsqu'il fut juste derrière elle, il dit simplement d'une voix basse :

— Toi...

Il ne put voir alors l'expression de stupeur angoissée qui se refléta brusquement sur le visage de celle qui lui tournait le dos mais il eut nettement l'impression que tout le corps de Eva frissonnait... Quelques secondes, qui parurent un siècle, s'écoulèrent avant qu'elle se fût retournée pour répondre dans un sourire forcé :

— Eric !

Et comme elle voyait qu'il continuait à l'observer sans indulgence, elle se dressa pour aller vers lui en s'écriant :

— C'est fou, mon amour !

Le sourire était devenu le plus radieux du monde : elle avait eu le temps de se reprendre pour donner l'illusion d'être l'épouse dont le bonheur était sans limite à la vue de ce mari adoré qu'elle retrouvait après une longue séparation et au moment où elle s'y attendait le moins.

Eric eut cependant une dernière hésitation avant de l'accueillir dans ses bras mais la bouche écarlate était devenue si amoureuse et le regard de velours tellement sincère qu'il la serra passionnément contre lui. Il ne cherchait même plus à savoir pourquoi elle était là. Il était déjà heureux et ne se rendait pas compte qu'elle venait peut-être de remporter la plus subtile de ses victoires de femme. Elle pouvait être satisfaite de constater que son pouvoir hypnotique sur Eric n'avait rien perdu de sa force.

Pour ne pas lui laisser le temps de la réflexion et surtout pour l'empêcher de poser des questions auxquelles il lui aurait été difficile de répondre tout de suite, elle commença à le noyer sous un flot de paroles tendres :

— J'étais sûre que je te retrouverais très vite... Te rends-tu compte que je ne suis arrivée ici qu'il y a deux heures à peine... Et tu as deviné que ta femme serait ici, mon chéri ! Laisse-moi te regarder...

Elle s'était légèrement détachée de lui pour l'admirer, sans pourtant retirer ses mains des siennes :

— Sais-tu que tu as une mine superbe ? Tu es encore plus beau qu'avant ! Je t'aime...

Et elle l'embrassa à nouveau avec fougue. Il semblait même qu'il y eut quelques larmes de joie dans ses yeux enamourés.

— Remets-toi, chérie ! dit-il. C'est toi qui es de plus en plus belle...

Pendant ces effusions, le lieutenant de Hussards restait debout, embarrassé, ne sachant quelle attitude prendre ? Son visage juvénile s'était empourpré, sous l'effet de la confusion et peut-être aussi du dépit. Il n'arrivait pas encore à comprendre dans quelle aventure il venait d'être entraîné. La jolie femme ne se préoccupait pas plus de lui que s'il avait été pour elle un inconnu : il ne comptait déjà plus... Et ce Colonel, dans les bras de qui elle s'était jetée et qui ne faisait que la regarder !... Le jeune homme se sachant parfaitement ridicule, finit par articuler timidement :

— Je m'excuse, Madame, mais...

Elle se retourna, rieuse, en s'exclamant :

— Mon Dieu ! Je vous avais complètement oublié... Pardonnez-moi : c'est mon mari !

Et sans être gênée le moins du monde, elle fit les présentations :

— Mon mari, le Colonel de Maubert... Le Lieutenant de Vernec dont j'ai fait la connaissance cet après-midi dans l'avion qui nous amenait de Paris... Il pourra te dire, chéri, que je lui ai beaucoup parlé de toi en lui avouant que je ne savais pas comment j'allais pouvoir te retrouver ! Tu es donc à Alger maintenant ?

— Je n'y suis que depuis deux heures, moi aussi, pour une permission qui prend fin demain soir...

— Déjà ? C'est affreux !... Peut-être pourrais-tu la prolonger ?

— Non, ma chérie. Il me faudra rejoindre mon unité à trois cents kilomètres d'ici...

— En somme c'est un véritable miracle de nous retrouver !... Je commence à croire qu'il y a un bon Dieu pour les amoureux !... Le lieutenant de Vernec, comprenant le désarroi où j'allais me trouver dans cette grande ville inconnue pour moi, m'avait très gentiment invitée à dîner : lui et moi devions établir un plan de campagne pour que je puisse aller te retrouver, là où tu es.

— Mais c'est formellement interdit ! Le lieutenant le sait aussi bien que moi !

— Je crois, mon Colonel, que ce « plan » restera de toute façon maintenant à l'état de « projet »... Et je vais vous demander la permission, ainsi qu'à Madame de Maubert, de me retirer ?

— A condition, répondit gaiement Eric, que vous preniez avec nous le verre de l'amitié avant de partir... Barman ! Trois scotchs.

Ils burent à l'amitié naissante...

— Sincèrement, Lieutenant, demanda Eva dans un sourire exquis, vous ne m'en voulez pas de ne pas dîner avec vous ?... Je suis sûre que vous comprendrez mon désir de rester seule avec mon mari ?

— Nous ne vous retenons plus, jeune homme ! dit Eric.

— Madame, mes hommages... Mon Colonel...

Après avoir baisé la main de Eva et s'être raidi dans un garde-à-vous devant son supérieur hiérarchique, le lieutenant s'esquiva en se jurant intérieurement qu'on ne le reprendrait plus à offrir ses galants services aux femmes de colonels qui craignaient de se sentir perdues dans les grandes villes...

Dès qu'il fut parti, Eric demanda :

— Qu'est-ce que c'est que ce blanc-bec ?

— Un hussard, chéri...

— Il n'était pas un peu amoureux, ce hussard ?

— Je l'espère bien ! Tu aimerais avoir une femme qui n'ait pas de succès ? C'est même très flatteur pour toi puisqu'elle t'appartient... Embrasse-moi ?

Elle s'était blottie à nouveau contre lui, les lèvres gourmandes...

— Eva, nous allons finir par nous faire remarquer !

— Tu tiens donc absolument, mon Colonel, à ce qu'on te prenne au sérieux dans ce bar ? Moi j'aime qu'on sache que je n'adore que toi... Tu habites cet hôtel ?

— Oui. C'est le plus distrayant... Ce serait drôle que ta chambre fût à côté de la mienne ?

— Mais je suis dans un autre hôtel ! Je n'étais venue ici que parce que le lieutenant m'y avait donné rendez-vous avant le dîner.

— Encore ce hussard !

— C'est cependant à lui que nous devons de nous être retrouvés... Nous aurions très bien pu passer ces vingt-quatre heures à Alger sans nous douter que nous nous y trouvions l'un et l'autre.

— Pourquoi ne m'as-tu pas envoyé un télégramme ?

— Je voulais te faire la surprise...

— Je reconnais qu'elle est grande ! Mais quelle idée t'a prise de quitter *La Tilleraye ?*

— J'en avais assez de *La Tilleraye* sans toi... Ce n'est pas très gai là-bas depuis ton départ... Tu m'en veux beaucoup d'avoir voulu rejoindre mon mari ?

— Je t'aime... Allons chercher tes bagages à ton hôtel et revenons ici.

Quand ils furent de retour, elle demanda :

— Tu n'as pas envie de ressortir ce soir ?

— Je n'ai envie que de toi...

— Je propose alors que nous nous fassions servir à dîner dans la chambre : nous avons si peu de temps à être ensemble !

— Que dirais-tu d'un petit souper au champagne ?

— Tu veux donc séduire ta femme, mon amour ?

Quelques heures plus tard, elle était redevenue la maîtresse. Elle savait d'ailleurs qu'elle n'avait jamais cessé de l'être, malgré l'éloignement et malgré le temps : elle régnerait toujours sur l'homme dont elle avait compris les faiblesses dès la première rencontre. Elle était quand même satisfaite d'avoir pu réaffirmer son règne : c'était indispensable pour affronter l'instant difficile où il lui parlerait de Adélaïde... Elle était même étonnée qu'il ne l'eût pas encore fait ? Il y aurait un autre moment délicat quand la conversation dévierait sur Veran... Eric devait tout ignorer de ce qui s'était passé, sinon il aurait déjà posé des questions. Etait-il possible que Adélaïde ait pu résister au plaisir de lui annoncer la nouvelle du suicide ? A moins que l'avion n'ait permis à Eva d'arriver avant la lettre ?

Le malaise de leur rencontre inattendue s'était dissipé. Une fois de plus la rouerie féminine avait été gagnante, mais Eva avait eu peur : le regard de Eric était inquiétant lorsqu'il l'avait surprise dans le bar. Il ne faudrait pas qu'une semblable situation se renouvelât : à l'avenir, elle devrait se montrer plus prudente. Bien qu'elle n'eût jamais redouté personne, la jeune femme s'était sentie brutalement envahie par une terreur panique dont elle n'avait pas soupçonné jusqu'alors la force : la crainte du mari... C'était assez stupide de sa part, elle le savait, mais le sentiment avait été plus fort que sa volonté. Elle venait de comprendre aussi que Eric pourrait un jour faire valoir ses droits sur elle, et, inconsciemment, elle commença à se sentir envahie par un certain respect. C'était un homme, ce Colonel de Maubert...

S'il avait pu soupçonner que ce n'était pas le jeune lieutenant qui avait fait des avances à Eva dans l'avion mais elle seule qui avait tout mis en œuvre pour se montrer femme, Eric aurait pu se montrer terrible : sa jalousie aurait supplanté sa confiance aveugle. Elle avait été folle de se laisser uniquement entraîner par le désir, risquant de perdre le seul être sur lequel elle s'était appuyée depuis des années pour affirmer sa réussite... Jusqu'à ce jour le mari n'avait tout admis d'elle que parce qu'il avait la conviction profonde qu'elle l'aimait. Si jamais cette certitude disparaissait, le réveil serait atroce.

...Il était cependant charmant, le petit lieutenant de Hussards, avec son regard clair, son élégance innée et sa moustache blonde... Ce n'aurait été qu'une aventure mais la fille brune la regrettait... Les choses s'étaient tellement bien présentées dans l'avion : il était son voisin de pullman, elle avait pu lire son nom sur ses bagages, il avait commencé par lui offrir une cigarette, elle s'était arrangée pour qu'il sût à son tour qu'elle était du même bord que lui puisqu'elle était Comtesse, il avait eu l'impression de se retrouver avec quelqu'un de son monde, elle n'avait pas craint de dire qu'elle était l'épouse d'un brillant colonel, il avait compati à son angoisse de femme qui ne savait trop comment elle retrouverait son époux sur l'autre rive de la Méditerranée, il lui avait offert son aide qu'elle avait acceptée avec reconnaissance...

...Elle s'était faite ravissante pour le rejoindre au bar de cet hôtel *Allieri* dont il lui avait parlé avec enthousiasme et, quand elle l'avait aperçu à la table près de l'entrée après s'être assurée d'un coup d'œil circulaire qu'elle n'avait rien à craindre, elle avait presque oublié qu'elle ne venait de franchir la mer que pour rejoindre un époux... Tout se serait très bien passé si Eric n'avait pas surgi... Le lieutenant et elle auraient dîné en tête à tête et la nuit ne se serait pas terminée sans qu'elle ait inscrit au tableau de ses conquêtes un nouvel aristocrate... Pour une fois, elle aurait agi sans aucune idée de calcul, simplement pour le plaisir... Elle en voulait à Eric de ce qu'il l'ait empêchée de se montrer un peu sincère...

Allongé paresseusement sur le lit, repu d'amour, Eric la regardait avec tendresse... Le moment était venu pour elle de parler des sujets brûlants. Jamais « leur » atmosphère ne pourrait être plus intime : elle le savait à nouveau prêt à toutes les concessions.

— Chéri, tu ne m'as pas encore demandé des nouvelles de ta mère ?

— Je pensais que cela t'ennuierait de me parler d'elle ?...

— Nullement ! Je peux te dire qu'elle est toujours en excellente santé bien que je ne l'aie pas revue depuis son départ de *La Tilleraye*.

— Je pense que je trouverai un mot d'elle à mon retour à mon P.C. lundi... Elle ne m'a pas écrit depuis près d'un mois.

Eva éprouva une réelle sensation de soulagement mais ajouta sans rien laisser paraître :

— Je sais que ce Couvent où elle habite est très bien tenu... Je te remercie de ne pas m'en avoir voulu mais je ne pouvais plus agir autrement. Elle a commencé à se montrer insupportable dès le soir de ton départ. Il valait mieux éviter les discussions stériles entre elle et moi qui auraient produit un effet déplorable sur le personnel.

— Je t'ai approuvée.

— Note bien que je suis persuadée que, le jour où tu seras enfin de retour, nous arriverons à la décider à venir vivre de nouveau avec nous à *La Tilleraye* qu'elle aime tant ! Si tu es là, elle saura se montrer gentille avec ta femme... Pauvre Mère ! Elle a tant de qualités que j'apprécie ! Malheureusement elle ne peut pas contrôler ses colères...

— Et à *La Tilleraye*, tout va bien ?

— Tout. La vie y est calme. Ma seule distraction

est de prendre chaque soir un scotch dans la bibliothèque en m'imaginant que tu es toujours là...

— J'espère au moins que tu n'as rien changé dans l'ameublement ?

— Rien !... Ah, si ! J'oubliais : juste au-dessus du bar, il y a un nouveau portrait... Le mien !

— Non ?

— J'ai profité d'un séjour de trois semaines que j'ai dû faire à Paris pour aider Veran à réaliser des affaires importantes et je me suis fait portraiturer par un peintre en vogue.

— Tu ne m'as pas parlé de ce voyage dans tes lettres ?

— A l'exception du portrait, il n'a offert aucun intérêt... Je ne me sentais un peu heureuse qu'à *La Tilleraye* où chaque pièce restait pour moi marquée par ta présence et imprégnée de toi... J'avais gardé aussi un souvenir tellement merveilleux de notre lune de miel à Paris qu'à cette seconde visite j'ai presque pris en horreur la Capitale !... Je crois que le portrait te plaira...

— Ressemblant au moins ?

— On le dit...

— Et les ancêtres, accrochés dans la même pièce, qu'est-ce qu'ils en ont pensé, eux ?

— J'ai eu l'impression que les Messieurs clignaient de l'œil vers la nouvelle dame : les hommes de ta famille ont toujours fait preuve d'une certaine attirance pour la beauté... Les femmes par contre font nettement la moue. Elles doivent se dire, comme ta mère : « Quelle est cette nouvelle Maubert, qui nous arrive de si loin ? » Mais rassure-toi : mon effigie sait rester aussi calme que le modèle !

— Et le travail avec Veran, ça marche toujours ?

— C'est fini... Georges Veran est mort.

— Qu'est-ce que tu dis ?

— Je n'ai pas voulu te l'annoncer par lettre... Ce

fut affreux : il s'est suicidé un soir dans son bureau après le départ de tous ses employés.

— Un krach financier ?

— Non. Ses affaires n'ont jamais été plus prospères... Mais cela n'empêchait pas que, depuis quelque temps, il était neurasthénique...

— Lui qui aimait tant la bonne vie ?

— Les médecins et les experts, qui ont fait l'enquête sur les raisons de son geste, pensent qu'il a été victime d'une dépression nerveuse.

— Pauvre type ! Ça me fait de la peine... Je n'avais pour lui qu'une estime relative mais quand même ! Nous lui devons beaucoup... Il a été très chic avec nous et, si nous ne l'avions pas rencontré, je me demande ce que serait devenue notre *Tilleraye ?*

— *La Tilleraye* aurait vécu parce qu'il y avait aussi ta femme que tu oublies...

— Tu me comprends mal ! Je sais très bien tout ce que la famille te doit mais reconnais que la fortune de Veran et les situations qu'il nous a faites à tous deux nous ont beaucoup aidés ! Il faut que j'envoie d'urgence un mot de condoléances à sa fille...

— C'est bien inutile ! Pour le chagrin qu'elle doit avoir !

— Tu n'es pas très juste avec Monique ; elle avait une réelle affection pour son père.

— Elle se consolera vite avec l'héritage ! C'est d'ailleurs pourquoi j'ai estimé que je n'avais plus rien à faire dans la maison.

— Elle te l'a fait comprendre ?

— Elle n'en a pas eu le temps... J'ai préféré m'en aller avant.

— Tu as bien fait. Je pense qu'il en sera de même pour moi à mon retour ?

— C'est probable... A moins qu'elle ne soit amoureuse de toi ?

— Ne dis pas de sottises ! C'est encore heureux

que l'on nous paye ici des soldes mensuelles assez considérables : elles sont augmentées des primes d'indemnité de campagne... J'ai pas mal d'argent que je serais bien en peine de dépenser dans mon bled et que je vais te remettre...

— Ce sera toujours ça... Mais quand tu seras libéré, que deviendrons-nous, Eric ?

— Nous retournerons vivre à *La Tilleraye*... Nous avons tout de même mis pas mal d'argent de côté ?

— Ça fondra vite si nous ne trouvons pas une autre situation pour toi... Toute fortune qui n'augmente pas diminue ! Mais puisque tu as de l'argent ici, je préfère ne rentrer en France qu'avec toi.

— Tu vas t'ennuyer à m'attendre à Alger ?

— Moins qu'à *La Tilleraye* parce que je m'y sentirai plus près de toi... Je resterai à cet hôtel qui te plaît et je suis persuadée que tu sauras te débrouiller pour venir voir ta femme le plus souvent possible ?

— Ce ne sera pas toujours facile mais je te promets de tout tenter... Il devait y avoir beaucoup de monde à l'enterrement de Veran ?

— Je n'y ai pas été...

— Tu as fait cela ?

— Il valait mieux... Monique me détestait et puis...

Elle parut hésiter avant de continuer, amoureusement blottie contre lui :

— Il y a une chose que je n'aurais pas voulu te dire mais maintenant que Veran n'est plus, je te dois la vérité... Tu avais raison de ne pas trop estimer cet homme : il n'était pas tout à fait notre ami... Après ton départ, j'ai dû faire preuve de beaucoup d'habileté pour repousser ses assiduités...

— Le salaud !

— On ne parle pas ainsi d'un mort, mon chéri... L'atmosphère du bureau était devenue très désagréable pour moi... J'ai même eu peur à un moment que les gens, jaloux de notre fortune, ne racontent des histoires fausses... Les derniers temps, j'ai évité le plus possible de me rendre à Besançon... Je n'irai pas jusqu'à te dire que cette disparition a été pour moi une délivrance mais elle ne m'a pas fait de peine... Tu me comprends, toi mon mari ?

— Oui...

— Ne parlons plus jamais de lui, veux-tu ?

— Je te le promets...

Il la serra très fort contre lui en murmurant :

— Ma petite Eva...

Le lendemain soir il la quittait vers 7 heures pour retourner auprès de ses hommes. Leur séparation fut encore plus rapide que celle qu'ils avaient déjà connue à *La Tilleraye*. Il l'avait voulue ainsi. Au moment où la portière de la voiture militaire allait se refermer, il dit simplement :

— J'espère revenir d'ici une quinzaine de jours... Je te préviendrai par un message. Je t'aime...

Elle ne répondit pas mais sut faire de la main le signe qui voulait tout dire.

Elle traversa à nouveau le hall pour revenir, solitaire, vers le bar où elle commanda un nouveau scotch. Ce n'était pas de la tristesse que reflétait son regard mais seulement de l'ennui.

Pendant les premières minutes, elle ne remarqua pas un homme d'une quarantaine d'années qui venait de s'asseoir sur un tabouret voisin du sien et qui l'observait avec insistance. Ce fut une question posée par le barman à l'inconnu qui attira son attention.

— Alors, M. Nahoum, que dites-vous des événements ?

— Pas grand-chose... Sinon que ma confiance inébranlable dans les destinées de la France me donne la certitude qu'un jour prochain viendra où votre pays pourra affirmer définitivement ses droits.

La phrase avait été prononcée avec emphase comme si l'homme voulait que tout le monde la méditât. Au moment de quitter le bar, il s'inclina devant sa voisine qui avait commencé à l'observer.

C'était un personnage étrange, assez bel homme mais trop corpulent. Son teint mat était mis en valeur par une chevelure argentée sur les tempes. Ce qui avait le plus intrigué Eva était l'énorme camée qu'il portait en bague à l'annulaire gauche : c'était à la fois un peu ridicule et très insolite pour un homme. La voix était forte et la prononciation sans défauts mais, malgré ce français impeccable, il était facile de voir que l'homme venait d'ailleurs... L'impression dominante se dégageant de l'individu était celle d'un monsieur sûr de lui.

— Qui est-ce ? demanda Eva au barman.

— Un très grand ami de la France, Madame la Comtesse... Il se nomme M. Nassim Nahoum.

— Alors Egyptien ? dit-elle avec un sourire moqueur.

— Libanais...

— Qu'est-ce qu'il fait à Alger ?

— Des affaires... Il voyage beaucoup... On dit que sa fortune est considérable... Personnellement je l'ai toujours connu généreux et il a cette réputation dans toute la ville... Il vient de financer entièrement un foyer d'accueil pour les jeunes soldats de la Métropole en permission à Alger.

— Marié ?

— Je ne crois pas, Madame la Comtesse... Je l'ai toujours vu seul ou accompagné de dames... Enfin, Madame la Comtesse me comprend ?

Elle répondit par un autre sourire signifiant qu'elle comprenait tout très vite.

Lorsqu'elle alla dans la salle à manger, où elle s'était fait réserver une table pour le dîner, elle constata que le Libanais était seul également à une table orientée de telle façon qu'il leur était pratiquement impossible à l'un et à l'autre d'éviter que leurs regards ne se croisent. Aussi, tout en mangeant, Eva put-elle continuer à étudier l'homme. Ce fut d'abord pour elle une occupation, presque un amusement : elle sentait déjà le désir qu'elle venait de faire naître chez le brasseur d'affaires. Et elle ne pouvait s'empêcher de sourire en établissant un rapprochement entre ce Nassim Nahoum et un Georges Veran. Elle en arriva même à penser que son destin de femme devait être d'alterner ses conquêtes entre l'aristocratie ruinée et les enrichis de guerre. Sans savoir encore trop pourquoi, elle avait déjà la certitude que le Libanais — « ce grand ami de la France », selon la définition du barman — devait être en train de bâtir sa fortune sur une nouvelle campagne d'Algérie comme un Veran avait su édifier la sienne pendant une occupation. Sans être du même pays, les deux personnages devaient appartenir à la même race : celle des affairistes pour qui tous les cataclysmes sont profitables et qui n'attachent que peu d'importance aux questions de patriotisme. Sans admirer positivement ce genre d'individus, Eva estimait qu'ils étaient nécessaires pour stimuler la reprise des affaires dans les périodes troubles. Pourquoi, si ce Nassim était réellement aussi riche que l'affirmait le barman, ne tenterait-elle pas de l'utiliser pour suppléer aux largesses disparues d'un Veran ? L'argent est chose trop précieuse pour négliger de l'acquérir quand il est à portée de la main... Il suffirait pour cela d'asservir la nouvelle proie à la Beauté... Eva pensa que ce ne serait pas trop difficile : tout n'était que sensualité chez cet homme du Moyen-Orient... les narines larges et frémissantes, le regard n'exprimant que le désir, les lèvres charnues...

Ce qui ravissait surtout Eva était de ne pas perdre

de temps. Pour elle, le temps c'était vraiment de l'argent. L'amourette avec le lieutenant de Hussards était déjà oubliée et n'avait-elle pas eu, pendant toute la nuit, Eric auprès d'elle ? Un aristocrate en avait remplacé un autre... Maintenant il était normal qu'elle revint à l'amant riche pour suivre la courbe de son étrange destin.

Pensées qui eurent pour effet de transformer son sourire intérieur en un sourire réel effleurant ses lèvres au moment précis où le regard du Libanais l'implorait une fois de plus.

Elle ne se hâta pas trop pour quitter la salle du restaurant et se diriger avec une nonchalance étudiée vers le bar où elle ne s'installa pas sur un tabouret mais à la table où, la veille, le lieutenant de Vernec l'avait attendue avec une juvénile impatience. Il devait être écrit que cette petite table serait celle de ses bonnes fortunes... Mais, ce soir, elle était tranquille : Eric était déjà loin pensant sans doute aux heures enchantées qu'il venait de vivre et roulant vers les lieux maudits où le rappelait son sens du devoir.

Encouragé par le sourire tant espéré, le Libanais vint directement vers Eva qui avait allumé une cigarette après avoir commandé une tasse de café au barman.

Les présentations furent protocolaires : l'homme s'était incliné avec beaucoup d'obséquiosité devant la grande dame qui lui tendait une main à baiser. Eva comprit que Nassim Nahoum s'était renseigné, lui aussi, sur l'identité de la belle inconnue quand il se releva de son long salut en disant :

— Me permettez-vous, Madame la Comtesse, de vous tenir compagnie pendant quelques instants ?

Quelques instants ? Il ne tenait qu'à lui que la compagnie durât plus longtemps... Il suffirait qu'il y mît le prix.

Elle continuait à sourire et il crut voir dans cet accueil une preuve nouvelle de l'intérêt qu'il suscitait. Il se trompait... Eva s'amusait de l'entendre s'exprimer à peu près comme l'avaient fait Urbain et Louise, les vieux serviteurs de *La Tilleraye* dont elle avait su se débarrasser. Son nouvel admirateur ne pouvait prononcer dix mots de sa voix sonore et inutilement pompeuse sans y intercaler des « Madame la Comtesse » ampoulés. Ceci étonnait d'autant plus l'ex-fille de Varsovie qu'elle avait souvent entendu dire que les Libanais étaient les gens les plus raffinés de la terre. Le gros homme n'avait peut-être de libanais que son passeport ? Une situation géographique exceptionnelle ne permet-elle pas au Liban d'être un pays accueillant ?... Et la première impression de Eva se trouva renforcée : le pseudo-Libanais devait bel et bien être Egyptien.

Il fallait être très fort pour tromper Eva sur une nationalité.

Egyptien ou Libanais, cela n'avait aucune importance : la seule chose qui comptait était que Nassim fût riche, très riche !

Il l'était.

Une fortune, à vrai dire assez fluide dont il semblait difficile de connaître la provenance exacte : l'homme n'éblouissait pas les gens par ses usines comme un Veran mais l'argent était quand même là, dégoulinant de ses mains grasses et moites. Pendant les premières vingt-quatre heures, Eva s'était demandé si elle devait le faire attendre selon la méthode pratiquée à l'égard de l'homme de Besançon ou si, au contraire, elle devait risquer le tout pour le tout en jouant celle qui avait été immédiatement conquise ? Elle opta pour la deuxième tactique : l'étranger semblait pressé de très bien faire les choses sur le plan financier et, celui-là ou un autre, elle ne pouvait se passer d'amant.

Elle prit cependant la précaution de faire comprendre à son nouveau soupirant qu'elle ne consentait à céder aussi vite à ses avances que parce que, depuis longtemps déjà, ses rapports avec son époux, le Colonel Comte de Maubert s'étaient espacés... Sinon Nassim Nahoum aurait pu avoir une certaine méfiance envers cette femme du monde qui s'abandonnait après une aussi faible résistance. L'homme parut assez flatté de ces confidences d'alcôve et mit son point d'honneur à se montrer un amant digne de la confiance qui lui était faite... Seulement il était répugnant en amour. Au début la jeune femme dut faire abstraction de toute sa répulsion pour se livrer aux simagrées amoureuses les plus dégradantes mais, plus rapidement qu'elle ne l'aurait pensé, elle commença à prendre goût à ces ébats. Bien qu'elle eût déjà connu, dans les camps, l'amour sous toutes ses formes, le raffinement d'un Nassim atteignait un degré de luxure que seul un oriental pouvait apporter. Et elle finit par trouver dans ces étreintes des satisfactions qui s'harmonisaient avec son besoin insatiable de plaisirs charnels.

Mais, dès qu'elle se reprenait, elle avait du mal à cacher son insurmontable dégoût pour celui qui venait d'être l'instrument de sa sexualité morbide. Le jeu était à la fois excitant et pénible. Le plus grand stimulant pour Eva était de penser qu'elle allait peut-être pouvoir rattraper en quelques mois tout l'argent qu'elle n'avait pu continuer à extorquer à Veran ?

Nassim semblait être au comble du bonheur. Rien n'était assez beau pour la Comtesse de Maubert, digne épouse de celui qu'il appelait déjà, sans l'avoir jamais vu : « Ce cher Colonel... ». A l'écouter, tous les officiers français n'étaient-ils pas ses grands amis ? Aussi ne fut-il nullement décontenancé quand sa nouvelle maîtresse lui montra un télégramme dans lequel Eric annonçait son retour à Alger pour une permission de quarante-huit heures en fin de semaine.

Il n'appelait déjà plus l'épouse de l'officier « Madame la Comtesse » mais simplement Eva... Par contre l'un et l'autre continuait à se vouvoyer.

Beaucoup de choses cependant inquiétaient Eva : le mutisme complet de Nassim sur ses activités, cette façon qu'il avait de disparaître pendant quelques heures pour se rendre à de mystérieux rendez-vous à la suite d'un simple appel téléphonique, le silence enfin qui entourait ses origines. Pratiquement, elle ne savait rien de lui et cela la gênait dans ses prévisions. Combien de temps dureraient les largesses ? Un jour où il venait de lui offrir une magnifique émeraude, qu'il avait payée sans discuter et avec le sourire, elle lui demanda pendant qu'elle caressait la pierre en connaisseuse :

— Vous êtes certain de ne pas avoir fait une folie ?

— Il faut bien que j'utilise mon fric !

Le mot s'était échappé pour la première fois des lèvres épaisses. Eva eut l'impression de le recevoir en pleine figure comme un soufflet... « Le fric », c'était cependant bien la seule appellation qui convenait à ses milliers de gros billets que Nassim sortait de ses poches comme un prestidigitateur... Il en avait tellement que Eva se demandait même s'il ne les fabriquait pas ? Il ne payait jamais par chèque et ne paraissait pas posséder de compte en banque. Il la dégoûtait avec tout « son fric » mais elle ne répugnait quand même pas à en recevoir une large part.

Il prétendait avoir fait ses études au collège des Jésuites de Beyrouth en affirmant que c'étaient ces éducateurs qui lui avaient donné l'amour de la France mais Eva avait quelques doutes, possédant un sérieux point de comparaison : Eric avait fait aussi ses études chez les Jésuites de Dole... Et il y avait un monde entre l'éducation des deux hommes ! Il était vrai que Nassim parlait couramment, et sans accent, plusieurs langues : elle en avait eu la preuve pour le français, l'anglais et l'allemand qu'elle connaissait... Elle l'avait entendu aussi s'exprimer également en arabe avec des portiers d'hôtel ou des mendiants qui le guettaient dans la rue et parmi lesquels il semblait très populaire. Quand elle lui avait demandé quelle était sa religion, il avait répondu sans hésitation : « Catholique » et lorsqu'il lui avait posé à son tour la même question, elle s'était contentée de sourire en disant : « Je crois bien que je n'en ai pas ! »

— Il faudra nous montrer très prudents pendant les quarante-huit heures de la permission de mon mari, dit-elle.

— Je saurai être discret.

— D'un autre côté, il ne me déplairait pas que vous fissiez officiellement sa connaissance... Cela permettrait qu'après son départ, les gens qui nous verraient ensemble, soit à l'hôtel, soit ailleurs, ne trouveraient rien à redire.

— Vous êtes vraiment la plus subtile des femmes !

— Nous pourrions organiser la première rencontre avec Eric le soir de son arrivée. Je lui dirai que j'ai une envie folle d'aller souper dans un endroit gai où l'on peut danser... Vous vous arrangerez pour retenir une table voisine de celle que j'aurai fait réserver par téléphone et pour vous trouver là quand nous arriverons. Je vous présenterai... Il serait préférable que vous ne fussiez pas seul : faites-vous accompagner.

— Par un ami ?

— Ça pourrait être dangereux : je ne sais pas pourquoi mais je me méfie un peu de vos amis... Il vaudrait mieux une femme quelconque... Ce n'est pas ce qui manque à Alger et vous devez bien en connaître ?

Il sourit.

— Mais il faudra qu'elle fasse très convenable : Eric est loin d'être un sot. Il vous jugera sur votre compagne.

— Ce sera presque une femme du monde ! Et une Française ! Ainsi l'équilibre sera rétabli... On ne sait jamais ce que le Colonel peut penser des gens de mon pays ?

— Votre pays ?

La question était accompagnée d'un sourire sceptique.

— Vous cherchez à m'être désagréable ?

— La vérité, mon cher Nassim, est que je ne parviens pas à connaître vos véritables origines ? J'aime assez savoir à qui j'ai affaire ?

— Moi aussi, ma chère Eva... Seriez-vous méfiante ?

— Simplement curieuse... Serais-je femme s'il en était autrement ?

Il rit bruyamment.

— Je vais satisfaire votre curiosité une fois pour toute : admettons que je suis Libanais comme vous êtes Française... Et n'en parlons plus !

Elle ravala sa salive en se promettant de lui faire payer une telle lucidité.

Quand Eric entra dans le hall, elle l'y attendait et courut vers lui :

— Mon amour, tu ne peux savoir quelle joie m'a apporté ton télégramme ! Le temps m'a paru si long ! Enfin, tu es là ! Tu es certain de ne pas pouvoir rester un peu plus de quarante-huit heures ?

— Impossible, chérie ! J'ai même dû accomplir des prodiges de diplomatie auprès de mon Général pour obtenir cette permission à laquelle je n'avais aucun droit.

— Qu'est-ce que tu lui as raconté ?

— Que je t'aimais...

— Cela a suffi ?

— Oui...

— Ton Général est un homme très bien ! Je le remercierai un jour... Montons ! J'ai hâte d'être seule avec toi, loin de tous les regards qui doivent envier notre bonheur...

Dans la chambre elle se montra très amoureuse. Il le fallait pour pouvoir lui dire tout à l'heure :

« — Eric chéri, j'ai une envie folle, maintenant que tu es auprès de moi, de m'amuser ce soir... Voilà quinze jours que je vis comme une recluse... Si nous allions danser ? »

D'avance elle savait qu'il répondrait, déjà vaincu par l'amour :

« — Tu n'as toujours que d'excellentes idées... Où allons-nous ? »

Elle dirait alors :

« — Il paraît qu'il y a une boîte assez élégante... Ça te changera un peu de toutes les horreurs que tu dois voir, mon pauvre amour ! »

Au moment où ils partaient pour le restaurant de nuit, il dit :

— Tiens ! J'allais oublier de t'annoncer que l'autre jour, en rentrant à mon P.C., j'ai trouvé une lettre de ma mère...

Elle se figea :

— Ah ? Qu'est-ce qu'elle te raconte ?

— Elle parle surtout de la mort de Veran... Elle confirme à peu près tout ce que tu m'avais déjà appris à l'exception d'un détail.

— Lequel ?

— Elle prétend que, dans la région, les gens affirment qu'il ne se serait suicidé que parce qu'il t'aimait ?

— Ta mère est complètement folle !

— Eva !

— Pardonne-moi, chéri, mais je trouve que sa méchanceté est incroyable ! C'est elle seule qui invente des histoires pareilles pour continuer à me faire du tort ! Je ne le lui pardonnerai jamais !

— Calme-toi ! Pourquoi attacher de l'importance à des ragots stupides ? Ne m'as-tu pas confié que Veran t'avait fait la cour ?

— Il a seulement essayé, le misérable !

— Il s'en est peut-être même vanté ? Alors comment veux-tu empêcher les gens de broder ? Ce que je sais, moi, c'est que tu es venue retrouver ton mari alors que beaucoup de femmes de mobilisés n'ont pas eu ce courage ! C'est ce que j'ai répondu à ma mère.

— Notre amour est trop grand pour qu'elle puisse le détruire...

Mais, pendant que la voiture les emportait, elle pensait : « J'ai bien fait de prendre l'avion ! »

L'ambiance du *Sirocco* était plaisante : sur la piste de danse centrale il n'y avait pas de cohue. Chez les hommes, les uniformes dominaient ; pour les femmes c'étaient les robes extravagantes de la nouvelle mode. L'ensemble ne manquait pas d'élégance : le public semblait relativement sélectionné, l'orchestre savait ne pas être bruyant, le personnel connaissait son métier, le service était discret.

Quand Eva et Eric arrivèrent, le personnage, installé à une table voisine en compagnie d'une femme assez ordinaire mais dont l'allure n'avait rien de tapageur, se leva pour les saluer avec déférence.

— Monsieur Nahoum ! s'exclama Eva. Quelle bonne surprise !

Des présentations se firent une fois de plus.

Lorsqu'ils se furent assis, Eric demanda à voix basse à sa femme :

— Je n'ai rien compris au nom de ton voisin ?

— Il s'appelle Nassim Nahoum, chuchota Eva à son oreille.

— Comment le connais-tu ?

— Il habite l'*Allieri* où il s'est fait présenter à moi quand il a su que j'étais l'épouse d'un officier français.

— Sa tête ne me revient pas du tout !

— J'étais comme toi au début, mais j'ai dû changer d'avis... Fais-moi danser, chéri ? Nous pourrons parler plus facilement sur la piste de danse. J'ai peur qu'il ne nous entende...

Elle continua pendant la danse :

— C'est un grand ami de notre pays. Il est né au Liban mais il n'a pas voulu y rester, trouvant que la politique de ses compatriotes n'était pas assez francophile actuellement.

— Qu'est-ce qu'il peut bien faire à Alger ?

— Il y est depuis des années... Il s'occupe de grosses affaires... Il est très généreux : c'est lui qui a entièrement financé le nouveau foyer d'accueil ultramoderne qui vient d'être ouvert récemment pour nos soldats permissionnaires.

— Ça, c'est mieux ! Reconnais quand même qu'il n'a pas un visage très sympathique... Je me méfie toujours de ces types au teint olivâtre... On ne sait jamais très bien ce qu'ils pensent ! Et puis, en voilà assez avec ce bonhomme... Parlons d'autres choses ou plutôt dansons !

— Sais-tu chéri, que tu danses très bien ? Pourquoi n'avons-nous jamais dansé à la *Tilleraye ?*

— Nous y étions pourtant très heureux...

— Quand nous y retournerons, je veux que tu m'y invites à danser tous les soirs, dans la bibliothèque...

— Encore sous l'œil réprobateur des ancêtres ?

— Tu verras qu'à la longue, nous parviendrons à les faire sourire...

Lorsqu'ils furent de retour à leur table, la conversation s'engagea plus aimable avec le voisin qui annonça avoir un nouveau projet de financement de deux autres foyers d'accueil du soldat français à Bône et à Constantine. C'était un philanthrope qui voyait grand... Il eut l'intelligence de partir assez tôt avec sa compagne, non sans avoir dit à Eric :

— J'ose espérer, mon Colonel, que nous aurons le plaisir de nous revoir ?

— Ce n'est peut-être pas un mauvais bougre, constata Eric après son départ, mais il a sûrement besoin de se faire des relations !

Ils dansèrent tard. Au moment où ils allaient enfin quitter l'établissement, ils croisèrent dans l'entrée un homme en civil qui, après avoir donné une tape amicale sur l'épaule d'Eric, s'était exclamé :

— Vieux ! Toi aussi, tu es ici ?

— Comme tout le monde, tu vois...

— Ça me fait un plaisir fou de te revoir !... Et sous l'uniforme ! Lâcheur ! Tu nous as bien laissés tomber en Allemagne... Nous nous sommes souvent demandé, à la popote et au mess, ce qu'un militaire comme toi pouvait bien faire dans la vie civile ?

— Je m'occupais de ma propriété...

— Ta bicoque du Jura dont tu nous rabâchais les oreilles ?

— Comme tu le dis... ma bicoque ! Quand tout sera rentré dans l'ordre ici, il faudra que tu viennes nous y rendre visite... Tu ne connais pas ma femme ?

— Non...

Ce fut Eric, à son tour, qui fit les présentations :

— Chérie, un vieil ami de toujours... Camarade de promotion à Saint-Cyr et compagnon d'armes pendant des années : le Commandant Charvet... Roger pour les dames ! Il avait beaucoup de succès...

— Pourquoi t'exprimes-tu au passé ? Ça continue...

Et, après avoir baisé la main de Eva, le nouveau venu dit en riant :

— Votre mari ne parle ainsi que parce qu'il est jaloux, Madame !... A sa place, je serais d'ailleurs comme lui ! Je suis heureux de faire votre connaissance... Vous avez épousé un type épatant !

— Je le sais depuis longtemps, répondit Eva.

— Mais tu n'es pas à Alger en ce moment ? demanda Charvet à Eric.

— Pour quarante-huit heures de permission seulement.

— Je le sais... Je peux même te dire où est cantonnée ton unité...

Et il lui marmonna quelques mots à l'oreille. Eric eut un sourire.

— Toujours bien renseigné, à ce que je vois ? Tu dois avoir de quoi t'occuper ici ?

— Ça... tu peux le dire !

Puis il s'adressa à nouveau à Eva :

— Je vous laisse, Madame... Vous auriez le droit de me reprocher de vous le prendre pendant quelques minutes d'une permission aussi courte... A bientôt, vieux ! Mes hommages, Madame...

Il s'était déjà perdu dans la foule de la boîte de nuit.

En attendant le taxi que le portier avait été chercher, Eva demanda :

— Il était avec toi en Allemagne ?

— Oui.

— Il faisait partie de ceux qui te reprochaient de vouloir m'épouser ?

— Il était même ton plus grand ennemi, chérie !

— Lui ? Mais il ne me connaissait pas ?

— Justement ! Les pires ennemis sont toujours ceux qui ne nous ont jamais rencontrés ! Maintenant que c'est fait, il doit être bien ennuyé ! Tu as vu comme il cherchait à se montrer aimable ?

— Oui...

— C'est le miracle de ta beauté, mon amour ! Les hommes sont faibles et bêtes !

Il allait monter dans le taxi où elle venait de prendre place quand Charvet réapparut devant la porte du *Sirocco* en criant :

— Vieux ! J'ai oublié de te dire quelque chose...

Pour la seconde fois, il lui parla à l'oreille mais ce fut plus long. Eva remarqua un certain étonnement sur le visage de Eric pendant qu'il écoutait. Quand les deux amis se quittèrent enfin, Eric lança à son camarade par la portière de la voiture :

— Merci pour le renseignement !

Charvet fit un signe amical à Eva au moment où la voiture démarrait.

— Encore un secret ? dit Eva.

— Il en est pourri ! Les secrets font partie de son métier...

— Dans quelle arme est-il ?

— Une arme très spéciale mais de plus en plus indispensable... le 2e Bureau...

— L'homme du mystère ?

— Il en faut...

Eric ne dit plus rien pendant la fin du trajet et Eva ne lui posa pas de questions... Ce fut beaucoup plus tard qu'elle demanda, dans la tiédeur du lit :

— Chéri, pourquoi as-tu eu cet air étonné quand ton ami t'a parlé la seconde fois ?

— Je ne voulais pas te le dire mais, au fond je crois qu'il est préférable que tu le saches puisque tu veux rester à Alger... Il me parlait de ce Nassim Nahoum...

Elle dut faire un effort pour ne pas laisser deviner son inquiétude et ce fut sur un ton détaché qu'elle ajouta :

— Il le connaît, lui aussi ?

— Mieux que toi, tu peux en être certaine !... Il a été prévenu par un de ses indicateurs, qui devait être dans le restaurant, que nous avons parlé tout à l'heure avec ce bonhomme et il m'a demandé si je le connaissais ? Je lui ai répondu que c'était toi qui venais de me le présenter...

— Et alors ?

— Alors ? Il m'a conseillé de nous méfier... Ce Nassim Nahoum serait un personnage des plus douteux.

— Tu es fou, chéri ? Tout le monde le connaît à Alger !

— Charvet n'est pas un garçon à raconter des histoires... Je pense même qu'il est de loin l'homme le mieux renseigné sur la faune qui peuple actuellement la ville.

— Dis plutôt qu'il aime se donner de l'importance ! Qu'a-t-il dit d'autre sur le Libanais ?

— Rien... Il nous a simplement mis en garde.

— Ne penses-tu pas que ton charmant camarade cherche encore à me porter tort ?

— Certainement pas ! Il a beaucoup trop d'admiration pour les jolies femmes !

— Raison de plus ! Il veut peut-être te faire croire que je connais le Libanais autrement que sur un plan strictement mondain ?

— C'est toi qui dis des sottises, chérie.

— Ce serait pour lui un moyen de continuer à me

discréditer à tes yeux ! Tu m'as bien confié tout à l'heure qu'il s'était montré mon pire ennemi en Allemagne quand tu y as annoncé que tu voulais m'épouser ?

— Cela n'a rien à voir ! Je tiens Charvet pour un galant homme. Ne te connaissant pas, comme tous mes autres camarades de l'occupation, et ayant, j'en suis persuadé, une réelle amitié pour moi, il craignait à cette époque que je ne fisse une bêtise... Mets-toi un peu à leur place à tous : un beau soir, je leur ai déclaré que je venais de trouver ma future femme dans un camp de personnes déplacées... Si tu avais entendu ce tollé ! Ce n'était pas chez eux de la méchanceté mais seulement de l'ignorance : ils étaient en droit de penser que tu n'étais qu'une aventurière qui m'avait mis le grappin dessus !

— Il avait pourtant les moyens de se renseigner, ton bon camarade !

— Il l'a fait...

— Charmant ! Et que t'a-t-il révélé alors ?

— Que l'on ne savait absolument rien de précis sur toi...

— Ça t'a rassuré ?

— Ça m'a enchanté ! C'était la preuve que tu étais une fille très bien... Pour tous les autres habitants de ton camp, quand on voulait vraiment s'en donner la peine, on parvenait toujours à trouver quelque chose... Mais sur toi, rien ! J'ai tenté de leur faire partager mon point de vue : ils n'ont rien voulu comprendre ! C'est pourquoi j'ai démissionné.

— Tu ne l'as jamais regretté depuis six années ?

— Si c'était à refaire, je recommencerais ! Et je suis sûr que tout à l'heure ce vieux Charvet m'a approuvé et même envié. Je suis content qu'il t'ait enfin vue telle que tu es, c'est-à-dire la plus adorable des épouses !

— En somme, tu m'aimes toujours autant que le premier jour ?

— Je t'aime plus...

Il éteignit la lampe de chevet.

Les deux jours passèrent vite. Quelques heures avant de repartir, Eric n'avait pu s'empêcher de dire avec une réelle tristesse :

— Je crains, chérie, de ne pouvoir revenir avant deux ou trois mois. Mon unité va se déplacer vers l'est pour effectuer des opérations de nettoyage le long de la frontière tunisienne... Ce sera long... Ne crois-tu pas que tu ferais mieux de rentrer en France ?

— Je t'ai déjà dit que je n'y retournerai qu'avec toi... Personne ne m'attend là-bas !... Tu es toute ma famille, Eric !

— L'existence ici va finir par te paraître insipide.

— Ne crois pas cela : je trouve au contraire que l'on s'habitue très vite à Alger... C'est une ville passionnante ! Et je m'y sens tellement plus près de toi ! Si tu le voulais, je pourrais même me rapprocher de l'endroit où tu serais ?

— Non. C'est encore à Alger que tu es le plus en sûreté.

En le voyant partir à nouveau, Eva fut envahie par un sentiment indéfinissable... Ce n'était pas encore de l'amour mais plutôt l'impression qu'elle ne reverrait plus Eric sur la terre d'Afrique... Elle n'avait l'appréhension de la mort ni pour lui, ni pour elle, mais la conviction secrète que des événements nouveaux allaient la séparer pendant longtemps de celui dont elle portait le nom et dont la présence lui était presque devenue nécessaire. Son orgueil et son besoin d'indépendance l'empêchaient de se l'avouer mais son instinct infaillible de femme lui faisait comprendre qu'elle ne se trompait pas. Un bon moment elle resta sur le perron de l'hôtel comme elle l'avait fait, le jour de leur première séparation, à *La Tilleraye*. Et elle revécut en pensée l'adieu pour lequel elle n'avait pas craint de vêtir la robe en loques... Elle revoyait aussi la silhouette anguleuse d'Adélaïde, immobile et silencieuse. Ce soir, devant l'entrée du palace illuminé, elle n'avait même pas auprès d'elle une Adélaïde à qui elle aurait pu dire : « Il commence à faire frais, ma Mère... Rentrons. »

Elle n'avait que des souvenirs... Mais, peu à peu, elle prit conscience de ne plus être seule : une présence, peut-être encore plus odieuse pour elle que celle de Adélaïde, était là, l'épiant dans l'ombre... Et une voix grasseyante sussurra :

— Un peu de vague à l'âme, chère amie ?

Elle ne prit pas la peine de se retourner pour répondre d'une voix dure, tout en continuant à regarder l'avenue dans laquelle venait de disparaître la voiture :

— Je vous en prie... Mêlez-vous de ce qui vous regarde !

— Il m'a beaucoup plu, le Colonel...

Elle avait envie de dire :

« — Vraiment ? Ce n'est pas tout à fait la même impression que vous lui avez laissée. »

Mais comme son mutisme persistait, la voix détestée chercha à se faire plus enjouée :

— Me permettez-vous de vous donner un bon conseil ? Dans ces moments-là, rien ne vaut un double scotch !

Après avoir haussé les épaules, elle rentra dans le hall en se dirigeant vers le bar, toujours suivie par « Monsieur Nahoum ».

Il la regarda boire sans parler jusqu'à ce qu'il eut acquis la certitude que le breuvage de l'oubli commençait à produire son effet :

— Avouez que vous vous sentez mieux ?
— Donnez-moi une cigarette...
Ces derniers mots avaient été dits sur un ton moins agressif : elle s'était déjà reprise. Puisque Eric était reparti, pourquoi continuer à penser inutilement à lui ?

— Ne m'en veuillez pas, ajouta-t-elle de sa voix redevenue douce. Je suis très lasse... Je vous reverrai demain.

Elle remonta s'enfermer dans la chambre, encore imprégnée de la présence de Eric et qui lui parut vide.

Le lendemain, elle dînait avec le Libanais dans un petit restaurant où elle avait voulu d'abord pénétrer seule après avoir demandé à Nassim d'attendre dans la voiture. Quand elle avait constaté que l'établissement était pratiquement désert et surtout que Charvet ne s'y trouvait pas, elle était revenue à la voiture en disant :

— Venez... C'est assez sympathique.

Il était entré à son tour mais, dès que le menu avait été commandé, il avait demandé :

— Pourquoi toutes ces précautions ?

— Je vous l'expliquerai plus tard.

— Craignez-vous son retour ?

— Mon mari a une entière confiance en moi.

— Tant mieux !

Elle mangea peu.

— Vous n'avez pas faim ?

Elle ne répondit pas. Au moment de partir, elle dit gentiment :

— Je crois préférable que l'on ne nous voie pas rentrer ensemble à l'hôtel... Je vais prendre un taxi... Je vous rejoindrai dans une heure dans votre appartement : ce sera plus prudent...

Il sourit, compréhensif.

Pendant qu'il revenait seul à *l'Alliéri* dans sa voiture, il se demandait pourquoi elle continuait à prendre tant de précautions maintenant qu'on les avait vus en conversation amicale avec le Colonel au *Sirocco ?* Sa conclusion fut qu'elle devait craindre d'être un peu trop remarquée en sa compagnie et cela ne lui déplut pas : l'idée qu'elle viendrait tout à l'heure le rejoindre en cachette lui semblait même très encourageante. Quand une femme mariée éprouve le besoin de se dissimuler pour retrouver son amant, c'est bon signe. N'est-ce pas la preuve qu'elle commence à ne plus pouvoir se passer de cet amant !

Elle entrouvrit doucement la porte de sa chambre et inspecta le couloir pour voir s'il ne s'y trouvait personne en train de la surveiller. Tranquillisée, elle courut jusqu'à l'appartement de Nassim situé sur le même palier. Il l'y attendait, heureux.

Elle se plia à toutes ses exigences amoureuses, réussissant même à lui donner l'impression qu'elle y trouvait de plus en plus de plaisir. Quand elle le sentit satisfait, elle dit de sa voix d'amante :

— Si j'ai pris tout à l'heure ces précautions, c'est uniquement parce que je commence à m'attacher à vous... Vous m'avez manqué pendant ces deux jours...

— C'est vrai ?

— Pourquoi mentirais-je ? Vous êtes un homme trop intelligent et trop fort... Je crois que maintenant vous avez besoin de mes caresses mais, moi aussi, je ne pourrais plus me passer des vôtres. En quelques jours, vous avez su m'apporter tout ce dont je rêvais et que j'attendais d'un homme... Vous avez été très gentil et je sais que ça continuera... Nous sommes liés... Mais justement, parce que je sens que cela doit durer, je suis inquiète... J'ai peur pour notre amour !... Peur aussi pour vous !

— Pour moi ?

Il eut un rire sonore :

— Vous avez le plus grand tort ! Je ne crains rien, ni personne parce que l'on ne peut rien me reprocher...

— Il y a des gens tellement dangereux, Nassim ! Connaissez-vous un certain Commandant Charvet ?

Après avoir fait un effort de mémoire, il répondit nettement :

— Charvet ? Non !

— Lui prétend cependant vous connaître ?

— C'est possible après tout. J'ai beaucoup de relations dans l'armée... Pourtant ce nom ne me dit absolument rien ! C'est un ami du Colonel ?

— Oui.

— A quelle arme appartient-il ?

— Au 2e Bureau...

Elle avait lancé le nom prestigieux dans l'espoir qu'il y aurait une réaction. Il n'y en eut aucune : le visage boursouflé resta impavide. Il se borna à dire :

— Ce doit être un homme de valeur... Vous lui avez parlé ?

— Quelques instants seulement.

— Et il a trouvé le temps de me nommer ?

— Il nous a vus au *Sirocco* : il a dit quelques mots de vous à Eric.

— Puis-je savoir au moins lesquels ?

— Si mon mari savait que je vous les répète, Nassim, je crois qu'il me tuerait !

— Allons !... Le Colonel n'est pas aussi méchant que cela ?

— Ne vous y fiez pas ! J'ai découvert à la précédente permission de Eric qu'il pouvait y avoir en lui un homme assez dangereux... Il n'y a rien de pire que les êtres foncièrement bons et honnêtes quand ils se mettent en colère !... C'est pourquoi je m'entends bien avec vous... Je reconnais qu'hier soir, je me suis montrée odieuse alors que vous avez su rester calme... Ça m'a remplie d'admiration...

— Nous savons mieux que vous, Européens, que la colère est mauvaise conseillère !... Qu'a donc dit ce Commandant ?

— Que vous étiez un personnage assez inquiétant...

— C'est tout ?

— Cela ne vous suffit pas ?

— C'est vague ! On dit la même chose aujourd'hui de tous les hommes riches... Le commun des mortels ne peut admettre que l'on ait pu gagner une fortune. Les gens ne sont pas dangereux, comme vous le disiez, mais surtout jaloux !

— Je crois bien que si j'avais revu ce Charvet, je l'aurais giflé !

— Ne commettez surtout pas cette gaffe ! Ce serait la révélation publique de ce que vous vouliez que nous continuions à cacher ! En somme, tout cela n'est pas très méchant...

— Je n'aime quand même pas que l'on parle ainsi de vous, qui avez toujours fait preuve d'une grande amitié pour la France et pour laquelle vous vous êtes montré si généreux.

— N'exagérons rien ! Je n'ai fait que mon devoir à l'égard d'un pays, qui après m'avoir apporté sa culture, m'a accueilli... Je ne me sens vraiment à l'aise qu'en terre française...

— De toute façon, Nassim, je vous promets de vous redire fidèlement tout ce que je pourrai entendre raconter sur vous à l'avenir...

— Ce serait de votre part une réelle preuve d'amitié... Mais je ne puis vous dire que je vous en serai reconnaissant puisque je me moque éperdument de ce que des aigris ou des petits officiers prétentieux peuvent inventer sur mon compte ! En tous cas j'apprécie votre franchise... Vous méritiez vraiment de devenir Française ! Vous êtes même beaucoup plus que cela pour moi : vous êtes une Dame... Ce sera toujours ainsi que vous me plairez...

De retour dans sa chambre elle était loin d'être satisfaite. L'homme était retors et méfiant. Il possédait toute l'hypocrisie souriante et toute l'amabilité inquiétante du Moyen-Orient... Ce serait la raison pour laquelle le plan, qu'elle avait minutieusement échafaudé avant cette visite nocturne, serait sans doute long avant de produire ses effets ? La tactique était cependant admirable, la plus osée mais aussi la plus habile de toutes celles qu'elle avait déjà employées jusqu'à ce jour pour triompher... C'était la seule qui pouvait réduire un adversaire aussi dangereux.

L'exécution de ce nouveau plan se décomposait en trois parties : asservir de plus en plus l'homme aux plaisirs de la chair, parvenir à lui inspirer une telle confiance qu'il finirait par tout dire de ses véritables activités, flatter enfin son orgueil pour lui faire croire qu'elle le considérait comme étant le personnage le plus remarquable qu'elle eut jamais rencontré. Le premier stade était déjà franchi, le second venait d'être atteint ce soir, le troisième suivrait bientôt... Le jour où les trois parties, adroitement combinées agiraient simultanément, Eva serait gagnante. Il lui fallait à tout prix cette victoire : d'abord pour se prouver à elle-même qu'aucun adversaire, même le plus intelligent, n'était de taille à lutter... Ensuite pour la somme colossale qu'elle comptait bien gagner dans cette nouvelle aventure. En quinze jours, elle avait déjà réussi à se faire offrir des cadeaux représentant presque un capital mais c'était encore nettement insuffisant pour ses ambitions : elle ne se débarrasserait du Libanais que le jour où il n'aurait plus un sou. Sa ruine ne serait qu'une faible compensation des heures abominables qu'elle était contrainte de passer dans son intimité.

Cette nuit, elle s'était bornée à semer dans l'esprit de Nassim trois impressions : qu'elle était devenue réellement amoureuse de lui, qu'elle était prête à lui livrer tous les secrets appris dans les milieux officiels et qu'enfin elle ne demandait qu'à l'aider dans ses entreprises.

Elle ne le lâcha plus, tout en faisant très attention de ne pas afficher sa sinistre liaison. Nassim, au contraire, semblait prendre de jour en jour, de moins en moins de précautions. Il semblait même désireux de se faire voir le plus possible dans la compagnie de la belle Comtesse mais elle ne cessait de lui répéter :

— Soyons raisonnables ! Je pourrai vous rendre de plus grands services si l'on ignore que nous sommes amants !

Peu à peu, cette idée de services éventuels finit par cheminer dans le cerveau, cependant très organisé, du gros homme. Pourquoi, puisqu'elle le lui avait proposé n'utiliserait-il pas la splendide créature pour réussir dans certaines tractations délicates ? N'avait-il pas maintenant la quasi-certitude qu'elle ne pouvait plus se passer de lui ? Sans qu'il s'en rendit compte, le patient travail d'araignée commençait à porter ses fruits pour celle dont il était persuadé d'avoir fait la conquête.

Elle continuait à le flatter et il finissait pas croire qu'il était non seulement le plus étonnant des hommes d'affaires mais aussi celui dont la puissance pourrait être un jour inégalée. Un soir Eva comprit qu'elle était tout près du triomphe quand il lui confia :

— J'ai une importante affaire en vue... Si elle

réussit « nous » serons très riches et je pourrai vous faire alors une offre que je n'ai jamais formulée devant aucune femme... Vous m'avez bien dit que le Colonel ne serait pas de retour avant des semaines ?

— Des mois ! Sa dernière lettre, reçue hier, me le confirme. Il en est assez désespéré, le pauvre !

— Cela arrange très bien « nos » projets... Quand il reviendra à Alger, nous en serons partis.

— « Nous » ?

— Mais oui... Nous serons déjà arrivés en Amérique du Sud, vous et moi.

— A condition que j'aie accepté de vous y accompagner, Nassim.

— Vous accepterez, Eva ! Vous m'aimez autant que vous aimez l'argent.

— Je vois que vous commencez à me connaître !

— Beaucoup mieux que ne vous a connue ce cher Colonel ! Il n'a même jamais dû soupçonner la femme étonnante qui s'est toujours cachée sous votre beauté... Moi, je vous veux telle que vous êtes réellement.... Que répondriez-vous si je vous demandais, une fois que nous serions arrivés là-bas, de m'épouser ?

Les grands yeux noirs se fermèrent, comme s'ils étaient éblouis par la demande, pendant que la voix émue répondait :

— Je ne sais pas encore... Avouez que c'est une question méritant une sérieuse réflexion de ma part ? Je suis déjà mariée, Nassim !

— Réfléchissez dès maintenant... Vous me donnerez votre réponse quand j'aurai terminé cette affaire.

— Vous consentiriez donc à quitter ce sol français que vous aimez tant ?

— Avec vous, oui...

— Ne pensez-vous pas que ce départ ferait un terrible scandale : la comtesse de Maubert abandonnant son époux pour l'amour de Nassim Nahoum ?

— Sûrement ! Mais les gens ne s'étonnent plus de rien aujourd'hui... Et nous serons assez puissants pour clore le bec à tout le monde.

— Si vous saviez combien j'aime quand vous dites « Nous » ! J'ai déjà un peu l'impression d'être devenue votre compagne...

— Vous l'êtes !

Il l'avait dit avec conviction.

— Quelle est donc cette grosse affaire, Nassim ?

— C'est encore trop tôt pour vous l'expliquer... Mais peut-être aurai-je bientôt besoin de cette aide que vous m'avez si souvent offerte ? Vous aimeriez, n'est-ce pas travailler avec moi ?

— Ce doit être passionnant ! Je crois que je pourrais vous être utile !

— J'en suis persuadé...

— Je suis si heureuse de vous entendre enfin parler ainsi !... La seule chose qui me peinait dans notre amour était cette obstination que vous mettiez, je ne sais trop pourquoi, à ne me considérer que comme le bel objet de luxe que l'on gâte ou que l'on exhibe ! Je n'ai rien d'une poupée de parade ! Mon plus grand désir, depuis que j'ai pu vous apprécier à votre juste valeur, a toujours été de collaborer complètement avec vous, en tout, pour le meilleur et peut-être aussi pour le pire si vous me le demandiez...

— Vous parlez sérieusement ?

— Ne suis-je déjà pas votre compagne ?

— C'est vrai.

— Alors ne dois-je pas partager avec vous ces secrets qui peuvent être parfois très lourds pour un homme seul ? Je vous connais quelques amis mais aucun confident... Vous n'avez donc jamais éprouvé le besoin, au milieu de votre vertigineuse réussite, de vous confier à quelqu'un ? Qui pourrait être plus indiquée que votre amante ?

Il la regardait, encore méfiant, mais elle sentit ce jour-là qu'elle atteindrait bientôt le bout de cette méfiance et elle se garda d'insister.

Elle persévéra dans la ligne de conduite qui, dans sa pensée, devait lui livrer les clefs dont elle avait besoin.

Un matin, où elle s'y attendait le moins, Nassim annonça :

— Je dois m'absenter pour la journée... Cela vous ferait-il plaisir de venir avec moi ?

— Mais naturellement ! Où allons-nous ?

— A une centaine de kilomètres d'ici... C'est au sujet de l'affaire dont je vous ai parlé : votre présence pourra m'être utile... Je vous expliquerai tout en voiture. Soyez prête dans une heure... Comme d'habitude, nous prendrons les précautions auxquelles vous tenez : après avoir quitté l'hôtel seule dans un taxi vous vous ferez arrêter à l'entrée de la rue dont je viens de griffonner le nom sur ce papier... Vous laisserez repartir le taxi et vous marcherez tranquillement sur le trottoir de droite.... Je vous dépasserai alors en voiture avant de m'arrêter un peu plus loin... Au moment de monter dans ma voiture vous regarderez soigneusement autour de vous... Si vous aviez l'impression que quelqu'un vous suivait ou vous observait, vous continueriez à marcher et je vous prendrais au croisement suivant... Vous avez compris ?

— Très bien.

— Ce que je vais vous dire maintenant va vous sembler superflu mais c'est cependant important... Faites-vous très élégante.

— Ne le suis-je pas toujours ? dit-elle en souriant.

— Oui... Mais nous allons chez une personnalité qui a la réputation d'avoir le culte des jolies femmes et spécialement des Européennes... A tout à l'heure !

Décidée à être définitivement fixée sur les activités de Nassim, elle se conforma à ses indications mais au moment où elle vit repartir le taxi, elle fut prise d'une sérieuse inquiétude : n'était-ce pas de la folie de s'embarquer dans une pareille aventure avec tout ce qui se passait actuellement à Alger ? Pouvait-elle se fier au Libanais ? Elle n'était pas encore très sûre non plus qu'il eut lui-même une confiance absolue en elle ? Toutes les précautions prises ne cachaient-elles pas un piège ? L'homme ne cherchait-il pas à se débarrasser d'elle, estimant qu'elle devenait trop curieuse et craignant surtout de lui en avoir trop dit ? Qu'avait-il révélé en réalité ? Rien de précis... Il tirait certainement ses revenus considérables d'un trafic quelconque, mais lequel ? La drogue ? Les devises ? Les armes ? C'était difficile à dire mais c'était pourtant ce qu'il fallait savoir... Etant donné les événements, Eva opinait plutôt à croire qu'il s'agissait d'armes vendues aux fellagahs luttant contre la France. C'était dans la norme des choses et du personnage : Veran avait bien vendu les machines construites dans son usine aux Allemands... Ce n'était qu'en utilisant de semblables méthodes que l'on pouvait gagner rapidement une fortune colossale.

Une autre raison faisait pencher Eva pour cette hypothèse : Nassim affichait trop haut son « grand amour de la France » pour être vraiment sincère. Chaque fois aussi qu'il avait la possibilité d'engager la conversation avec un officier français, il n'hésitait pas. Comme l'avait remarqué Eric : « Il avait besoin de se faire des relations. » Sa générosité pour les foyers de soldats n'était peut-être qu'un excellent paravent qui lui permettait d'endormir l'opinion des milieux officiels sur lui en se faisant passer pour un philanthrope plus patriote que les Français eux-mêmes : c'était adroit et digne de sa ruse. Il y avait enfin — et Eva ne pouvait l'oublier — la mise en garde faite par l'officier du 2e Bureau à la sortie du *Sirocco*. Ce commandant Charvet, Eric l'avait affirmé, n'était pas homme à inventer les choses... Ce qui avait le plus surpris Eva depuis des semaines était que Nassim ne lui eut jamais reparlé de ce Charvet dont il avait prétendu ne même pas connaître le nom.

Pour toutes ces raisons, elle ne se sentait pas tellement rassurée pendant qu'elle avançait sur le trottoir de droite...

Une voiture venait de la dépasser lentement : ce n'était pas la Buick de Nassim mais une traction-avant noire qui s'immobilisa une centaine de mètres plus loin, le long du trottoir. Eva continua à marcher en observant attentivement la voiture et sans trop se rapprocher d'elle. Quand elle fut arrivée à son niveau, la portière arrière s'entrouvrit et elle aperçut, lui faisant signe, Nassim... Après s'être retournée pour bien s'assurer que la rue était déserte, elle courut vers la voiture dans laquelle elle s'engouffra.

Elle se retrouva assise sur la banquette arrière à côté de Nassim. Les sièges avant étaient occupés par le chauffeur et un autre homme dont les visages et le teint prouvaient qu'ils étaient arabes. Personnages silencieux qui ne prononcèrent pas un mot pendant tout le parcours. Celui-ci, après avoir traversé les faubourgs sud de la ville, se poursuivit dans la campagne mais Eva remarqua que la voiture n'utilisait jamais les grandes artères : un itinéraire soigneusement étudié ne lui faisait prendre que de toutes petites routes et même des chemins de terre. A un moment, la jeune femme acquit la certitude que la traction accomplissait intentionnellement des détours pour faire perdre ses traces à d'éventuels poursuivants. Et Eva fut prise d'une véritable panique qu'elle s'efforça de cacher à son voisin qui, lui, semblait très détendu et parlait avec le plus grand calme :

— Il me paraît ridicule de vous dire le véritable nom de celui chez qui nous allons... Dès que vous l'aurez vu, vous comprendrez que c'est un personnage considérable. Il est, comme moi, un grand ami de la France...

Il avait ricané en disant ces derniers mots. Eva commença à sentir son sang se glacer pendant qu'il poursuivait :

— Seulement lui et moi n'avons pas tout à fait la même conception que les Chefs de votre Gouvernement sur la conduite des événements actuels... Chacun n'a-t-il pas le droit d'avoir ses idées ? Mon ami et moi pensons faire en ce moment une excellente besogne destinée à éviter le pire entre la France et l'Afrique du Nord... Et vous verrez qu'un jour viendra où les Français eux-mêmes viendront nous remercier !... Qui sait ? Ils nous décoreront peut-être de la Légion d'Honneur, ce qui me ferait personnellement un réel plaisir...

Eva l'écoutait, attentive, se demandant pourquoi un homme aussi direct s'étalait dans un semblable préambule et où il voulait en venir pour expliquer la raison qui l'avait incité à lui demander de l'accompagner ? Il continua, toujours calme :

— Aujourd'hui, cet ami et moi allons fixer les bases définitives de l'affaire dont je vous ai parlé et qui nous permettra de contribuer efficacement à ce que les deux camps recherchent : la cessation d'hostilités désastreuses pour tous. Pendant notre conversation, vous pourrez visiter les admirables jardins de notre hôte ; ils vous enchanteront !

— Et c'est pour me les faire admirer que vous m'avez demandé de venir ?

Pas exclusivement... Je vous ai dit que mon ami était très sensible à la beauté...

— Vous n'avez tout de même pas la prétention de me voir entrer dans son lit pour vous aider à réussir cette affaire ?

Il eut un sourire :

— Je suis certain que vous n'hésiteriez pas à le faire si je vous le demandais... Ceci parce que je sais que vous êtes devenue ma plus grande alliée et aussi parce que vous ne pourriez pas ne pas être séduite par le charme et la noblesse de celui qui nous attend... Vous allez rencontrer un authentique seigneur d'Afrique... Mais rassurez-vous. Il n'est nullement dans mes intentions de vous demander quelque chose de pareil ! Je n'y tiens pas, voulant vous garder pour moi seul... Oui, ma chère, je crois être devenu férocement jaloux ! Je vous considère comme m'appartenant... L'aide très réelle que vous allez m'apporter sera infiniment plus discrète... Vous ne voyez aucun inconvénient, n'est-ce pas, à ce que je vous présente à mon ami sous votre véritable identité d'épouse du Colonel de Maubert ?

— Je ne vous permettrai même pas de me présenter autrement !

— A la bonne heure ! Au moins vous, vous êtes une femme qui sait se montrer fière du nom qu'elle porte... Un très beau nom, assez populaire dans ces parages...

— Que voulez-vous dire ?

— Votre époux a la réputation, même chez ceux que la France considère actuellement comme étant ses ennemis, non seulement d'être un combattant valeureux mais aussi d'être un homme juste... Les Arabes savent respecter le courage et la grandeur d'âme... Le Colonel de Maubert fait partie de ces quelques officiers français pour lesquels ils continuent à avoir une admiration sincère... Aussi, le seul fait que l'on me voie tout à l'heure accompagné par l'épouse d'un tel homme suffira à faciliter des tractations plutôt délicates.

— Autrement dit cela renforcera la confiance que votre mystérieux ami peut avoir en vous ?

— Ma chère Eva, j'aime votre façon de comprendre les choses à demi-mot !

— C'est tout ce que vous me demandez ?

— Mais oui... Cela implique, bien entendu que vous fassiez comprendre avec toute cette habileté féminine dont vous êtes capable que notre amitié à tous deux est solide et ne se limite pas à quelque rencontre fortuite...

— Autrement dit que je suis votre maîtresse ?

— Disons, si vous le préférez : une compagne adorée... Mettez-vous à ma place : votre nom seul vaut pour moi, à l'égard de cet ami puissant, toutes les garanties. N'est-il pas la preuve secrète que je puis avoir, grâce à vous, mes grandes et mes petites entrées auprès de l'Etat-Major français ? Qui refuserait un service, parmi les camarades de votre mari, à la charmante épouse du Colonel de Maubert ?

— Si je comprends bien, avant de me rencontrer, vous ne comptiez pas autant d'amis que vous le prétendiez parmi les officiers français ?

— J'en avais, comme tout le monde ici, mais aucun, je le reconnais, de la classe du Colonel !

— Je jouerai le rôle que vous me demandez...

— Ce n'est pas un rôle ! N'êtes-vous pas réellement ma compagne ?

— Je pense l'être devenue...

— Et ne m'avez-vous pas offert spontanément, une

nuit où vous sembliez être très heureuse, de m'apporter votre aide complète pour me répéter tout ce que vous entendriez dire sur moi dans un milieu qui est le vôtre ?

— J'ai l'habitude de tenir mes promesses... Seulement j'aimerais savoir, puisque l'affaire que vous allez conclure un peu grâce à ma présence dans votre vie semble importante, ce qu'elle me rapportera ?

— Décidément, j'apprécie de plus en plus votre franchise ! Votre récompense ne sera pas petite, ma chère, mais grande... La plus grande qu'un homme puisse donner à une femme : vous aurez droit à toute ma fortune !

— Pourquoi vous moquer de moi ?

— Je parle sérieusement... Cette fortune sera la vôtre puisque je vous épouserai, comme je vous l'ai déjà offert, dès que nous aurons quitté l'Afrique du Nord.

— Ce serait quand ?

— Comptez tout au plus un mois...

— Et où irions-nous ?

— Je vous l'ai déjà dit : de l'autre côté de l'Atlantique... On affirme que le Venezuela est un pays de grand avenir... J'y ai déjà fait prendre quelques dispositions pour y transférer ce qui me paraît le plus indispensable pour une femme aussi belle que vous : de l'argent... Beaucoup d'argent !

— Il me faudrait quand même des garanties plus précises avant d'entreprendre un tel voyage qui m'obligerait à abandonner tout ce que j'ai ici ?

— Vous n'avez pratiquement rien... A l'exception des quelques fourrures et bijoux que vous avez apportés de France ou des modestes cadeaux que je me suis fait une joie de vous offrir... Ah, si ! J'oubliais ! Il y a la solde du Colonel !

— Mon mari et moi possédons une très belle propriété et largement de quoi vivre en France !

— En êtes-vous bien sûre ? L'entretien de ce genre de propriété coûte cher... Et rien ne prouve que vous rencontrerez un autre Nassim.

— Vous ne manquez pas d'assurance ?

— Il m'en a fallu beaucoup !... Alors, nous sommes d'accord ?

Elle eut une très courte hésitation avant de répondre :

— Oui...

Malgré toutes les raisons que Nassim lui donnait pour justifier cette confiance qu'il semblait lui accorder en la faisant pénétrer au cœur même de ses activités secrètes, Eva n'était toujours pas convaincue de l'absolue nécessité de sa présence.

Elle commençait à croire que Nassim doutait de sa véritable identité. Cette Comtesse de Maubert, à l'accent slave et à l'abord facile, ne cachait-elle pas dans son esprit une autre femme placée habilement sur son chemin pour le perdre ? En lui livrant une partie de sa vie secrète, ne voulait-il pas simplement neutraliser ses efforts et lui tendre un piège d'où elle ne pourrait s'échapper qu'en payant de sa vie ? En réalité qu'allait-il lui livrer ? Même pas le nom d'une personnalité arabe ! Mais elle, Eva, venait de se mettre complètement à sa merci. Avec sa logique de femme d'argent, elle pensa que, plutôt que de courir de tels dangers dans le but de faire chanter Nassim, il aurait été plus habile de commencer par monnayer auprès des Français ces risques en dénonçant le Libanais. Malheureusement il était trop tard : elle ne pouvait plus reculer.

Mais dès le retour à Alger, elle agirait pour acquérir — avant le départ projeté — la fortune promise, ou tout au moins ce qui n'en avait pas encore été transféré en Amérique du Sud, car il n'était pas plus question pour elle de s'enfuir avec un Nassim qu'il n'avait été dans ses intentions d'épouser un Veran !

Elle ne se voyait pas abandonnant son nom et son titre pour devenir Madame Nassim Nahoum ! Mieux aurait valu pour elle redevenir Eva Goldski... Le Libanais se faisait beaucoup d'illusions dans lesquelles elle saurait d'ailleurs l'entretenir jusqu'au moment où elle aurait tout obtenu. Après il pourrait bien aller au Venezuela ou au diable si cela lui convenait, mais il ne partirait qu'après s'être acquitté de la dette que Eva estimait lui être due : en effet, si elle ne se prêtait pas tout à l'heure à la comédie presque officielle que Nassim lui demandait de jouer, il y aurait peut-être beaucoup de chances pour qu'il ne conclue pas l'accord définitif auquel il semblait attacher une si grande importance ?

Ce besoin impérieux de quitter le sol français était aussi la preuve que l'aventurier ne s'y sentirait plus très en sûreté d'ici très peu de temps : cela signifiait que l'affaire était plus que louche et ne devait rien avoir d'un geste d'amitié pour la France. S'il restait encore un mois, ce ne pouvait être que parce qu'il lui fallait ce délai pour encaisser les bénéfices qui devaient lui revenir. Tout n'était plus pour Eva qu'une question de date : il ne lui restait que trois ou quatre semaines pour se faire payer cher. Elle était presque certaine d'en avoir le moyen d'ici quelques heures ou tout au plus quelques jours, dès qu'elle connaîtrait exactement la nature de la transaction en voie d'aboutissement.

Elle opèrerait aussitôt dans un sens ou dans un autre. Ou bien elle obligerait Nassim à lui céder une part considérable de ses bénéfices en faisant peser sur lui la menace de la dénonciation immédiate : ce qui rappelait étrangement la méthode déjà employée à l'égard d'un Veran... Ou bien, si le trafiquant ne cédait pas, elle aurait la ressource de courir se mettre sous la protection des autorités françaises en leur expliquant qu'elle n'avouait joué un tel jeu que par amour de la France et de son époux pour démasquer un ennemi implacable. Elle pourrait alors rentrer triomphalement à *La Tilleraye* sous le nouveau masque d'une héroïne nationale. Elle trouverait bien ensuite le moyen de monnayer cet héroïsme...

Plus Eva réfléchissait pendant la fin silencieuse du voyage et plus elle était persuadée que la fameuse « affaire » n'était pas une machine de paix mais une machine de guerre, acquise par l'un ou l'autre camp et qui obligerait l'adversaire à demander la paix. Comme la France pouvait amener facilement à pied d'œuvre toutes les armes qu'elle désirait, elle n'avait nullement besoin d'avoir recours à un Nassim. « Les autres », par contre, ne pouvaient agir que par personnes interposées : le Libanais était l'homme rêvé. Ses clients ne pouvaient donc être que les Arabes. Seulement une telle machine de guerre devait se payer très cher et dans une monnaie stable. Le véritable bénéficiaire de l'opération serait l'intermédiaire qui n'était ni pro-français ni pro-arabe mais uniquement pro-Nassim !

La voiture venait de freiner devant l'entrée d'une propriété entourée de hauts murs blancs.

— Nous sommes arrivés, dit Nassim.

Un immense portail à deux battants s'ouvrit sans que le chauffeur eut klaxonné et se referma dès que la voiture l'eut franchi, Eva remarqua au passage que, derrière le portail, se tenaient quatre hommes armés de mitraillettes. Les jardins, traversés par la large allée bordée de palmiers qui conduisait à la maison d'habitation, étaient admirables. Toutes les variétés de cactées y alternaient avec des rangées d'oliviers mais l'ensemble était ordonné, dessiné savamment, entretenu pour le plus grand plaisir des yeux. C'était la végétation d'une terre de soleil, avec ses énormes massifs de sals, de khairs et de magnolias. Les senteurs étaient celles de l'eucalyptus mêlée au parfum pénétrant du figuier. Et rien n'était desséché ou brûlé par l'astre-roi parce que d'innombrables bassins s'étageaient en espaliers d'où l'eau cascadait dans un bruissement de rêve.

La voiture s'immobilisa devant l'entrée de la maison, dont les murs ocres se terminaient en créneaux bordant une terrasse. La façade n'était percée que de rares ouvertures étroites, grillagées de fer forgé. Eva ne pouvait s'empêcher de penser qu'elle aurait aimé posséder une telle demeure dont le style, purement arabe, aurait constitué pour elle un étonnant contraste avec *La Tilleraye*... Elle trouvait même que ce décor des Mille et Une Nuits convenait mieux à sa beauté. En pénétrant dans la cour intérieure, elle éprouva la sensation étrange de redevenir la femme d'Orient qui ne s'est jamais complètement adaptée à l'existence européenne. Elle était enfin dans un paysage et dans un cadre qui s'harmonisaient avec la poésie de sa race. Elle se sentait l'éternelle errante qui retrouve l'oasis après une longue course dans le désert du monde. Chacun des bassins qu'elle venait d'apercevoir était pour elle un puits de Jacob.

Un serviteur silencieux les précéda, elle et Nassim, à travers d'immenses pièces dont les murs et le sol en mosaïque étaient presque entièrement recouverts des plus merveilleux tapis que Eva eut jamais vus et qui apportaient dans ces lieux, où le mobilier se réduisait cependant à quelques sofas ou tables basses, une impression d'intimité moelleuse. Des brûle-parfums, disposés sur de petits guéridons incrustés de nacre, répandaient l'odeur d'encens comme si le maître des lieux, encore invisible, avait voulu que ses visiteurs fussent déjà pris de vertiges dans l'attente de son apparition...

Enfin, dans la dernière de toutes les pièces — la plus intime aussi parce que ses dimensions étaient moins vastes — Eva le vit... Et elle crut pendant les premières secondes que son vertige était réel : jamais, de sa vie, elle n'avait vu un homme plus beau, ni ayant plus grande allure. Vêtu à l'européenne d'un costume de shantoung blanc, dont la coupe était irréprochable, il les attendait debout avec, à ses côtés mais un peu en arrière, un autre homme coiffé du chèche et portant le burnous. Le contraste vestimentaire entre les deux personnages était saisissant et marquait toute l'évolution du monde arabe. Seuls, les visages avaient la même impassibilité hermétique : il était impossible de savoir ce qu'ils pensaient.

Celui que Eva avait nommé instantanément dans ses pensées « l'Européen », s'était avancé et incliné dans un salut d'une rare élégance. C'était l'accueil poli mais froid d'un grand seigneur qui a le sens inné de l'hospitalité et qui sait très bien en face de qui il se trouve. Eva comprit tout de suite que ce n'était pas lui le quémandeur dans cette rencontre mais Nassim.

Elle répondit au salut par un sourire discret dans lequel elle sut faire passer toute la dignité capable de produire sur celui, dont les yeux perçants l'observaient, la même impression que celle qu'elle venait elle-même de ressentir. Nassim, lui, n'avait pas manqué de courber l'échine à son tour en exagérant, selon son habitude, les marques de politesse. L'homme en chèche enfin inclina la tête mais avec infiniment plus de raideur que « l'Européen ». Eva le jugea tout de suite comme n'étant qu'un comparse ou tout au plus une sorte de secrétaire privé, et elle le baptisa « l'Arabe » pour le différencier.

Après un long silence, Nassim dit en français :

— Permettez-moi de vous présenter la Comtesse de Maubert, dont j'ai déjà eu l'honneur de vous parler...

En l'entendant, Eva fut assez étonnée : ces quelques paroles prouvaient que le trafiquant s'était déjà targué devant son hôte de « ses relations » et peut-être même de sa liaison ?

« L'Européen », dont elle ignorait toujours le nom, s'inclina une seconde fois avant de s'adresser directement à elle dans le français le plus pur :

— Je suis heureux, Madame, de faire votre connaissance et honoré que vous ayez consenti à franchir le seuil de cette demeure... Vous êtes ici chez vous.

Ils s'assirent en cercle sur des coussins posés à même le sol autour d'une table basse où des serviteurs, chaussés de babouches, déposèrent des mets et d'étonnantes tasses en argent ciselé dans lesquelles fut versé le moka. Le maître de maison avait pris soin de placer Eva à sa droite selon les usages d'Europe.

Ils mangèrent en silence en prenant le méchoui avec leurs doigts dans le grand plat central. Pendant ce repas, Eva eut tout le loisir d'étudier son hôte... Le profil admirable était de pure race sémite et se terminait sous le menton par une courte barbe noire donnant à l'homme une physionomie d'ascète. Jamais la fille brune, dont le regard n'avait cependant faibli devant personne, ne s'était sentie plus impressionnée. Elle était presque heureuse que le repas fut silencieux : elle aurait été incapable de répondre si le maître des lieux lui avait posé la plus banale des questions. De temps en temps, elle jetait vers Nassim un regard rapide qui signifiait : « Je constate avec plaisir qu'il y a au moins deux points sur lesquels vous ne m'avez pas menti : la splendeur des jardins et l'homme dont vous m'aviez vanté la noblesse. De cela surtout, je vous remercie... » Mais le Libanais ne répondait pas à son regard comme s'il la tenait, en présence de l'hôte illustre, pour une quantité négligeable. Eva ressentait l'impression pénible d'être redevenue la femme qui, normalement, n'avait pas le droit de prendre ce repas avec les hommes et qui n'avait été conviée par faveur exceptionnelle que parce qu'elle était l'épouse d'un colonel français. Elle en voulut encore un peu plus à Nassim de ce brusque mépris.

Quand le frugal repas fut terminé, « l'Européen » dit de sa voix harmonieuse :

— Si cela vous convenait, Madame, Saïd se ferait un honneur de vous faire visiter les jardins...

C'était plus qu'une invite : l'amabilité exquise dissimulait un ordre. Eva obéit instinctivement. C'était la première fois qu'elle cédait, sans ressentir le moindre sentiment de révolte, devant la volonté de l'homme. Elle avait suivit « l'Arabe », laissant son hôte dans la seule compagnie de Nassim et ce ne fut que lorsqu'elle se retrouva devant les merveilleuses terrasses ombragées qu'elle comprit que l'on s'était débarrassé poliment d'elle pour parler « affaires ».

La promenade, dans la seule compagnie de Saïd, lui sembla interminable malgré la splendeur du décor et les senteurs qui auraient dû l'enivrer de plaisir. De temps en temps, elle posait une question à son guide sur une plante qu'elle ne connaissait pas ou sur un fruit auquel elle n'avait jamais goûté. L'homme répondait avec de légères hésitations de prononciation : il était beaucoup moins à l'aise que son maître dans l'emploi du français. Ses phrases étaient courtes, mesurées, lentes. Eva ne lui posait des questions que pour avoir l'air de s'intéresser à ce qu'elle voyait mais elle écoutait à peine les réponses : ses pensées restaient concentrées vers la pièce basse où « l'Européen » et Nassim devaient avoir une conversation décisive... Elle aurait donné tout ce qu'elle possédait déjà pour entendre ce qui s'y disait... Elle tenta bien de demander à Saïd :

— Qui est votre Maître ?

Mais l'homme se contenta de répondre :

— Un Prince des Sables, Madame...

Eva n'insista plus et la promenade exaspérante continua.

Ces jardins arabes n'auraient eu pour elle de l'intérêt que s'ils lui avaient appartenu et si elle avait pu y donner les plus fastueuses réceptions de la terre. Elle ne les aurait aimés que pour le surcroît de décorum qu'ils auraient pu apporter à sa personnalité de femme riche. Dans son esprit, ce qui l'entourait ne devait constituer qu'un immense écrin destiné à rehausser sa beauté triomphante. Son égoïsme indéracinable lui faisait ramener d'instinct chaque étalement de luxe à sa propre personne qu'elle adorait plus que tout...

Elle supputa aussi la fortune que l'entretien de ces jardins pouvait représenter : les deux ou trois jardiniers, qu'elle avait réussi à avoir pendant quelques années pour ratisser les allées de *La Tilleraye,* n'étaient rien en comparaison de la nuée de serviteurs — le mot « esclaves » lui venait même sur les lèvres sans lui déplaire — qui devaient être nécessaires pour ce paradis terrestre.

Enfin Saïd se décida à dire :

— Si Madame le désire, nous pourrions peut-être rejoindre le Maître ?

Elle acquiesça d'une simple inclinaison de tête et, pendant qu'ils remontaient les escaliers des terrasses, elle pensa : « Ce valet ne fait qu'exécuter des ordres précis... « L'Européen » en plein accord avec son complice Nassim, avait prévu bien avant mon arrivée que je devrais être éloignée de leur conversation pendant une durée déterminée. » Mais elle était étonnée : Saïd savait mesurer le temps écoulé sans qu'il lui fut nécessaire de consulter le cadran d'une montre. Peut-être lisait-il l'heure dans le soleil ?...

« Le Maître » et Nassim les attendaient.

— Avez-vous aimé les jardins ? demanda l'hôte.

— Ils sont enchanteurs...

— L'enchantement pour moi a été celui de votre visite, Madame...

Et il s'inclina en ajoutant :

— Saïd va vous accompagner jusqu'à la voiture...

Eva comprit qu'il ne dirait pas un mot de plus : l'audience — n'était-ce pas le seul mot qui convenait ? — était terminée. Elle eut un dernier sourire digne avant de traverser à nouveau toutes les pièces en compagnie de Nassim.

Quand la traction eut franchi le portail, elle demanda à son voisin :

— Satisfait ?

— Très satisfait !

Par cette seule réponse, elle comprit que le marché était conclu.

Elle ne posa plus de question pendant le retour et Nassim parut apprécier son silence. Au moment où la voiture atteignait les faubourgs de la ville, il lui dit :

— Nous allons vous déposer à proximité d'une station de taxi... Vous rentrerez à l'hôtel où j'irai vous retrouver dans votre chambre cette nuit vers onze heures. Il est préférable que l'on ne nous voie pas trop ensemble ce soir...

Elle regardait avec anxiété la pendule électrique dont les aiguilles se rapprochaient de l'heure fixée. A onze heures précises, un coup discret fut frappé à la porte. Elle ouvrit pour accueillir le Libanais qui semblait radieux mais elle ne lui laissa pas le temps d'exprimer son contentement :

— J'ai pensé qu'il était inutile, pendant le retour,

de parler à nouveau devant ces hommes qui occupaient la voiture.

— Cela n'aurait eu aucune importance : ils me sont tout dévoués.

— Ce que je vais vous dire ne les regardait cependant pas... Sachez que les dames de mon monde n'ont pas l'habitude d'être présentées les premières à un homme sans qu'elles sachent devant qui elles se trouvent. D'habitude c'est le monsieur qui décline d'abord son nom à la dame. Vous et votre « ami » vous êtes conduits à mon égard en parfaits goujats ! Je vous prie maintenant de me dire qui il est ?

— Son identité n'offre aucun intérêt pour vous, chère Eva ! Apprenez seulement que notre hôte de cet après-midi est un parfait homme du monde, tout aussi raffiné que ceux que vous avez pu rencontrer dans la vieille Europe... Quant à sa naissance, elle n'a rien à envier aux quartiers de noblesse dont pourraient se targuer les Maubert ! Il appartient à une dynastie millénaire... Vous avez pu constater aussi qu'il était cultivé : il a fait toutes ses études en France.

— J'aimerais savoir maintenant si ma présence était vraiment aussi indispensable que vous me l'aviez laissé entendre ?

— Elle l'était... J'ai la joie de vous annoncer que vous avez produit une très forte impression...

— On ne l'aurait pas dit !

— Ne vous fiez donc pas toujours aux apparences ! Ce n'est pas parce que l'on sait rester silencieux sur ces rives de la Méditerranée que les sentiments n'y sont pas très profonds !... Vous n'avez donc encore rien compris à tout le raffinement et à toute la subtilité de l'âme arabe ? Trop parler chez un caïd — car vous venez d'être reçue par un vrai caïd — serait une preuve de mauvaise éducation... Le silence au contraire est la marque de l'admiration... Personnellement, je tiens à vous remercier de l'aide précieuse que vous m'avez apportée et je saurai ne pas l'oublier... Il est possible que je sois contraint, à mon plus grand regret, de ne pouvoir vous consacrer pendant les jours qui vont venir autant de temps que nous le désirions tous les deux mais je vous demande de ne pas m'en vouloir... L'abandon très provisoire dans lequel je vais paraître vous laisser ne changera rien à ce que je vous ai dit quand nous nous rendions chez cet ami : je puis maintenant vous donner l'assurance que nous pourrons quitter ensemble ce pays dans les délais que je vous ai indiqués... Ensuite, je me consacrerai exclusivement à « notre » bonheur... Je suppose que cette randonnée en voiture vous a fatiguée ? Aussi vais-je me retirer.

— C'est tout ce que vous avez à me dire ?

— C'est tout pour ce soir... Bonsoir, Eva...

Elle se retrouva seule, perplexe.

De toute évidence, Nassim était décidé à ne la mettre au courant de rien et elle acquit la conviction que cette visite au mystérieux caïd ne lui avait apporté aucun élément d'information nouveau. Si encore elle avait pu repérer le chemin emprunté par la voiture, peut-être aurait-elle pu retrouver l'étrange demeure où elle s'était laissée emmener ? Mais la traction avait fait tant de détours, dans un pays qu'elle ne connaissait pas, qu'elle se sentait incapable de reconstituer l'itinéraire. Seule la durée du parcours, dans les deux sens, indiquait qu'ils s'étaient rendus au moins à une bonne centaine de kilomètres d'Alger, peut-être même plus ? Le paysage lui-même n'avait rien de très marquant : il ressemblait à tous ceux qui ceinturaient Alger.

Elle était furieuse après Nassim mais elle en voulait également à celui qui l'avait reçue... Pourquoi avait-il fait preuve d'une si grande réserve à son égard ? Se méfiait-il d'elle, à moins que ce ne fut de Nassim ? Et, du moment que le Libanais l'avait amenée avec lui, peut-être avait-elle été classée dans la même catégorie de trafiquants par le regard terriblement observateur de l'homme silencieux ? Elle en voulait surtout au caïd d'avoir cette beauté mystérieuse qui l'avait troublée au point de la rendre muette, elle aussi... Tous les visages, qu'elle avait rencontrés jusqu'à ce jour et qu'elle avait désirés, étaient comme balayés par celui auquel elle ne pouvait même pas donner un prénom !

Une conviction intime lui faisait cependant croire que si elle avait pu se trouver seule en tête à tête avec le seigneur d'Afrique, les choses se seraient présentées d'une autre façon. Elle ne pouvait penser que sa féminité ne serait pas parvenue à vaincre la froideur voulue... C'était la présence de Nassim qui avait tout paralysé ! Un Nassim qui ne travaillait que pour lui-même et qui devait se moquer aussi bien, dans son for intérieur, de l'hôte que de celle qu'il avait cru besoin de présenter comme étant sa maîtresse. Quelle avait pu être la réaction cachée du Maître de Saïd lorsqu'il avait eu la preuve que le trafiquant ne s'était pas vanté quand il lui avait laissé entendre, sans doute quelques jours plus tôt, qu'il était l'amant d'une Française dont il faisait maintenant tout ce qu'il voulait ? Eva frissonna à cette pensée et fut prise d'une répulsion encore plus grande pour celui qu'elle ne voulait même plus qualifier du nom d'amant.

Un sentiment brûlant, irraisonné et assez insensé, commençait à l'envahir... Oubliant l'appât du gain qui l'avait uniquement poussée à accompagner Nassim, elle ne pensait plus qu'à retrouver l'homme au visage d'ascète. Jusqu'à ce jour, elle avait connu l'amour avec la soldatesque allemande, l'aristocrate français, l'industriel arrivé, l'aventurier méditerranéen, mais qu'était-ce en comparaison de ce que pourrait lui apporter l'Arabe ? Elle sentait qu'avec ce prince des Mille et Une Nuits, elle découvrirait enfin pourquoi elle avait été faite femme... Pour la première fois, elle rêvait de devenir l'esclave obéissante de l'homme. C'était fou : une juive s'avilissant avec humilité devant le pire ennemi de sa race !... Elle ne parvenait plus à chasser l'idée qui la torturait mais à laquelle elle se complaisait dans une extase sensuelle qu'elle n'avait encore jamais connue...

Pour vivre cette nouvelle griserie, qui serait sûrement la plus complète de sa vie, elle devait éliminer le principal obstacle : Nassim... Et cela fit germer, en quelques secondes dans son cerveau enfiévré, un nouveau plan qui lui parût prodigieux ! Comment n'y avait-elle pas songé avant ? Il offrirait non seulement l'avantage de la placer seule en présence de celui qu'elle voulait pour seul Maître mais aussi celui de découvrir enfin le secret qui allait assurer prochainement la fortune du trafiquant... Lorsqu'elle serait l'esclave de l'Inconnu, elle parviendrait bien à savoir par lui ce qu'il avait conclu exactement avec le Libanais. Il n'était pas possible, amoureuse comme elle l'était déjà, que sa propre sensualité ne déteignit pas sur celle de son nouvel amant ! Il finirait par parler... Elle voulait connaître la double sensation de sa défaite consentie de femme devant le désir et de sa victoire financière sur l'aventurier détesté.

Dès le lendemain matin, elle mettrait son plan à exécution. Il n'y avait plus une minute à perdre.

Elle ne revit Nassim que deux jours plus tard au bar où il lui avait donné rendez-vous par téléphone en disant :

— J'ai été débordé de travail hier mais je serais très heureux de prendre un verre ce soir avec vous avant de dîner...

Il l'attendait, souriant. Elle apparut, encore plus souriante que lui, en faisant un charmant reproche :

— Vous vous faites rare !

Puis elle murmura plus bas pour que le barman ne l'entendît pas :

— Vous me manquez, Nassim ! Ce n'est pas gentil...

Il répondit sur le même ton :

— Bientôt vous ne pourrez plus vous plaindre, chère Eva... Nous ne nous quitterons plus et nous n'aurons pas besoin de cacher notre amour là où nous serons.

— Nous dînons ensemble ?

— Ce serait imprudent... Jusqu'à notre départ, je dois faire très attention...

Instinctivement elle jeta un regard autour d'elle et, ramenant vivement son regard sur Nassim, elle dit à voix basse :

— Parlez-moi vite de n'importe quoi mais sur un ton normal !

Sans changer de visage, il enchaîna distinctement :

— Avez-vous acheté cette table incrustée qui vous plaisait tant hier ?

Elle répondit sur le même ton :

— Pas encore. On m'a donné une autre adresse où, paraît-il, il y en aurait d'encore plus jolies...

Puis, à voix très basse elle ajouta pendant qu'il continuait à converser sur un ton normal :

— Il y a derrière nous deux individus qui essayaient de comprendre ce que nous disions à voix basse. Nous avons l'air de les intéresser prodigieusement !

Nassim pâlit avant de répondre sans se retourner et à voix basse également :

— Restez calme, je vous en prie !

— Ce seraient des policiers français que ça ne m'étonnerait pas...

— Surtout pas d'affolement ! Et, même si c'en étaient, rien ne prouve qu'ils soient là pour nous ?

— Pour vous, devriez-vous dire ! Moi on ne peut rien me reprocher... sinon de vous aimer !

Il ne lui répondit pas, comme il l'avait déjà fait quelques semaines plus tôt : « Moi non plus, je n'ai rien à me reprocher » et il préféra demander discrètement au barman :

— Vous connnaissez les deux Messieurs qui sont assis près de l'entrée ?

L'interpellé, qui avait un grande habitude de sa clientèle, se contenta de répondre après avoir regardé :

— Je ne les ai jamais autant vus, M. Nahoum, mais je n'aimerais pas beaucoup les voir revenir souvent ici !

— Pourquoi ?

— On dirait des « poulets »... Il y en a plein la ville en ce moment ! Forcément avec tout ce qui s'y passe ! C'est le nouveau « truc » qu'ils ont trouvé en haut lieu pour être renseignés sur le terrorisme... Seulement s'ils croient qu'on ne repère pas leurs agents en civil, ils se trompent !

Nassim ne fit aucun commentaire mais au moment de quitter le bar, il dit à Eva dans le hall :

— Je dois sortir et je ne rentrerai que tard dans la nuit... Dès que j'aurai franchi la porte de l'hôtel, restez discrètement dissimulée dans le hall pour voir si ces deux hommes sont toujours assis au bar ou s'ils m'ont suivi ? Au cas où ils l'auraient fait, appelez dans un quart d'heure le numéro de téléphone suivant...

Il l'inscrivit sur un papier avant d'ajouter :

— Vous n'aurez qu'à dire à la personne qui vous répondra « Prévenez M. Charles que ses lettres sont parties... » Je saurai ce que ça veut dire.

— M. Charles ? Qui est-ce ?

— Peu importe ! Si au contraire, les deux hommes ne quittent pas le bar bien que nous n'y soyons plus, cela indiquera qu'ils surveillent quelqu'un d'autre et ce ne sera pas la peine de me téléphoner... A demain !

Eva fit ce qu'il lui avait demandé. Un quart d'heure plus tard, elle appelait de sa chambre, le numéro indiqué. Une voix féminine était au bout du fil. Dès qu'elle eut transmis le message, indiquant que les deux hommes avaient quitté l'hôtel sur les pas de Nassim, elle ne put s'empêcher d'ajouter à sa correspondante inconnue :

— Vous avez bien compris ?

— Très bien, répondit la voix.

— Pour vérification, indiquez-moi, s'il vous plaît, votre adresse ?

Un déclic fut la seule réponse.

Eva reposa l'appareil en pensant que l'organisation de Nassim devait être très au point. Le lendemain, il l'appela par téléphone, de son appartement :

— Pouvez-vous venir tout de suite ? Je vous attends...

Dès qu'elle l'eut rejoint, il dit, après avoir soigneusement refermé la porte donnant sur le couloir :

— Vous avez fait très attention en venant de votre chambre ?

— Je n'ai rencontré personne.

— De toute façon, à l'avenir, il vaudra mieux éviter le plus possible de nous voir jusqu'au moment du départ... Hier soir, vous aviez raison : c'était bien moi qu' « ils » surveillaient... Après votre coup de fil, j'ai pu constater qu'ils étaient en faction dans une voiture, stationnée tous feux éteints, près de l'immeuble où je me trouvais... Heureusement, il y avait une autre sortie par derrière et je les ai semés provisoirement. Mais je sais qu'ils sont à nouveau en train de rôder dans le hall en ce moment.

— Comment ont-ils le droit d'y rester ?...

— La police, ma chère, a tous les droits !... Le barman, auquel j'ai commandé par téléphone intentionnellement un cocktail, m'a dit qu'il s'était renseigné auprès du portier et qu'il lui avait confirmé que ces deux hommes appartenaient effectivement à la police.

— Mais enfin, Nassim, qu'avez-vous donc fait de tellement répréhensible ?

— Sans doute ai-je trop aimé la France !

— Vous êtes bien sûr que les autorités n'ont pas d'inquiétudes sur cette affaire que vous préparez ?

— Je ne le pense pas... Et pourquoi seraient-elles inquiètes ?

Il resta pourtant songeur pendant quelques instants avant d'ajouter :

— La seule chose qui me surprend un peu est que cette surveillance semble avoir commencé deux jours après la visite que nous avons faite ensemble...

— Vous pensez que votre ami arabe aurait parlé ?

— Lui ? Il se ferait plutôt couper la langue !

— Etes-vous bien certain de ne pas avoir été surveillé déjà depuis très longtemps ? Souvenez-vous de ce qu'avait dit ce commandant du 2e Bureau...

— Je souhaite presque qu'il en soit ainsi, sinon je pourrais avoir quelques doutes qui m'ennuieraient beaucoup, chère Eva...

Il la fixait mais elle soutint son regard sans faiblir et en disant avec calme :

— Vous me faites de la peine, Nassim... Je croyais vous avoir donné jusqu'à ce jour suffisamment de preuves d'attachement pour que vous ayez une confiance totale en moi ?

— J'ai confiance... Seulement j'approche d'un moment où je dois m'entourer de précautions infinies...

— Et vous vous demandez si l'épouse du Colonel de Maubert n'a pas reçu la mission secrète de surveiller vos activités ?

Il ne répondit pas, continuant à la dévisager.

— Eh bien, dites-le ? poursuivit-elle. Seulement je vous préviens : si telle est vraiment votre pensée, je vous quitte et je ne vous reverrai plus !

Il lui prit les mains :

— Ne m'en veuillez pas ! J'ai tort, je le sais... Mais j'ai une excuse : cette surveillance perpétuelle, que je sens autour de moi, et qui n'a aucune raison d'être, finit par être agaçante ! Je préférerais être interrogé par ces policiers pour qu'il y ait une bonne explication une fois pour toutes ! Le plus exaspérant, c'est qu'ils se contentent de m'épier sans bouger et sans me dire un mot !

— C'est l'indication qu'il n'ont rien contre vous, sinon il y aurait longtemps que vous auriez été arrêté, surtout en ce moment ! Je ne pense pas que la police prenne beaucoup de gants pour s'occuper des étrangers résidant actuellement en Algérie ! Ces hommes ne doivent avoir que de très vagues renseignements qui viennent peut-être de gens envieux de votre réussite ? Etes-vous bien certain de ne pas avoir pour cette même affaire importante des concurrents qui ne cherchent qu'à vous évincer ?

— Je suis seul ! L'affaire a été entièrement montée par moi ! Elle m'appartient !

Il s'était exprimé avec force, presqu'avec une sorte de fierté.

— Nassim, vous m'avez dit tout à l'heure que nous devions continuer à nous voir le moins possible jusqu'au départ... Croyez-vous que ce soit très prudent pour moi de venir ainsi dans votre appartement ?

— Je l'ai minutieusement inspecté dès que j'ai eu la certitude d'être surveillé... Je n'y ai pas trouvé de micro dissimulé pour entendre nos conversations.

— Et le téléphone ? Vous pouvez être certain que

votre numéro d'appartement est branché sur une table d'écoute ! C'est pourquoi je suis assez inquiète à l'idée que vous venez de me téléphoner pour me demander de venir vous voir !

— J'ai pris soin d'en dire le moins possible à l'appareil... Mais vous avez raison : à l'avenir, nous devons considérer cet hôtel comme étant dangereux.

— Pourquoi n'en changeriez-vous pas ?

— Ce serait inutile ! Le jour où je quitterai *l'Allieri* sera celui de mes adieux à Alger... Le vôtre aussi d'ailleurs !

— Si vous m'avez demandé de vous accompagner bientôt dans un autre pays, ce ne peut être que parce que vous ne vous sentez plus en sûreté ici... Je ne veux pas savoir ce que vous manigancez mais je me refuse à être mêlée à une aventure où il y aurait le moindre risque !

— Chère Eva, quelle est l'aventure qui n'offre pas de risques ? Et n'êtes-vous pas de la même trempe que moi ? Vous aimez jouer avec le feu ! Vous êtes née pour l'aventure !

— A condition qu'elle soit bien organisée !

— La mienne l'est ! Soyez sans crainte !

— Etes-vous sûr de pouvoir la mener jusqu'au bout ?

— Que voulez-vous dire ?

— Supposons que cette police, qui vous épie, vous dise un jour : « Cher Monsieur, sans vous mettre en état d'arrestation parce que nous n'avons encore aucune preuve précise contre vous, nous vous prions de ne plus sortir de votre hôtel et même de votre appartement... » Que ferez-vous ?

— Cette éventualité est déjà prévue... Je ne serai pas le premier homme à s'occuper de ses affaires sans bouger de chez lui !

— Avec un téléphone surveillé ?

Il sourit :

— Il n'y a pas que le téléphone ! Je vais vous prouver que j'ai une confiance totale en vous...

Il avait extrait une mallette d'un placard :

— Vous voyez ce nécessaire de voyage pour homme... Il est très élégant, n'est-ce pas ?

La mallette était ouverte, découvrant des brosses dont le dos d'ivoire portait les initiales N. N.

— ...Elégant et tellement pratique ! continua-t-il en soulevant le fond de la mallette et Eva aperçut un étrange appareil dont les dimensions étaient très réduites.

— Qu'est-ce que c'est ? demanda-t-elle avec une innocence voulue.

— Le moyen de communiquer avec mes amis quand je le désire : si vous aviez su manipuler ce genre d'appareil, vous auriez pu m'être très utile... Je vous aurais confié ce nécessaire qui serait resté bien gentiment avec vos bagages dans votre chambre.

— Peut-être pourrais-je apprendre ?

— Ce serait trop long ! Nous serons partis avant que j'aie trouvé le temps de vous donner la moindre leçon particulière !

— Vous ne craignez pas qu'en fouillant votre appartement, on ne découvre cette radio ?

— Non puisque je ne vais plus sortir de chez moi avant l'heure H...

— L'heure H... ?

— Celle qui va me permettre de satisfaire tous vos moindres caprices, Eva !

Il s'était rapproché d'elle :

— Vous m'en voulez toujours pour ma méfiance de tout à l'heure ?

— On n'en veut qu'à ceux que l'on n'aime pas, Nassim...

Et elle continua de sa voix infiniment douce :

— Si jamais cet appareil vous apportait une nouvelle grave vous obligeant à prendre des dispositions urgentes, n'hésitez pas à vous servir de moi. Je serai toujours votre alliée...

— Je vous crois maintenant. Je sais tout ce dont vous pouvez être capable... C'est pour cela que je vous admire et que je vous veux pour compagne ! Vous êtes la seule femme qui peut me comprendre : nos goûts et nos ambitions sont les mêmes !... Vous allez retourner bien gentiment dans votre chambre... Ce serait imprudent de trop prolonger cet entretien.

— Comment allons-nous faire pour communiquer sans utiliser le téléphone intérieur ?

— Si j'ai quelque chose à vous faire savoir, vous le saurez par le garçon d'étage.

— Mais il y en a plusieurs ! Ce n'est jamais le même qui vient quand on sonne !

— Celui-là, vous le reconnaîtrez aisément... Il vous dira en pénétrant chez vous : « Madame la Comtesse ne désire-t-elle pas prendre un scotch ? Cela signifiera qu'il a un message oral à vous transmettre de ma part.

— Et si moi j'apprenais une nouvelle vous concernant que j'estimerais urgente de vous transmettre ?

— Vous descendrez au bar et vous direz simplement au barman : « Monsieur Nassim me prie de vous dire de lui faire monter un dry... » Dans les dix minutes qui suivront, le garçon d'étage ami frappera à votre porte en vous disant : « Madame la Comtesse désire-t-elle prendre un dry ? » Vous n'aurez alors qu'à lui transmettre le message... Mais attention ! N'écrivez jamais ! Tout doit être oral.

— Alors moi aussi, je ne dois plus quitter ma chambre ?

— Sortez au contraire ! Bougez ! Allez de temps

en temps en ville pour y faire des emplettes... Vous devriez même tenter une expérience intéressante qui nous permettrait de savoir si, vous aussi, vous êtes surveillée... Passez tout à l'heure ostensiblement devant les policiers assis dans le hall. Vous les reconnaîtrez : il paraît que ce sont les mêmes qu'hier... Si l'un d'eux vous suivait pendant vos courses, cela indiquerait que l'on se méfie aussi de vous. Vous me le feriez savoir à votre retour par notre code... Si, au contraire, on vous laisse tranquille, ce sera la preuve que vous n'êtes considérée que comme n'étant pour moi qu'une relation mondaine. Alors, le cas échéant, vous pourrez m'être très utile... A bientôt, Eva !

— Quand nous reverrons-nous ?

— Je ne peux pas encore le dire... Je ne sais même pas si ce sera ici... L'important est que nous ayons mis au point le moyen de rester en contact.

En le quittant cette fois, elle était satisfaite. S'il n'avait pu résister au besoin de lui dire qu'il s'était méfié d'elle, c'était parce qu'en réalité il ne savait pas qui avait mis la police en éveil sur ses activités ? Ce n'était pas un Nassim simplement inquiet qu'elle venait de voir mais un homme déjà affolé qui sentait qu'un danger réel se précisait juste au moment où il allait réaliser sa meilleure affaire, celle d'où dépendrait toute sa fortune future et après laquelle il irait se mettre confortablement à l'abri à l'étranger. Dans quelques jours, quelques heures peut-être, Eva l'aurait complètement à sa merci : comme il saurait qu'elle n'était pas surveillée, il l'utiliserait au moment décisif et là, elle démasquerait ses dernières batteries.

L'homme commençait aussi à lui révéler beaucoup de choses : le poste émetteur clandestin installé dans la mallette, l'identité de certains complices tels que le barman ou le garçon d'étage. Il avait beau affirmer être l'unique maître de ses affaires : celles-ci devaient être trop complexes et montées sur une trop grande échelle pour pouvoir être menées par lui seul... Les complices risquaient de causer sa perte bien que Eva eut la certitude que Nassim saurait se débarrasser d'eux quand ils auraient cessé de lui être utiles. Les complices ? Leur présence même dans l'hôtel prouvait qu'elle-même devait faire très attention : elle aussi était épiée par les hommes de Nassim. La partie se resserrait.

Elle fit cependant ce qu'il lui avait demandé et sortit en ville. En traversant le hall, elle remarqua les deux hommes plongés dans la lecture attentive de journaux... Dès qu'elle fut dehors, elle comprit que l'un d'eux l'avait suivie. Nassim avait vu juste mais elle ne fut pas autrement inquiète...

Elle alla de magasin en magasin, sans se presser, flânant. Au bout d'une heure, elle rentra dans un salon de thé où elle s'installa à une table qui lui permettait d'observer, à travers la vitrine, le mouvement de la rue. Cinq minutes s'écoulèrent et l'homme qui était sur ses traces entra à son tour dans le salon où il vint s'asseoir à une table voisine de la sienne. Après avoir commandé à la serveuse un thé au lait, agrémenté de toasts, l'homme déplia son journal et, pendant que son visage restait plongé dans la lecture de la troisième page, Eva put entendre sa voix qui lui disait :

— Ne vous inquiétez pas : personne ne m'a suivi. Tout se passe comme vous le désirez.

Elle ne répondit pas mais sortit de son sac un petit carnet d'adresses sur lequel elle griffonna quelques mots. Ensuite, sans que personne la vit à l'exception de son voisin, elle arracha la page sur laquelle elle venait d'écrire puis la froissa en boulette dans sa main. Au moment où elle ressortait du salon de thé, la petite boule avait passé dans les mains du voisin qui la déplia à l'abri de son journal.

Eva fit encore deux ou trois courses avant de rentrer à l'hôtel. Quand elle traversa le hall, elle revit le deuxième homme qui n'avait pas bougé, toujours passionné par la lecture de son journal.

Elle alla directement au bar où elle se fit servir un scotch. Au moment de payer elle dit au barman : « Monsieur Nassim me prie de vous dire de lui faire monter un dry ». Ensuite elle rejoignit l'ascenseur pour remonter dans sa chambre.

Dès qu'elle y fut, elle alluma une cigarette et s'installa sur le divan, un livre à la main, dans l'attente du visiteur prévu. Nassim était un homme remarquablement précis : les dix minutes s'étaient à peine écoulées qu'un coup discret fut frappé à la porte.

— Entrez ! cria Eva.

Le garçon d'étage était devant elle. Elle fut certaine de ne l'avoir encore jamais vu et le laissa dire d'une voix impersonnelle : « Madame la Comtesse désire prendre un dry ? »

— Non, merci ! Prévenez simplement M. Nassim que j'ai fait des courses en ville et que personne ne m'a importunée.

L'homme ressortit après un salut silencieux.

Maintenant Eva l'avait repéré. Comme elle connaissait aussi le barman, ces deux dangers devenaient faciles à écarter. Sans que le Libanais put s'en douter, elle commençait à marquer de sérieux avantages. Le plus considérable était que Nassim, venant d'apprendre qu'on ne l'avait pas suivie, n'hésiterait plus, le cas échéant, à se servir d'elle comme intermédiaire. Ce jour-là, elle saurait...

Pas suivie ? L'homme du salon de thé, dans un excès de zèle, avait commis une grosse imprudence.

Il l'avait d'ailleurs compris quand il avait murmuré derrière son journal : « Ne vous inquiétez pas... Personne ne m'a suivi. » Elle lui avait aussitôt passé la boulette de papier sur laquelle était écrit : « *Ne m'abordez jamais directement ! Les hommes de N. sont partout... Continuez même tactique jusqu'à nouvel ordre.* »

Mais, dans l'ensemble, les deux policiers s'étaient bien acquittés du travail qui leur avait été confié. Des policiers ? Pas exactement... Ce n'étaient que des hommes de confiance d'une agence privée et très spécialisée où Eva s'était rendue le matin qui avait suivi sa double décision de revoir seule le caïd et de faire payer Nassim. C'était elle-même qui avait choisi les deux limiers, parmi tous ceux qui lui avaient été présentés par le directeur de l'officine, parce qu'il lui avait semblé impossible que des personnages pussent ressembler davantage à d'authentiques policiers. Ils en avaient tout : l'allure, la démarche, l'accoutrement vestimentaire... Ils faisaient « vrais » sans trop d'exagération. Eva n'avait pas craint de dire :

— Je paierai ce qu'il faudra si vous réussissez à donner l'impression à un homme, dont je vous indiquerai le nom, qu'il est surveillé par la police officielle... A aucun moment, on ne devra soupçonner que vous n'appartenez qu'à une organisation privée...

— Madame, nous aurons sur nous tous les papiers nécessaires s'il nous fallait les exhiber.

— Je ne veux aucune histoire. Mais, comme votre principal centre de surveillance sera l'hôtel où habite ce Monsieur, arrangez-vous pour vous mettre bien avec le concierge, les grooms et tout le personnel en faisant discrètement comprendre que vous appartenez à la police... Ils n'iront pas chercher trop de précisions si vous savez vous montrer généreux !

Et elle avait versé une grosse provision tout en spécifiant, après avoir donné le nom de Nassim Nahoum qui fit sourire le directeur de l'agence :

— Evidemment, vous le connaissez comme tout le monde à Alger... Mais lui ne connaît pas vos hommes, c'est ce qui compte pour moi... Bien entendu, vous ne devez lui faire aucun mal, aucune menace directe, ne jamais l'aborder, ni lui parler ! Il doit seulement sentir votre présence rôdant autour de lui...

Les ordres avaient été scrupuleusement exécutés : le résultat était là. Nassim suait déjà la peur et n'osait plus bouger de son appartement. Eva pouvait être satisfaite puisqu'elle avait décidé de travailler d'abord pour elle. Ce ne serait que si elle ne parvenait pas en fin de compte, à obtenir ce qu'elle voulait du Libanais qu'elle le dénoncerait à la véritable police. La seule découverte de la mallette serait suffisante pour étayer ses révélations.

Trois jours passèrent sans qu'elle reçut aucun message de Nassim. Elle avait calqué son comportement sur le sien en ne lui donnant pas signe de vie mais en continuant à mener une existence normale : elle sortait chaque fois qu'elle en avait envie et prenait tous les soirs un drink au bar avant le dîner pour que le barman put continuer à informer secrètement Nassim des allées et venues de la Comtesse de Maubert. Le comble de l'art n'était-il pas, pour Eva, de savoir se faire espionner ?

De leur côté, les hommes de l'agence ne quittaient pratiquement plus l'hôtel ou ses abords, s'y relayant par équipes jour et nuit. Nassim ne se montrait pas mais Eva savait qu'il était toujours là, se terrant dans son appartement, tel un fauve aux abois. Elle se demandait quand même si cet isolement voulu pouvait durer longtemps ? Penché sur sa radio, le trafiquant devait continuer à donner ses ordres à distance selon un code secret, dans l'attente du moment décisif. Elle ne fut pas surprise quand on vint frapper à sa porte à onze heures du soir.

— Qu'est-ce que c'est ? demanda-telle simplement pour la forme.

— Ouvrez vite !

C'était la voix de Nassim.

Il entra rapidement.

— Vous ? C'est d'une imprudence folle !

— Je n'avais pas le choix... Le couloir était désert... J'ai besoin de vous, Eva. Pouvez-vous vous rhabiller pour sortir ?

— Oui...

— Si j'avais pu vous l'éviter, croyez bien que je l'aurais fait ! Mais je n'ai confiance qu'en vous !... A cette heure-ci vous trouverez encore un taxi devant l'hôtel... Vous vous ferez conduire là où je vous avais pris en voiture pour aller chez « notre » ami... La même traction passera en longeant le trottoir dès que le taxi sera reparti : vous n'aurez qu'à monter à l'arrière. Sur les sièges avant vous verrez les deux hommes qui s'y trouvaient déjà l'autre jour. Ils vous conduiront chez notre ami qui vous attend et auquel je viens d'annoncer votre visite par un message radio. Il vous remettra un document pour moi et la voiture vous ramènera aussitôt à Alger... Vous serez de retour pour le lever du jour... La traction ne vous déposera pas juste devant l'entrée de l'hôtel par prudence mais à deux cents mètres qu'il vous faudra faire à pied. A cette heure-là vous ne trouveriez pas de taxi. Dès que vous serez ici dans votre chambre vous sonnerez le garçon d'étage... Ce sera celui auquel vous avez déjà donné un message verbal pour moi. Il me préviendra et je reviendrai moi-même ici prendre le document dont vous ne vous dessaisirez qu'entre mes mains.

— Ne serait-il pas préférable de me rendre alors dans votre appartement plutôt que vous, de revenir dans le mien ?

— Non. Le vôtre n'est sûrement pas surveillé.

— Comment dois-je m'habiller pour ne pas donner trop de soupçons au portier de nuit et aux gens qui me verront sortir de l'hôtel à une heure pareille ?... Si je mettais une robe du soir comme si j'allais à une réception ou dans un cabaret de nuit ?

— Très bonne idée ! Mettez-vous en grand décolleté avec quelques bijoux et un manteau de fourrure. Ainsi, quand vous reviendrez au petit jour, on croira que vous n'êtes qu'une très jolie femme qui a eu envie de s'amuser. Seulement faites vite !

— Il me faut au moins une bonne demi-heure pour me préparer !

— Je vous souhaite bonne chance ! Dès que vous serez arrivée à destination, je le saurai par un appel radio... De même quand vous repartirez de là-bas.

— Vous allez me contrôler à distance à ce que je vois ?

— C'est indispensable... pour assurer votre protection.

— Ce document que je dois rapporter risque donc d'être intercepté.

— On ne sait jamais !

— Je ne comprends pas pourquoi vous ne vous êtes pas fait transmettre sa teneur par radio ?

— Il s'agit d'une pièce signée... Je vous en supplie, Eva, hâtez-vous !... Notre ami sera certainement flatté de penser que vous avez tenu à vous faire très belle pour aller lui rendre cette visite nocturne ! A demain...

Une demi-heure plus tard, elle traversait le hall.

Jamais elle ne s'était encore montrée aussi somptueusement parée à Alger. La robe choisie était pourpre, rehaussant le décolleté mat et la chevelure d'ébène. Elle portait à l'annulaire gauche l'émeraude offerte par Nassim et avait jeté sur ses épaules une cape de vison platine. Elle laissait derrière elle un sillon parfumé : les quelques clients attardés ne purent cacher leur admiration devant ce bel oiseau de nuit. En passant, elle avait aperçu les deux policiers privés qui la regardèrent avec curiosité sans quitter cependant leurs fauteuils : du moment qu'elle ne leur avait fait aucun signe, c'était que l'homme à surveiller était toujours dans l'hôtel.

Quand elle monta dans le taxi, elle cria pour que le groom fermant la portière put l'entendre :

— Menez-moi au *Sirocco !*

Mais, dès que l'hôtel ne fut plus en vue, la belle cliente parut se raviser et indiqua au chauffeur un numéro quelconque de la rue où la traction devait la prendre.

En quittant le taxi, elle fit semblant de s'approcher d'une porte pour y sonner et attendit, comme elle l'avait déjà fait, que la voiture fut repartie. Et elle se retrouva seule dans la rue déserte. Instinctivement elle ramena sa cape sur ses épaules frissonnantes. L'air de la nuit était cependant très doux... Le frisson était celui de l'inquiétude... Cette nouvelle expédition n'était-elle pas encore plus folle que la précédente ? Nassim ne serait même plus là, à ses côtés ! Elle fut prise d'un doute terrible : ce document existait-il réellement ? Le Libanais n'avait-il pas inventé ce prétexte pour se débarrasser définitivement d'elle ? Les occupants de la traction n'avaient-ils pas reçu l'ordre de l'emmener dans un lieu désert pour l'exécuter ?

Plutôt que d'avancer dans la rue mal éclairée, elle préféra attendre, dissimulée dans l'encoignure d'une porte. Mille pensées hantèrent son esprit... D'un instant à l'autre, elle pouvait être aussi la victime d'un vulgaire rôdeur dont le seul but serait de s'approprier les merveilleux bijoux et la cape de vison... Le risque devenait immense.

Une voiture passa lentement mais Eva ne bougea pas, ayant reconnu un véhicule de la police militaire qui faisait une ronde.

Elle avait quand même eu envie de crier pour alerter les policiers qui l'auraient ramenée au centre de la ville. Mais ils lui auraient demandé ce qu'elle faisait là, à cette heure et en robe du soir. Elle attendit encore cinq longues minutes avant qu'une deuxième voiture apparut, longeant lentement le trottoir : c'était la traction.

Elle courut, ne voulant plus réfléchir, et sauta dans la voiture, dont la portière arrière s'était entrouverte. Elle se retrouva, assise seule sur la banquette arrière avec, sur les sièges avant, les deux hommes silencieux qui l'avaient déjà accompagnée avec Nassim. Ils ne lui dirent pas un mot pendant que la voiture repartait à toute vitesse dans la nuit. Eva comprit que ce n'était même pas la peine de tenter d'entrer en conversation avec eux et elle préféra essayer de se remémorer l'enchaînement des événements qui l'avaient conduite là.

Si la traction la menait vraiment chez l'homme qui l'avait fascinée, ce serait la réalisation rapide de ses désirs : dans une heure, elle se retrouverait seule en tête à tête avec le caïd comme elle l'avait souhaité. Elle comptait bien découvrir également la nature de la fructueuse opération réalisée par Nassim. Si, au contraire, elle était assassinée en cours de route, personne n'entendrait plus parler avant longtemps de la belle Eva... Mais plus elle y réfléchissait et moins elle voyait les raisons pour lesquelles le Libanais se serait débarrassé d'elle ? Il n'avait aucun intérêt, au moment où il allait atteindre un but qui devait être le couronnement de sa carrière d'aventurier, à attirer l'attention de la police sur la disparition d'une femme du monde en compagnie de qui on l'avait vu plusieurs fois... Par crainte d'en avoir trop dit à sa maîtresse en lui révélant l'existence du poste émetteur ? S'il l'avait fait, c'était qu'il avait maintenant une confiance absolue... C'était aussi qu'il l'aimait au point d'avoir fini par lui demander de fuir prochainement avec lui. Elle pensait avoir tout fait pour s'attacher l'homme méfiant et elle conservait un solide espoir dans sa propre bonne étoile, qui lui avait toujours permis, jusqu'à ce jour, de se tirer des situations les plus critiques.

Nassim ne lui avait confié cette mission urgente que parce qu'il était réellement tombé dans le piège et qu'il se croyait traqué. Le fait enfin qu'il n'avait pas utilisé l'un de ses subalternes pour ramener le précieux document était la preuve qu'il se méfiait de tout le monde à l'exception d'elle, Eva... Pensée qui amena un léger sourire sur ses lèvres.

La sensation de détente ne fit que s'accentuer : elle commença à se regarder dans le miroir de sa minaudière pour voir si son maquillage était parfait ? Quand Nassim lui avait dit que le caïd serait flatté de constater qu'elle s'était faite aussi belle, il était à cent lieues de se douter qu'elle n'avait suggéré l'idée du grand décolleté que parce qu'elle voulait avoir tous les atouts pour séduire... Cette robe de velours rouge n'était-elle pas celle qui avait le plus ébloui Veran ? Ne lui avait-il pas demandé de la porter pour poser quand il avait fait faire le portrait qui trônait maintenant dans la bibliothèque de *La Tilleraye ?* Comme les guenilles, qui avaient séduit Eric dans le camp, c'était un vêtement de victoire qui ne pouvait que lui porter chance : le prince d'Afrique la désirerait...

Ce fut avec un réel soulagement qu'elle reconnut le portail, pratiqué dans les hauts murs blancs, devant lequel la voiture venait de s'arrêter après avoir roulé sur les petites routes qu'il lui avait été encore plus difficile de repérer que pendant le premier voyage. Une fois de plus, elle se sentait incapable de réaliser où elle se trouvait ? Ceci, malgré la nuit éclairée par un admirable clair de lune.

Comme la première fois, le portail s'ouvrit sans que le chauffeur ait eu à utiliser l'avertisseur ou à faire un signal de ses phares. Quelques instants plus tard, la traction s'immobilisait devant la maison crénelée, après avoir traversé les jardins dont les massifs prenaient, sous les reflets de lune, des contours irréels. Quand elle descendit de voiture, Eva reçut en bouffée les senteurs lourdes exhalées par les plantes qui se vivifiaient à la fraîcheur bienfaisante de la nuit.

Tandis que les deux hommes de Nassim restaient dans la voiture, Eva traversa, précédée d'un serviteur enturbanné, les pièces silencieuses dont l'éclairage tamisé rendait encore plus mystérieux les dessins des tapis recouvrant les murs.

Le maître des lieux l'attendait dans la dernière pièce. Vêtu d'un smoking blanc il s'inclina en disant :

— Je suis désolé, Madame, que vous ayez été contrainte de faire un tel déplacement aussi tard dans la nuit...

— Ce n'est pas une contrainte, répondit-elle en souriant. Je n'y ai consenti que parce que j'avais envie de vous revoir.

— Vraiment ? Que puis-je vous offrir ?

— Je n'oserais vous demander du champagne ?

— Et pourquoi pas ?

Il avait frappé dans ses mains. En quelques instants, des serviteurs apportèrent un magnum et des coupes en cristal taillé qu'ils déposèrent sur la table basse devant laquelle Eva avait déjà dégusté le méchoui quelques jours plus tôt. Avant de l'inviter à s'asseoir sur l'un des coussins, posés à même le sol, il lui offrit une coupe et en prit une autre en disant de sa voix, à la fois douce et grave :

— Je bois à la Beauté, Madame...

Elle eut un sourire avant de répondre, très calme :

— Et moi à la France ! Vous aimez la France ?

Il prit son temps :

— Je l'estime... C'est un noble pays qui, malheureusement, n'est plus dirigé comme il le mériterait...

— Et vous buvez du champagne ?

— Rarement... Il m'arrive cependant de faire quelques entorses aux lois édictées par ma religion quand les règles de l'hospitalité l'exigent.

— Ou quand vous vous trouvez seul en présence d'une Française ? Je ne vois pas votre fidèle Saïd ce soir ?

— Saïd est actuellement en mission... Nous sommes seuls en effet... Permettez-moi de vous féliciter pour votre élégance qui ne peut venir que de Paris !

— Je suis particulièrement sensible à ce compliment... Je constate que vous aimez vous revêtir à l'européenne ?

— Je n'ai pas de préférence spéciale... Le propre de la véritable civilité n'est-il pas de donner à ses hôtes étrangers l'impression que l'on admire leurs usages et leurs coutumes ?

— Vous ne vous considérez donc pas comme un Français ?

Il la fixa longuement avant de répondre :

— Je me considère aussi Français que vous, Madame... Mais devons-nous oublier tous deux que nous sommes de race sémite ?

Une lueur de rage traversa le regard de Eva mais

elle retrouva instantanément sa douceur caressante :

— Vous êtes très perspicace... A moins que ce ne soit votre ami Nassim qui vous ait dit que j'étais juive ?

— Nassim Nahoum ne m'a rien dit : je le crois trop amoureux de vous pour qu'il puisse se permettre de semblables confidences... Attribuez mon jugement à ma seule expérience : j'ai beaucoup voyagé...

— Et vous détestez les Juifs, naturellement?

— L'armée d'Israël est très courageuse...

— Savez-vous que cet éloge a son prix ?

— Je suis prêt à faire le même éloge pour l'armée française à laquelle appartient le Colonel de Maubert... J'ai aussi une immense estime pour le Colonel...

— Vous le connaissez donc ?

— Avant de répondre, je tiens d'abord à rectifier un point auquel j'attache une grande importance : tout à l'heure vous m'avez parlé de « mon ami Nassim »... Sachez que Nassim Nahoum n'est pas mon ami et qu'il ne le sera jamais !

Elle le regarda avec stupeur :

— Ce n'est pourtant pas ce qu'il dit !

— Son opinion compte peu... Nassim Nahoum n'est pas plus mon ami que celui de votre époux comme il a cherché à me le faire croire... Il n'est l'ami de personne, à l'exception de lui-même.

— Je serais presque disposée à adopter votre opinion ! avoua-t-elle en souriant.

— Vous parlez sérieusement, Madame ? Puis-je vous demander alors pourquoi vous partagez actuellement son existence ?

Elle eut un moment de suffocation avant de pouvoir répondre :

— Je vous trouve bien indiscret pour quelqu'un

qui me connaît à peine et dont j'ignore encore le nom ?

— Je crains que mon nom ne vous dise pas grand-chose... Celui que vous portez, par contre, représente beaucoup de choses pour le monde arabe... Il est synonyme de bravoure et d'élégance... J'ai eu l'occasion d'entendre parler du Colonel de Maubert, voici quelques mois, dans d'assez étranges circonstances... Des hommes de l'Armée de Libération Nationale avaient été faits prisonniers par des parachutistes français dans l'Aurès. Le capitaine, qui commandait ces derniers, voulait faire exécuter les combattants arabes parce qu'il les croyait responsables du massacre d'un village alors qu'ils n'y étaient pour rien ! Au moment où on les avait déjà fait aligner contre un mur, le Colonel de Maubert intervint. Après une discussion assez vive avec l'officier subalterne, il lui dit : « Ces hommes sont des prisonniers de guerre, Capitaine... Ils appartiennent à une unité combattante et organisée... D'après les renseignements précis que je viens de recevoir, ils n'ont aucun crime sur la conscience. Ils ne se battent que pour ce qu'ils croient être un idéal de liberté et uniquement contre nos troupes.. Nous devons donc leur appliquer les lois justes de la guerre. A partir de maintenant, je vous rends responsable de leur vie. » On fit alors monter les prisonniers dans des camions qui les transportèrent dans un camp, situé aux environs de Constantine et d'où l'un d'entre eux s'évada quelques jours plus tard... C'est lui qui m'a raconté cet incident. Comment voulez-vous que les Arabes puissent oublier le nom du Colonel de Maubert ?

Il y eut un silence. Eva regardait obstinément le magnum posé sur la table.

— Encore un peu de champagne, Madame ?

— Non, merci, répondit-elle en relevant la tête.

Sachez, Monsieur, que je n'aime pas beaucoup recevoir des leçons et surtout pas de vous ! Même si mon mari a jugé bon de faire grâce à ces hommes, je continue à ne les considérer que comme des ennemis de la France !

— Et vous, Madame, êtes-vous réellement son amie ?

— Je n'ai aucun compte à vous rendre ! Je ne suis venue ici que pour rendre service à M. Nahoum.

— J'oubliais en effet que vous étiez avant tout l'amie de M. Nahoum...

Puis il continua sans élever le ton :

— Je le déplore un peu pour lui.

— Vous êtes de plus en plus homme du monde !

— Vous vous méprenez sur le sens de mes paroles... Je veux dire simplement que Nassim Nahoum est si épris de vous que je crains qu'il ne fasse quelques imprudences ? Mais je suis encore plus désolé pour vous ! J'ai peur que cet homme du Caire ne vous entraîne dans une fâcheuse aventure...

— Parce qu'il est Egyptien ?

— Il ne vous l'avait donc pas dit ? C'est vrai que sa nationalité offre si peu d'importance ! Nassim Nahoum appartient à un pays sans frontières bien définies et dont le vrai visage ne peut-être orienté que vers un amoncellement d'or... Je me refuse de croire que le vôtre, qui reflète tant de beauté, puisse être le même ?

Il continuait à la dévisager avec une intense curiosité. Elle préféra détourner la conversation en disant :

— Je crois qu'il vaudrait mieux en venir au but précis de ma visite : je dois rapporter à M. Nahoum un document qu'il attend...

— Il peut attendre... Et il appelle cela un document ? J'aime assez cette définition... Bien entendu,

Madame, vous êtes au courant de la nature exacte de ce « document ? »

— Nullement... D'ailleurs, ça ne m'intéresse pas !

— Vous m'en voyez très heureux... J'aurais été navré que la Comtesse de Maubert eu sa part dans une telle affaire ! Alors vous n'agissez vraiment, en rendant ce service à Nassim Nahoum, que parce que vous avez pour lui une sincère admiration ? Sachant quel homme est le Colonel de Maubert, je vous avoue ne plus savoir que penser ?

— Pensez tout ce que vous voudrez et donnez-moi le document... Je n'ai pas de temps à perdre !

— Ne vous fâchez pas, Madame ! Je ne suis pas votre ennemi... Vous ne m'avez fait aucun mal et je respecte le nom que vous portez... J'aimerais tant que ce Nassim Nahoum éprouvât les mêmes sentiments que moi à votre égard !

— Je n'aime pas que vous me parliez sans cesse de lui... J'ai très bien compris que vous le détestiez !

— Même pas, Madame ! On ne déteste pas ceux pour lesquels on n'a que du mépris.

— C'est à ce point ? Que vous a-t-il fait ?

— A moi personnellement ? Rien !... Parce qu'il a besoin de moi et qu'il me craint !... En ce moment d'ailleurs, il semble avoir peur de beaucoup de choses ? C'est pour cela qu'il vous a envoyée ici à sa place, sinon il n'avait aucun intérêt à vous mêler à ses affaires !

— Qu'en savez-vous ?

— Je le connais depuis plus longtemps que vous ! Vous a-t-il seulement expliqué la nature exacte de ses occupations ?

— Il ne m'a jamais rien caché quand je l'ai questionné.

— Vraiment ? Et, malgré cela, vous avez continué à être... disons son alliée ? C'est assez étrange...

Un serviteur venait de s'approcher pour dire quelques mots en arabe à son maître. Après l'avoir congédié, celui-ci s'adressa à sa visiteuse :

— Vous allez pouvoir retourner auprès de votre ami, Madame... L'affaire que nous avions conclue avec lui s'est heureusement terminée, il y a quelques minutes. Je viens de l'apprendre par un message radiophonique de mon fidèle Saïd.

— Cette même radio qui vous permet de communiquer avec M. Nahoum sans qu'il ait besoin de quitter son appartement à l'hôtel ?

— La même, en effet... Ce pauvre Nassim Nahoum va être bien soulagé en apprenant, lui aussi, la nouvelle... Quand vous lui aurez remis ce qu'il attend de ma part, je ne pense pas qu'il continuera à s'éterniser longtemps à cet hôtel, ni en Algérie ! C'est un homme habile mais nullement téméraire ! D'ailleurs, surveillé comme il l'est depuis quelques jours, il ne pourrait plus nous être utile...

— Vous avez cependant été bien content d'avoir recours à ses services.

— N'exagérons pas l'importance des gens. Nul n'est irremplaçable... Un Nassim Nahoum va disparaître en s'envolant vers des ciels plus sereins pour lui. Un autre surgira aussitôt dont nous nous servirons dans des conditions identiques. Peut-être même aurai-je alors le plaisir de vous retrouver, alliée à son successeur ?

— Je n'apprécie ni votre sarcasme, ni votre cynisme !

— Vous n'avez tout de même pas la prétention, Madame, que je vous considère comme étant une authentique grande dame ? Malgré vos protestations d'amitié désintéressée pour un Nassim Nahoum, je suis dans l'obligation de vous classer dans la catégorie des femmes d'argent...

Ce fut instinctif : elle répondit par une gifle.

Il demeura impassible en disant d'une voix sourde :

— Vous avez beaucoup de chance d'être actuellement mon invitée, sinon...

Il ne termina pas la menace et sortit d'une poche intérieure de son smoking une enveloppe qu'il lui tendit :

— Voici « le document » ! Intentionnellement, je n'ai pas fermé cette enveloppe. Malgré vos dires, j'ai la conviction que vous êtes très désireuse de connaître la nature de la récompense que nous allouons à votre grand ami...

Elle prit l'enveloppe, mais dans son regard passa une expression de défi. Le visage de l'homme était resté impénétrable et bien qu'il n'eût cette fois aucune inclinaison de politesse, Eva comprit que l'entretien était terminé. Elle lui tourna le dos pour se diriger vers le tapis qui masquait la sortie et que venait de soulever un serviteur. Au fur et à mesure qu'elle traversa les salles silencieuses, elle accéléra le pas comme si elle se sentait talonnée par la vengeance de celui qu'elle venait de bafouer.

Lorsqu'elle se retrouva dans la voiture, la ramenant vers Nassim, elle sentit affluer à ses yeux des larmes de rages, plus atroces que celles qu'elle avait déjà connues une nuit à *La Tilleraye* quand elle venait d'y découvrir la misère des Maubert... Larmes silencieuses que ne pouvaient voir les deux hommes assis devant elle et dans lesquelles s'écoulait toute la honte qu'elle venait de subir. Jamais elle n'aurait cru que sa beauté et son pouvoir de femme pussent être aussi vains en présence d'un homme dont la froideur n'était qu'une forme cinglante de mépris. La gifle n'avait été que sa réaction de femme ayant perdu tout contrôle sur elle-même : elle s'en voulait amèrement de n'avoir pas su rester la belle créature, dont le sourire sensuel et la voix caressante étaient des armes infiniment plus redoutables qu'un geste de colère...

L'Arabe l'avait poussée à bout avec la volonté calculée de lui donner une leçon. Heureusement qu'il n'y avait pas eu de témoin, sinon qu'aurait-on pensé de cette Juive qui n'était venue trouver l'ennemi héréditaire qu'avec le secret désir d'abdiquer et d'oublier la fierté de sa propre race ? Pour réparer l'affront, son devoir serait d'appliquer au centuple la peine du talion. S'il le fallait, elle attendrait le temps nécessaire mais l'homme au visage impénétrable paierait... Comment pourrait-elle oublier que, pour la première fois où elle s'était montrée prête à une certaine sincérité, elle ne s'était trouvée que devant l'incompréhension ? N'était-ce pas la pire des offenses pour une femme devenue brutalement amoureuse ?

Enfin, elle ne pardonnerait jamais à celui que Saïd appelait avec emphase « le prince des Sables », de s'être permis de lui rappeler ses devoirs d'épouse en lui vantant la noblesse du Colonel de Maubert !... Ce pauvre Eric, qui en était encore à croire qu'il fallait savoir se montrer magnanime dans une guerre !

Elle regardait la robe pourpre qui lui faisait horreur puisqu'elle n'avait plus été le vêtement de sa chance... Et cette émeraude, dont elle s'était parée pour éblouir, lui semblait ridicule ! Tout d'ailleurs l'avait été pour elle en présence de l'homme en smoking ! Deux personnages en tenue de soirée, buvant du champagne dans une atmosphère de suspicion, tel avait été le bilan dont il ne subsistait qu'un parfum de haine...

Il restait cependant autre chose : l'enveloppe... Comme l'avait prévu l'ennemi, elle ne put résister au désir d'en connaître le contenu ? C'était un chèque dont elle lut le montant grâce au reflet de lune qui éclairait l'arrière de la voiture. Et elle crut défaillir. Le chiffre lui apparut fabuleux : deux millions de dollars payables sur la succursale d'une banque américaine, à Caracas. Mentalement elle fit un rapide calcul : cela équivalait au moins à huit cent quarante millions de francs ! Nassim ne s'était pas vanté en disant qu'une fois cette affaire terminée, il serait vraiment riche... Et c'était elle, Eva, qui tenait cette fortune entre ses mains ! Pourquoi le Libanais avait-il pris ce risque ? Eva ne voyait qu'une explication possible : il avait voulu qu'elle apprît, par une preuve tangible, quelle allait être sa fortune. Il savait qu'ensuite elle n'hésiterait plus à l'accompagner au Venezuela... C'était d'une habileté diabolique : le chèque barré, établi au nom de Nassim Nahoum, était seulement payable là-bas. Eva ne pouvait rien en faire...

Ses larmes s'étaient instantanément taries à la vue du chèque mais sa rage s'était accrue : il n'était pas concevable qu'elle connût, dans une même soirée, l'affront fait par l'Arabe et la faillite de ses espérances financières ! Puisqu'elle ne s'était aventurée qu'avec la certitude d'une double victoire, elle ne pouvait admettre une double défaite ! Si le chèque était là, revêtu de deux signatures illisibles et portant dans le coin gauche le nom d'une société quelconque anonyme, cela indiquait que le message reçu par l'Arabe avait bien été la confirmation que Nassim avait tenu ses engagements : le rectangle de papier était sa récompense... Et, pour qu'elle fût aussi forte, il fallait que l'opération ait été de très grande envergure ! L'Arabe n'était pas homme à se montrer philanthrope vis-à-vis d'un personnage pour lequel il n'avait que du mépris.

Eva avait espéré un instant découvrir l'identité de celui qu'elle venait de revoir en lisant le nom du signataire du chèque mais, là aussi toutes les précautions avaient été prises : les dollars se cachaient sous l'anonymat...

Il fallait cependant qu'elle eût sa part de l'affaire avant que Nassim n'empochât le chèque. Après, ce serait trop tard à moins qu'elle ne se décidât finalement à l'accompagner dans sa fuite ? Mais elle n'y tenait pas, ne pouvant plus supporter sa présence. Ce serait aussi très dangereux : que Nassim ait été sincère quand il lui avait demandé de l'épouser, elle finissait par le penser... Sinon, il ne l'aurait pas mise dans le secret révélant ce que lui rapportait l'opération. De ce côté, elle pouvait être rassurée. Seulement, il y aurait la suite et l'immense scandale de son départ... Le divorce qui suivrait lui ferait perdre tout le bénéfice de l'échafaudage de respectabilité qu'elle avait réussi à construire, avec tant de mal et de patience, sur le nom qu'elle portait. Il y aurait aussi une demande d'extradition, presque certaine, faite à son sujet par le Gouvernement français qui ne manquerait pas de l'accuser de s'être associée à un trafic contre la France. Faux Libanais ou authentique Egyptien, Nassim, n'étant pas sujet français, se moquait éperdument des réactions de la France mais elle, Eva ? Le mariage lui avait donné la nationalité de Eric.

Le trajet de retour fut tout juste suffisant pour lui donner le temps de prendre une décision : la seule qui lui permettrait peut-être de ne pas sortir complètement vaincue de l'aventure ?

Comme Nassim le lui avait annoncé, la traction la déposa à deux cents mètres de son hôtel et repartit rapidement dans l'aube naissante des rues qui se réveillaient.

Dès qu'elle eut rejoint sa chambre, elle sonna sans prendre même le temps de se dévêtir. Le garçon d'étage, dévoué à Nassim, parut :

— Prévenez M. Nahoum que je suis rentrée.

L'homme referma la porte qui se rouvrit quelques minutes plus tard pour livrer passage à l'Egyptien. Celui-ci était entièrement habillé et rasé de frais. Son tailleur gris-perle offrait un curieux contraste avec le décolleté de Eva.

— Déjà prêt ? remarqua-t-elle en souriant.

— Vous devez bien vous douter que je n'ai pas dormi !... J'étais plutôt anxieux...

— Il n'y avait vraiment pas de quoi ! Tout s'est très bien passé...

— Je le sais : j'ai reçu de là-bas un message radio m'informant que vous reveniez avec le document.

— C'est tout ce que vous a dit votre ami ?

— C'était suffisant pour moi... Plus ces messages sont courts et mieux cela vaut ! Ils sont en code mais quand même... Nos adversaires possèdent une remarquable organisation qui leur permet de découvrir très rapidement les postes émetteurs clandestins... Je me suis même demandé si cette surveillance dont je suis l'objet depuis un certain temps, ne viendrait pas de ce qu'ils ont réussi à repérer approximativement le lieu où se trouve mon poste, c'est-à-dire cet hôtel ?... Les deux hommes sont-ils toujours en bas dans le hall ?

— Ils n'en ont pas bougé.

— Vous n'avez pas eu l'impression, quand vous êtes sortie et rentrée, qu'ils y attachaient une importance quelconque ?

— Ils ne se sont même pas occupés de moi ! J'étais cependant très belle...

— Mais vous l'êtes toujours, chère Eva !... Vous avez le papier ?

— Quel papier ?

— Ne plaisantez pas, voyons ! Vous le connaissez aussi bien que moi maintenant ?

— Vous parlez du chèque ?

— Exactement.

— Je l'ai...

Il sourit en disant après avoir fortement respiré :

— Cela vous amuse de me faire marcher, avouez-le ?

— Je n'aime pas me moquer de mes amis.

— On vous a bien reçue, au moins, là-bas ?

— Admirablement... au champagne, mon cher !

— Hé ! Hé !

— Maintenant que je me suis acquittée de la mission que vous m'aviez confiée, je pense avoir le droit de connaître la vérité ?... D'autant plus que vous ne m'avez envoyée chez votre complice... Je n'ose plus dire : votre ami...

— Pourquoi cela ?

— J'ai eu l'impression qu'il est beaucoup moins votre ami que vous ne le croyez !

— Je ne me suis jamais fait trop d'illusions et je n'ai toujours considéré cet homme que comme une relation d'affaires.

— Et quelles affaires ! Avouez que vous ne m'avez envoyée chercher ce chèque que pour me permettre d'en connaître le montant ?

— La vue du chiffre a dû vous tranquilliser pour « notre » avenir ?

— Je reconnais qu'il n'est pas négligeable... Seulement mon insatiable curiosité de femme me pousse à savoir enfin la nature de l'affaire qui vous a valu une telle commission ? Vous pouvez bien me la révéler puisque l'opération est terminée ?

— Qui vous l'a dit ?

— Votre complice... Il ne m'a remis le chèque qu'après avoir reçu un message radio de son fidèle Saïd.

— C'était normal : on ne paie une marchandise que lorsqu'elle est livrée à domicile.

— Quelle marchandise ?

— Je vous réserve la surprise de l'apprendre par la lecture des journaux dès que nous serons partis !

— Et ce départ, c'est pour ?

— Ce soir...

— Déjà ?

— Il est inutile de nous éterniser ici... Nous n'avons plus rien à y faire, vous et moi.

— Vous peut-être mais pas moi !

— Que voulez-vous dire ?

— Qu'après mûre réflexion, j'ai décidé de rester à Alger.

— Vous êtes folle ?

— Infiniment moins que vous ne le pensez, cher Nassim !... Malgré vos réelles qualités je ne m'imagine pas très bien notre vie sentimentale et surtout conjugale au Venezuela... Je reste farouchement Européenne !

— Enfin, vous ne pouvez pas rester ici ?

— Je n'ai rien à me reprocher... Je ne vois pas la nécessité pour moi de prendre le large comme vous ?

— Vous renonceriez à l'existence très luxueuse que je vais pouvoir vous offrir ?

— Je crois que j'aime encore mon mari...

Il la regardait, stupéfait, ne sachant que dire.

— Cela vous étonne ? continua-t-elle doucement. C'est un monsieur très bien, le Colonel de Maubert ! Tout le monde l'affirme : vous-même, votre partenaire arabe... Alors, pourquoi quitter un homme de cette classe ? Uniquement pour dépenser de l'autre côté de l'Atlantique des millions que je pourrais très bien conserver ici ?

— Je ne comprends pas ?

— C'est cependant si simple, Nassim ! J'ai reçu en effet le chèque établi à votre nom mais je ne l'ai pas gardé sur moi, pensant que, devant mon refus de vous accompagner, un accès de colère vous pousserait peut-être à tenter de me le prendre de force ? Aussi, en rentrant tout à l'heure, l'ai-je tout simplement placé dans une enveloppe que j'ai pris soin de cacheter moi-même avant de la déposer dans le coffre-fort de l'hôtel contre un reçu en bonne et due forme établi à mon nom.

— Et vous avez fait tout cela à cinq heures du matin ?

— Mais oui ! J'ai fait réveiller le caissier par le portier de nuit... L'excellent homme était un peu surpris mais ne doit-il pas se plier aux exigences de la clientèle ?

— C'est une escroquerie ? Cet argent ne vous appartient pas ! Le chèque est établi à mon nom !

— Une escroquerie ? Vous avez de ces mots, cher ami ! Je sais très bien que je ne peux pas toucher à cet argent qui vous attend à Caracas mais vous n'y toucherez pas non plus si je mets les deux policiers, qui sont toujours dans le hall, au courant de la petite mission dont vous venez de me charger ? Vous n'avez pas l'impression que l'on vous questionnera sur la provenance d'un paiement aussi considérable ?

Elle avait allumé tranquillement une cigarette et continuait à le regarder, souriante. Il hurla :

— Vous n'êtes qu'un monstre !

— On me l'a déjà dit... Mais celui qui a commis cette imprudence a été contraint de se suicider ! Je vous aime trop, Nassim, pour souhaiter que la même aventure vous arrive ! Ne croyez-vous pas qu'il serait plus sage d'établir un petit compromis entre nous ? Je saurai me montrer raisonnable...

Le gros homme écumait. Ses lèvres épaisses finirent par laisser tomber :

— Parlez !

— Je vois l'opération ainsi : comme vous avez certainement déjà mis pas mal d'argent de côté, il vous est facile de me donner une somme qui représentera ma juste commission pour le déplacement que je viens de faire... Dès que je l'aurai, je me ferai une joie de vous remettre aussitôt le chèque qui attend dans le coffre. Vous n'aurez plus qu'à partir tranquille en pensant que ce viatique vous permettra de faire de nouvelles conquêtes sur un autre continent ! C'est tout.

— Et combien demandez-vous ?

— J'ai fait un petit calcul : deux millions de dollars représentent environ huit cent quarante millions de nos pauvres francs au cours officiel actuel... J'estime avoir au moins droit à 25 % de cette somme, soit deux cent dix millions mais, comme j'apprécie autant que vous les monnaies stables, vous me les paierez en dollars soit 500 000 dollars.

— Rien que cela ? Et vous vous figurez que l'on peut trouver facilement une pareille quantité de dollars à Alger ?

— Mon cher, on trouve de tout en ce moment dans cette ville... Je n'ai pas à entrer dans les détails : vous avez sûrement des amis qui vous feront crédit jusqu'à ce que vous les remboursiez quand vous aurez été payé en Amérique du Sud.

— Et pourquoi ne voulez-vous pas de chèque ?

— Payable sur Caracas ? Non merci !... Je préfère de beaucoup des espèces qui ne laisseront aucune trace de comptabilité... Je vous accorde un délai de vingt-quatre heures pour me payer : si cela n'a pas été fait demain à midi, je remettrai à la police française votre chèque... Je ne saurais trop vous conseiller d'agir vite, avant que celle-ci ne se soit aperçue que votre « affaire » était une réussite ! Je vous préviens aussi que j'ai pris toutes mes précautions : si vous aviez l'intention de me faire disparaître, les autorités françaises seraient informées que vous êtes mon assassin ou tout au moins l'unique responsable de ce crime.

— Comment cela ?

— J'ai confié ce matin au caissier de l'hôtel une lettre cachetée qui a été également déposée dans le coffre, en le priant de la remettre de toute façon à la police française s'il m'arrivait malheur.

— Rien ne me prouve alors que vous ne me dénoncerez pas dès que vous aurez été payée ?

— Ce serait stupide de ma part ! Si vous étiez arrêté, vous n'hésiteriez pas à dire que vous m'avez donné ces cinq cent mille dollars et j'aurais de gros ennuis ! Croyez-moi, cher Nassim : ma plus grande joie sera d'apprendre que vous êtes parti vers la plus lointaine des destinations... Une fois notre accord terminé, nous aurons tous deux le plus grand intérêt à nous taire.

— Un certain temps peut-être. Vous ne pensez pas que je parviendrai bien un jour à vous faire payer très cher un pareil chantage ? Et ceci, sans qu'il me soit même nécessaire de bouger du pays où je serai tranquillement à l'abri de vos lois ?

— Vous ne ferez rien, Nassim, parce que dans n'importe quel lieu où je serai à l'avenir, il y aura toujours une lettre semblable prête à dénoncer mon meurtrier... Il me paraît inutile de prolonger l'entretien... Faites-moi prévenir par « votre » garçon d'étage dès que vous aurez les dollars : vous me les apporterez ici.

— Le chèque sera là ?

— Je n'ai qu'une parole...

Il sortit en claquant la porte.

Elle commença à retirer tranquillement la robe

pourpre en se demandant si celle-ci n'était tout de même pas le vêtement de ses grandes réussites ? Après qu'elle aurait dormi quelques heures, elle se sentirait très détendue pour recevoir les dollars. Et avant de fermer les yeux, elle se dit qu'en fin de compte « l'opération Nassim » pouvait être très rentable pour elle.

Elle dormait encore quand le téléphone sonna à cinq heures de l'après-midi. C'était un appel de la réception qui lui annonçait :

— Un ami du Colonel de Maubert demande si Madame la Comtesse peut le recevoir ?

— Un ami ? répéta-t-elle à demi réveillée. Qui cela ?

— Le capitaine Langlois... Il vous apporte des nouvelles du Colonel.

— Priez-le d'attendre : je le recevrai dans un quart d'heure...

Elle sauta à bas de son lit et courut vers sa coiffeuse après avoir mis le plus suggestif de ses déshabillés : elle devait bien cela à ce capitaine inconnu et son devoir d'épouse n'était-il pas de plaire à tous ceux à qui Eric avait dû parler d'elle avec fierté ? Elle se sentit brusquement très heureuse à la pensée d'entendre parler de son mari : pour elle ce serait une détente après tout ce qu'elle venait de connaître. Le seul nom de Eric, prononcé dans l'appel téléphonique, avait produit un effet miraculeux : c'était un peu comme si un baume ou un souffle de propreté la ramenait à sa vie de femme mariée.

Quand elle s'estima assez belle pour accueillir le messager, elle prit le téléphone en donnant l'ordre à la réception de le faire accompagner jusqu'à sa chambre. Pendant les dernières minutes d'attente, elle répandit au moyen d'un vaporisateur un parfum de Chanel destiné à accentuer l'atmosphère toujours un peu troublante de sa féminité. Elle se sentait déjà prête à vivre la plus agréable des récréations... Dès que l'inconnu eut frappé, elle courut ouvrir, resplendissante, le sourire éclatant sur les lèvres... Mais celui-ci disparut instantanément à la vue de son visiteur

— Vous ? fit-elle.

— Je m'excuse, chère Madame, d'avoir pris une autre identité pour me faire annoncer mais vous comprendrez très bien qu'il m'est parfois difficile de décliner publiquement mon nom... Tout Alger sait que le Commandant Charvet appartient au 2e Bureau...

Il lui avait baisé respectueusement la main.

— C'est en effet une surprise ! dit-elle en retrouvant avec difficulté son sourire. Mais pourquoi vous être affublé d'un grade inférieur au vôtre, Commandant ?

— J'ai trouvé que Capitaine Langlois faisait très bien ! Ce n'est pas votre avis ?

— Si, puisque j'y ai cru ! Entrez, je vous prie... Désirez-vous un drink, Commandant ? Je vais téléphoner au bar...

— Je vous remercie, chère Madame. J'ai le tort d'être trop sobre !

— Vous êtes donc toujours en civil ?

— Souvent dans les endroits publics : cela attire moins l'attention... surtout celle d'un service de réception qui doit être plutôt vigilant. C'est qu'il y a un peu de tout dans la clientèle de cet hôtel ! C'est même très amusant ! Pendant que j'attendais dans le hall, j'ai pu y repérer quelques vieilles connaissances qui ne doivent pas tenir tant que cela à me rencontrer et qui n'ont d'ailleurs pas remarqué ma présence anonyme... Mais je ne suis nullement venu pour exercer mon métier ! Je veux simplement vous dire que j'ai vu votre mari hier soir : les hasards d'une mission m'avaient conduit dans la région où il opère en ce moment.

— Il est toujours près de la frontière tunisienne ?

— Toujours... Et je puis vous affirmer qu'il est en excellente santé ! Evidemment son moral serait meilleur s'il avait pu venir vous voir ces derniers mois !

— Il y a très longtemps qu'il n'a pas eu de permission, pauvre Eric !

— Je crains qu'il ne lui faille patienter encore pendant un bout de temps ! Les choses ne vont pas toutes seules là-bas... Ça finira bien par s'arranger mais ce sera long ! De toute façon Eric a été très heureux à l'idée que je vous rendrais visite, c'est même lui qui m'a demandé de le faire sinon je ne me serais jamais permis une pareille audace !

— Vous ? dit-elle de sa voix devenue plus chaude. Eric m'a cependant révélé que vous étiez assez sensible à la compagnie des femmes.

— C'est vrai mais j'ai pour principe absolu de respecter celles de mes amis... Je m'aperçois avec horreur que j'ai dû vous déranger ! Vous vous reposiez ?

— J'ai très peu dormi cette nuit mais maintenant je me sens tout à fait en forme.

— Tant mieux ! D'ailleurs je n'ai fait que passer pour tenir ma promesse à votre mari. Il m'a demandé aussi de me mettre à votre disposition au cas où vous auriez besoin du moindre service ? Puis-je faire quelque chose qui vous serait agréable ?

— Mais rien, Commandant, je vous assure...

— Eric est très inquiet : il m'a dit recevoir régulièrement vos lettres dans lesquelles vous lui dites que vous ne vous ennuyez pas mais il est persuadé que vous ne faites ces petits mensonges que pour le tranquilliser... Sincèrement, ce séjour à Alger ne vous paraît pas trop fastidieux à la longue ?

— Je ne dis pas que je passerai toute ma vie ici

et surtout dans cet hôtel mais il y a beaucoup d'épouses d'officiers dont le sort est moins enviable que le mien ! Je ne manque de rien et j'ai la satisfaction de me dire que je suis tout de même beaucoup plus près de Éric que si j'étais restée dans le Jura.

— Vous avez été très courageuse... Maintenant que je suis rassuré, je vais pouvoir adresser un message au Colonel pour lui dire que ma mission a été remplie et que je vous ai trouvé, vous aussi, en excellente santé.

— Ce sera très gentil à vous.

— Il ne me reste plus qu'à me retirer tout en vous laissant cependant l'adresse de mon bureau et mon numéro de téléphone si vous aviez besoin de moi...

Pendant qu'il inscrivait le numéro sur le bristol, il précisa :

— C'est une ligne spéciale : vous m'y aurez directement sans qu'il vous soit nécessaire de passer par l'un de nos standards militaires qui sont surchargés de communications.

— Je vous remercie. Je ne manquerai pas de faire appel à vous si je me sentais un peu seule.

— Voilà enfin une bonne résolution ! Au besoin, si cela vous amusait, nous pourrions très bien faire une petite sortie dans un *Sirocco* quelconque ? Je suis convaincu que Eric n'y verrait aucun inconvénient ?

— Il trouverait même que c'est très bien : il a une grande estime pour vous... A bientôt, Commandant...

Elle allait ouvrir la porte quand il se ravisa :

— A propos... avant son départ, votre mari vous a sans doute révélé ce que je lui avais laissé entendre sur votre ami commun, ce Nassim Nahoum ?

— Oui...

— On m'a dit que, depuis, vous seriez sortie plusieurs fois avec ce Monsieur... C'est exact ?

— Nassim Nahoum est un homme charmant et je ne vois pas très bien ce qu'on peut lui reprocher.

— Pendant ces sorties ou les conversations que vous avez eues avec lui, vous a-t-il jamais parlé de ses activités ?

— Que voulez-vous dire ?

— De ses affaires, de ses amis ?

Elle rit franchement :

— La vie privée de ce monsieur ne m'intéresse pas à ce point ! Et puis nos sorties ne se sont limitées qu'à quelques scotchs pris au bar de l'hôtel et qu'à deux ou trois dîners dans différents restaurants.

— Evidemment... Cependant, s'il vous arrivait de sortir à nouveau avec lui, serait-ce trop vous demander que d'essayer de le rendre un peu plus bavard ?

— Justement, c'est un homme qui n'est pas bavard !... Et vous me demandez là de jouer un rôle assez déplaisant ! Je ne fais pas partie du 2e Bureau, Commandant !

— Je le regrette... Je crois que vous y rendriez de grands services...

— Je préfère me limiter à n'être que l'épouse de Eric.

— Mais c'est précisément à cette jeune femme que je m'adresse, Madame ! Et je me demande si votre devoir ne serait pas, au moment où votre mari livre de durs combats, de nous aider vous aussi ?

— Je suis prête à faire n'importe quoi pour « notre » pays !

— N'importe quoi ?... Alors essayez de délier la langue de Nassim Nahoum... Vous n'êtes pas qu'une très jolie femme... Vous êtes aussi très fine... Pensez-vous sincèrement que ce gros Libanais pourrait résister longtemps à tant de charme et tant d'intelligence ?

— Je vous vois venir ! Bientôt vous allez me demander de jouer les belles espionnes ?

— Sans aller jusque-là, je maintiens que vous pourriez nous être très utile en ce qui concerne ce personnage dont nous avons de plus en plus de raisons de nous méfier... Je pensais même que si vous aviez continué à le voir de temps en temps, ce n'était qu'avec l'intention de vérifier si ce que j'avais dit à Eric était exact ?

— J'ai le regret de vous dire que j'ai l'impression très nette que vos services se sont complètement trompés sur le compte de ce monsieur !

— Alors, selon vous, il est sincèrement votre ami ?

— Jusqu'à preuve du contraire, je le pense...

— Je suis très content d'avoir l'opinion d'une femme telle que vous dont l'indépendance d'esprit est pour moi le meilleur garant d'impartialité... Mes collaborateurs et moi avons parfois le grand tort de nous laisser entraîner par le besoin de rechercher toujours le renseignement...

— La déformation professionnelle ?

— C'est un peu cela... Au revoir, chère Madame.

Quand la porte se fut refermée, Eva était perplexe... Pour que ce Charvet se fût déplacé lui-même, c'était uniquement parce qu'il était beaucoup plus renseigné qu'il ne voulait le laisser paraître. Les nouvelles de Eric n'étaient qu'un prétexte : l'homme du 2e Bureau n'était venu que pour essayer indirectement de la faire parler sur Nassim. Il était habile, ce Charvet... Ses moindres questions étaient enrobées d'une politesse exquise mais sa voix était un peu trop suave pour être sincère... Il avait aussi du charme et il savait s'en servir en virtuose pour exercer son métier.

Elle avait eu tort de sous-estimer les qualités secrètes de celui dont Eric lui avait dit : « Je pense que Charvet est de loin l'homme le mieux renseigné sur la faune qui peuple actuellement la ville. » Aussi, dès qu'elle aurait reçu ses dollars, conseillerait-elle à Nassim de partir le plus vite possible. Elle l'avertirait même que ce n'étaient pas de simples policiers qui s'intéressaient à lui mais les autorités militaires et celles-là, ce n'était pas elle qui les payait !... Bien sûr, elle n'avouerait pas sa supercherie au trafiquant mais le terrain devenait très glissant... En ayant l'air de rendre à Nassim le service de le prévenir, elle s'en rendrait en même temps un très grand à elle-même ! Ce serait effrayant si l'Egyptien était arrêté avant d'avoir pu s'enfuir ! Il serait persuadé d'avoir été dénoncé par elle et il dirait tout...

Par contre, si Nassim ne l'avait pas payée demain avant midi, elle n'aurait plus une seconde à perdre pour devancer l'activité intense du 2e Bureau. Elle appellerait Charvet au numéro de téléphone qu'il n'avait dû lui laisser qu'avec le secret espoir qu'elle se raviserait et qu'elle finirait par révéler tout ce qu'elle savait. Elle aurait une excellente entrée en matière quand elle dirait dans l'appareil :

« — Si je n'ai pas voulu parler hier, Commandant, c'était parce que je n'avais pas encore en mains la preuve qui va vous permettre d'arrêter immédiatement l'un des hommes les plus dangereux qui soient actuellement en Afrique du Nord. Pour y parvenir, il m'a fallu des semaines depuis que vous nous aviez alertés, Eric et moi. J'ai même été jusqu'à payer des policiers privés pour surveiller les allées et venues de cet homme... » Et elle remettrait le chèque enfermé dans le coffre.

Puisqu'elle n'aurait pas reçu son pourcentage prévu sur l'affaire, il n'y aurait aucune preuve tangible contre elle : tout ce qu'un Nassim pourrait alors dire, une fois arrêté, ne serait considéré que comme de sinistres inventions. Certes, elle n'aurait pas les dollars mais qui sait ? Peut-être serait-ce le 2e Bureau lui-même qui la récompenserait ?

Elle se fit servir à dîner dans sa chambre où elle termina sa soirée en écrivant à Eric une longue lettre commençant ainsi : « *Mon chéri, tu ne peux savoir comme la visite de ton ami Charvet, m'apportant de tes nouvelles, m'a fait plaisir...* »

Le lendemain, ses yeux restèrent fixés sur le cadran de la pendule électrique accrochée au mur jusqu'à ce que la grande aiguille ne fut plus qu'à dix minutes de l'instant où elle rejoindrait la petite. Depuis son réveil, elle s'était posé un nombre incalculable de fois, la même question : « Nassim paierait-il ? » S'il avait décidé de ne pas le faire, il devait déjà avoir quitté l'hôtel par crainte qu'elle le dénonçât et il devait se terrer dans la ville ou dans les environs... Eva était certaine qu'il ne quitterait pas l'Algérie sans avoir son chèque. Le seul moyen pour lui de le reprendre, sans payer les 500 000 dollars, serait de tenter un coup de main, avec ses acolytes, sur le coffre-fort de l'hôtel mais ce serait trop hasardeux et les chances de réussite des plus réduites. Trop de monde passait, jour et nuit, devant le bureau de réception. De plus, ceux que Nassim avait toujours pris pour de vrais policiers, n'avaient pas encore quitté leur poste d'observation dans le hall.

Ces détectives, si Nassim était parti de l'hôtel, l'un des deux détectives aurait prévenu Eva : la veille, dès que Nassim l'avait quittée avant de s'endormir, elle avait téléphoné à l'agence pour que celle-ci donnât des instructions dans ce sens à ses collaborateurs installés dans le hall. Nassim était donc toujours dans son appartement. Il restait aussi au trafiquant une solution désespérée : avertir par radio celui qui avait remis le chèque à Eva pour l'informer que cette dernière ne s'était pas acquittée de sa mission et faisait du chantage. La seule chose que pouvait faire alors l'Arabe était d'établir un second chèque au nom de Nassim mais, comme sa confiance en l'Egyptien était très limitée, il l'aurait refusé. Et cela n'empêcherait pas le premier chèque, c'est-à-dire la pièce à conviction du paiement de Nassim, d'échoir par l'intermédiaire de Eva entre les mains de Charvet.

Plus elle tournait et retournait dans sa tête toutes les hypothèses, plus elle acquérait la conviction que le trafiquant avait dû tout mettre en œuvre pour réunir la somme qu'elle exigeait.

A midi moins cinq, on frappa quatre coups rapides à sa porte. Elle reconnut aussitôt la façon très caractéristique qu'employait le garçon d'étage dévoué à Nassim. Elle déverrouilla sa porte et l'homme parut, anonçant :

— M. Nahoum informe Madame la Comtesse qu'il sera là dans quelques instants. Il demande que tout soit prêt.

Il repartit sans attendre de réponse. « Tout soit prêt » signifiait qu'elle devait avoir le chèque en main.

Elle décrocha le téléphone pour demander le caissier :

— Allô ? Le caissier ? Ici la Comtesse de Maubert... Monsieur, pourriez-vous avoir l'obligeance de monter dans dix minutes dans ma chambre avec l'enveloppe que j'ai déposée hier matin dans votre coffre ? Je vous remettrai en échange le reçu de dépôt que vous m'avez donné... Merci.

Elle raccrocha, presque souriante : la présence du caissier serait pour elle la meilleure des protections contre Nassim s'il tentait de faire acte de violence.

Deux autres minutes s'écoulèrent et l'on frappa à nouveau à la porte.

— Entrez ! cria Eva.

C'était Nassim.

Calme et sûr de lui, il ne perdit pas son temps en formules de politesses :

— Vous avez le chèque ?

— Vous ne le verrez que lorsque vous aurez aligné sur cette table l'argent que vous me devez.

Sans prononcer un mot l'Egyptien commença à sortir de toutes ses poches avec ses gestes de prestidigitateur les liasses de coupures de mille dollars. Quand ce fut terminé, il dit seulement :

— Comptez...

— C'est inutile... J'ai confiance... du moins sur le nombre !

Elle saisit, au hasard sur la table, une liasse dont elle examina les billets un par un, en prenant tout son temps, par transparence devant la lampe de chevet. En même temps, elle les palpait délicatement avec une sorte de volupté.

— La confiance règne ! dit-il en ricanant. Sachez, très chère, que je ne dirige pas une organisation de faux monnayeurs !

— Avec vous, rien ne m'étonnerait !... Vous êtes un tel homme de ressources !

Elle reposa la liasse sur la table puis en prit une seconde à laquelle elle fit subir le même examen. Ensuite ce fut le tour d'une troisième et d'une quatrième liasse.

— Ça va durer longtemps, cette petite comédie ? finit par dire l'homme agacé. Je n'ai pas de temps à perdre !

— Je m'en doute... Mais quand vous serez parti, ce sera trop tard pour vous adresser des réclamations ! Alors mieux vaut prendre tout de suite mes précautions.

Elle examina encore une cinquième, sixième et septième liasse, chacune prise également au hasard. Elle sentait que, si elles l'avaient pu, les mains moites du gros homme l'auraient étranglée...

— Vous m'avez l'air de vous y connaître particulièrement bien en dollars ? finit-il par dire avec rage.

— J'ai une certaine expérience...

On frappa à la porte.

— Qu'est-ce que c'est ? demanda Nassim inquiet.

— Le chèque tout simplement, dit-elle en souriant.

Et, avant qu'il ait eu le temps de bouger, elle avait déjà ouvert :

— Entrez, cher Monsieur ! dit-elle au caissier qui, après l'avoir saluée ainsi que Nassim, resta perplexe devant les liasses de billets alignées sur la table.

Eva ne lui laissa pas trop le temps de réfléchir :

— Vous avez « mon » enveloppe ?

— La voici, Madame la Comtesse.

— Merci... Je vous rends votre reçu.

Ce qu'elle fit après avoir été le chercher dans le tiroir de la coiffeuse.

— Avant de partir, cher monsieur, soyez aimable de prendre cet argent...

Elle lui avait désigné les liasses.

— ... Et de le déposer à mon nom dans le coffre. Vous préparerez un reçu que vous me remettrez en mains propres tout à l'heure quand je descendrai. Il y a cinq cents billets de mille dollars. Vérifiez avant de les emporter.

Le caissier commença à compter pendant que Eva, qui tenait toujours l'enveloppe à la main, souriait en regardant Nassim.

— Le compte y est, déclara le caissier.

— Parfait. Pour emporter ces billets, Monsieur, vous n'avez qu'à utiliser cette serviette oubliée ici par mon mari à sa dernière permission...

Elle lui avait tendu une serviette de cuir dans laquelle il enfouit les liasses pendant qu'elle-même remettait sans rien dire l'enveloppe à Nassim qui l'ouvrit aussitôt pour en vérifier le contenu. Dès que le caissier eut terminé, elle le congédia :

— A tout à l'heure, cher Monsieur ! Et je m'excuse pour ce petit dérangement.

— Mais, Madame la Comtesse, nous sommes à votre entière disposition... Madame, Monsieur...

Eva et Nassim se retrouvèrent seuls.

— Eh bien, cher ami, vous avez pu constater que le chèque était bien dans l'enveloppe ? Il ne vous brûle pas trop les doigts ?

— Ce n'est pas le premier du genre que je reçois...

— Toujours sur Caracas ? Je m'en doute...

— Je suis dans l'admiration de la façon dont vous venez d'opérer !

— Il n'y a vraiment pas de quoi, je vous assure...

— Si, si, je m'y connais ! Vous pouviez craindre dans le cas où le caissier vous aurait remis immédiatement le reçu, que je n'aie une furieuse envie, après son départ, de vous abattre et de reprendre ce papier pour le présenter moi-même à la caisse de votre part...

— Et vous faire restituer les dollars ? Je constate que vous y aviez songé... Donc j'ai été bien inspirée en y pensant avant vous !

— Comme le caissier, je n'ai plus qu'à prendre congé.

— Vous me quittez déjà ?

— Avec le regret très sincère de ne pas vous voir partir avec moi... Vous n'auriez pas changé d'avis, par hasard ? Je suis toujours prêt à vous emmener.

— Je suis très sensible à cette dernière marque d'estime mais je préfère attendre mon époux.

— Il est vrai que, maintenant, vous avez de quoi fêter le retour du guerrier ?

— Partez vite, Nassim ! Cela vaudra mieux pour nous deux... Après notre conversation d'hier j'ai reçu la visite du Commandant Charvet qui m'a demandé ce que je pensais de vous...

— Qu'avez-vous répondu ?

— Que vous étiez le plus charmant des amis et un homme au-dessus de tout soupçon.

— Vous me deviez bien cette réponse pour un tel prix !

— Méfiez-vous : il est loin d'être sot, ce Charvet !

— Je le sais, le 2e Bureau a une excellente réputation... Seulement, il n'est tout de même pas de taille à lutter contre moi ! J'ai tout prévu... Adieu, Madame la Comtesse...

— Bonne chance, Monsieur l'Egyptien !

— Cela aussi, vous le saviez ?

— Naturellement.

— Vous resterez toujours pour moi la femme la plus étonnante que j'aurai rencontrée...

— Celle qui vous a coûté le plus cher aussi ?

— Vous tenez absolument à avoir cette réputation dans ma mémoire ?

— Mais oui... Les hommes ne respectent et n'admirent vraiment que les femmes qui savent se faire payer ! Allez... Vous ne me devez plus rien...

Quand il fut parti, elle resta songeuse un long moment : elle ne regrettait pas l'homme mais seulement le côté « aventure » qu'il représentait et qu'elle aimait...

Une heure plus tard, elle était encore dans sa chambre où elle avait flâné en grillant cigarette sur cigarette. Pour la première fois, depuis des mois, elle éprouvait la sensation bienfaisante de la vraie réussite. Sa soif d'argent était momentanément calmée.

Avec les lingots d'or, les quelques milliers de francs suisses et les bijoux offerts en secret par Veran, qu'elle avait déjà réussi à cacher à *La Tilleraye* dans ce qu'elle appelait son « trésor privé », n'avait-elle pas déjà commencé à accumuler les moyens d'assurer le luxe de « son » avenir ? Ce nouvel apport de dollars représentait une très substantielle augmentation du trésor. L'échec Veran était compensé.

Si elle n'avait pas encore bougé de sa chambre, c'était pour laisser le temps à Nassim de quitter l'hôtel. Ce qui l'étonnait un peu était que ses espions, placés dans le hall, ne l'eussent pas encore informée du départ du trafiquant. C'était stupide à Nassim de s'éterniser ainsi... Il fallait absolument qu'il s'éloignât, sinon Charvet le ferait appréhender : Eva en était sûre. Elle sonna dans l'espoir que le garçon de confiance viendrait auquel elle dirait d'avertir M. Nahoum qu'un danger le menaçait.

Mais l'homme qui parut n'était pas celui qu'elle aurait souhaité :

— Le garçon d'étage a encore changé ? Il me semble ne vous avoir jamais vu ?

— En effet, Madame, je suis nouveau. Je viens de prendre mon service il y a une demi-heure.

— Et votre prédécesseur ?

— Il est parti se reposer. Nous travaillons par roulement... Madame désire quelque chose ?

— Je voulais un whisky mais, toute réflexion faite, j'irai le prendre au bar. Merci.

Il ne lui restait plus qu'à descendre de toute urgence pour vérifier si les policiers de l'agence privée étaient toujours dans le hall. S'ils s'y trouvaient, ce serait l'indice que Nassim n'avait pas encore quitté l'hôtel. Elle essaierait alors de le faire joindre par l'autre personnage qui lui était dévoué : le barman auquel elle dirait de le prévenir qu'un sérieux danger le menaçait et qu'il devait partir de toute urgence.

Un instant, elle avait bien pensé se rendre elle-même chez l'Egyptien comme elle l'avait déjà si souvent fait pour affirmer son règne de maîtresse... Mais ce serait trop risqué. De plus, elle ne tenait pas à revoir l'homme dont elle ne souhaitait plus que la fuite.

Avant de quitter sa chambre, elle prit soin d'écrire quelques mots sur un billet qu'elle remettrait discrètement, sous forme de boulette de papier, à l'un des détectives s'ils étaient encore là. Il y avait sur ce billet :

« *Inutile de me prévenir si N. a quitté l'hôtel. Le fait que vous ne soyez plus dans le hall suffira. Il faut que vous restiez ensemble pour pouvoir le suivre. S'il sort, c'est pour rejoindre un lieu d'où il quittera l'Algérie, soit en bateau, soit en avion, soit par l'une des frontières tunisienne ou marocaine. Laissez-le partir en toute tranquillité mais prévenez-moi dès que vous aurez la certitude qu'il n'est plus sur le territoire français. N'hésitez pas devant les dépenses éventuelles. Votre agence a reçu tous les fonds nécessaires.* »

Dans le hall elle vit les deux hommes assis à quelques mètres l'un de l'autre et lisant toujours leurs journaux. En passant devant l'un deux elle laissa intentionnellement tomber son sac. L'homme se baissa pour l'aider à le ramasser et elle lui remit la boulette de papier en disant :

— Merci, Monsieur. Vous être très aimable.

Nassim était donc toujours enfermé dans son appartement. Avant de se rendre au bar, elle alla trouver le caissier. Celui-ci s'empressa de lui remettre le reçu avec une expression de réelle considération qui lui donna envie de sourire.

Le barman n'était pas celui qu'elle connaissait. Elle en éprouva un choc : du moment que les hommes de Nassim avaient déjà disparu, c'était signe que leur patron n'était pas loin d'en faire autant. Après avoir commandé un verre de champagne, elle demanda au remplaçant :

— Où est donc le barman habituel ?

— Il a été pris d'un malaise, il y a environ une heure... Il est rentré chez lui et je l'ai remplacé. J'appartiens à la brigade du restaurant où j'ai eu l'honneur de servir plusieurs fois Madame la Comtesse.

— En effet, il me semblait vous reconnaître... Pauvre Fred ! Enfin ! Espérons que ce ne sera rien ! Il est tellement sympathique !

Tout en buvant, elle pensa être la seule personne dans l'hôtel à connaître la véritable raison du malaise et, après avoir reposé son verre, elle sourit franchement. Sourire qui disparut quand elle entendit une voix lui dire assez bas mais sur un ton très ferme :

— Madame la Comtesse de Maubert ? Police...

En même temps une main venait de lui présenter, à l'abri du comptoir qui la cachait aux regards du nouveau barman, une carte dont l'en-tête portait : « Sûreté Nationale ».

— A qui ai-je l'honneur ?

— Inspecteur Meynier...

Et, avant qu'elle ait eu le temps de parler, il lui désigna un autre homme qui venait de s'approcher du bar mais de l'autre côté d'elle en exhibant, lui aussi, une carte similaire.

— Mon collègue, l'Inspecteur Denain... Pouvez-vous nous accompagner, Madame la Comtesse ?

— Mais... Je ne comprends pas ?

— Nous avons un mandat d'amener vous concernant, Madame... Le mieux pour vous serait de sortir discrètement... Nous vous suivrons... Une voiture vous attend devant la porte.

— Vous n'avez pas l'air de vous douter que mon mari est le Colonel de Maubert ?

— Nous le savons, Madame.

— Et que je me plaindrai en très haut lieu ?

— Vous pourrez expliquer tout cela, Madame, à ceux qui vous interrogeront... Notre rôle se limite à exécuter des ordres... Il vaudrait mieux venir avec nous de votre plein gré ?

— J'ai pour habitude, Inspecteur, de ne jamais laisser de dette derrière moi !

Elle jeta un billet sur le comptoir en disant au barman :

— Gardez la monnaie !

Elle s'efforça à traverser le hall le plus naturellement du monde mais en évitant cependant de croiser les regards des deux hommes qu'elle y laissait pour surveiller Nassim.

La voiture, où elle avait pris place à l'arrière avec l'un des inspecteurs pendant que l'autre s'installait à l'avant à côté du chauffeur, fit un trajet assez court avant de s'arrêter devant la façade d'un immeuble devant lequel deux parachutistes, mitraillettes aux poings, montaient la garde. Pendant le parcours, elle avait demandé à son voisin :

— J'aimerais tout de même savoir d'où vient cet ordre.

Il n'y eut pas de réponse.

Après avoir monté un escalier, toujours accompagnée de ses gardes du corps et précédée d'un troisième homme en civil qui l'attendait à la descente de voiture, elle longea un couloir jusqu'à une porte qui s'ouvrit. Elle fut introduite dans une petite pièce dont les murs ripolinés ne portaient aucun ornement et dont le mobilier se réduisait à deux chaises situées de part et d'autre d'une table en bois blanc sur laquelle se trouvait un seul dossier et un téléphone. La porte se referma dans le dos de Eva qui fut face à face avec un seul homme se trouvant déjà dans la pièce et qui dit d'une voix glaciale :

— Asseyez-vous, Madame.

C'était Charvet.

Un Charvet très différent de celui qui lui avait rendu visite la veille : il était en uniforme et toute son attitude dénotait une rigueur voulue. Le ton était sec, précis, méthodique. Eva n'était plus devant l'admirateur de jolies femmes mais uniquement devant l'homme impersonnel du 2e Bureau.

— Madame, commença-t-il après s'être assis de l'autre côté de la table, j'ai le regret de vous apprendre, au cas où vous l'ignoreriez encore, qu'avant-hier soir, dans la nuit, un cargo de nationalité mal définie a réussi à débarquer dans une crique située non loin de Bône, une quantité considérable d'armes et de munitions. Malheureusement et malgré la surveillance très sévère que nous exerçons, cette opération a réussi : le navire a pu se réfugier ensuite en dehors des eaux territoriales françaises et la cargaison débarquée, prise immédiatement en charge par des camions, s'est pratiquement volatilisée... Ceci est d'autant plus regrettable que nous avons tout lieu de penser qu'il s'agit d'armes lourdes telles que mitrailleuses, mortiers et peut-être même de canons légers, tous de fabrication étrangère.

Eva l'avait écouté, sans qu'un trait de son visage eût bougé. L'officier, dont le regard continuait à la fixer avec dureté, poursuivit sur le même ton :

— Des barrages ont été établis et nous pensons cependant saisir bientôt ces armes destinées à nos ennemis... La seule chose que nous sachions avec une précision absolue par l'un de nos indicateurs est que l'organisateur de ce trafic est votre grand ami Nassim Nahoum.

Il avait cessé de parler, observant sa réaction. Celle-ci fut simple.

— Je veux bien vous croire, Commandant. Seulement je ne vois pas très bien ce que je viens faire dans cette histoire ni pourquoi vous avez éprouvé le besoin de délivrer ce mandat contre moi ?

Elle avait sorti une cigarette d'un étui en or et prit tout son temps pour la placer dans un long fume-cigarette en demandant :

— Vous avez du feu, Commandant ?

— Votre calme est assez surprenant, Madame...

— Pourquoi serais-je nerveuse ? Si vous avez des griefs contre ce M. Nahoum, adressez-vous à lui ?

— Figurez-vous que nous y avons pensé avant d'écouter vos suggestions... L'ennui est que Nassim Nahoum a réussi à quitter l'hôtel, qui est aussi le vôtre, quelques minutes avant son arrestation.

Eva exhala une longue bouffée de fumée pendant que son interlocuteur continuait :

— Nous avons eu la preuve qu'il avait, dans l'hôtel même, des complices, qui se sont tous enfuis en même temps que lui. Il paraît vraisemblable qu'ils soient partis par la porte de service, réservée exclusivement au personnel et située derrière l'hôtel.

— Ce que vous me dites me déçoit beaucoup... J'avoue — et je ne vous l'ai pas caché hier — que j'avais une certaine sympathie pour ce Nassim Nahoum...

— Peut-être a-t-il fait à votre égard tout ce qui était en son pouvoir pour gagner cette... sympathie ?

— Il s'est toujours conduit en parfait homme du monde.

— Je l'admets... à condition cependant que vous

estimiez, de votre côté, avoir eu un comportement de grande dame ?

— Si c'est ma vie privée dont vous voulez parler, Commandant, apprenez qu'elle ne regarde que moi !

— Je me garderai bien de la juger, Madame ! Chacun dans la vie peut faire ce qu'il veut à condition que ses actions ne portent pas atteinte à la communauté et la France n'est qu'une grande communauté... Que vous ayez éprouvé le besoin d'entretenir des relations avec un M. Nassim, cela ne me concerne nullement mais j'ai quand même le droit d'en être étonné. Vous avez la chance, depuis votre mariage, de porter un très beau nom et vous êtes l'épouse d'un homme de valeur dont je suis fier d'être le camarade de promotion et l'ami... Il y a une chose que vous semblez ignorer, c'est qu'il existe dans toute armée du monde un code de l'honneur : nous n'aimons pas voir nos camarades ridiculisés quand ils ne le méritent pas !

— Vous parlez le langage d'une époque périmée, Commandant !

— Je pense n'employer en ce moment que le langage du cœur, Madame... C'est lui qui m'incite à croire qu'il n'est pas possible que vous puissiez éprouver pour ce Nassim Nahoum un sentiment autre que celui de l'intérêt... Je m'excuse de vous dire les choses aussi crûment mais ayez au moins l'honnêteté de reconnaître que vous n'avez accepté la compagnie d'un tel individu que parce que vous pensiez pouvoir en retirer des avantages réels ?

— Vous n'êtes qu'un véritable mufle !

— Ayez de moi l'opinion que vous voudrez, Madame... Seulement moi je persiste dans l'idée que si vous avez agi ainsi, ce n'est pas entièrement de votre faute mais celle d'un certain penchant qui vous pousse presque malgré vous, à ne voir dans tout ce que vous entreprenez qu'un moyen de lucre... Je sais que votre enfance et votre jeunesse ont été très dures et je comprends qu'il vous soit resté une sorte de hantise de la souffrance ou de la misère... Mais, franchement, cela vous donne-t-il le droit de faire du mal à l'homme qui, lui, n'a pensé qu'à vous faire du bien ?... Qui n'a pas hésité à abandonner sa carrière pour vous épouser alors que ses amis les plus sincères — et moi le premier — le lui déconseillaient ?... Qui a tout fait pour vous imposer dans un pays et dans un milieu auxquels ne vous destinaient pas vos origines ?

La bouche de Eva s'était faite mauvaise :

— Je vous interdis de me reprocher mes origines ! Elles valent largement celles d'un Charvet !

— Je ne vous les reproche pas. Je constate simplement un fait...

La sonnerie du téléphone retentit. Il prit l'appareil en disant :

— Poste 134... J'écoute...

Il ne posa aucune question à son interlocuteur invisible se contentant de dire à la fin de la communication :

— C'est bien, tenez-moi au courant au fur et à mesure...

Après avoir raccroché, il dit à Eva :

— Je vous annonce que la voiture américaine de Nassim Nahoum a été retrouvée, abandonnée, à la sortie de la ville...

— Et qu'est-ce que vous voulez que ça me fasse ?

— Vous serez peut-être intéressée de savoir que votre ami a été aperçu à l'arrière d'une traction-avant noire se dirigeant à grande allure vers Tlemcen... Sans aucun doute, il cherche à rejoindre la frontière du Maroc d'où il lui serait facile de prendre un avion pour une destination inconnue... Malheureusement pour lui, le numéro minéralogique de la traction vient d'être repéré : elle n'atteindra pas la frontière... Si je vous donne ces informations, c'est pour vous faire comprendre qu'il y aurait le plus grand intérêt pour vous à nous aider avant que Nassim Nahoum ne fût arrêté... Vous, qui le connaissez sans doute mieux que n'importe lequel d'entre nous, ne pouvez pas supposer un seul instant qu'une fois pris, cet homme ne vous dénoncera pas comme étant sa complice ?

— Je ne suis pas sa complice !

— Vous l'êtes, Madame... Il y a moins de deux heures, il vous a remis dans votre propre chambre et en présence d'un témoin, le caissier de l'hôtel qui nous l'a formellement déclaré, une somme de 500 000 dollars que vous vous êtes empressée de faire déposer dans le coffre de l'hôtel où elle se trouve encore...

— Ce caissier ment ! Cet argent se trouvait en effet sur une table quand je l'ai fait venir dans ma chambre. M. Nahoum était là également mais je défie le caissier de prouver qu'il a vu Nassim Nahoum me remettre cet argent qui m'appartenait.

— Vous aviez une telle confiance en ce Nassim Nahoum que vous n'avez pas craint d'étaler devant lui une pareille fortune ? C'est admirable ! Le même témoin, Madame, affirme qu'après qu'il eut compté l'argent, vous avez remis à Nassim Nahoum une enveloppe qui se trouvait déjà dans le coffre depuis la veille et que vous aviez demandé à ce même caissier de vous monter ?

— Et alors ? C'était une lettre d'ordre strictement privé.

— L'ennui, Madame, est que, pendant la nuit dernière, nous avons fait ouvrir le coffre en présence d'un commissaire de police... Sans doute ignorez-vous que nos services possèdent depuis longtemps des appareils perfectionnés qui permettent de voir, par transparence, à travers une enveloppe et sans la décacheter, son contenu ? Votre lettre d'ordre privé se réduisait à un chèque — très important d'ailleurs — tiré sur une banque de Caracas à l'ordre de Nassim Nahoum.

— J'ignorais le contenu de cette enveloppe.

— ... Que vous aviez cependant la mission de remettre au bénéficiaire du chèque ? Vous avez déposé cette enveloppe, après avoir fait réveiller le caissier, à cinq heures du matin hier alors que vous rentriez à l'hôtel en robe du soir... Avouez que c'est plutôt curieux ? Une dame très élégante qui quitte l'hôtel à minuit et qui y revient cinq heures plus tard après avoir trouvé un pareil chèque ? Nous ne pouvons donc qu'en conclure qu'en plein accord avec Nassim Nahoum, qui n'osait plus sortir de son hôtel parce qu'il se sentait traqué, vous vous êtes rendue en un certain lieu où vous a été remis le chèque.

Eva ne disait plus rien.

— Autre coïncidence troublante : vous avez reçu ce chèque exactement à l'heure où le navire, dont je vous ai parlé, a livré sa cargaison. Nous devons donc en déduire également que ces deux millions de dollars sont le paiement de la marchandise livrée à l'organisateur maintenant identifié de ce trafic d'armes. Vous ne voulez toujours pas parler, Madame, avant que ce téléphone ne m'informe que la voiture transportant Nassim Nahoum a été interceptée ?

— Je n'ai rien à dire.

— Dommage !... Après ce sera trop tard ! Je ne pourrai plus rien pour vous et je crains que vous n'ayez beaucoup de mal à vous disculper ! Devant votre silence, je suis obligé de continuer : avant de vous rendre tout à l'heure au bar de l'hôtel où vous avez fait connaissance avec nos inspecteurs, vous avez pris des mains du caissier le reçu des 500 000 dollars qui, étant établi à votre nom, prouve que cette somme vous appartient... Ce reçu est encore dans votre sac, posé sur vos genoux et dont vous n'avez pu vous débarrasser depuis votre arrestation. Je vous demande donc d'avoir l'extrême obligeance de me laisser inspecter ce sac, sinon je me verrai dans la pénible obligation de vous faire subir un examen détaillé assez humiliant qui s'appelle, en terme de métier, la « fouille » ?

Après un instant d'hésitation, Eva tendit le sac qu'il ouvrit et dans lequel il ne fut pas long à trouver le reçu, plié en quatre et caché derrière le miroir du poudrier.

— Reprenez votre sac, Madame... Mais vous comprendrez que je dois garder ce reçu délivré par l'hôtel.

La sonnerie du téléphone retentit à nouveau :

— Ici 134... J'écoute...

L'interlocuteur parla plus longuement que la première fois : Charvet inscrivit quelques notes sur une feuille de papier. Avant de raccrocher, il conclut simplement :

— C'est de l'excellent travail...

Il prit tout son temps pour regarder Eva avant de dire :

— J'ai le regret de vous annoncer, Madame, que l'homme pour lequel vous aviez tant de sympathie n'est plus, ni aucun des deux autres occupants de la traction... Ils ont voulu, malgré les sommations d'usage, franchir un barrage... Nos hommes ont tiré et n'ont retiré de la voiture que trois cadavres. Dans une poche intérieure du veston de Nassim Nahoum, on a retrouvé le chèque que vous lui aviez remis...

Très pâle, Eva avait baissé les yeux. Elle finit par

articuler d'une voix blanche sans oser le regarder :

— Qu'allez-vous faire de moi ?

Il parut réfléchir avant de répondre :

— Au fond, vous avez une certaine chance que Nassim Nahoum ait été abattu avant d'avoir pu parler... Il ne vous dénoncera plus... Mon devoir serait de vous arrêter mais j'hésite... Non pas, Madame, par respect pour vous, je vous l'avoue... mais parce que je suis convaincu qu'en haut lieu on serait très ennuyé de voir le nom glorieux du Colonel de Maubert mêlé à une pareille affaire... Vous aviez fait un excellent calcul le jour où vous vous êtes fait épouser par un officier français... Et j'ose espérer que, par égard pour le nom que vous portez, vous consentirez tout de même à nous rendre un service... Un seul ?

Sa voix s'était faite moins cassante. Elle releva la tête et l'observa avec étonnement :

— Quel service ? Vous savez tout !

— Pas encore tout, Madame... Le trafiquant a payé de sa vie et les deux millions ne seront pas encaissés... Mais ils restent toujours à Caracas où ils pourront servir à payer d'autres trafiquants d'armes ! L'appât du gain permettra toujours de trouver de nouveaux misérables qui n'hésiteront pas à tenter la sinistre aventure... C'est donc la tête de l'organisation, qui paie, qu'il faut décapiter ! Cette tête, vous la connaissez : c'est la personne qui vous a remis le chèque pour Nassim Nahoum... Si vous me la désignez, j'ai tout lieu de penser que vous cesserez à nos yeux d'être une grande coupable. Vous redeviendrez uniquement l'épouse d'un homme qui vous aime...

Elle réfléchit à son tour, supputant le pour et le contre. Si elle désignait l'Arabe, elle ne risquait pas grand-chose. Il le méritait d'ailleurs ! Non pas parce qu'il était l'ennemi de la France mais pour avoir méprisé sa féminité. Elle s'était juré de lui faire payer cent fois le talion de cette insulte ; on lui en offrait le moyen. Ce n'était ni à Eric, ni au pays qui l'avait accueillie qu'elle pensait mais à elle-même... Si elle refusait de parler, elle serait non seulement arrêtée et jugée sans pitié mais elle perdrait tout le bénéfice des patients efforts qu'elle avait accomplis depuis six années pour devenir une femme enviée. Il n'y avait pas à hésiter ! Elle dit doucement :

— Je voudrais bien vous aider, Commandant, seulement me croiriez-vous si je vous disais que j'ignore la véritable personnalité de celui qui m'a remis ce chèque ?

— Je suis volontiers prêt à penser qu'en effet cet homme a dû avoir la prudence élémentaire de ne pas vous révéler son nom mais il ne devait pas avoir de raison spéciale de vous cacher son visage ?

— Il était grand et beau... Son type sémite était pur... Il pouvait avoir trente-cinq ans et portait une courte barbe noire en pointe qui lui allait très bien et qui lui donnait une physionomie d'ascète... Il parlait un excellent français et Nassim Nahoum m'a dit que cet homme avait fait toutes ses études en France. Les deux fois où je l'ai vu, il était vêtu à l'européenne et d'une rare élégance...

— Où l'avez-vous rencontré ?

— Les deux fois au même endroit : la première, j'accompagnais Nassim Nahoum... La seconde, la nuit où il m'a remis le chèque, j'étais seule... On m'a conduit les deux fois en voiture chez lui dans une traction noire : sans doute celle qui a été utilisée pour la fuite... J'ai bien tenté de repérer l'itinéraire à chacun des voyages mais sans succès. La voiture a accompli une foule de détours et n'a pris que de très petites routes qu'il me serait impossible de reconnaître... Ce dont je suis à peu près sûre est que nous sommes sortis de la ville dans la direction du sud et que la distance a dû être d'environ une centaine de kilomètres.

— Comment était le lieu où se sont passées ces rencontres.

— Une grande maison ocre, crénelée, de style arabe, entourée d'un immense jardin étagé de terrasses et clôturé lui-même par un mur blanc très haut... Le portail d'entrée pratiqué dans le mur, est à deux battants. Derrière ce portail j'ai vu quatre hommes armés de mitraillettes... Il y a une grande allée, bordée de palmiers, qui conduit à la maison.

— Et l'ameublement intérieur ?

— D'immenses pièces assez basses, dont les murs et le sol sont recouverts de magnifiques tapis : le tout typiquement arabe.

Pendant qu'elle parlait, Charvet avait pris des notes.

— Vos descriptions sont déjà un premier commencement, Madame... Evidemment tout cela est encore un peu vague, mais il suffit parfois d'un indice, auquel on n'attache pas d'importance sur le moment et qui révèle tout ! Vous avez parlé avec cet homme ?

— Oui... surtout la seconde fois.

— Que vous a-t-il dit ?

Elle eut une très courte hésitation avant de répondre :

— Des banalités...

— En êtes-vous certaine ? N'y aurait-il pas eu, dans cette seconde conversation, un détail qui vous aurait frappée ?

Elle hésita à nouveau avant d'avouer :

— Il a prétendu avoir entendu parler de Eric...

— Ce n'est pas possible !

— Oui,... par un combattant arabe de l'Armée de Libération Nationale qui a réussi à s'échapper d'un camp où il avait été transporté avec ses camarades après qu'ils eurent été faits prisonniers par des parachutistes français... Le capitaine qui commandait ces derniers, voulait faire fusiller les prisonniers parce qu'il les croyait responsables du massacre d'un village mais Eric intervint à la dernière minute en disant à l'officier subalterne qu'il avait la preuve que ces hommes n'étaient pas les auteurs de la tuerie. Grâce à Eric ils ne furent pas fusillés mais emmenés comme prisonniers de guerre dans un camp.

— Vous souvenez-vous si votre interlocuteur vous a précisé la région où se trouvait ce camp ?

— Il m'a dit que c'était aux environs de Constantine.

— Et ce serait de ce camp que le témoin des faits, que vous venez de me rapporter, se serait évadé ?

— C'est ce que j'ai cru comprendre.

— Ceci est très important. L'homme auquel vous avez rendu visite vous a-t-il précisé vers quelle époque se situaient ces événements ?

— Il m'a simplement dit « Voici quelques mois... »

— Quelques mois ?

Il avait décroché le téléphone en disant dans l'appareil :

— Apportez-moi immédiatement le dossier 84...

Puis il expliqua à Eva :

— Nous avons pour règle absolue d'établir une fiche sur chaque prisonnier qui est enfermé dans un camp. La plupart du temps ces hommes refusent de dire leur nom véritable mais nous prenons leurs photos anthropométriques : ce qui nous permet parfois de les retrouver quand ils ont réussi à s'évader. Le dossier 84 est celui où se trouvent les photographies et identités présumées de tous ceux qui se sont évadés pendant les douze derniers mois... Vous allez d'ailleurs pouvoir constater que nos camps sont bien gardés et qu'il n'y en a pas tant que cela !

Un planton venait d'apporter le fichier que Charvet commença à feuilleter lentement après avoir dit à Eva :

— Venez vous asseoir à côté de moi, Madame. Ce sera plus facile pour vous et nos recherches risquent de demander un certain temps...

Sur chaque page, collées, se trouvaient des photos prises de face et de profil, avec des indications sur l'identité des individus.

— Je me demande comment vous pouvez différencier tous ces Arabes ? dit Eva. Je trouve qu'ils se ressemblent tous ?

— Ce n'est pas notre avis...

Les pages continuaient à tourner et les photographies se succédaient...

— Pourquoi me montrez-vous tous ces visages, Commandant ?

— Une idée comme ça... Supposons, Madame, que vous reconnaissiez brusquement dans l'un de ces évadés l'homme qui vous a reçue ?

— Vous n'y pensez pas ? Il n'a rien d'un combattant !

— Qu'en savez-vous, Madame ? Actuellement en Afrique du Nord tout homme, même celui qui peut vous paraître le plus raffiné, cache sous son masque l'âme d'un guerrier farouche qui est parfois notre pire ennemi !

Il feuilletait toujours les pages.

Tout à coup, Eva s'écria :

— Attendez !

Elle regarda avec beaucoup d'attention les deux photographies de l'un des évadés avant d'affirmer :

— C'est lui ! Vous aviez raison.

— Vous en êtes sûre ?

— Absolument !

— Mais il n'a pas de barbe en pointe, comme vous me l'aviez décrit ?

— Je reconnais ce regard que je n'oublierai jamais ! Et ce profil ! J'ai eu tout le temps de le détailler pendant que nous prenions avec lui le méchoui... J'étais à sa droite...

— La place d'honneur !

— Je ne comprends pas... Alors ce serait lui-même qui aurait été fait prisonnier et qui se serait évadé ?

— Il se serait bien gardé de s'en vanter devant vous !

— Donc, il a vu Eric ?

— Sans aucun doute !

Charvet s'était levé en prenant vivement le dossier pour que Eva ne pût pas lire les indications mentionnées en marge des photographies.

Il dit cependant à haute voix :

— Il s'est évadé le 11 avril dernier... Nous sommes le 4 septembre... Cela fait en effet quelques mois et correspond à ce qu'il vous a dit.

Il avait refermé le fichier.

— Et bien, Madame, si votre mémoire visuelle n'a pas commis d'erreur, je pense que nous retrouverons bientôt cet homme... De toute façon vous venez de nous aider et je vous en sais gré... Je dois maintenant vous accompagner à votre hôtel. Dès que nous arriverons, vous irez à la caisse où vous présenterez le reçu pour vous faire rendre la serviette dans laquelle se trouvent les dollars... Vous me la donnerez et je remettrai à mon tour cette fortune à l'un de nos officiers-trésoriers. Ce sera toujours cela que nous aurons prélevé au profit de la France sur l'affaire Nassim Nahoum !... Argent qui nous permettra peut-être de payer à notre tour les nouveaux indicateurs dont nous aurons besoin ? Nous le devrons à votre... sens des affaires ! Que comptiez-vous faire de tout cet argent, Madame ?

Elle répondit, très calme cette fois :

— Moi ? Je voulais assurer à Eric le luxe auquel son nom lui donne droit.

— Contentez-vous de l'aimer... Ce ne sera déjà pas si mal !

Il avait ouvert la porte devant laquelle se tenaient deux soldats armés :

— Conduisez Madame jusqu'à la voiture 16 et attendez auprès d'elle...

Puis se tournant vers Eva :

— Je vous rejoins dans quelques instants. J'ai des ordres urgents à donner.

Avant de sortir dans le couloir, elle se retourna vers lui, le regard angoissé, en demandant :

— Après que je vous aurai remis la serviette, que se passera-t-il pour moi, Commandant ?

— Je vous le dirai tout à l'heure, Madame...

Il la rejoignit dans la voiture où se trouvait déjà le chauffeur militaire. Charvet était accompagné de deux autres officiers : un capitaine et un lieutenant qu'il ne prit pas la peine de présenter à la jeune femme.

Au moment où ils arrivèrent devant le perron de l'hôtel, il dit à celle-ci :

— Surtout, soyez très naturelle... Vous ne tenez pas particulièrement à attirer l'attention de la clientèle de l'hôtel ? Nous descendrons avec vous et attendrons à quelques mètres de la réception.

Elle exécuta, avec des gestes d'automate, tout ce qu'il lui avait dit de faire. Elle n'eut pas besoin de prononcer un mot pour le caissier qui semblait l'attendre : elle tendit le reçu... Quelques instants plus tard, l'homme ressortit de la pièce, où se trouvait le coffre, avec la serviette en demandant :

— Désirez-vous vérifier Madame ?

— Non, répondit-elle d'une voix sèche. J'ai confiance !

Elle avait pris la serviette. Quand elle se retourna, Charvet était juste derrière elle. Il saisit à son tour la serviette qu'elle lui tendait, l'ouvrit et versa rapidement le contenu dans une autre serviette que portait le capitaine adjoint. Cela fut fait avec une grande célérité. Eva eut juste le temps d'apercevoir les liasses de dollars qui lui échappaient... Après avoir refermé sa serviette le capitaine salua pendant que son chef lui ordonnait :

— Emmenez ça... A demain !

Charvet, qui tenait toujours en main la serviette vide, la rendit à Eva :

— Ceci vous revient, Madame... Ne porte-t-elle pas les initiales du Colonel de Maubert ?

Eva eut envie de la lui jeter à la figure mais il ajouta presque aussitôt :

— J'ai remarqué qu'en entrant, vous avez regardé vers la gauche du hall... Oui, les deux détectives privés auxquels vous aviez confié le soin de surveiller les déplacements de M. Nassim n'y sont plus ! Nous leur avons fait savoir que leur mission n'avait plus de raison d'être... Ils ont d'ailleurs été très bien, ces deux hommes : ils nous ont beaucoup aidés... Vous devez bien comprendre que si nous tolérons actuellement à Alger des agences de ce genre, il y a quelques raisons majeures. C'est d'ailleurs assez amusant de penser que c'est vous qui les avez payés ! Maintenant, Madame, si vous le permettez, le lieutenant et moi allons vous accompagner dans votre chambre...

La montée en ascenseur fut silencieuse. Arrivée devant sa porte, Eva constata qu'elle était entrouverte : Charvet n'eut qu'à la pousser pour permettre à la jeune femme d'entrer dans la pièce. Il la suivit tandis que le jeune officier restait dans le couloir.

Deux femmes de chambre de l'hôtel étaient en train de faire les valises de Eva, qui ne put s'empêcher d'en exprimer sa surprise :

— Qui vous a donné l'ordre de préparer mes bagages ?

— Moi ! répondit Charvet. En votre nom, bien entendu, chère Madame... J'avais oublié de vous informer que vous quittiez cet hôtel... J'ai tenu cependant à ce que vous puissiez vérifier vous-même qu'aucun de vos effets personnels n'était oublié... Seulement je vous demande de faire vite : nous n'avons pas beaucoup de temps !

Il demanda la réception au téléphone :

— La note de la Comtesse de Maubert est-elle prête ? Elle vous prie de la lui monter.

Puis se tournant vers Eva en souriant :

— J'ai appris par nos inspecteurs que vous aviez horreur de laisser des dettes derrière vous... Comme je vous comprends !

Elle régla, sans dire un mot, la note qui lui fut présentée quelques minutes plus tard par le caissier, revenu dans la chambre et dont elle n'oublierait jamais la physionomie joviale : pour Eva désormais ce genre de visage serait le masque de l'indicateur de police.

Quand toutes les valises furent fermées, elle quitta la chambre, toujours accompagnée des deux officiers et après avoir jeté sur ses épaules un manteau de voyage sur les conseils de Charvet.

— Ici, la température est encore très douce, mais vous risquez de trouver une sérieuse différence là où vous allez...

— Où m'emmenez-vous ?

Il ne répondit pas.

Elle traversa une dernière fois le hall et se retrouva dans la voiture militaire qui attendait toujours devant le perron. Charvet s'installa à côté d'elle en disant :

— Je viens de recompter vos valises : elles sont toutes là... En route !

La voiture démarra, laissant devant l'hôtel le lieutenant.

— J'ai l'impression que ma brillante escorte diminue ? remarqua Eva sur un ton d'ironie.

— Le lieutenant a encore beaucoup de choses à faire à l'hôtel : il doit s'occuper des bagages de M. Nassim Nahoum qui sont plus volumineux que les vôtres !

— Parce qu'il était parti en laissant tout ?

— Tout... à l'exception d'une petite mallette de voyage qui a été retrouvée dans la traction à côté de son corps... Très intéressante, d'ailleurs, cette mallette-radio !

— Pour la deuxième fois, où m'emmenez-vous, Commandant ?

— Chère Madame, la nécessité du petit déplacement que vous allez faire est certaine : vous ne pouviez plus rester à Alger, ni même en Afrique du Nord... Si vous ne nous aviez dénoncé qu'un Nassim Nahoum, cela n'aurait pas risqué d'avoir une suite fâcheuse pour vous : ce personnage n'était qu'un sinistre trafiquant travaillant pour lui et n'ayant aucun idéal... Il en est tout autrement pour celui dont vous m'avez désigné la photographie : c'est un « pur », si j'ose dire... Nous l'avons parfaitement identifié. Cet homme n'est l'ennemi de la France que parce qu'il croit sincèrement que l'Algérie doit être indépendante. Si les Américains ou les Russes étaient ici à notre place, cet idéaliste serait également leur ennemi. On ne peut donc lui dénier une certaine continuité de sentiments. C'est pour cela qu'il est devenu un grand chef de la rébellion. Tout l'y prédisposait : son intelligence, sa culture, ses origines qui remontent à la naissance du monde arabe... Aussi n'en est-il que plus dangereux ! Vous pouvez être certaine qu'à l'heure actuelle, il sait déjà que Nassim Nahoum a été abattu avant que nous ayons pu le faire parler. Il doit donc se sentir relativement tranquille et n'éprouver que des regrets très relatifs de la disparition d'un individu qu'il ne devait considérer que comme un vulgaire valet... Mais le jour où nous arrêterons ce Chef — et cela ne saurait tarder — il sera convaincu de ne devoir son arrestation qu'à vous, la messagère de Nassim à qui il a remis le chèque. Il le fera aussitôt savoir à ses partisans encore en liberté et vos heures seront comptées. Vous serez condamnée à mort par un tribunal arabe qui, lui, ne fera pas preuve à votre égard de la même compréhension que nos services... Il était donc urgent que vous partiez avant que l'arrestation de cet homme ne devienne une réalité... Dans quelques minutes nous serons sur un aérodrome où un avion militaire vous attend pour vous ramener, avec toute la discrétion désirable, sur le sol de la métropole que vous n'auriez jamais dû quitter ! Vous y serez plus en sûreté.

— Que vais-je y faire ?

— N'avez-vous pas une charmante propriété que votre mari aime tant ? Eric ne sera pas éternellement mobilisé : bientôt il vous reviendra...

— Vous pouvez m'assurer qu'il ne saura jamais rien de ce qui s'est passé ?

— Je vous le promets. Pourquoi lui faire ce chagrin ? Tel que je crois le connaître avec son sens du devoir et l'amour qu'il vous porte, s'il apprenait ces événements, il en mourrait... Voici l'aérodrome. La voiture va vous mener à côté de l'avion : ici également ce n'est pas la peine que l'on vous remarque trop.

— Mais que pensera Eric de mon brusque départ alors que je lui ai toujours dit que je ne rentrerais en France qu'avec lui ?

— Il n'en pensera certainement que du bien ! Il sera rassuré. Il n'aimait pas vous savoir à Alger :

il me l'a confié... Je dois d'ailleurs me rendre d'ici quarante-huit heures dans la région où il se trouve. Je le verrai et je lui dirai que par mesure de prudence devant la recrudescence des attentats, le Gouvernement a décidé de rapatrier d'office toutes les épouses ou familles d'officiers dont la présence n'était pas indispensable en Algérie. Votre mari trouvera que c'est là une mesure de sagesse...

La voiture s'était immobilisée à côté d'un bimoteur militaire. Des soldats commencèrent aussitôt à transborder les valises de Eva dans l'appareil.

— Il me reste, Madame, à vous souhaiter un bon voyage qui ne sera pas long...

Mais, avant qu'elle n'eût quitté la voiture, il ajouta :

— Il me vient une idée : comme je dois revoir Eric incessamment, peut-être pourriez-vous me laisser un petit mot pour lui, confirmant ce que je lui dirai ?

Il avait sorti d'une poche de sa vareuse un bloc de papier et un stylo :

— Griffonnez quelques mots là-dessus...

Elle avait pris le stylo mais, au moment d'écrire, sa main retomba et elle avoua :

— C'est affreux, Commandant !... Je ne sais pas quoi lui dire ?

— Comment, Madame ? Vous n'avez rien à dire à votre mari ?

— Comprenez-moi : j'aurais trop de choses à lui avouer... Mais je ne le peux pas !

— Je vous conseille de ne jamais lui parler de tout ce que vous venez de vivre... Ce serait la pire des erreurs ! Il ne faut pas qu'il sache ! Jamais ! Vous m'avez bien compris ?... Voulez-vous que je vous aide un peu pour rédiger ce message ?... Comment avez-vous l'habitude de commencer les lettres que vous adressez à Eric ?

Elle murmura :

— « Mon chéri... »

— Eh bien, c'est très gentil... Ecrivez : « *Mon chéri, je rentre en France où je t'attendrai à La Tilleraye avec l'impatience que tu devines. Ton ami Charvet t'expliquera les raisons de mon départ* ». Et comment terminez-vous vos autres lettres ?

— Presque toujours je mettais : « Je t'aime... »

Après l'avoir longuement regardée, il dit avec douceur :

— Mettez-le uniquement si vous le pensez, Madame ?

Elle écrivit les trois petits mots et signa.

— Voilà qui est parfait ! déclara Charvet en pliant le billet qu'il enfouit dans son portefeuille. Maintenant, Madame, il est temps : l'avion va partir.

Au moment de monter dans le bi-moteur elle se retourna :

— Je vous remercie, Commandant, pour tout ce que vous avez fait.

— Hélas, Madame ! Il y a des moments où c'est très difficile de concilier le devoir et l'amitié...

La porte de la carlingue s'était refermée : les hélices tournèrent...

La dernière vision que Eva eut de l'aérodrome fut celle de Charvet, se tenant raide devant sa voiture...

Ensuite, ce fut « Alger la blanche » que l'avion survola une dernière fois avant de se diriger vers la mer et dont les maisons commençaient à rosir sous les reflets de la lumière crépusculaire.

Emmitouflée dans son manteau, blottie dans un fauteuil de l'avion dont elle était la seule passagère à l'exception de l'équipage, Eva resta songeuse. Elle avait quitté rapidement la France quelques mois plus tôt pour permettre à l'oubli de s'étaler sur le suicide de Veran ; elle venait d'abandonner encore plus brusquement l'Algérie, par crainte des représailles, après que Nassim y eut été abattu et qu'elle y eut dénoncé l'homme qu'elle avait le plus désiré... Elle se demandait avec une inquiétude grandissante si ce pays se nommant la France et dont le nom s'étalait des deux côtés de la Méditerranée, était bien celui où elle devait vivre ?

# LA FEMME TRAQUÉE

La nouvelle s'était répandue avec une rapidité prodigieuse. « La Juive est revenue !... Les volets de *La Tilleraye* sont rouverts... Mais l'épouse du Comte Eric de Maubert ne sort pas du château : on ne la voit même pas se promener dans le parc.. »

Tout cela était vrai.

Le voyage de retour s'était fait dans la Cadillac qui avait été laissée dans un garage de Paris quand Eva était partie précipitamment quelques mois plus tôt pour prendre l'avion à Orly. Le trajet avait été morne. Après une rapide traversée de Besançon, les hautes futaies du parc de *La Tilleraye* étaient réapparues déjà marquées par les teintes nostalgiques d'un automne qui est toujours un peu en avance dans cette région du Jura.

Depuis trois jours que Eva était déjà là, la pluie n'avait cessé de tomber : une pluie pénétrante et fine qui faisait monter de la terre, encore chaude de l'été enfui, des senteurs âcres de moisissure...

Celle qui n'était revenue dans la triste demeure qu'avec le vague espoir d'y trouver un havre d'oubli, s'était réfugiée dans la bibliothèque où la seule manifestation de vie était le crépitement d'un feu de septembre dans la vieille cheminée. Blottie dans le fauteuil, qui avait été celui de Adélaïde, la Juive restait prostrée pendant que son regard allait alternativement de la contemplation muette des flammes à celle du portrait où elle se revoyait en robe pourpre.

Malgré ses vingt-huit années, Eva se sentait brutalement marquée par la série d'échecs qu'elle venait de connaître depuis le suicide de Veran. Mais elle ne parvenait pas à comprendre pourquoi le sort s'était acharné sur elle ? L'idée qu'elle ne devait s'en prendre qu'à elle-même et qu'elle était l'unique responsable de tout ce qui était arrivé, n'effleura pas une seule fois son esprit. C'étaient « les autres » qu'elle rendait responsables... « Tous les autres » qui lui en voulaient parce qu'ils étaient jaloux de sa beauté... Dans ses pensées, elle n'était qu'une pauvre victime, condamnée à vivre dans un pays où elle resterait toujours une incomprise... Et, à force de se répéter à elle-même qu'elle était la femme la plus malheureuse de la terre, Eva finissait par le croire.

Elle ne trouvait même plus la force de réagir rapidement comme elle l'avait toujours fait jusqu'à ce jour chaque fois qu'un obstacle ou une contrariété s'étaient dressés sur le chemin de sa réussite. Le merveilleux ressort de son indomptable énergie semblait s'être brisé... Qu'allait être son avenir ? Question qui la hantait... Devait-elle attendre passivement, dans le château sans joie, le retour de celui dont elle portait le nom en finissant par se demander si ce nom lui-même n'était pas devenu un fardeau trop lourd pour ses épaules d'aventurière ? Ou bien devait-elle, selon l'inexorable loi qu'elle sentait s'appesantir sur elle, repartir avec la volonté de recommencer à bâtir ailleurs une nouvelle existence ?

Pendant ces heures de découragement, elle n'aurait jamais cru que le premier rayon d'espoir lui serait offert — un soir où elle commençait vraiment à désespérer de trouver le moyen de s'arracher à son isolement — par le plus humble et le plus servile de ses admirateurs.

Après que le jardinier l'eut annoncé sur un ton, où le mépris se mêlait à l'étonnement, l'homme entra dans la bibliothèque en y apportant toute l'intelligence d'une race qui venait au secours de la détresse subite de l'un des membres de la Communauté.

Comme toujours, le salut du père Abraham fut aussi obséquieux que familier : les formules de politesse indiquaient le respect admiratif pour la fille de Varsovie mais le ton de la voix et les clignements d'yeux, auxquels rien n'échappait, voulaient dire : ne sommes-nous pas complices, jeune femme ?

— Je suis très content de vous revoir, Mme la Comtesse...

Eva l'observa avec méfiance avant de répondre :

— Besançon sait donc déjà que je suis revenue ?

— Nous nous en réjouissons !

— Parce que vous pensez que mon retour est une bonne nouvelle pour tous ces gens qui me détestent dans le pays ?

Ce fut Abraham qui hésita, cette fois, avant de dire :

— Moi je vous aime, Madame la Comtesse...

— Toi, c'est différent ! dit-elle en *yiddish*. Que raconte-t-on à Besançon ?

— Tout y est calme.

— Et toi, il y a longtemps que tu es rentré ?

— Un mois environ... J'ai attendu que l'oubli ait fait son œuvre.

— Je connais ta prudence : du moment que tu as réouvert ta boutique, c'est qu'il n'y a plus aucun danger !

— Vous avez fait un bon voyage en Algérie ?

— Excellent... Naturellement, on sait en ville que j'ai été y rejoindre mon mari ?

— Oui... le Comte de Maubert se porte toujours bien ?

— Pourquoi me le demander puisque tu t'en fiches éperdument ? Qu'ont dit les gens après mon départ ?

— Je n'étais pas là, mais j'ai déjà pu constater, depuis mon retour, que votre voyage a produit très bon effet... Les méchantes langues, qui ne s'étaient pas gênées pour bavarder après... l'incident Veran, se sont tues et les braves gens ont commencé à se demander si tout ce qui avait été raconté était réellement vrai. Le doute est né... Vous avez fait preuve d'une grande habileté en vous absentant... On croit maintenant que vous n'avez jamais cessé d'adorer votre époux ! C'est adroit.

— Et la fille de Veran, que devient-elle ?

— On ne l'a pas revue dans la région : on dit qu'elle se serait installée définitivement à Paris et que les usines auraient été rachetées par un groupe franco-sarrois... Vous ne le saviez pas ?

— L'héritière et les affaires Veran ne m'intéressent plus, Abraham... Dis-moi maintenant pour quelle raison exacte tu es venu me voir. Tu n'es pas homme à te déplacer pour rien ?

Abraham eut une courte hésitation avant de répondre :

— Mon rêve a toujours été de m'agrandir... J'attendais la bonne occasion... L'épicerie qui est à côté de ma boutique va être à vendre... Chaque fois que je passe devant, je me dis « Abraham, si tu avais un magasin pareil avec une aussi belle devanture tu ferais de grosses affaires ! » Mais hélas, je n'ai pas assez d'argent pour l'acheter tout seul ! Aussi, quand j'ai su que vous étiez de retour, j'ai pensé que vous aimeriez peut-être aider un coreligionnaire tout en faisant de nouvelles affaires ? Je pense avoir le magasin à bon prix...

— Tu y tiendrais aussi un commerce de brocante ?

Le vieil homme s'était redressé avec orgueil :

— Oh, non ! Je n'y vendrais que des antiquités... Il y a des années que je voudrais me spécialiser dans les meubles anciens !

— Tu t'y connais donc ?

— J'ai du flair... J'ai aussi quelques idées... Une Comtesse de Maubert a ses entrées dans les châteaux où il y a de vraies antiquités... Vous aussi vous avez du flair et vous sentirez tout de suite si les châtelains sont gênés... Cela se voit à mille petits détails, même quand on essaie de le cacher ! Vous me le diriez et je passerais par hasard, quelques jours plus tard, avec ma camionnette... Les gens du monde hésitent à venir nous trouver pour nous demander de leur acheter quelque chose mais c'est différent si c'est nous qui avons l'air de les supplier de bien vouloir vendre ! Et je m'y connais en supplications ! Je saurai donner l'impression à vos amis des châteaux qu'ils me font une grande faveur... Alors ils me vendront... et pas cher !

— Combien te faudrait-il pour l'achat du magasin ?

— En discutant beaucoup, je pense l'avoir pour cinq millions...

— Autrement dit, tu l'aurais pour quatre !

— Ce sera très difficile !

— Si je t'aidais, quelle serait ma part de bénéfices ?

— 20 % et le capital remboursé...

— Je veux 40 %... Comme cela, je toucherai en réalité à peine 20 % ! Comment veux-tu que je sache exactement ce que tu gagneras sur un meuble à la revente ?

— Vous ne pensez quand même pas que le père Abraham essaiera de profiter de celle qu'il considère comme sa petite sœur ?

— Le père Abraham est comme sa petite sœur : il ne fait pas de sentiments en affaires !

— Alors, d'accord pour 40 % ! dit le bonhomme en soupirant comme si on lui arrachait l'âme.

— Je ferai l'affaire... Je passerai te voir dans quelques jours.

Pour prendre congé, Abraham retrouva l'usage de la langue française :

— Mes civilités respectueuses, Madame la Comtesse...

— Vos civilités ? C'est plutôt drôle... A bientôt !

Quand elle fut à nouveau seule, Eva commença à réfléchir à l'idée qui était loin d'être sotte... Il y aurait beaucoup d'argent à gagner pour elle dans un commerce qui était presque un monopole de ses coreligionnaires. Cette visite inattendue lui redonnait un certain courage : ne venait-elle pas d'avoir la double confirmation que l'affaire Veran était oubliée et que son séjour en Algérie avait été pour elle une excellente publicité vis-à-vis des gens de la région qui ne sauraient jamais ce qui s'était passé en réalité. La force combative revenait en elle avec toute l'intensité du renouveau. Elle se dirigea vers le bar où, pour la première fois depuis son retour, elle se versa un scotch qu'elle but par petites gorgées en souriant à son propre portrait et en pensant que Abraham était peut-être un magicien. Bientôt, elle commencerait ses visites de château pour évaluer la misère qui s'y cachait... Qui se douterait en la voyant arriver, exquise d'amabilité, qu'elle venait de trouver un nouveau champ d'activité ?

Ce fut la venue du facteur, une semaine plus tard, qui bouleversa le plan de visites organisées qu'elle avait minutieusement mis au point. Il lui apportait une lettre de Eric dans laquelle celui-ci disait avoir reçu la visite de Charvet ainsi que le petit billet qui lui avait été confié.

Bien qu'il manifestât sa tristesse de la sentir à nouveau moins près de lui, Eric semblait assez heureux de savoir qu'elle n'était plus dans la ville où les attentats ne cessaient de se multiplier et surtout de l'imaginer à nouveau dans ce qu'il appelait « le cadre paisible de leur chère *Tilleraye* ». La dernière page parlait de Adélaïde :

« ...*Je suis très inquiet, chérie. Je viens de recevoir de la Supérieure du Couvent, où s'est retirée ma mère, une lettre m'informant que celle-ci n'allait pas bien du tout... Je suis sûr que ma pauvre maman se mine de ne plus habiter La Tilleraye. Ne crois-tu pas que les choses pourraient s'arranger maintenant ? Je sais que tu m'aimes assez pour faire le sacrifice que je vais te demander : dès réception de ma lettre, va au Couvent pour voir ma mère... Offre-lui de la ramener avec toi à La Tilleraye. L'épouse admirable qui a su m'attendre pendant des mois dans un hôtel est capable d'un tel geste... J'aimerais tant apprendre dans ta réponse que l'harmonie est enfin revenue sous notre toit... Je compte sur toi et je t'aime.* »

Le début de la lettre prouvait que Charvet était un homme de parole pour qui l'amitié n'était pas un vain mot et la jeune femme était presque étonnée qu'il put encore exister des hommes pareils. Les dernières lignes pouvaient permettre à Eva de réaliser plus facilement le plan élaboré avec Abraham. Aussi prit-elle la décision de se rendre sans tarder au Couvent pour demander à Adélaïde de revenir à *La Tilleraye.* Elle n'hésiterait pas au besoin à jouer les belles-filles repentantes qui n'ont pas assez du restant de leur existence pour se faire pardonner leurs fautes. Elle était prête à tout parce que le retour de Adélaïde serait la preuve éclatante de la réconciliation générale, qui viendrait s'ajouter à l'estime dont le brocanteur lui avait dit qu'elle bénéficiait déjà pour avoir été rejoindre son époux mobilisé. Le jour même où Adélaïde franchirait à nouveau le seuil de *La Tilleraye,* Eva cesserait, dans l'esprit de ses détracteurs, de n'être que l'intrigante égoïste : elle deviendrait, au contraire, la femme qui sait faire passer son devoir avant tout.

Ensuite, ce serait un jeu d'enfant de commencer les visites intéressées chez les voisins qui l'accueilleraient, non seulement sans méfiance mais même avec une certaine sympathie. Après elle se fierait à son sens des affaires...

Une heure plus tard, elle était introduite dans le parloir austère de la maison de retraite, tenue par les Sœurs du Sacré-Cœur. Elle s'était présentée à la sœur portière en disant :

— Je suis la Comtesse de Maubert... Pouvez-vous annoncer ma visite à ma chère belle-mère ?

L'attente dans le parloir lui semblait très longue. Enfin la porte se rouvrit pour livrer passage à une sœur nouvelle, dont la sérénité de visage n'avait d'égale que la douceur de la voix.

— Je m'excuse, Madame, de vous avoir fait attendre mais c'était l'heure de l'un de nos Offices... Je suis la Supérieure de cette maison : on m'appelle Marie-du-Christ...

— Je suis très heureuse, ma Mère, de faire votre connaissance... J'ai souvent entendu dire dans la région le plus grand bien de votre maison... Je reviens d'Algérie où j'ai été passer quelques mois auprès de mon cher Eric.

— J'ai appris en effet par Madame votre Belle-

Mère que vous étiez partie là-bas... Comment va le Comte de Maubert ?

— Bien, ma Mère... Seulement il s'inquiète depuis qu'il a reçu votre lettre... Moi aussi ! Dans quel état est ma chère belle-mère ?

— Ce n'est pas brillant depuis quelques jours, Madame...

— Qu'a-t-elle exactement ?

— Rien de très précis. C'est pourquoi je trouve que c'est sérieux... Elle s'affaiblit d'heure en heure, refusant de prendre toute nourriture, comme si elle n'avait plus goût à la vie...

— C'est affreux ! Mais que peut-on faire ?

— Pas grand'chose, je le crains, Madame... Son mal est surtout d'ordre moral...

— Vous voulez dire qu'elle n'a plus toute sa tête ?

— Non. Je crois au contraire que votre belle-mère sait très bien ce qu'elle fait en se laissant volontairement mourir.

— Mais enfin, il faut faire venir d'urgence des médecins, ma Mère ?

— Nous l'avons fait, Madame... Les meilleurs spécialistes ont été appelés en consultation.

— Je m'excuse de vous parler d'un détail pratique : vous recevez toujours régulièrement l'argent que doit vous faire parvenir Maître Rambert pour que ma chère mère ne manque de rien ?

— Maître Rambert est très dévoué et s'acquitte de sa mission avec toute la discrétion que vous lui avez prescrite... De ce côté, tout est en ordre... Seulement, bien que nous nous efforcions dans cette Maison de rendre la vie la plus douce possible à nos pensionnaires, cela ne remplace jamais l'atmosphère familiale.

— Je comprends...

— Cette chère Comtesse s'est d'abord fait beaucoup de soucis au sujet de son fils unique actuellement mobilisé...

— Je viens justement pour la rassurer... D'ailleurs je sais par mon mari qu'il écrivait régulièrement à sa mère.

— Les lettres, si affectueuses soient-elles, ne remplacent jamais une présence ! Enfin... il y a aussi la question de *La Tilleraye*...

— Pourquoi *La Tilleraye* ?

— Vous savez aussi bien que moi, Madame, que votre belle-mère n'a pratiquement jamais pu vivre ailleurs que chez elle... Alors comment voulez-vous qu'elle puisse s'habituer à un autre cadre ?

— Le but principal de ma visite est justement de lui proposer de la ramener à *La Tilleraye.* J'ai déjà pris toutes les dispositions : sa chambre est prête et l'attend...

— Je suis très heureuse, Madame, d'apprendre de votre bouche que vous venez de prendre une pareille décision... Malheureusement, j'ai peur qu'elle ne vienne un peu tard !

— Vous n'allez pas me dire que ma mère est perdue ?

Marie-du-Christ se taisait. La voix de Eva se fit véhémente :

— Ce n'est pas possible ? Ce serait épouvantable pour Eric, pour moi, pour nous tous !

— Je crois, Madame, que vous ne m'avez pas très bien comprise ?... J'ai l'impression que votre belle-mère ne tient pas à revenir à *La Tilleraye*...

— Je comprends de moins en moins... Vous venez de me dire, il y a quelques instants, qu'elle ne pouvait s'acclimater ailleurs. Et enfin, ce n'est un secret pour personne que cette propriété est tout pour elle !

— Tout, en effet...

— Je suis sûre que j'arriverai à la décider à revenir avec nous !

— La seule personne qui pourrait peut-être obtenir un pareil résultat n'est pas là...

— Vous voulez parler de Eric ? J'ai sur moi une lettre de mon mari que je lui lirai...

— A condition qu'elle ait consenti à vous recevoir... Mais elle s'y refuse obstinément !

— C'est insensé ! Que lui ai-je donc fait ?

— Ceci ne me concerne pas, Madame... La vérité m'oblige cependant à vous dire que tout à l'heure, à l'annonce de votre visite, je me suis rendue à son chevet et que je l'ai suppliée de vous accueillir... J'ai tenté de lui faire comprendre que, même si vous n'êtes pas encore mariée religieusement avec son fils, son devoir de chrétienne était de vous recevoir pour vous demander aujourd'hui de lui faire la promesse de régulariser cette situation devant Dieu dès que votre mari serait de retour...

— Et qu'a-t-elle répondu ? demanda Eva très pâle.

— Qu'elle était certaine que vous ne prendriez jamais cet engagement...

Le silence du parloir sembla à Eva être la ponctuation finale de l'entretien. La religieuse continuait à la regarder de ses yeux limpides, d'où toute malveillance était exclue et qui n'exprimaient qu'une immense indulgence pour ses semblables. Mais cette bonté même exaspéra Eva qui n'y était pas habituée... Elle eut l'impression que cette Marie-du-Christ avait pitié. Et elle prit en haine immédiate la femme dont la charité n'était pour elle qu'une insulte. Depuis le jour où elle avait réussi à quitter le dernier camp de sa détresse, elle avait horreur qu'on la plaignît. L'un des principaux buts qu'elle avait cherché à atteindre pendant ces dernières années avait été au contraire d'être une femme enviée...

La riposte de son orgueil fut instantanée :

— Savez-vous pourquoi elle ne veut pas me voir ?

Parce qu'elle ne me pardonne pas d'avoir été plus forte qu'elle ! Si elle l'avait pu, elle m'aurait tuée ! C'était elle ou moi !

— C'est vous qui avez gagné, Madame..., répondit doucement Marie-du-Christ.

Eva la regarda, hébétée, avant d'articuler :

— Vous croyez vraiment qu'elle va mourir ?

— Je le crois..., dit la religieuse en se signant.

Quand elle se retrouva au volant de sa voiture, roulant vers *La Tilleraye,* Eva aurait été incapable de dire comment elle avait quitté le parloir, où Marie-du-Christ était restée immobile, et le couvent dans lequel Adélaïde de Maubert n'avait plus le courage de vivre...

En arrivant au château, elle gravit les marches du perron par habitude et se dirigea, la tête vide, vers la bibliothèque où elle se laissa tomber dans le fauteuil que n'occuperait plus jamais son implacable ennemie. Elle éprouvait l'étrange sensation d'être frustrée de la victoire finale : bientôt ce serait Adélaïde qui triompherait dans la mort...

Deux jours plus tard, un appel téléphonique de la Supérieure l'informait du décès. Sœur Marie-du-Christ avait terminé ainsi son annonce :

— « Cette chère Comtesse repose maintenant dans la paix du Seigneur... »

La nouvelle n'étonna pas Eva qui s'était déjà familiarisée avec l'idée que Adélaïde allait disparaître. Elle n'éprouvait aucun chagrin, ni aucune satisfaction à la pensée qu'il n'existait plus qu'une seule Comtesse de Maubert... Pourquoi aurait-elle perdu son temps en remords inutiles ? Que Adélaïde n'ait pu survivre à l'éloignement de *La Tilleraye,* c'était à peu près certain... Et que cet exil n'ait eu lieu que parce que Eva l'avait voulu : c'était vrai... Mais si la mère de Eric avait su se montrer un peu plus compréhensive, moins intransigeante surtout à l'égard de sa belle-fille, celle-ci aurait peut-être fait un effort pour la tolérer ? Avant d'examiner sa propre responsabilité, Eva voyait d'abord celle de la défunte...

Après avoir téléphoné à Maître Rambert pour lui demander de prendre toutes les dispositions nécessaires en vue des obsèques, elle fit le brouillon d'un télégramme pour Eric qui, en dépit de son laconisme, fut bien le message le plus ingrat qu'elle ait jamais eu à rédiger. Après l'avoir refait plusieurs fois et l'avoir lu et relu, elle finit par s'arrêter à ce texte :

« *Malgré mon immense désir de ramener ta chère mère à* La Tilleraye, *cela m'a été impossible. Stop. Son état de santé ayant brusquement empiré, ta mère est décédée ce matin à huit heures au Couvent du Sacré-Cœur. Stop. J'attends ta réponse pour fixer date et heure cérémonie. Stop. Dis-toi que ta femme est encore plus près de toi en ce moment et qu'elle t'aime. Eva.* »

Le câble expédié, elle n'avait plus qu'à attendre la réponse à *La Tilleraye.* Il lui sembla que ce serait très déplacé pour elle de retourner au Couvent pour s'incliner devant le corps de celle qui avait refusé de la revoir de son vivant. Marie-du-Christ aurait pu penser que Eva voulait braver la volonté expresse de la défunte... Mieux valait ne pas reparaître et laisser le notaire représenter la famille jusqu'à l'arrivée de Eric.

Eva n'envisageait même pas que celui-ci n'obtînt pas une permisson exceptionnelle pour la circonstance ; elle ne pouvait même pas concevoir l'idée que ce serait elle qui conduirait le deuil pendant la cérémonie ! Tout le monde savait dans le pays que Adélaïde et elle se haïssaient.

Mais, à cinq heures de l'après-midi, un télégramme arriva, ainsi libellé :

*« Colonel de Maubert actuellement en opérations actives ne peut quitter son commandement. Dès que circonstances le permettront il aura immédiatement permission spéciale. Sommes sincèrement désolés et vous prions accepter condoléances ».*

C'était signé d'un Général : sans doute celui dont Eric avait parlé à Alger lorsqu'il avait obtenu sa deuxième permission ?

Un autre câble arriva une heure plus tard avec, comme indication de lieu d'expédition, la seule mention du secteur postal :

*« Triste nouvelle retransmise par Etat-Major. Te demande de conduire deuil et fixer date cérémonie. Immense chagrin ne pouvoir y assister et être auprès de toi en ce moment. Je sais que tu feras tout ton devoir. Je t'aime. Eric. »*

Eva ne pouvait plus reculer : elle serait seule pour représenter la famille. La vengeance de Adélaïde commençait déjà...

Il y avait des années que la jeune femme n'était plus revenue dans la petite église du village : depuis le jour où elle avait appris que tous les paysans avaient surnommé *La Tilleraye* « Le Château de la Juive ». Puisque les gens étaient si au courant de ses origines, pourquoi aurait-elle continué à jouer la comédie de celle qui assistait à des offices religieux qui ne la concernaient pas ?

Aujourd'hui les choses se présentaient différemment : Eva, née Goldski, incarnait à elle seule tous les Maubert vivants. Le deuil lui seyait d'ailleurs à merveille ! Avant de partir pour l'église, elle avait pris soin de se regarder une dernière fois dans l'une des glaces en pied de son cabinet de toilette et elle n'avait pu s'empêcher de penser que jamais, peut-être, elle n'avait été plus belle ?... Le noir mettait en valeur la pâleur habituelle de son teint et semblait agrandir le cerne de ses yeux : des yeux qu'elle saurait rendre tour à tour brillants, humides ou tristes selon les nécessités de la journée... Normalement elle aurait dû dissimuler complètement son visage sous un voile de crêpe. Mais Eva savait que le grand deuil est une chose hideuse, tandis qu'un deuil relatif — où une bouche écarlate et sensuelle apparaît juste au-dessous d'une voilette légère qui s'arrête à hauteur des narines — peut devenir fascinant... Elle avait su aussi égayer tout ce noir de longues boucles d'oreilles d'or... Ne devait-elle pas cet hommage d'une dernière élégance à celle qui avait tout critiqué en elle à l'exception de son indiscutable beauté ?

L'église était bondée de monde comme le premier dimanche où la foule était venue en curieuse pour voir comment était faite l'épouse du comte Eric ? C'était la même foule paysanne, qui n'avait eu qu'à rendosser ses habits du dimanche pour être dans le ton de la cérémonie. A la population de Saint-Pierre-sur-Loue et aux habitants de la campagne s'étaient joints les châtelains des environs auxquels Eva avait été présentée au cours de la réception qui avait suivi son arrivée. Elle reconnut très bien le Marquis et la Marquise de Chapuis, le Baron et la Baronne de Mordret, beaucoup d'autres aussi qui ne l'avaient jamais intéressée...

L'Archevêque de Besançon, que Eva n'avait pas invité, avait cependant tenu à marquer son estime pour le nom des Maubert en déléguant un chanoine de Besançon qui avait prononcé quelques paroles avant l'absoute, pour vanter les vertus de la défunte et de l'illustre lignée à laquelle elle appartenait. Il n'avait pas craint non plus de rendre un hommage au Colonel de Maubert, « qui accomplissait son devoir sur la terre d'Afrique » mais sa discrétion avait été totale au sujet de celle qui, légalement, conduisait le deuil.

Dès que l'absoute eut été donnée, les fermiers de *La Tilleraye* s'avancèrent — selon un usage pratiqué depuis des générations — pour soulever le cercueil qu'ils porteraient jusqu'au cimetière au centre duquel se dressait le caveau de famille. Ce fut ainsi que Adélaïde de Maubert, qui avait été saluée par tant de gens chaque dimanche à la sortie de la Grand-Messe au moment où elle rejoignait sa voiture, traversa une dernière fois la place du village pendant que les cloches sonnaient le glas... En tête du cortège, qui avançait lentement en se conformant à la cadence du pas des porteurs, venaient le Maire et le Conseil Municipal au grand complet : c'était l'hommage de paysans qui comprenaient que leur devoir était de représenter le Colonel « absent ». Et Eva comprit que Eric resterait toujours l'enfant chéri de tout le pays.

Les aristocrates des environs venaient ensuite, précédant les femmes, dont la plupart portaient ces grands voiles honnis par Eva, qui marchait — le visage à découvert pour que tout le monde pût l'admirer — en tête de cette deuxième cohorte... Il n'y avait pas un seul des membres de cette foule qui ne se demandait quelles pouvaient bien être les pensées de la Juive ? Mais Eva ne se préoccupait de personne... Pourquoi aurait-elle baissé les yeux vers la terre alors qu'elle avait toujours ignoré l'humilité ? Pourquoi aurait-elle eu à la main un mouchoir puisqu'elle n'avait aucune envie de pleurer ? L'opinion de la foule lui était indifférente. Elle n'était là que parce que Eric le lui avait demandé et qu'elle était bien décidée à continuer à s'imposer même si les gens ne voulaient plus d'elle.

Quand le cercueil fut encadré dans l'emplacement, qui lui avait été réservé depuis des années dans le caveau, et avant que la dalle ne fût scellée, le défilé commença dans le cimetière. L'ordonnateur de la cérémonie avait fait placer Eva seule à quelques mètres de la tombe encore ouverte pour que chacun de ceux, qui faisaient le signe de la croix dans la direction du cercueil en l'aspergeant d'eau bénite au moyen d'un goupillon transmis de main en main, puisse passer devant elle.

En tête de ce défilé vinrent le représentant de l'Archevêque et le curé de la paroisse qui se contentèrent de saluer discrètement l'épouse civile du Comte Eric sans prononcer la moindre parole de condoléances. Il sembla que les autres membres de la foule s'étaient donnés pour consigne de prendre la même attitude polie et froide du Clergé. Personne ne parla à Eva, aucune main ne se tendit vers elle... Successivement le Maire, les Conseillers Municipaux, les châtelains, les fermiers de *La Tilleraye,* les villageois puis les paysannes aux visages impénétrables derrière leurs grands voiles passèrent dans un silence qui n'était qu'une longue réprobation. L'hommage insolent n'était pas rendu à la femme sans chagrin mais au nom qu'elle avait réussi à s'attribuer.

Quand elle vit s'approcher l'avant-dernière personne du défilé Eva eut un moment de panique : elle aurait fait n'importe quoi pour que ce personnage ne se trouvât pas là en un jour pareil. Ce fut cependant cet homme qui, le premier de tous, prit la main gantée de la jeune femme en disant à voix basse :

— Je ne suis venu, Madame la Comtesse, que parce que j'ai pensé qu'aujourd'hui vous vous sentiriez très seule...

Et, malgré son désir de le voir s'éloigner, Eva ne put s'empêcher d'avoir une immense reconnaissance pour le père Abraham. Elle fut incapable de répondre mais sa main serra très fort celle du vieux brocanteur.

Celui qui clôturait le défilé tendit également la main avec respect : c'était le notaire, Maître Rambert. Il murmura :

— Si vous le désirez, Madame, je puis vous raccompagner dans votre voiture jusqu'au château ? La cérémonie est terminée...

Eva s'appuya sur le bras qui lui était offert pour quitter le cimetière sous les regards toujours hostiles de la foule silencieuse.

Quand sa voiture, conduite par le jardinier et où le notaire avait pris place à côté d'elle, quitta la place du village dont les cloches s'étaient enfin tues, Eva ne put s'empêcher de dire :

— Quelle affreuse cérémonie ! Tous ces gens qui m'observaient sont mes ennemis !

— Vous avez été très courageuse, Madame...

— Non, mon cher Maître ! Si je l'avais vraiment été, j'aurais laissé cette femme, qui ne s'est jamais considérée comme étant ma belle-mère, s'en aller vers sa dernière demeure uniquement accompagnée par ceux qui me détestent... Il y aurait eu exactement la même foule à l'exception du vieil Abraham !

— Je déplore ce qui s'est passé mais pouvez-vous en vouloir à ces campagnards qui ne vous ont jamais très bien comprise ?

— Je sais... Pour eux je resterai toujours la Juive !

— Les gens de nos régions sont encore très rudes : pour eux vous êtes surtout une étrangère au pays... Le malheur a été que le Comte de Maubert n'ait pas pu être là !

— Qu'est-ce que cela aurait changé ?

— Sa seule présence aurait été pour vous la plus sûre des défenses...

— Je n'ai pas besoin d'être défendue ! Je ne regrette rien de ce qui a pu se passer entre la mère de Eric et moi.

Quand la voiture arriva devant le perron, elle demanda à son compagnon :

— Vous prendrez bien quelque chose, mon cher Maître ? Selon vos conseils, j'ai fait préparer un lunch important pour les personnalités et châtelains des environs... Mais j'ai l'impression que l'on ne se précipitera pas, cette fois, dans les salons de *La Tilleraye ?*

Elle eut la conviction que le notaire n'acceptait son invitation que pour lui éviter de rester seule.

Personne d'autre ne vint au lunch de deuil.

Au moment où Maître Rambert allait se retirer, elle lui demanda :

— Dites-moi franchement si vous n'êtes resté me tenir compagnie que parce que vous pensez que cela toucherait Eric quand il l'apprendrait.

— Non Madame. Je ne suis encore ici que parce que j'ai une réelle estime pour votre personnalité. Vous êtes une femme énergique dont les qualités compensent largement les quelques défauts que ceux, qui vous connaissent mal, peuvent vous reprocher... Les gens de ce pays ont trop tendance à oublier que sans vous, *La Tilleraye* aurait été vendue et morcelée depuis longtemps... Mieux que quiconque dans la région, je connaissais la situation financière de ce domaine : c'est vous seule qui l'avez sauvé ! J'ajouterai... même si vous deviez m'en vouloir de ce rapprochement, que je vous considère de la même trempe que celle qui vient de disparaître... Les comtesses de Maubert ont toujours été des femmes extraordinaires : ce sont elles qui ont réussi, à chaque génération, à arracher cette terre à des créanciers ou à des marchands de biens ! Contrairement à tous ceux qui peuvent croire que la mort de la comtesse Adélaïde est une perte irréparable pour *La Tilleraye,* je persiste à penser que la propriété ne peut pas être tombée en de meilleures mains que les vôtres...

Après l'avoir regardé avec une réelle surprise, elle finit par dire :

— Alors vous ne me reprochez pas d'être Juive ?

— Nullement Madame. Il n'y a que les sectaires

ou les timorés qui peuvent vous en tenir grief. Si vous saviez le nombre de domaines délabrés auxquels il aurait fallu la venue d'une femme telle que vous !

— Je vous remercie de m'avoir dit ces choses... Vos paroles effacent dans mon esprit la pénible impression de haine que je viens de ressentir autour de moi.

Dès qu'elle fut seule, elle monta dans la chambre de Adélaïde qui était toujours restée intacte depuis le départ de son occupante pour l'exil de Besançon. Sur une table, il n'y avait que des photographies de Eric : Eric enfant, Eric en premier communiant, Eric au milieu de ses camarades de collège des Jésuites de Dôle, Eric en Saint-Cyrien coiffé du kasoar, Eric en lieutenant, Eric en capitaine, Eric en commandant, Eric en lieutenant-colonel... C'était toujours le même regard net, la même impression de virilité tranquille... Il semblait que sa présence continuait à envahir la chambre triste pour montrer à Eva qu'aucune épouse au monde ne pouvait dissocier un fils de sa mère... Jamais la jeune femme n'avait encore réalisé à ce point combien Eric ressemblait à Adélaïde... Elle l'imaginait, assis sur la chaise placée auprès du lit vide et parlant avec sa mère allongée de tout ce qui les intéressait : de sa carrière militaire, de *La Tilleraye,* de l'avenir.. Ce devait être à cette place qu'il avait dû décrire avec enthousiasme celle qu'il aimait à une Adélaïde déjà affolée à l'idée que sa belle-fille venait d'un camp de misère.

Adélaïde n'était plus mais heureusement Eric était toujours vivant ! Eva n'en était plus à l'époque où elle avait presque désiré la mort de son époux sur un champ de bataille. De toute son âme meurtrie dès l'enfance, de tout son cœur blasé par l'aventure, elle souhaitait maintenant qu'il revint vite ! Eva se rendait compte enfin que, sans lui, elle serait perdue...

Que deviendrait-elle et cette *Tilleraye* si Eric disparaissait à son tour ? La fille de Varsovie ne porterait plus qu'un nom et qu'un titre destinés à sombrer. Il fallait que Eric vécût ! Il était son appui, son soutien, le véritable maître auquel seul un orgueil démesuré l'avait empêchée de se confier entièrement Sans savoir encore si, avec les déceptions et le temps, elle commençait à l'aimer comme il y avait droit, Eva sentait confusément que l'existence lui paraîtrait invivable sans la présence de Eric auprès d'elle.

Insensiblement, elle finit par croire que c'était l'ombre de Adélaïde qui influençait ses pensées toutes nouvelles... Une Adélaïde dont la volonté farouche continuait à protéger le domaine et le nom. Une vieille femme angoissée aussi qui, du monde mystérieux qu'elle venait de rejoindre, ne cessait sans doute pas de se demander quel allait être le destin des deux Maubert qu'elle avait laissés derrière elle ?

Pendant des heures, la jeune femme resta ainsi prostrée dans la chambre aux rideaux fermés et aux volets clos sans cependant se sentir hantée par la tristesse de la mort. Eric était bien là à ses côtés, aux différents âges de ses photographies... Adélaïde aussi, la maîtresse-femme pour laquelle la petite Juive avait toujours eu une secrète admiration... La rivale dont elle ne s'était débarrassée que par peur de la voir triompher... Une étonnante Comtesse de Maubert, cette Adélaïde ! Le notaire l'avait bien dit : « Une femme de la même trempe que Eva ».

L'ombre de la morte était là : dans la chambre, dans le fauteuil de la bibliothèque, dans la salle à manger, sur le perron, dans la roseraie, cherchant encore à imposer sa loi à celle qui lui succédait.. Mais le drame dont Adélaïde avait pressenti plusieurs fois la menace, se dessinait : la remplaçante ne pouvait pas avoir d'héritier.

Jamais Eva n'avait eu le courage d'avouer à Eric

l'horrible vérité. Elle n'avait cessé, au contraire, de lui faire espérer — même à Alger — qu'un jour viendrait où elle serait mère à son tour pour assurer la continuité du nom. Mais quand Eric serait définitivement revenu, il faudrait bien finir par lui avouer que les bourreaux des camps avaient stérilisé Eva Goldski. Au moment où elle prenait une conscience très nette de sa solitude dans une demeure familiale qu'elle trouvait maintenant trop vaste pour elle, l'épouse juive sentait se raviver la plus inguérissable de ses blessures cachées.

En sortant de la chambre, elle longea le couloir dont les murs s'ornaient d'autres portraits d'ancêtres. Tous semblaient lui reprocher, comme l'ombre de Adélaïde qui ne cessait de la poursuivre, de ne pouvoir accomplir sa mission essentielle de femme... Le seul portrait qui restait indifférent, était le sien qu'elle n'osait même plus regarder...

Les jours, les semaines passèrent... Eric avait longuement écrit en réponse à la lettre où elle lui avait fait le récit des obsèques en prenant bien soin, cependant, de ne pas lui dire comment les choses s'étaient réellement passées au cimetière. A la lire, Eric avait dû penser avec satisfaction que tout le pays avait fini par adopter son épouse. La réponse, d'où émanait une fois de plus une immense confiance, le prouvait. D'autres lettres avaient suivi qui toutes se terminaient par ces mots d'espoir :

« *Dans très peu de temps, je pense pouvoir enfin obtenir cette permission à laquelle j'ai droit... Elle sera longue, ma chérie... Si c'était en mon pouvoir, elle n'aurait pas de fin et nous ne serions plus jamais séparés...* »

Mais les soirées s'ajoutaient les unes aux autres sans que Eric revint. Chaque nuit, avant de rejoindre sa propre chambre, Eva pénétrait pendant quelques instants dans celle de la morte. C'était chez elle comme un besoin de retrouver les objets et les meubles familiers de la disparue. Imprégnée de l'atmosphère de Adélaïde, Eva parlait à sa rivale. C'étaient toujours à peu près les mêmes pensées qui revenaient dans son cœur :

— « Je ne viens pas vous demander pardon, ma Mère... Vous ne l'accepteriez pas ! Vous avez toujours détesté, comme moi, les gens qui s'humilient... Votre orgueil était aussi grand que le mien : c'est pourquoi je continue à vous admirer... Depuis des semaines que je vis seule, il n'y a pas eu un instant où je n'ai cherché à m'imaginer ce qu'avait dû être votre isolement pendant ces longues années où votre fils faisait la guerre... Votre seul espoir était, comme le mien maintenant, de le voir revenir... Tout ce que vous tentiez pour maintenir cette terre n'était fait que par amour de Eric et de la grandeur passée de son nom... Vous vous êtes débattue dans des difficultés que je ne connais pas aujourd'hui parce que je n'ai pas hésité à employer, pour arracher les Maubert à leur pauvreté, des moyens qui répugnaient à votre fierté... Mais pouvais-je agir autrement ? Vous-même, Adélaïde, avez profité de ce luxe que je vous ai donné... C'était donc que vous approuviez secrètement mes procédés ? »

Elle rejoignait ensuite sa chambre, apaisée par ce rappel des bienfaits dont la défunte avait bénéficié.

La désolation de l'hiver avait remplacé la nostalgie de l'automne. Vers quatre heures quand la nuit commençait déjà à tomber sur *La Tilleraye,* Eva se réfugiait dans la bibliothèque où elle s'accroupissait — retrouvant les habitudes de la fille d'Orient — à même le sol, devant la cheminée. Jamais, depuis son retour du cimetière, elle n'avait osé s'asseoir dans le fauteuil de Adélaïde...

Et elle rêvait.

Ce n'étaient plus des rêves d'argent. Elle se désintéressait de la seule chose qui avait vraiment compté pour elle jusqu'à ce jour : la richesse. Et, bien qu'il lui eût déjà téléphoné plusieurs fois pour savoir si elle avait déjà commencé sa prospection intéressée, elle ne voulait plus faire « des affaires » avec Abraham. Elle en arrivait presque à accepter l'idée de vivre pauvre, comme Adélaïde s'y était résignée pendant des années, à condition qu'elle restât dans ce cadre et dans cette atmosphère de *La Tilleraye* où la vraie richesse n'était due qu'au passé... Il semblait que la noblesse des Maubert parvenait enfin à supplanter chez elle le besoin de luxe.

Plutôt que de penser à des bénéfices futurs, Eva préférait revivre les quelques années de bonheur de sa petite enfance : les arbres du parc, recouverts de neige, lui rappelaient des hivers de sa Pologne. Elle se revoyait, entourée des siens, les Goldski, parmi lesquels la figure majestueuse de son père dominait... Effaçant volontairement de sa mémoire les années sinistres de sa jeunesse, elle oubliait l'horreur des camps pour en venir tout de suite au jour ensoleillé où l'officier français était passé devant le baraquement qu'elle habitait avec d'autres filles en guenilles. Elle revoyait ensuite le mariage civil dans la Mairie de Munich où elle avait troqué en souriant le nom des Goldski pour celui des Maubert... Puis, c'était l'arrivée à Paris, le voyage jusqu'à Besançon où attendait la vieille Citroën conduite par Urbain, le perron sur lequel se tenait une châtelaine méfiante, le premier repas silencieux, cette bibliothèque enfin où il n'y avait pas encore de bar mais seulement le carré de tapisserie de Adélaïde régnant dans le fauteuil que la femme accroupie n'osait même pas regarder par crainte d'y revoir l'ombre...

Une fin d'après-midi, où elle était ainsi perdue dans ses souvenirs perpétuellement ressassés, elle entendit sur le gravier le crissement des pneumatiques d'une voiture. Son cœur se mit à battre : c'était Eric ! Ce ne pouvait être que lui !

Mais lorsque la femme du jardinier, qui remplissait depuis que Eva était revenue d'Alger les fonctions d'unique domestique, vint annoncer : « Un Monsieur demande s'il peut être reçu par Madame la Comtesse ? Il m'a priée de remettre sa carte » et que Eva eut lu « *Inspecteur Devalde* », nom suivi des trois initiales *D.S.T.* dont elle ignorait le sens, elle crut que son cœur allait s'arrêter.

Enfin, elle trouva la force de dire :

— Priez-le d'entrer.

Elle ne bougea pas quand l'homme fut introduit.

Il paraissait immense, debout, devant la jeune femme toujours accroupie dont les yeux le regardaient avec inquiétude... Après être resté muet pendant les premières secondes, devant la vision de Eva auprès de la cheminée, le visiteur s'inclina en disant :

— Je m'excuse Madame, de venir vous déranger à une pareille heure mais ce que j'ai à vous dire est de la plus haute importance pour vous...

— Asseyez-vous, je vous en prie, Monsieur...

Il s'approcha du fauteuil de Adélaïde mais Eva arrêta son mouvement en disant :

— Pas dans ce fauteuil ! C'est celui qui est réservé à ma belle-mère : elle serait furieuse de le voir occupé par quelqu'un d'autre...

Elle avait parlé d'instinct, comme si Adélaïde était encore vivante. L'homme s'excusa et prit place sur une chaise.

— Je vous écoute, Monsieur... Pouvez-vous m'expliquer avant tout ce que signifient les trois lettres D.S.T. ?

— « *Défense et Sécurité du Territoire* », Madame... C'est une organisation spécialisée de la police d'Etat à laquelle j'appartiens. Comme ce nom l'indique, nous sommes chargés d'assurer une sorte de protection générale...

— Vous voulez donc me protéger ?

— C'est un peu cela, Madame... Vous avez rencontré, je crois, à Alger le Commandant Charvet ?

— En effet... C'est un ami de mon mari.

— Les services du Commandant Charvet nous ont fait parvenir une note confidentielle qui vous concerne...

Le sang de Eva se glaça. Charvet aurait-il manqué à sa parole ?

L'inspecteur continua :

— Cette note m'oblige à vous mettre au courant d'un fait assez étrange...

— En somme, c'est le Commandant Charvet qui vous envoie à moi ?

— Oui... Pour vous informer qu'il y a une huitaine de jours un homme a été arrêté juste au moment où il s'embarquait à Alger sur un bateau en partance pour Marseille... Cet homme est un terroriste, déjà repris de justice, qui est considéré comme étant l'un des tueurs les plus dangereux chargé d'exécutions spéciales sur le territoire de la Métropole... Au moment de son arrestation, il a été immédiatement fouillé et on a trouvé sur lui une liste de noms qu'il n'a pas eu le temps de faire disparaître. Ce sont les noms des personnes qu'il doit abattre : le vôtre vient en tête de liste...

Si Eva n'avait pas déjà été assise sur le sol, elle se serait écroulée.

Elle trouva quand même la force de balbutier :

— Moi ? Mais pourquoi ?

— C'est précisément ce que nous nous demandons ici, Madame.. Notez bien qu'il n'y a plus de danger immédiat puisque l'homme a été arrêté... Le Commandant Charvet a cependant estimé qu'il était préférable de vous avertir pour que vous puissiez prendre quelques précautions élémentaires...

— Mais puisque vous dites que l'homme a été arrêté ?

— Celui-là n'est plus dangereux : les crimes qu'il a déjà à son actif le conduiront directement à la guillotine... Seulement la méthode de nos ennemis nord-africains consiste généralement à doubler, ou même à tripler leurs agents chargés de pareilles missions... Nous devons donc prévoir que votre nom sera sur d'autres listes confiées à d'autres tueurs... Et, malheureusement, il n'est pas certain, malgré toute notre vigilance, que nous parviendrons à les arrêter comme le premier avant qu'ils n'aient pu nuire...

— Vous voulez dire qu'ils m'auront ?

— Des ordres viennent déjà d'être donnés pour veiller sur votre sécurité... Vous êtes l'épouse d'un officier supérieur français qui assure actuellement un commandement important en Algérie et nous vous devons toutes protections...

— Qu'allez-vous faire ?

— Le mieux nous semble être que vous ne bougiez pas d'ici : nulle part vous ne serez plus en sécurité... Ce sont les villes qui sont actuellement les plus dangereuses. Les tueurs peuvent s'y cacher facilement. Ayant des compatriotes un peu partout, ils y trouvent des complicités.

— Mais cette propriété est très isolée ! Et je n'ai en ce moment comme personnel qu'un ménage qui couche aux communs : un jardinier qui me sert de chauffeur et sa femme qui fait la cuisinière-femme de chambre. C'est elle qui vous a accueilli tout à l'heure.

— Vous êtes sûre de ce personnel, Madame ?

— Ce sont de très braves gens que nous avons à notre service depuis des années. Je leur avais confié la garde de la propriété pendant ma longue absence en Algérie.

— Vous serait-il possible de mettre ce personnel en vacances pendant un certain temps sans que cela paraisse bizarre ?

— Oui... Je le pense... Ils ont droit à un mois qu'ils n'ont pu prendre pendant mon absence. Pourquoi me demandez-vous cela ?

— Il est absolument nécessaire que j'installe chez vous deux de mes hommes. Officiellement ils remplaceront votre personnel mais en réalité ils seront armés et ils veilleront sur votre sécurité jour et nuit.

— Ils assureront aussi mon service ?

— Ils feront de leur mieux pour que vous n'ayiez pas trop à pâtir de ce changement de personnel. Je ne vous garantis pas un service impeccable mais je crois qu'à l'heure présente, votre sauvegarde vaut bien quelques petits sacrifices dans le domaine du confort ! Votre personnel actuel ne ferait que gêner ces hommes qui ont besoin de toute leur liberté de mouvements s'ils veulent mener à bien leur mission qui est celle de protéger votre vie.

— Je vois que vous avez tout prévu ?

— Il le fallait, Madame... Les ordres du Commandant Charvet sont formels...

— Je reconnais là son esprit d'organisation... Et les gens du pays, qu'est-ce qu'ils penseront ?

— N'avez-vous pas déjà eu plusieurs domestiques à un moment ?

— Quand mon mari était là.

— Eh bien, les gens croiront que vous avez fait venir du personnel dans l'attente du retour du Colonel.

— J'attends, en effet, le retour de mon mari pour une permission à laquelle il a droit.

— Alors tout est parfait.

— Et que dirai-je à mon mari le jour où il reviendra pour lui expliquer la présence de ces deux serviteurs très spéciaux ?

Il la regarda avec surprise :

— Mais... la vérité, Madame !

— La vérité ? Il a donc été mis au courant de l'arrestation de ce tueur qui portait la liste où se trouvait mon nom ?

— Certainement pas, Madame... Le Colonel de Maubert, comme tous nos officiers actuellement combattants, a déjà suffisamment de responsabilités à assumer pour que nous ne lui donnions pas d'autres inquiétudes au sujet des siens... Il vous croit en sécurité ici. Maintenant, au moins, ce sera vrai.

— Si je comprends bien, je vais être gardée à vue ?

— Protégée, Madame... Ce n'est pas tout à fait pareil ! Cette protection ne sera d'ailleurs efficace que si vous-même ne révélez à personne de votre entourage la véritable identité de vos nouveaux domestiques ?

— Je n'y tiens pas, ne voulant pas me couvrir de ridicule !

— Vous avez le plus grand tort de prendre ces choses à la légère, Madame... Sans cependant vouloir vous alarmer davantage, je dois vous préciser que pratiquement vous êtes une femme condamnée à mort par les ennemis de la France...

Il y eut un silence avant qu'elle n'eût demandé :

— Jusqu'à quand serai-je ainsi condamnée ?

— Tant que nos services n'auront pas mis fin à toute l'activité des terroristes... Cela peut demander encore du temps... Mais vous êtes parfaitement libre de refuser l'aide discrète que nous venons vous apporter ?

— Que se passerait-il dans ce cas ?

— Nous serions dans l'obligation de vous protéger malgré vous... N'oubliez pas que vous êtes Française et l'épouse d'un officier qui se bat actuellement pour son pays. La France estime, que vous le vouliez ou non, qu'elle vous doit cette sécurité.

— En quoi pourrait consister cette sécurité forcée ?

— Je serais contraint de vous demander de quitter immédiatement votre propriété pour vous accompagner dans une résidence cachée où vous seriez plus en sûreté...

— Vous n'y songez pas ? Ce n'est pas possible ! Que dirait mon mari quand il l'apprendrait ?

— C'est justement pour éviter qu'il ne se pose en ce moment une telle question que nous vous avons fait l'autre offre dont le principal avantage est de vous faire rester chez vous.

Eva s'était levée :

— Je ne quitterai jamais *La Tilleraye*, vous m'entendez ?

— Dans ce cas, Madame, il faut accepter la présence de mes hommes...

— C'est vous, ou le Commandant Charvet qui avez manigancé tout cela ?

— Je n'exécute que des ordres, Madame...

— Aurai-je au moins le droit de sortir en voiture ?

— Vous avez tous les droits, Madame ! Vous êtes une femme libre...

— Quelle liberté !

— Soyez raisonnable, Madame...

— Je sais bien que vous faites votre devoir... Et puisque je n'ai pas le choix, voulant rester chez moi, je n'ai plus qu'à accueillir vos anges gardiens... Quand prendront-ils leur service ?

— Le plus tôt possible serait le mieux... Pouvez-vous mettre votre personnel habituel en congé dès demain ?

— Je le pense.

— Dans ce cas, nos hommes pourraient être censés

arriver demain soir à Besançon par le train de Paris.

— Devrai-je aller les chercher à la gare ?

— Ils se débrouilleront très bien avec un taxi... A ce propos, si vous vous déplacez en voiture, faites-vous accompagner par l'un d'eux comme s'il était votre chauffeur. Ce serait plus prudent. Evitez aussi de vous promener dans le parc quand la nuit est venue. Prenez pour règle générale de ne pas trop vous éloigner du château d'où nos hommes ne vous perdront pas de vue... Dès que tout danger sera écarté, c'est-à-dire quand nous serons sûrs d'avoir décapité l'organisation terroriste ennemie, nous vous en avertirons... A mon avis, ce ne sera qu'une question de semaines... Je crois, Madame, n'avoir plus rien à vous dire.

— Avant que vous ne partiez, j'aimerais pourtant savoir, M. l'Inspecteur, si vous avez une idée précise sur la véritable raison pour laquelle mon nom a été inscrit sur cette liste ?

— Vous n'êtes malheureusement pas la première femme à qui échoit ce sinistre honneur ! Nous avons tout lieu de penser que l'ennemi en veut à votre mari qui a peut-être été contraint de prendre des mesures sévères au cours des opérations militaires de ces derniers temps ? Comme il doit leur être assez difficile de l'atteindre directement, l'ennemi s'en prend à sa femme par mesure de représailles pour essayer de l'atteindre dans ses affections les plus chères... Dites-vous bien qu'il est capable de tout !

Eva le laissa partir sans insister. Elle savait très bien que c'était elle qui était visée personnellement et non pas Eric, dont elle avait eu la preuve que le nom était respecté et honoré par les Arabes. En la faisant prévenir qu'elle était sur la liste, Charvet l'informait indirectement que l'homme reconnu par elle sur le fichier des évadés, venait d'être arrêté. Si le 2e Bureau avait été rapide, le caïd n'avait pas perdu de temps non plus pour la signaler à ses partisans comme étant l'unique responsable de son arrestation. Charvet avait vu juste.

Le lendemain matin, le jardinier et sa femme partaient en vacances et Eva se retrouva complètement seule. Une nuit de réflexion lui avait fait comprendre que si la D.S.T. avait éprouvé la nécessité de lui envoyer un inspecteur et de l'entourer de telles précautions, c'était que le danger devait être beaucoup plus grand qu'elle ne l'avait cru tout d'abord ? Et, malgré elle, Eva qui n'avait jamais tremblé devant personne — pas même devant ses bourreaux des camps — commençait à avoir peur...

Aussitôt après le départ des domestiques, elle prit soin de fermer à double tour toutes les portes du château donnant directement sur le parc, puis elle monta s'enfermer dans sa chambre où elle constitua un véritable arsenal avec deux fusils de chasse de Eric et un revolver qu'elle plaça à côté de son lit. Précautions qui lui parurent indispensables dans l'attente de l'arrivée de ses protecteurs. Elle n'osait même pas descendre dans la bibliothèque. Quand la nuit vint, elle n'alluma aucune lampe dans sa chambre et resta immobile dans l'obscurité, près de la fenêtre, observant la cour d'honneur et le parc à travers la fente du rideau. La nuit était très noire et la moindre oscillation d'une branche de sapin ou le plus petit craquement dans la vieille maison la faisait tressaillir...

A chaque instant, elle s'attendait à entendre s'approcher l'un des tueurs envoyés d'Afrique... Elle essayait de se raisonner mais la terreur grandissante était plus forte que sa volonté. Elle se reprochait amèrement d'avoir congédié les domestiques avant que les hommes de la D.S.T. n'eussent été là. A un moment, l'aboiement d'un chien lui fit l'effet d'un avertissement... Instinctivement, elle saisit l'un des fusils qu'elle serra avec nervosité : ses mains étaient moites, une sueur froide — qu'elle n'avait encore jamais connue — l'envahissait... Cette attente d'un ennemi sournois et implacable était atroce. De plus en plus elle comprenait quelle avait dû être la solitude de Adélaïde pendant les longues soirées d'hiver, mais la mère de Eric n'avait jamais eu à redouter d'être assassinée ni connu la mort rôdant autour d'elle...

La Juive, à qui une sensibilité exaspérée faisait sentir que pour la première fois de sa vie, elle n'était plus qu'une femme traquée, comptait les heures, les minutes mêmes... Le train de Paris devait cependant être arrivé depuis longtemps à Besançon. Comment se faisait-il que les policiers ne fussent pas déjà là ? Et brutalement, Eva fut prise d'un doute terrible : cet inspecteur qu'elle avait reçu, sans lui demander d'autres preuves de son identité qu'une simple carte de visite, était-il vraiment un envoyé de la police française ? N'était-il pas plutôt un envoyé des Arabes dont la mission était d'isoler la victime désignée en l'obligeant à se débarrasser de ses serviteurs dévoués ? N'était-il pas venu uniquement pour préparer la venue des assassins ? Eva était tombée dans le plus monstrueux des traquenards... La voiture qui arriverait ne serait pas celle de ses protecteurs mais de ses tueurs ! Dans son affolement, elle commença à appeler en pensée le seul homme qui pouvait la défendre : son mari.

Que faisait-il ? Pourquoi ne revenait-il pas, depuis le temps qu'il lui écrivait qu'il serait bientôt là ? Comment son amour ne lui faisait-il pas comprendre que sa femme courait un terrible danger ?

Ce n'était pas possible qu'elle fût lâchement exécutée dans cette demeure pour laquelle elle avait tant fait ! Et elle se prit à regretter l'hôtel *Allieri* où, au moins, elle se sentait entourée de monde... Elle en arrivait même à regretter le camp de Vienne avec ses baraquements grouillants de réfugiés qui constituaient une foule vivante.. Mais il lui fallait bien se rendre à l'évidence : elle était seule, complètement seule avec sa hantise et ses remords...

Un nom revint sur ses lèvres : celui de Adélaïde... Comment avait-elle pu oublier que l'ombre était toujours là se refusant à quitter *La Tilleraye*, l'épiant dans l'attente du moment où justice serait enfin faite pour tout le mal que lui avait fait sa rivale ? Et une fois de plus, Eva lui parla :

— Vous ne pouvez pas permettre, ma Mère, que l'on m'assassine sous ce toit où il n'y a jamais eu de crime ! Cela rejaillirait sur Eric et sur le nom ! Les gens ne pourraient plus passer devant « votre » *Tilleraye* sans se signer, comme ils le faisaient au cimetière devant votre tombe, et en disant : « C'est un château maudit ! C'est là que l'on a tué la dernière comtesse de Maubert ! » L'appellation « Château de la Juive » ne peut pas devenir synonyme de meurtre ! Aidez-moi, Adélaïde ! Protégez-moi !

Eperdue d'angoisse, elle ne remarqua pas des ombres — réelles celles-là — qui s'étaient approchées du perron après avoir traversé la cour d'honneur sans que leurs pas eussent même fait crisser le gravier... Et elle sursauta en entendant frapper à la porte d'entrée. Tremblante, elle regarda à travers le rideau : deux hommes étaient en bas... Elle n'osait plus bouger.

— La Comtesse de Maubert est-elle là ? cria une voix.

Elle ne répondit pas. La voix reprit plus forte :

— ...Nous arrivons de Paris.

Avec des précautions infinies, elle entrouvrit la fenêtre et répondit, sans se montrer et sans allumer :

— Qui êtes-vous ?

— Le personnel que vous avez engagé, Madame la Comtesse...

— Comment êtes-vous arrivés ?

— En taxi... Mais, pour ne pas trop attirer l'attention, sur les conseils de M. Devalde, nous avons fait arrêter le taxi à cinq cents mètres de la grille d'entrée...

Devalde ? C'étaient les hommes de l'inspecteur.

— Je viens, dit-elle.

Elle alluma et put voir son visage dans le miroir de la coiffeuse : sa pâleur était celle d'une morte.

Quelques instants plus tard, elle déverrouillait la porte du vestibule et ce fut d'une voix redevenue calme qu'elle accueillit les hommes en disant :

— Avez-vous fait bon voyage ?

— Excellent, Madame la Comtesse.

Elle les dévisagea, c'étaient bien des Français.

Et elle commença à apprécier la France.

Quand les hommes furent dans la maison et après leur avoir montré leurs chambres, qu'elle choisit intentionnellement au même étage que la sienne mais à chaque extrémité du couloir, elle descendit dans la bibliothèque où elle se versa un double scotch.

Elle respirait : ce ne serait pas encore cette nuit que les tueurs l'abattraient.

L'existence continua à *La Tilleraye* avec une apparence de calme. Eva ne quittait plus sa demeure, ne se risquant même pas à de courtes promenades autour du château. Elle obéissait aveuglément aux prescriptions qui lui avaient été données. Les deux hommes faisaient le plus consciencieusement possible leur travail mais la maîtresse de maison, qui s'était montrée si exigeante sur le service au temps de sa splendeur insolente, n'attachait plus aucune importance aux détails de la vie domestique. La seule chose importante à ses yeux était qu'elle fût protégée.

Chaque soir, à la tombée de la nuit, elle montait s'enfermer dans sa chambre d'où elle n'osait plus ressortir jusqu'au lendemain matin. C'était avec une sorte de ravissement qu'elle écoutait de sa chambre les pas de ses protecteurs accomplissant régulièrement des rondes au rez-de-chaussée et dans les couloirs. Plusieurs fois par jour, le château était entièrement visité, pièce par pièce, de la cave au grenier.

La jeune femme avait bien essayé, à deux ou trois reprises, de faire parler les deux hommes mais ils n'étaient pas loquaces. Ils répondaient par « oui, Madame » ou des « non, Madame » avec une réserve polie. Eux aussi, comme Charvet et comme l'inspecteur Devalde, faisaient leur métier.

Dix jours passèrent pendant lesquels tous les matins à huit heures et tous les soirs à neuf heures, la sonnerie du téléphone retentissait : c'était un appel de contrôle de la D.S.T. auquel l'un des hommes répondait en disant laconiquement :

— Tout va bien. A demain.

Aucune visite n'était venue depuis l'enterrement : l'isolement de la juive, entourée de ses gardes, augmentait... Bien qu'elle fit tous ses efforts pour se contrôler et pour donner aux deux hommes l'impression qu'elle restait calme, Eva devenait de plus en plus nerveuse : au lieu de la tranquilliser, ces rondes de surveillance constantes, ces pas la nuit dans les couloirs, le mutisme même des policiers finissaient par lui détraquer complètement les nerfs. Elle se sentait à bout, se demandant si elle pourrait supporter encore longtemps une pareille atmosphère ? Et Eric ne lui écrivait pas ! Sa dernière lettre remontait à trois semaines, avant qu'elle n'ait reçu la visite de l'inspecteur.

L'existence de recluse pesait de plus en plus à la

fille de Varsovie qui avait trop souffert de l'emprisonnement des camps pour ne pas avoir soif de liberté. Mais qu'aurait-elle pu faire d'autre ? La peur était toujours là, l'empêchant de prendre un peu de repos pendant la nuit. C'était avec une sensation de délivrance qu'elle voyait, chaque matin, le jour se lever... Et avec une angoisse indescriptible, qu'elle regardait les ombres du soir s'étendre sur le parc.

Une nuit, où elle essayait de tromper son malaise grandissant en s'acharnant à lire un ouvrage trouvé dans la bibliothèque et où étaient racontés les exploits de Sigismond de Maubert, Colonel des Dragons d'Artois, un claquement sec, suivi d'un sifflement retentit dans la nuit.

Eva sauta en bas de son lit en saisissant le revolver. La détonation était partie du perron où une voix cria presque aussitôt :

— Vous êtes fou ? Qu'est-ce que cela signifie ?

Une voix que Eva avait reconnue : celle de Eric.

Elle alla à la fenêtre qu'elle ouvrit en criant :

— Chéri, c'est toi ? Je descends !

Elle courut encore plus vite dans le couloir et en dévalant l'escalier. Dans le vestibule illuminé, Eric en uniforme, discutait avec les policiers :

— Qu'est-ce que vous faites là ?

— Nous exécutons des ordres, mon Colonel, répondit l'un des hommes qui tenait une mitraillette à la main.

L'autre avait exhibé une pièce d'identité que Eric regarda avec surprise avant d'ajouter :

— La D.S.T. Que se passe-t-il ?

— Mon amour ! dit Eva en se précipitant dans ses bras. Enfin !

Il ne l'embrassa pas et continua à l'adresse des policiers :

— C'est encore heureux que vous m'ayez raté. Vous seriez plus utile en montant cette valise...

— C'est tout ce que tu as apporté comme bagages ? demanda Eva.

— Oui...

— Comment es-tu arrivé ? Je n'ai pas entendu la voiture ?

— Si incroyable que cela puisse te paraître, le chauffeur de taxi n'a jamais voulu pénétrer dans le parc ?

— Pourquoi ?

— Il m'a dit que c'était un château de malheur...

Il s'était retourné vers les deux hommes :

— Allez vous reposer. Je vous verrai demain...

— Tu ne veux pas prendre un verre ? demanda Eva.

— Non. Montons...

Il gravit l'escalier et elle le suivit, inquiète sur la façon dont il venait de l'accueillir...

Dès qu'ils furent dans la chambre, il referma la porte et la regarda longuement avant de dire :

— Et toi, qu'est-ce que tu fais avec mon revolver à la main ?

— J'ai eu peur, chéri... Très peur ! Sais-tu que l'on veut assassiner ta femme ?

Elle cherchait à se blottir à nouveau dans ses bras, mais il se dégagea en répondant :

— Ça ne m'étonne pas ! Laisse-moi, veux-tu ?... Je vais dormir dans la chambre de ma mère.

— Mais chéri ?...

— Je t'en prie... Couche-toi : c'est ce que tu feras de mieux ! Demain, nous aurons tout le temps de nous voir...

Et il la laissa seule.

Jamais elle n'avait connu Eric ainsi. Jamais non plus, il ne lui avait parlé avec une telle froideur... Le moment qu'elle espérait depuis des semaines, était arrivé : il était là mais ce n'était plus l'homme qu'elle avait toujours connu. Il l'avait regardée avec ce même visage fermé qu'elle n'avait fait qu'entrevoir dans le hall de l'*Allieri* le jour où il l'avait surprise dans la compagnie du jeune lieutenant de hussards. Pour la première fois de leur vie aussi, il avait refusé de faire chambre commune, préférant passer la nuit dans la pièce encore imprégnée de la présence de Adélaïde dont l'ombre haineuse ne cesserait, pendant ces premières heures de son retour, de le braquer encore davantage contre son épouse...

Quelque chose s'était passé depuis sa dernière lettre où il avait cependant écrit : « *Bientôt nous serons réunis et plus rien au monde ne pourra nous séparer...* »

Eric avait tout appris. Sa réponse même, quand elle lui avait avoué sa peur d'être tuée, en était la preuve. Il savait la vérité. Charvet avait parlé : elle se sentait perdue.

Vingt fois, pendant cette nuit qui fut la pire de toutes celles qu'elle eut jamais connues à *La Tilleraye,* elle pensa rejoindre son mari mais elle n'osa pas, craignant de se trouver devant une porte qui ne s'ouvrirait pas... Comment aurait-elle pu se coucher à nouveau seule dans ce lit où elle avait rêvé de lui ces derniers jours comme elle ne l'avait encore jamais fait ? Elle tournait dans sa chambre, incapable de mettre de l'ordre dans ses pensées, redoutant le pire.

Demain peut-être, Eric serait calmé ? Elle ferait tout pour lui faire oublier ce qu'il avait pu apprendre. Elle se promettait aussi de ne jamais parler de l'affreux retour où il avait failli être tué par un policier...

Dès que le jour revint, elle chercha à se faire la plus belle, la plus désirable des femmes en caressant l'espoir qu'une fois encore sa sensualité finirait par triompher... Mais elle n'était plus sûre d'elle.

Longtemps elle attendit, espérant que Eric viendrait

frapper à sa porte ? Mais, comprenant qu'il n'aurait pas ce geste, elle se décida enfin à sortir dans le couloir pour se diriger vers la chambre de la morte. La porte en était entrouverte : Eric ne s'y trouvait pas. Le lit n'avait même pas été défait.

Elle descendit l'escalier et, poussée par un pressentiment, elle alla directement dans la bibliothèque. Eric y était assis dans le fauteuil de Adélaïde, les traits ravagés.

— Je t'attendais, dit-il, sans bouger.

Elle resta debout devant lui, pétrifiée, comme si elle se trouvait devant un juge. Malgré la fatigue imprégnée sur son visage, l'homme paraissait calme. Ce fut d'une voix sans éclat, presque monocorde et qu'elle ne lui avait également jamais connue, qu'il continua :

— Je tiens d'abord à t'informer que j'ai renvoyé ces deux policiers dont la présence ne s'imposait plus... Nous sommes seuls...

Elle aurait voulu dire : Je t'aime » mais les deux petits mots se seraient étranglés dans sa gorge. Elle était prête à se jeter aussi à ses pieds pour lui demander pardon mais elle se sentait incapable de bouger, comme si le regard dur — qui ne cessait de l'observer — la rivait sur place.

— Je n'ai aucune explication à te demander, poursuivit la voix indifférente. Je veux que tu saches aussi que ce n'est pas Charvet qui a parlé. J'ai appris la vérité par un messager de l'homme que tu as fait arrêter... Je ne crois pas que cet Arabe ait agi ainsi pour me faire du tort, mais plutôt pour me rendre service... Je pense qu'il a pour moi une certaine estime et je continuerai à en avoir pour lui : il a dû être pris de dégoût à l'idée que celle qui portait mon nom ait pu se conduire comme tu l'as fait ! C'est pourquoi il m'a fait prévenir que, si tu étais exécutée un jour, je ne devrais pas voir dans ce meurtre une vengeance mais une action de stricte justice... Ce matin, je me suis rendu au cimetière où j'ai prié sur la tombe de ma mère en lui demandant quelle devrait être ma conduite à ton égard ? Et ma Mère m'a répondu : « Celle que je t'ai toujours conseillée, Eric... Renvoie cette femme que tu n'aurais jamais dû introduire dans notre Famille. » Que tu le veuilles ou non, les morts sont de bon conseil... J'aurais pu te tuer avant que d'autres n'essaient de le faire, mais je veux te laisser ta chance... J'aurais pu aussi me tuer ou me faire tuer dans une mission dangereuse mais j'ai pensé que ce serait te faire trop d'honneur : tu as déjà conduit un deuil, cela doit suffire à ta gloire... Je ne démissionnerai pas non plus une deuxième fois pour toi de l'armée : tu ne le mérites pas ! Dès demain j'aurai rejoint mon unité... La voiture est dans la cour : nous partirons dans dix minutes... Va prendre dans ta chambre un nécessaire de voyage... Je donnerai des instructions pour que l'on te fasse parvenir, à l'adresse que tu indiqueras au notaire, tout ce qui t'appartient personnellement... Je sais que tu as encore largement de quoi vivre pour te permettre d'attendre une nouvelle proie... Je vais te conduire moi-même à Besançon au train de Paris qui part dans trois quarts d'heure... J'ai déjà téléphoné ce matin à un avoué pour qu'il introduise une demande en divorce. Ce ne sera qu'une question de formalités comme le disait ma Mère... Tu n'es plus ma femme. Je n'ai rien d'autre à te dire...

Elle l'avait écouté, immobile et blême.

Et elle sortit de la bibliothèque sans se retourner.

La Cadillac franchit la grille du parc. Eric conduisait. Eva était silencieuse à côté de lui. La voiture fonçait vers Besançon. A un tournant, elle se trouva face à face avec une traction noire qui tenait sa gauche. Eric donna un coup de frein pour éviter le choc mais, dès que sa voiture fut immobilisée, la traction repartit. Eric eut juste le temps de crier à Eva, en l'obligeant d'un mouvement rapide de son bras gauche à courber la tête :

— Baisse-toi !

Le canon d'une mitraillette était apparu à la portière gauche de la traction : la rafale s'abattit sur la Cadillac au moment où la Citroën la croisait en accélérant. Bientôt elle disparut. Eva avait obéi à l'ordre de son mari : quand elle se releva dans la voiture immobilisée, elle vit Eric, les mains crispées sur le volant, immobile. Un filet de sang coulait de sa bouche.

La jeune femme eut un cri :

— Eric !

Les yeux du mourant la regardèrent pendant que ses lèvres murmuraient :

— C'est mieux ainsi...

La tête retomba sur le volant.

Hagarde, Eva hurlait :

— Ils t'ont tué, mon amour ! Ce n'est pas juste !

C'était elle qu'ils avaient visée, elle le savait. Mais dans un dernier geste de protection, il lui avait laissé sa chance...

Quelques jours plus tard les volets de *La Tilleraye* se fermaient pour ne plus se rouvrir. On apprit dans la région que la Comtesse de Maubert avait pris la décision de quitter le pays. Et le lendemain, à droite de la grille d'entrée fermée, on pouvait lire sur un écriteau fraîchement peint : « *Propriété à vendre. Pour tous renseignements, s'adresser à Maître Rambert, notaire à Besançon.* »

... L'aube de Tel-Aviv commençait à apparaître à travers l'unique fenêtre du petit cabinet de travail du docteur Levy... Lui et moi étions effondrés, incapables de prononcer un mot après l'audition du récit qui venait de prendre fin.

Elle était toujours là, assise dans le coin sombre de la pièce qu'elle avait choisi la veille au soir après m'avoir répondu, quand je lui avais demandé pourquoi elle désirait me voir écrire un tel livre :

— Ceci ne regarde que ma conscience...

Eva ! La belle Eva, sous l'uniforme sévère qui marquait sa volonté de rachat. Sans qu'il fut besoin d'autres paroles, je comprenais maintenant le prodige de la rénovation d'Israël. Mon vieil ami avait eu raison de me faire entendre la confession volontaire de la femme brune.

Combien de temps dura le silence qui suivit ? Je suis encore incapable de le dire aujourd'hui. Quelques minutes ou un siècle peut-être ? L'heure ne compta pas plus que pendant la nuit où la voix avait su se faire tour à tour vibrante ou douloureuse selon qu'elle racontait les ambitions ou les deuils...

Ce fut mon ami qui parla enfin.

— Nous vous remercions, Eva... Jamais plus vous n'aurez à faire un tel aveu...

Elle eut un regard triste :

— C'est pour moi une délivrance, Docteur... Puis-je me retirer ?

Elle quitta son coin d'ombre en disant :

— A demain, Docteur... Adieu, Monsieur...

Et, avant même que j'aie pu répondre, elle ouvrit la porte par laquelle elle s'enfuit avec la même discrétion qu'elle avait eue pour entrer...

— Pensez-vous, me demanda mon ami, que vous pouvez tirer quelque chose de ce récit vrai ?

— Je le crois, mais il me manque encore un élément essentiel : comment Eva est-elle venue en Israël après son départ de *La Tilleraye* ?

— Ce fut simple... Elle s'était réfugiée à Paris. La mort de son mari lui avait donné un choc terrible.

En voyant le dernier geste de cet homme, qui l'avait protégée contre les balles des tueurs, en se sacrifiant pour elle, elle comprit enfin l'immense amour dont elle avait été entourée depuis le jour où elle avait été arrachée au camp. Et son repentir fut total. Elle tomba très malade et fut soignée, pendant des mois, dans une maison de santé dirigée par l'un de mes plus éminents confrères parisiens. Elle faillit perdre la raison, répétant pendant des journées entières le prénom de son mari... A mon dernier passage rapide à Paris, je rencontrai ce confrère dans un Congrès Médical et, comme il me savait israélite, il me parla de sa malade en me demandant si je n'entrevoyais pas le moyen de lui redonner goût à la vie ? J'acceptai de l'accompagner à sa clinique où je fis la connaissance de Eva.

— Et ce goût de revivre, c'est vous qui le lui avez donné en lui parlant d'Israël ?

— Elle n'avait plus aucune famille, elle n'était Française que de nom et il ne pouvait plus être question pour elle de continuer à vivre dans un pays où elle était hantée par de tels souvenirs... Sa vraie patrie ne devait-elle pas être Israël, ce refuge de tous nos désespérés ? Ici, elle est redevenue Eva Goldski.

— Elle a renoncé à la nationalité française ?

— Je le lui ai conseillé : c'était préférable après tout ce qui s'était passé... Mais je suis persuadé que, dans le fond de son cœur, elle est restée amoureuse de la France...

— Pourquoi ?

— Parce qu'elle a fini par y aimer...

— Vous n'avez pas l'impression qu'elle ne s'est réfugiée ici que pour se mettre à l'abri de ceux qui cherchaient à l'abattre ?

— Eva n'a plus peur de mourir. Je crois même qu'elle irait volontiers à la mort si elle pensait que celle-ci fut pour elle une expiation... Mais je pense lui avoir fait comprendre qu'elle pouvait se racheter en faisant œuvre de constructeur au lieu de détruire inutilement... Ne croyez pas qu'elle nous a quittés tout à l'heure pour se reposer ! C'est jour de sabbat : elle conduira certainement cet après-midi son groupe de kibboutz vers les lieux de prières...

— Parce qu'elle pratique maintenant sa religion ?

— Ceci ne regarde qu'elle... Mais, même si elle conserve encore un fonds de scepticisme, elle a compris qu'en Israël nous avons besoin de croire !

— Docteur, je suis honteux de vous avoir contraint, par ma présence, à passer une telle nuit !

— Mon cher ami, j'ai appris beaucoup de choses pendant cette nuit blanche et je suis heureux d'avoir vérifié une fois de plus que cela ne sert à rien de rendre le mal pour le mal. Ça ne paie jamais... Vous allez prendre un peu de repos. N'oubliez pas que votre avion s'envole à deux heures. Nous déjeunerons ensemble avant votre départ et je vous conduirai à l'aéroport.

Nous refîmes en sens inverse, la route sur laquelle nous avions déjà roulé la veille. Les magasins étaient fermés, le commerce et l'activité intense arrêtés : c'était le jour de repos voulu par Jehovah. Mais il n'était pas triste, ce sabbat : tout le long de la route, il y avait des hommes, des femmes, des enfants surtout qui passaient en chantant en hébreu et en riant.

Tout à coup, mon ami me dit :

— Regardez...

Sur notre gauche s'avançait une longue colonne de jeunes filles en uniforme qui marchaient en chantant elles aussi un hymne de joie. En tête, portant le même uniforme, venait Eva. Elle allait, le visage altier, sur la route ensoleillée qui semblait devoir être désormais celle de son destin...

Au moment où nous allions nous séparer, mon vieil ami me demanda :

— Alors, franchement, quelle est votre première impression sur notre pays ?

— Docteur, Israël est le plus grand des miracles !

Le trajet de Lod à Orly me sembla court, tellement j'avais d'ordre à mettre dans mes pensées... Confusément des noms bourdonnaient dans ma tête : Tel-Aviv avec la place Mograbi et l'antique marché du Carmel, *La Tilleraye* au bord de la Loue, Besançon et son horloge parlante, les *Myosotis,* la boutique du brocanteur, la petite église de *Saint-Pierre-sur-Loue,* Alger et l'hôtel *Allieri,* le « *Sirocco* », la maison crénelée et ses jardins enchanteurs, l'immeuble sévère du 2e Bureau, le caveau de famille dans le cimetière... Puis c'étaient les personnages qui surgissaient dans ma mémoire au fur et à mesure que j'essayais de me souvenir des lieux. Je les revoyais tous : d'abord mon vieil ami que j'appellerais le docteur Levy si j'écrivais l'histoire, Adélaïde de Maubert sur son perron, Eric pénétrant dans le camp d'apatrides. Urbain au volant de sa vieille Citroën, le père Abraham avec ses sacs de toile où il empilait tout ce dont les autres ne voulaient plus. Veran avec sa suffisance d'homme arrivé, sa fille Monique qu'il avait pourrie, Nassim Nahoum à la personnalité trouble, le Caïd à la beauté fascinante, le Commandant Charvet et sa précision infaillible, la Mère Marie-du-Christ et sa douceur, Eva enfin dont la figure dominait toutes les autres... Je ne savais trop si c'était sous l'uniforme, où elle m'était apparue ou dans la robe pourpre du portrait que je la préférais ?

Le portrait ? Peut-être était-il encore à *La Tilleraye.*

Et je fus pris d'une envie irraisonnée de la connaître pour découvrir Eva sous un autre visage...

Dès que je fus à Paris, je pris un taxi pour me rendre à Besançon où j'arrivai au petit jour. Je dus attendre une heure décente pour rendre visite au notaire, Maître Rambert, qui m'accueillit avec une réelle suprise quand je lui déclarai que je désirais visiter une propriété à vendre, dont on m'avait parlé et qui se nommait *La Tilleraye*. Et comme je m'étonnais qu'elle n'eût pas été encore vendue depuis deux années, mon aimable interlocuteur m'avoua :

— On a raconté tellement d'histoires dans le pays sur cette *Tilleraye* que les amateurs éventuels n'osent plus l'acheter ! Savez-vous seulement, mon cher Monsieur, comment les gens du pays l'ont surnommée ?... Le Château de la Juive !

— *La Tilleraye* appartenait donc à une Juive ?

— Oui... Sa dernière propriétaire qui l'a d'ailleurs mise en vente à la suite de la mort de son époux... Alors, vraiment, vous vous y intéressez ?

— C'est-à-dire, que j'aimerais d'abord la visiter ?

— Rien de plus facile ! Je vais vous y conduire avec ma voiture. Ce sera pour moi l'occasion de voir si tout est en ordre là-bas... Il ne faut pas que j'oublie les clefs ! Il n'y a plus de gardiens depuis longtemps...

Maître Rambert fut très bavard pendant les vingt-cinq kilomètres. Je lui en sais gré : grâce à lui, j'ai pu apprendre une foule de choses passionnantes sur une région que je connaissais assez peu.

Enfin la voiture s'arrêta devant une grille où je pus lire l'écriteau « *Propriété à vendre* ». Derrière une grande pelouse j'aperçus le château : il était bien tel que je me l'étais imaginé à travers le récit de Eva... Une gentilhommière Louis XIII, aux briques roses patinées et dont les fenêtres à petits carreaux reflétaient toute la tristesse des volets intérieurs fermés. Après que le notaire eut ouvert la grille et quand la voiture s'engagea dans l'allée, mon cœur se serra : je venais de pénétrer dans le domaine de *La Tilleraye* qui avait su rester pendant des siècles, grâce aux sacrifices consentis par des générations de Maubert, inaccessible à ceux qui étaient incapables de comprendre la noblesse d'un Passé... Aujourd'hui, le Passé était à vendre.

Un Passé intact... Je m'en aperçus dès que nous pénétrâmes dans le vestibule... Rien n'avait bougé depuis le départ de Eva.

Maître Rambert ouvrit les volets dans chaque pièce en me les énumérant :

— Le grand salon, la salle à manger, le petit salon, la bibliothèque...

Là je m'arrêtai, fasciné...

Je la vis dans sa robe pourpre, hautaine et admirable sur l'immense portrait accroché derrière le bar... Je pus lire en bas du tableau : « Comtesse de Maubert, née Eva Goldski ».

— C'est elle qui a mis le château en vente ? demandais-je.

— Oui... Une bien belle créature, n'est-ce pas ?

— J'avoue que ce tableau est étonnant de ressemblance...

— Vous la connaissez donc ? me demanda le notaire interloqué.

— Il m'est arrivé de la rencontrer...

— Dernièrement ? Et moi qui me demandais ce qu'elle avait bien pu devenir ! Où l'avez-vous vue ?

— A l'étranger, au cours d'un voyage... Mais elle ne vous donne donc jamais de ses nouvelles ?

— Elle n'y est pas obligée, cher Monsieur !

— Cependant pour cette propriété dont vous vous occupez et qui est toujours à elle jusqu'à ce qu'elle soit vendue ?

— Le jour où *La Tilleraye* sera vendue, la Comtesse de Maubert m'a dit que ce ne serait même pas la peine de l'en informer... Elle ne m'a d'ailleurs laissé aucune adresse !

— Et que feriez-vous du produit de la vente qui, d'après le chiffre que vous m'avez énoncé tout à l'heure, sera très important avec toutes les fermes qui sont comprises dans le lot ?

— Le produit de la vente ? Eh bien, cher Monsieur, cette jeune femme qui vous regarde en souriant sur ce portrait et que les gens de la région, dans leur stupidité ou leur jalousie, ont accablée de tous les péchés du monde, s'est montrée capable d'un geste étonnant... Le jour où elle a décidé de vendre cette terre, elle est venue me voir en m'annonçant que le produit intégral de la vente irait à une œuvre.

— Ce n'est pas possible ?

— ...Une œuvre étonnante et discrète qu'elle a créée avant de disparaître je ne sais où, en spécifiant que le nom de la donatrice ne sera jamais mentionné et dont les revenus devraient être entièrement consacrés à donner une éducation soignée, jusqu'à leur majorité, à des jeunes gens de la noblesse française pauvre... Sans doute a-t-elle voulu montrer qu'elle regretterait toujours de n'avoir pu assurer la continuité de la lignée des Maubert ?

— J'avoue, mon cher Maître, que je ne me serais pas douté de cela le jour où j'ai rencontré cette femme !... Mais comment une pareille œuvre peut-elle vivre en attendant que *La Tilleraye* soit vendue ?

— Elle vit, rassurez-vous ! C'est moi qui suis chargé d'en administrer les fonds... Deux mois après que la Comtesse de Maubert eut définitivement quitté le pays, j'ai reçu la visite d'un étrange bonhomme qui est brocanteur à Besançon et qui se nomme le père Abraham. Il m'a remis une somme considérable de la part de la Comtesse de Maubert pour permettre à l'œuvre de commencer à fonctionner... Et quand je lui ai demandé s'il pouvait m'indiquer la provenance de ces millions, il m'a simplement répondu : « Mme la Comtesse m'a chargé de vendre tous ses bijoux... Il y en avait d'admirables, spécialement une émeraude qu'elle m'a dit avoir ramenée d'Egypte ».

— D'Egypte ?

— Eh oui ! J'ignorais qu'elle s'y fût rendue... Voilà, cher Monsieur, le geste dont a été capable une petite Juive venue de Varsovie... Et, bien qu'elle m'ait demandé la discrétion, j'estime que mon devoir est de le révéler à certaines personnes telles que vous, qui l'avez connue, pour lui rendre justice. Voulez-vous que nous poursuivions la visite ?

Avant de quitter la bibliothèque, j'y ai vu, redoutables, les portraits de Gontran, évêque de Dôle, d'Eugénie née Verdie, l'épouse d'Armand, Chevalier du Saint-Esprit... J'y ai caressé aussi le fauteuil de Adélaïde...

Au premier étage, j'entrais successivement dans la chambre de Eva où le lit à baldaquin semblait encore l'attendre, puis dans celle de Adélaïde où les photographies de Eric étaient toujours sur la table... Je vis toute *La Tilleraye* et même la roseraie abandonnée où, cependant, en cette période de juin, de nombreuses roses étaient écloses.

— Elles sont splendides ! remarqua le notaire. Voulez-vous en emporter quelques-unes ? Celles que vous ne prendrez pas se faneront sur place, alors...

Je fis une immense gerbe et, quand elle fut prête, je dis à mon guide :

— Serait-ce indiscret de vous demander avant notre retour à Besançon, de passer par le village ? Je voudrais aller au cimetière...

Le caveau des Maubert était là, dominant de sa chapelle les tombes plus modestes. Sur deux dalles scellées récemment, je pus lire : « *Adélaïde-Marie de Cernay, Comtesse de Maubert* » et « *Eric-Christian de Maubert, Colonel du 5ᵉ Régiment de Chasseurs d'Afrique, Officier de la Légion d'Honneur, Décoré de la Croix de Guerre* », inscriptions suivies chacune de deux dates. La mère et le fils s'étaient enfin retrouvés dans la mort.

Je l'avoue : je me suis agenouillé pour déposer devant les dalles les roses cueillies à *La Tilleraye*.

S'il vous arrivait, Eva, de lire un jour ces lignes, je voudrais que vous sachiez que ce geste ne m'a été inspiré que par la certitude que votre pensée continue à errer autour de ces tombes...

# Guy des Cars

*1911-1993. D'abord journaliste, il entama, avec* L'officier sans nom *une carrière littéraire qui en fera l'écrivain français le plus lu dans le monde.*

La brute
**47/3**
**Accusé de meurtre et traduit en justice, un sourd-muet, aveugle de naissance va être condamné.**

Le château de la juive
**97/4**

La tricheuse
**125/4**

L'impure
**173/4**
**En route pour l'Extrême-Orient, une femme, belle, rencontre l'amour. Mais le destin va l'ensevelir dans une île des Fidji, au milieu des morts vivants.**

La corruptrice
**229/3**

La demoiselle d'Opéra
**246/4**

Les filles de joie
**265/3**

La dame du cirque
**295/3**

Cette étrange tendresse
**303/3**

La cathédrale de haine
**322/4**

L'officier sans nom
**331/3**

Les sept femmes
**347/4**

La maudite
**361/4**
**Entre un père despotique et une redoutable gouvernante, une jeune fille reçoit une éducation rigide. Elle n'aura que plus tard la révélation de sa dualité sexuelle.**

L'habitude d'amour
**376/3**

La révoltée
**492/4**

Amour de ma vie
**516/3**

Le faussaire
**548/5**

La vipère
**615/4**

L'entremetteuse
**639/4**

Une certaine dame
**696/5**

L'insolence de sa beauté
**736/3**

L'amour s'en va-t-en guerre
**765/2**

Le donneur
**809/3**

J'ose
**858/3**

La justicière
**1163/2**

La vie secrète de Dorothée Gindt
**1236/1**

La femme qui en savait trop
**1293/3**

La femme sans frontières
**1518/3**

Le boulevard des illusions
**1710/3**

La coupable
**1880/3**

L'envoûteuse
**2016/5**

Le faiseur de morts
**2063/3**

La vengeresse
**2253/3**

Sang d'Afrique
**2291/6**

Le crime de Mathilde
**2375/4**
**L'histoire d'une étonnante captation d'héritage et d'une femme qui ne vécut que pour un seul amour.**

La voleuse
**2660/4**

Le grand monde
**2840/8**

La mère porteuse
**2885/4**

L'homme au double visage
**2992/4**

L'amoureuse
**3192/4**

Je t'aimerai éternellement
**3462/4**

La femme-objet
**3517/3**

L'amant imaginaire
**3694/6**
**Hôtesse d'accueil dans un établissement très spécial, Solange se préserve en s'inventant un «protecteur». Un amant imaginaire qui fait rêver ses amies.**

La visiteuse
**3939/3 (Juin 95)**
**Veuve à vingt et un ans du milliardaire Joseph Kelmann, Sabine a su profiter de sa fortune et de sa beauté. Si son mari n'avait pas su la combler, elle s'est rattrapée depuis et les amants se sont succédés dans son lit. Amoureuse de sa propre beauté, prédateur en jupons, Sabine Kelmann trouvera-t-elle un jour ce qu'elle cherche ?**

# Grands romans

**La littérature conjuguée au pluriel, pour votre plaisir. Des œuvres de grands romanciers français et étrangers, des histoires passionnantes, dramatiques, drôles ou émouvantes, pour tous les goûts...**

### ADLER Philippe

Bonjour la galère !
**1868/1**
Les amies de ma femme
**2439/3**

### ANDREWS™ Virginia C.

*Fleurs captives*

**Dans un immense et ténébreux grenier, quatre enfants vivent séquestrés. Pour oublier leur détresse, ils font de leur prison le royaume de leurs jeux, le refuge de leur tendresse, à l'abri du monde. Mais le temps passe et le grenier devient un enfer. Et le seul désir de ces enfants devenus adolescents est désormais de s'évader... à n'importe quel prix.**

- Fleurs captives
**1165/4**
- Pétales au vent
**1237/4**
- Bouquet d'épines
**1350/4**
- Les racines du passé
**1818/5**
- Le jardin des ombres
**2526/4**

*La saga de Heaven*

- Les enfants des collines
**2727/5**

**Les enfants des collines, c'est l'envers de l'Amérique : la misère à deux pas de l'opulence. Dans la cabane sordide où elle vit avec ses quatre frères et sœurs, Heaven se demande comment ses parents ont eu l'idée de lui donner ce prénom : «Paradis». Un jour, elle apprendra le secret de sa naissance, si lourd que la vie de son père en a été brisée, mais si beau qu'elle croit naître une seconde fois.**

- L'ange de la nuit
**2870/5**
- Cœurs maudits
**2971/5**
- Un visage du paradis
**3119/5**
- Le labyrinthe des songes
**3234/6**

Ma douce Audrina
**1578/4**

**Etrange existence que celle d'Audrina ! Sur cette petite fille de sept ans, pèse l'ombre d'une autre : sa sœur aînée, morte il y a bien longtemps dans des circonstances tragiques et qu'elle est chargée de faire revivre.**

*Aurore*

**Un terrible secret pèse sur la naissance d'Aurore. Brutalement séparée des siens, humiliée, trompée, elle devra payer pour les péchés que d'autres ont commis. Car sur elle et sur sa fille Christie, plane la malédiction des Cutler...**

- Aurore
**3464/5**
- Les secrets de l'aube
**3580/6**
- L'enfant du crépuscule
**3723/6**
- Les démons de la nuit
**3772/6**
- Avant l'aurore
**3899/5 (Avril 95)**

### ATTANÉ Chantal

Le propre du bouc
**3337/2**

### AVRIL Nicole

Monsieur de Lyon
**1049/2**
La disgrâce
**1344/3**

**Isabelle est heureuse, jusqu'au jour où elle découvre qu'elle est laide. A cette disgrâce qui la frappe, elle survivra, lucide, dure, hostile, adulte soudain.**

Jeanne
**1879/3**

**Don Juan aujourd'hui pourrait-il être une femme ? La belle Jeanne a appris, d'homme en homme, à jouir d'une existence qu'elle sait toujours menacée.**

L'été de la Saint-Valentin
**2038/1**
La première alliance
**2168/3**
Sur la peau du Diable
**2707/4**
Dans les jardins de mon père
**3000/2**
Il y a longtemps que je t'aime
**3506/3**

**L'amour impossible entre Antoine, 14 ans, et Pauline, sa belle-mère.**

### BACH Richard

Jonathan Livingston le goéland
**1562/1 Illustré**
Illusions/Le Messie récalcitrant
**2111/1**
Un pont sur l'infini
**2270/4**

# Grandes romans

**BELLETTO René**
Le revenant
**2841/5**
Sur la terre comme au ciel
**2943/5**
La machine
**3080/6 (Mars 95)**
L'Enfer
**3150/5**
**Dans une ville déserte et terrassée par l'été, Michel erre. C'est alors qu'une femme s'offre à lui, belle et mystérieuse...**

**BERBEROVA Nina**
Le laquais et la putain
**2850/1**
Astachev à Paris
**2941/2**
La résurrection de Mozart
**3064/1**
C'est moi qui souligne
**3190/8**
L'accompagnatrice
**3362/4**
De cape et de larmes
**3426/1**
Roquenval
**3679/1**
A la mémoire de Schliemann
**3898/1 (Avril 95)**

**BERGER Thomas**
Little Big Man
**3281/8**

**BEYALA Calixthe**
C'est le soleil qui m'a brûlée
**2512/2**

**BLAKE Michael**
Danse avec les loups
**2958/4**

**BORY Jean-Louis**
Mon village à l'heure allemande
**81/4**

**BRAVO Christine**
Avenida B.
**3044/3**

**BROUILLET Chrystine**
*Marie LaFlamme*
- Marie LaFlamme
**3838/6**
**En 1662, à Nantes, la mère de Marie est condamnée au bûcher. Pour sauver sa fille, elle lui fait épouser un riche et cruel armateur, Geoffroy de St Arnaud. Mais Marie aime Simon et pour conquérir sa liberté, elle est prête à tout. Même à s'embarquer pour la Nouvelle-France, qui va devenir le Canada...**
- Nouvelle-France
**3839/6 (Mai 95)**

**BULLEN Fiona**
Les amants de l'équateur
**3636/6**

## TERROIR

**Romans et histoires vraies d'une France paysanne qui nous redonne le goût de nos racines.**

**BRIAND Charles**
De mère inconnue
**3591/5**
**Le destin d'Olga, placée comme domestique chez des paysans angevins et enceinte à 14 ans.**

**CLANCIER G.-E.**
Le pain noir
**651/3**

**GEORGY Guy**
*Voir aussi page 26*
La folle avoine
**3391/4**
**Orphelin, Guy-Noël vit chez sa grand-mère, une vieille dame qui connaît tout le folklore et les légendes du pays sarladais.**

**JEURY Michel**
Le vrai goût de la vie
**2946/4**
Une odeur d'herbe folle
**3103/5**
Le soir du vent fou
**3394/5**
**Un soir de 1934, alors que souffle le vent fou, un feu de broussailles se propage rapidement et détruit la maison du maire...**

**LAUSSAC Colette**
Le sorcier des truffes
**3606/1**

**MASSE Ludovic**
*Les Grégoire*
**Histoire nostalgique et tendre d'une famille, entre Conflent et Vallespir, en Catalogne française, au début du siècle.**
- Le livret de famille
**3653/5**
- Fumées de village
**3787/5**
- La fleur de la jeunesse
**3879/5 (Mars 95)**

**PONÇON Jean-Claude**
Revenir à Malassise
**3806/3**

**SOUMY Jean-Guy**
Les moissons délaissées
**3720/6**
**Mars 1860. Un jeune Limousin quitte son village natal pour aller travailler à Paris, dans les immenses chantiers ouverts par Haussmann. Chaque année, la pauvreté contraint les gens de la Creuse à délaisser les moissons... Histoire d'une famille et d'une région au siècle dernier.**

**VIGNER Alain**
L'arcandier
**3625/4**

**VIOLLIER Yves**
Par un si long détour
**3739/4**

# Grands romans

**BYRNE BEVERLY**
Gitana
**3938/8 (Juin 95)**

**CAILHOL ALAIN**
Immaculada
**3766/4 Inédit**
**Histoire d'un écrivain paumé, en proie au mal de vivre. Un humour désespéré teinte ce premier roman d'un auteur bordelais de vingt ans, qui s'inscrit dans la lignée de Djian.**

**CAMPBELL NAOMI**
Swan
**3827/5**

**CATO NANCY**
Lady F.
**2603/4**
Tous nos jours sont des adieux
**3154/8**
Sucre brun
**3749/6**
Marigold
**3837/2**

**CHAMSON ANDRÉ**
La Superbe
**3269/7**
La tour de Constance
**3342/7**

**CHEDID ANDRÉE**
La maison sans racines
**2065/2**
Le sixième jour
**2529/3**
**Le choléra frappe Le Caire. Ignorante et superstitieuse, la population préfère cacher les malades car, lorsqu'une ambulance vient les chercher, ils ne reviennent plus. L'instituteur l'a dit : «Le sixième jour, si le choléra ne t'a pas tué, tu es guéri.»**
Le sommeil délivré
**2636/3**
L'autre
**2730/3**
Les marches de sable
**2886/3**
L'enfant multiple
**2970/3**
Le survivant
**3171/2**
La cité fertile
**3319/1**
La femme en rouge
**3769/1**

**CLANCIER GEORGES-EMMANUEL**
Le pain noir
**651/3**
**Le pain noir, c'est celui des pauvres, si dur, que même les chiens n'en veulent pas. Placée à huit ans comme domestique chez des patrons avares, Cathie n'en connaîtra pas d'autre. Récit d'une enfance en pays Limousin, au siècle dernier.**

**CLERC CHRISTINE**
Jacques, Edouard, Charles, Philippe et les autres
**3828/5**

**CLÉMENT CATHERINE**
Pour l'amour de l'Inde
**3896/8 (Avril 95)**
**Le roman vrai des amours de Nehru et de Lady Edwina Mountbatten, l'une des plus grandes dames de l'aristocratie anglaise, femme du dernier des vice-rois des Indes britanniques.**

**COCTEAU JEAN**
Orphée
**2172/1**

**COLETTE**
Le blé en herbe
**2/1**

**COLOMBANI MARIE-FRANÇOISE**
Donne-moi la main on traverse
**2881/3**
Derniers désirs
**3460/2**

**COLLARD CYRIL**
*Cinéaste, musicien, il a adapté à l'écran et interprété lui-même son second roman* Les nuits fauves.
*Le film 4 fois primé, a été élu meilleur film de l'année aux Césars 1993. Quelques jours plus tôt Cyril Collard mourait du sida.*
Les nuits fauves
**2993/3**
Condamné amour
**3501/4**
Cyril Collard : la passion
**3590/4 (par J.-P. Guerand & M. Moriconi)**
L'ange sauvage (Carnets)
**3791/3**

**CONROY PAT**
Le Prince des marées
**2641/5 & 2642/5**
Le Grand Santini
**3155/8**

**CORMAN AVERY**
Kramer contre Kramer
**1044/3**

**DAUDET**
*Voir page 23*

**DEMILLE NELSON**
Le voisin
**3722/9**

**DENUZIERE MAURICE**
Helvétie
**3534/9**
**A l'aube du XIX$^e$ siècle, le pays de Vaud apparaît comme une oasis de paix au milieu d'une Europe secouée par de furieux soubresauts. C'est cette joie de vivre oubliée que découvre Blaise de Fonsalte, soldat de l'Empire, déjà las de l'épopée napoléonienne. De ses amours clandestines avec Charlotte, la femme de son hôte, va naître une petite fille aux yeux vairons.**
La Trahison des apparences
**3674/1**

# Grands romans

**DHÔTEL André**

Le pays où l'on n'arrive jamais
**61/2**

**DICKEY James**

Délivrance
**531/3**

**DIWO Jean**

Au temps où la Joconde parlait
**3443/7**

**1469. Les Médicis règnent sur Florence et Léonard de Vinci entame sa carrière, aux côtés de Machiavel, de Michel-Ange, de Botticelli, de Raphaël... Une pléiade de génies vont inventer la Renaissance.**

**DJIAN Philippe**

*Né en 1949, sa pudeur, son regard à la fois tendre et acerbe, et son style inimitable, ont fait de lui l'écrivain le plus lu de sa génération.*

37°2 le matin
**1951/4**

**Se fixer des buts dans la vie, c'est s'entortiller dans des chaînes... Oui, mais il y a Betty et pour elle, il irait décrocher la lune. C'est là qu'ils commencent à souffrir. Car elle court derrière quelque chose qui n'existe pas. Et lui court derrière elle. Derrière un amour fou...**

Bleu comme l'enfer
**1971/4**

Zone érogène
**2062/4**

Maudit manège
**2167/5**

50 contre 1
**2363/2**

Echine
**2658/5**

Crocodiles
**2785/2**

**Cinq histoires qui racontent le blues des amours déçues ou ignorées. Mais c'est parce que l'amour dont ils rêvent se refuse à eux que les personnages de Djian se cuirassent d'indifférence ou de certitudes. Au fond d'eux-mêmes, ils sont comme les crocodiles : «des animaux sensibles sous leur peau dure.»**

**DOBYNS Stephen**

Les deux morts de la Señora Puccini
**3752/5 Inédit**

**DORIN Françoise**

*Elle poursuit avec un égal bonheur une double carrière. Ses pièces (*La facture, L'intoxe...*) dépassent le millier de représentations et ses romans sont autant de best-sellers.*

Les lits à une place
**1369/4**

**Pour avoir vu trop de couples déchirés, de mariages ratés (dont le sien !), Antoinette a décidé que seul le lit à une place est sûr. Et comme elle a aussi horreur de la solitude, elle a partagé sa maison avec les trois êtres qui lui sont le plus chers. Est-ce vraiment la bonne solution ?**

Les miroirs truqués
**1519/4**

Les jupes-culottes
**1893/4**

Les corbeaux et les renardes
**2748/5**

**Baron huppé mais facile à duper, Jean-François de Brissandre trouve astucieux de prendre la place de son chauffeur pour séduire sa dulcinée. Renarde avisée, Nadège lui tient le même langage. Et voilà notre corbeau pris au piège, lui qui croyait abuser une ingénue.**

Nini Patte-en-l'air
**3105/6**

Au nom du père et de la fille
**3551/5**

**Un beau matin, Georges Vals aperçoit l'affiche d'un film érotique, sur laquelle s'étale le corps superbe et intégralement nu de sa fille. De quoi chambouler un honorable conseiller fiscal de soixante-trois ans ! Mais son entourage est loin de partager son indignation. Que ne ferait-on pas, à notre époque, pour être médiatisé ?**

Pique et cœur
**3835/1**

**DUBOIS Jean-Paul**

Les poissons me regardent
**3340/3**

Une année sous silence
**3635/3**

Vous aurez de mes nouvelles
**3858/2 (Février 95)**

**DUNKEL Elizabeth**

Toutes les femmes aiment un poète russe
**3463/7**

**DUROY Lionel**

Priez pour nous
**3138/4**

**EDMONDS Lucinda**

En coulisse
**3676/6**

**ELLISON James**

Calendar girl
**3804/3**

**FIELD Michel**

L'homme aux pâtes
**3825/4**

# Grands romans

## FOSSET Jean-Paul

Chemins d'errance
**3067/3**
Saba
**3270/3**

## FREEDMAN J.-F.

Par vent debout
**3658/9**

## FRISON-ROCHE

*Né à Paris en 1906, l'alpinisme et le journalisme le conduisent à une carrière d'écrivain. Aujourd'hui il partage son temps entre de grands reportages, les montagnes du Hoggar et Chamonix.*

La peau de bison
**715/3**
La vallée sans hommes
**775/3**
Carnets sahariens
**866/2**
Premier de cordée
**936/3**

**Le mont Blanc, ses aiguilles acérées, ses failles abruptes, son pur silence a toujours été la passion de Jean Servettaz. C'est aussi pour cela qu'il a décidé d'en écarter son fils. Mais lorsque la montagne vous tient, rien ne peut contrarier cette vocation.**

La grande crevasse
**951/3**
Retour à la montagne
**960/3**
La piste oubliée
**1054/3**
La Montagne aux Écritures
**1064/2**
Le rendez-vous d'Essendilène
**1078/3**
Le rapt
**1181/4**
Djebel Amour
**1225/4**

**En 1870, une jolie couturière épouse un prince de l'Islam. A la suite de Si Ahmed Tidjani, elle découvre, éblouie, la splendeur du Sahara. Décidée à conquérir son peuple, elle apprend l'arabe, porte le saroual et prend le nom de Lalla Yamina.**

La dernière migration
**1243/4**
Les montagnards de la nuit
**1442/4**

**Frison-Roche, qui a lui-même appartenu aux maquis savoyards, nous raconte le quotidien de ces combattants de l'ombre.**

L'esclave de Dieu
**2236/6**
Le versant du soleil
**3480/9**

## GEDGE Pauline

La dame du Nil
**2590/6**

**L'histoire d'Hatchepsout, reine d'Egypte à 15 ans. Les splendeurs de la civilisation pharaonique et un destin hors série.**

## GEORGY Guy

La folle avoine
**3391/4**
Le petit soldat de l'Empire
**3696/4**
L'oiseau sorcier
**3805/4**

## GOLDSMITH Olivia

La revanche des premières épouses
**3502/7**

## GOLON Anne et Serge

*Angélique*

Marquise des Anges
**2488/7**

**Lorsque son père, ruiné, la marie contre son gré à un riche seigneur, Angélique se révolte. Défiguré et boîteux, le comte de Peyrac jouit en outre d'une réputation de sorcier. Derrière cet aspect repoussant, Angélique va pourtant découvrir que son mari est un être fascinant...**

Le chemin de Versailles
**2489/7**
Angélique et le Roy
**2490/7**
Indomptable Angélique
**2491/7**
Angélique se révolte
**2492/7**
Angélique et son amour
**2493/7**
Angélique et le Nouveau Monde
**2494/7**
La tentation d'Angélique
**2495/7**
Angélique et la Démone
**2496/7**
Angélique et le complot des ombres
**2497/5**
Angélique à Québec
**2498/5 & 2499/5**
La route de l'espoir
**2500/7**
La victoire d'Angélique
**2501/7**

# Grands romans

**GROULT Flora**

*Après des études à l'Ecole des arts décoratifs, elle devient journaliste et romancière. Elle écrit d'abord avec sa sœur Benoite, puis seule.*

Maxime ou la déchirure
**518/1**
Un seul ennui, les jours raccourcissent
**897/2**
**A 40 ans, Lison épouse Claude, diplomate à Helsinki. Elle va découvrir la Finlande et les enfants de son mari. Une erreur ?**
Ni tout à fait la même, ni tout à fait une autre
**1174/3**
Une vie n'est pas assez
**1450/3**
Mémoires de moi
**1567/2**
Le passé infini
**1801/2**
Le temps s'en va, madame...
**2311/2**
Belle ombre
**2898/4**
Le coup de la reine d'Espagne
**3569/1**
L'amour de...
**3934/1 (Juin 95)**

**HARVEY Kathryn**

Butterfly
**3252/7 Inédit**

**HEBRARD Frédérique**

*Auteur de nombreux livres portés avec succès à l'écran ; son œuvre reçoit la consécration avec* Le Harem, *Grand Prix du Roman de l'Académie française 1987.*

Un mari, c'est un mari
**823/2**
La vie reprendra au printemps
**1131/3**
La chambre de Goethe
**1398/3**
Un visage
**1505/2**
La Citoyenne
**2003/3**
Le mois de septembre
**2395/1**
Le Harem
**2456/3**
La petite fille modèle
**2602/3**
La demoiselle d'Avignon
*avec Louis Velle*
**2620/4**
Le mari de l'Ambassadeur
**3099/5**
**Sixtine est ambassadeur. Pierre-Baptiste est chercheur à l'Institut Pasteur. Opposés, l'aventure les réunit pourtant, au beau milieu d'une révolution en Amérique centrale, et va les entraîner jusqu'au Kazakhstan, en passant par Beyrouth et le Vatican !**
Félix, fils de Pauline
**3531/2**
Le Château des Oliviers
**3677/7**
**Entre Rhône et Ventoux, au milieu des vignes, se dresse le Château d'Estelle, son paradis. Lorsqu'elle décide de le ramener à la vie, elle ne sait pas encore que son domaine est condamné. Aidée par l'amour des siens et surtout celui d'un homme, Estelle se battra jusqu'au bout pour préserver son univers.**

**HOFFMAN Alice**

L'enfant du hasard
**3465/4**
La maison de Nora Silk
**3611/5**

**HUBERT Jean-Loup**

Le grand chemin
**3425/3**

**HUMPHREYS Josephine**

L'amour en trop
**3788/5**

**JAGGER Brenda**

Les chemins de Maison Haute
**2818/9**
**A 17 ans, Virginia hérite de la fortune des Barthforth. Mais dans cette Angleterre victorienne, une femme peut-elle choisir son destin ? Contrainte d'épouser un homme qu'elle n'aime pas, Virginia se révolte.**
La chambre bleue
**2838/8**

**JEAN Raymond**

La lectrice
**2510/1**

**JEKEL Pamela**

Bayou
**3554/9**
**En 1786, les Doucet s'installent au bayou Lafourche, en Lousiane. Quatre femmes exceptionnelles vont traverser, en un siècle et demi, l'histoire de cette famille.**
Columbia
**3897/8 (Avril 95)**
**Du XVIII$^e$ siècle à nos jours, l'épopée des pionniers indiens et européens de l'Oregon. Cinq générations de femmes et d'hommes héroïques et attachants, dont les bonheurs et les drames vont marquer l'histoire de cette immense contrée du nord-ouest des Etats-Unis.**

**JULIET Charles**

L'année de l'éveil
**2866/3**

**KANE Carol**

Une diva
**3697/6**

# Grands romans

**KAYE M.M.**

Pavillons lointains
**1307/4 &1308/4**

**Dans l'Inde coloniale, un officier britannique reçoit l'ordre d'accompagner dans le Rajputana le cortège nuptial des sœurs du maharadjah de Karidkote. Il est loin de s'imaginer que cette mission va décider de toute sa vie.**

**KENEALLY THOMAS**

La liste de Schindler
**2316/6**

**Venu en Pologne avec l'armée nazie, l'industriel allemand Schindler a vite prospéré, en faisant fabriquer de la vaisselle émaillée : la main-d'œuvre est bon marché, à Cracovie, en 1943. Mais en faisant travailler des juifs, Schindler les sauve de l'extermination, car Auschwitz-Birkenau est à deux pas.**

**KOSINSKI JERZY**

L'oiseau bariolé
**270/3**

**Au début de la guerre, un jeune garçon trouve refuge à la campagne. Mais dans ces pays d'Europe de l'Est où tous sont blonds aux yeux bleus, on persécute l'enfant aux cheveux noirs. Bohémien ou juif, il ne peut que porter malheur. Lui, du haut de ses dix ans, essaie de comprendre et de survivre.**

**KONSALIK HEINZ G.**

Amours sur le Don
**497/5**
La passion du Dr Bergh
**578/4**
Dr Erika Werner
**610/3**
Aimer sous les palmes
**686/3**
L'or du Zephyrus
**817/2**
Les damnés de la taïga
**939/4**
Une nuit de magie noire
**1130/2**
Le médecin de la tsarine
**1185/2**
L'héritière
**1653**
Bataillons de femmes
**1907/6**
Clinique privée
**2215/3**
Conjuration amoureuse
**2399/1**
La saison des dames
**2999/4 Inédit**
La vallée sans soleil
**3254/5 Inédit**
La baie des perles noires
**3413/5 Inédit**

**Un beau jour, Rudolph abandonne tout pour aller s'installer au bout du monde, sur un atoll du Pacifique Sud, en compagnie de la belle Tana'Olu.**

**LACAMP YSABELLE**

*Coréenne par sa mère, cévenole par son père, elle revendique sa double appartenance. Egalement comédienne et chanteuse, elle conjugue tous les talents.*

La Fille du Ciel
**2863/5**

**Dans la Chine décadente et raffinée du X<sup></sup>e siècle la trop belle Shu-Meï, fragile mais rebelle, a décidé de prendre en main son destin.**

L'éléphant bleu
**3209/5**
Une jeune fille bien comme il faut
**3513/3**

**L'histoire d'une jeune fille en apparence comblée par la vie, qui tombe amoureuse du meilleur ami de son père. Alors rien ne va plus. Sarah se ronge de culpabilité et devient anorexique. Peut-être parce qu'elle n'a pas d'autre moyen de se révolter ou de s'affirmer.**

**LAHAIE BRIGITTE**

Les sens de la vie
**3916/3 (Mai 95)**

**Fille de petits restaurateurs de la Beauce, Laure est devenue, par son mariage, une grande bourgeoise. Rejetée par sa belle-famille, elle va tenter de s'imposer, après la mort accidentelle de Luc, en usant de sa fortune et de sa beauté. Mais peu à peu, elle bascule dans la débauche... Un roman initiatique, porté par la rage de vivre, de comprendre et de se trouver.**

**LEFEVRE FRANÇOISE**

Le petit prince cannibale
**3083/3**

**Sylvestre, c'est un peu le Petit Prince. Il habite une autre planète, s'isole dans son monde, écoute le silence, officiellement catalogué comme autiste. Il dévore littéralement sa mère. Et elle, tout en essayant de le sortir de cette prison, tente de poursuivre son œuvre d'écrivain. Un livre tragique et superbe.**

La première habitude
**697/2**

97

Achevé d'imprimer en Europe (France)
par Brodard et Taupin à La Flèche (Sarthe)
le 2 mai 1995. 6507 L-5
Dépôt légal mai 1995. ISBN 2-277-13097-4
1er dépôt légal dans la collection : août 1971
Éditions J'ai lu
27, rue Cassette, 75006 Paris
*Diffusion France et étranger : Flammarion*